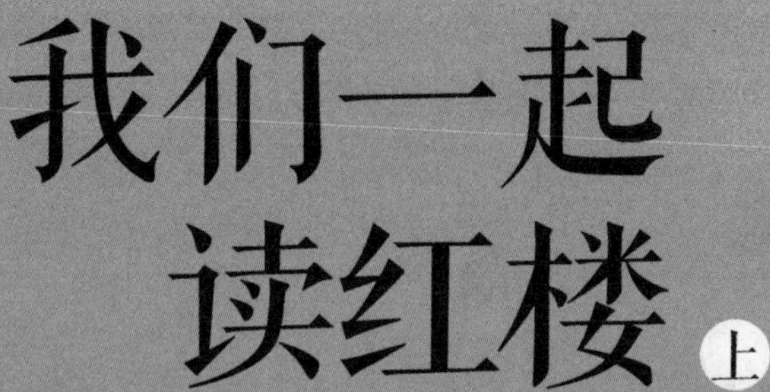

我们一起读红楼（上）

一个书香家庭的经典阅读之旅

崔思遥　李美瑛／著

山东城市出版传媒集团·济南出版社

图书在版编目(CIP)数据

我们一起读红楼：一个书香家庭的名著阅读之旅／崔思遥，李美瑛著．—济南：济南出版社，2015.8（2018.1重印）

ISBN 978－7－5488－1756－7

Ⅰ.①我… Ⅱ.①崔… ②李… Ⅲ.①随笔—作品集—中国—当代 Ⅳ.①I267.1

中国版本图书馆CIP数据核字（2015）第209309号

我们一起读红楼：一个书香家庭的名著阅读之旅

崔思遥 李美瑛／著

责任编辑 宋 涛 李 晨
封面设计 焦萍萍

印 刷 山东华立印务有限公司
版 次 2015年8月第1版
印 次 2018年1月第4次印刷
开 本 170毫米×240毫米
印 张 23.75
字 数 347千
定 价 48.00元

法律维权 0531－82600329
(济南版图书，如有印装错误，可随时调换)

有爱　有书　有幸福

崔　斌

女儿思遥和爱人共赏《红楼梦》的文章由济南出版社结集出版，这是一件最让我感到幸福和骄傲的事情！

从小学到高中，女儿一直勤奋好学，成绩优秀，是我们眼中的好孩子，老师、同学眼中的好学生。女儿兴趣广泛，尤爱阅读和写作，在各类报刊上发表过数十篇文章，还是《中学生读写》杂志的专栏作家。高考前夕，她以优异的成绩通过某重点高校的自主招生，一只脚提前踏进了名校之门，按其平时成绩，高考正常发挥即可如愿以偿。然而命运爱捉弄人，高考的意外失利让她与这所重点院校失之交臂。失望、失落、委屈、愧疚，泪水夺眶而出，女儿的哭声至今犹在我耳畔。

带着高考的失意，女儿走进大学校园，开始了新的生活。知女莫若父，我非常担心她的心态。事实证明，这种担心并非多余。一向独立的她每天晚上都要打电话，周末经常回家，情绪时常烦躁，对大学生活明显不适应。女儿寒假回来，接受了爱人的建议，一起重读最爱的《红楼梦》，并相约读一回写一篇点评。当时我将信将疑，这对于爱人来说没有问题，但是女儿能做到吗？8 个月后，当女儿兴奋地宣布已经读完《红楼梦》并且完成 120 篇点评时，我着实感到震惊！回想起来，正是那段时间，女儿的变化很大，她不再频繁回家，心态平和了很多，人也快乐了很多。我想这应该归功于阅读和写作带来的力量，她从书中感受着人物的悲欢离合，洞察着贾府的荣辱变迁，体味着生活的千姿百态，汲取着丰富的心灵给养……视野的开阔、境界的提升以及精神的富足慢慢使她从高考失利的阴影中走出来，重新审视自己的人生。

无论在学校还是家里，甚至外出旅游，女儿始终有每天阅读的好习惯。在刚结束的大二下学期她就阅读了《洗澡》《人生》《蝇王》《挪威的森林》《舞！舞！舞!》《白夜行》《幻夜》《解忧杂货店》《基督山伯爵》等 10 余部

长篇巨作，阅读量达300多万字。当许多大学生沉迷于网络游戏，或忙着刷微博、聊八卦、上网购物时，女儿能摒弃浮躁，静心阅读，在我看来的确难能可贵。阅读提高了女儿的理解和思考能力，使她更加知书达礼，气质温婉，于单纯中透着深刻睿智。不久前，她发微信和妈妈交流阅读体会："最近读完了《人生》《洗澡》《挪威的森林》《蝇王》《舞！舞！舞!》，等于把中国现当代文学、日本文学、欧洲文学结合在一起，我发现不同地域和文化的影响造就的文学风格大相径庭。中国文学如同写实画，但在板板正正中尚有一些诙谐；日本文学很符合这个民族的价值取向，想象丰富却有些畸形，读之让人压抑但也着迷；欧美文学则带有一层浪漫主义色彩，像《蝇王》这种荒岛文学，也能激励人们解放天性，挑战一切。无论哪一种文学，都让我沉迷其中，欲罢不能。"女儿的评价正确与否姑且不论，仅是这些阅读带给她的思考就对她的成长大有裨益。

女儿能有阅读、写作的好习惯，最应感谢的是爱人，正是她自己多年的阅读和写作习惯深深地影响了女儿，才有了今天这本书的问世。生活中，爱人给我的最大感受就是勤奋和快乐。作为中学教师，她是勤奋的，爱岗敬业，教学严谨，以其智慧、学识和修养赢得了一届又一届学生的喜爱，并荣获"济南名师"之殊荣；作为母亲，她是勤奋的，为培养教育女儿倾注了大量的心血；作为妻子，她是勤奋的，各种家务无所不能，"纤尘不染"是所有来过我家的人给出的一致评价。除此之外，她最勤奋的地方是在阅读和写作上，它们是她日常生活中必不可少的一部分。她几乎每天都会读书、写作，她常感叹时间太少，要读的好书读不完，要写的东西写不完。从2008年开通博客以来，7年时间里她写出了200多万字的文章，出版过三部专著。作家周国平说阅读属于三种目的，一是为了实用，二是为了消遣，三是为了精神生活的真心阅读。我认为爱人的阅读属于第三种，她把阅读作为最好的享受，在阅读中感受精神的充实愉悦，内心也因此更加宁静丰富。面对生活，她豁达乐观，淡泊名利，知性温柔，浑身充满正能量，幸福指数颇高。

《我们一起读红楼》的出版，是对女儿和爱人多年来坚持阅读和写作的褒奖。唯愿她们一如既往，在书山文海中继续快乐前行，同时也祝福她们，因为阅读和写作，每天心中都能开出一朵花来。

2015年7月20日于泉城济南

目录（上册）

读红楼的人不许掉眼泪

李美瑛

有一个地方很远很远
那里有情有义有奇缘
水做的女儿玉洁冰清
泥做的男儿也有痴恋
大观园里的阴晴圆缺
那么虚,那么幻
曲儿缓缓唱,梦儿缓缓醒
大观园里的离合悲欢
那么忧,那么叹
写红楼的人不许掉眼泪

有一个地方很远很远
那里有一生最深的眷念
女娲的后代生生不息
亘古的爱情恒久缠绵
大观园里的阴晴圆缺
那么虚,那么幻
你近在咫尺又远在天边
大观园里的离合悲欢
那么忧,那么叹
读红楼的人不许掉眼泪

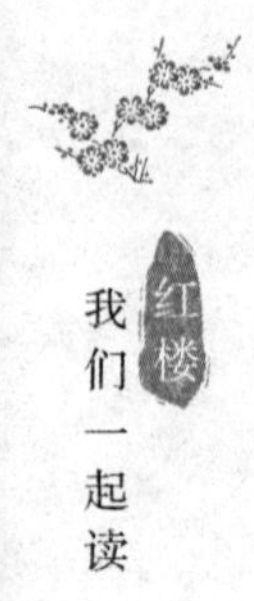

第一回　甄士隐梦幻识通灵　贾雨村风尘怀闺秀

扫码读原著

满纸荒唐言

众所周知，曹雪芹的《红楼梦》堪称四大名著之首，其魅力之独特是其他古典小说无法比拟的。这种魅力贯穿全书，阅读第一回，就让人深深感受到它的玄妙魅力。

第一回的魅力就在于作者的“满纸荒唐言”。此荒唐非彼荒唐，此荒唐不会令人见笑，反倒让读者更加钦佩作者的想象力以及在暗中铺设线索之精妙。这一回的“荒唐言”是整个故事的序幕，看似荒唐，道出的却是真实。

作者以一僧一道作为类似于旁白的角色，并以“女娲补天”的神话故事引出顽石，一开始就给人一种浪漫魔幻之感。一僧一道的傻傻痴痴以及会说话的顽石，进一步渲染了这种荒唐的色彩。

顽石在青埂峰下与空空道人相遇，因此变得通灵。它身刻一段凡尘经历，后被空空道人抄录传世，这就是后面贾府一系列故事的来源。故事的开始就是荒唐的，作者借此隐喻自己所写故事本身亦幻亦虚，如梦一场，大可不必当真。正如作者自叙之诗：“满纸荒唐言，一把辛酸泪！都云作者痴，谁解其中味？”透过这首诗我们便可知道，故事是荒唐的，也是悲凉的。

这一回，小说中两个极为重要的线索人物——甄士隐和贾雨村也登场了。曹雪芹在设计人物名字时独具匠心，多采用谐音手法，像甄士隐谐音“真事隐”，贾雨村谐音“假语村言”，他们是隐含在全书中的线索人物，也体现了故事是荒唐的。因是荒唐之事，所以借通灵之说将真事隐去，既将真事隐去，便用假语村言来讲故事。既如此，这段凡尘往事怎能不荒唐呢？

甄士隐所做之梦更为荒唐，一僧一道携一通灵宝玉下至凡尘游历，使之经历一段不同流俗的风流韵事。而这段风流韵事又源于三生石畔的绛珠仙草为报神瑛侍者的灌溉之恩，所以她才决定下凡以泪相还，这就已然将故事的感情基调定位为悲剧。

开篇源于幻境，本就荒唐，在作者看来，整个故事是用“满纸荒唐言”写成的。而甄士隐的出家更说明作者认为这尘世本就是虚幻的，来去皆空，荒唐如梦。作者以此拉开整部小说的帷幕，向读者慢慢揭开这个荒唐故事的本质。

谁解曹公其中味

“满纸荒唐言，一把辛酸泪！都云作者痴，谁解其中味?”读第一回，读者大都会对这首诗有深刻印象。

“谁解其中味?”作为一部百科全书式的经典之作，《红楼梦》就像一桌满汉全席，千般滋味尽在其中。“一千个读者眼中有一千个哈姆雷特”，自然，一千个读者心中也会有一千种阅读“红楼”的感觉。

开卷第一回，字里行间，感受到的是作者深深的隐痛和无奈。曹雪芹郑重声明，这本书是“因曾历过一番梦幻之后，故将真事隐去，而借‘通灵’之说，撰此《石头记》一书也。故曰‘甄士隐’云云”。接下来，他还再三解释，小说不过是写了几个碌碌风尘中的异样女子，或情或痴，或小才微善，并没有什么治国安邦之能，甚至具体年代也无从可考，只是供市井闲人茶余饭后的消遣罢了。

曹雪芹为什么要“婆婆妈妈”地强调这些呢？有难言之隐！众所周知，“文字狱”不是清代的特产，但“文字狱”在清代达到了登峰造极的地步。清代统治者面对如此广袤的大好河山，唯恐汉人不服，江山不稳，于是在思想上对汉人进行强化统一，大兴“文字狱”，一时间人心惶惶。“清风明月”本是千百年来入诗入文的家常汉字，但彼时却可能给人带来杀身之祸，甚至造成家破人亡的惨剧。“避席畏闻文字狱，著书只为稻粱谋。”龚自珍这句诗道出了许多文人的心声。莫说那时曹家已败落，即便在其鼎盛之时，估计曹

雪芹也不可能冒天下之大不韪。既然无法畅所欲言，直抒胸臆，他便选择了曲折隐晦的方式来表达自己的情感、思想。

了解曹雪芹是在这样一种时代背景下创作的，就能理解为什么一部现实主义作品，第一回却有那么多让人费解的“假语村言”，有那么古怪的僧、道以及他们的满口“荒唐言”；有那么多看似真实的行为，作者却偏赋予它们“梦”“幻”的字眼……

曹雪芹用“女娲补天”和“木石前盟”两个神话做引子，为塑造贾宝玉的性格和描写宝黛的爱情故事笼上一层朦胧的浪漫色彩。阅读时值得注意的是，女娲炼石的地点——大荒山无稽崖，这里运用了《红楼梦》中最常见的谐音手法，它告诉读者，这个神话是“太荒唐（大荒山）”的“无稽之谈（无稽崖）”。那块补天剩下的石头，被女娲扔在青埂（情根）峰下，寓意它是个情种，乃多情之物。这块“无材不堪入选”“自怨自叹”的顽石，就是后来宝玉随身佩戴的那块“通灵宝玉”，它对贾宝玉的叛逆性格有鲜明的隐喻作用：一方面暗示宝玉无“补天”之才，是不符合封建社会要求的“蠢物”；另一方面也暗示他生来便具有顽石一样的“顽劣”，难为世俗改变。

接下来，作者为了对小说主线贾宝玉和林黛玉的爱情做铺垫和交代，又写了“木石前盟”的神话。在西方灵河畔的三生石上，有一株纤弱的绛珠仙草，它得到赤瑕宫神瑛侍者的甘露灌溉，脱去草胎化为人形，修成女体。这神瑛侍者便是贾宝玉的前生，绛珠仙草是林黛玉的前生。绛珠仙草为了报答神瑛侍者的灌溉之恩，于是跟随神瑛侍者一同下到凡间，“但把我一生所有的眼泪还他，也偿还得过他了”。正因有三生石畔这段前世姻缘，所以后来林黛玉初见贾宝玉时才会“好生奇怪，倒像在哪里见过一般”，而贾宝玉也觉得“这个妹妹我曾见过的”。林黛玉爱哭，小说第三回也曾写到“只怕他的病一生也不能好的了。若要好时，除非从此以后总不许见哭声”，还有还泪之说，乃至最后她泪尽而死，等等，都是对这一神话故事的照应。

文以载道，文学从来就不单是文学自家的事，它和时代息息相关。正因为此，中国古代小说的发展经历了尤为曲折艰难的发展过程。“字字看来皆是血，十年辛苦不寻常。”生活潦倒，贫病交加，曹雪芹在这样的困苦中，以超越常人的顽强毅力，于悼红轩披阅十载，增删五次。他的《红楼梦》，将中国古典小说的创作推向最高峰。

第二回　贾夫人仙逝扬州城　冷子兴演说荣国府

扫码读原著

冷眼看兴衰

第二回，又一个极为重要的人物出现了，那便是冷子兴。冷子兴是一个冷眼旁观人，他以旁人的视角来看荣、宁二府的人事及兴衰，加之贾雨村些许的精辟之语，把整个故事的大体走向展现给读者。作者巧妙地借旁人之语，铺设了或明或暗的线索，这一点极为精妙。

因是以旁人之眼来看，所以本回一开头便有诗云：“一局输赢料不真，香销茶尽尚逡巡。欲知目下兴衰兆，须问旁观冷眼人。”作者在告诉读者，从旁人言语就可以知道故事的结局，这是曹雪芹善用的伏笔。

从冷子兴的话语中，贾宝玉、林黛玉等主要人物首次进入读者的视线。在此有一个小细节，那就是贾雨村走到庙宇前看到的那副对联：身后有余忘缩手，眼前无路想回头。这不是随便一写，而是作者埋下的一个伏笔，在暗示故事的结局。这在冷子兴接下来的言语中也有进一步的解释和印证。

冷子兴的话大致分三部分，以此说明荣、宁二府由盛转衰的必然趋势。第一部分，他说荣、宁二府“如今生齿日繁，事务日盛，主仆上下，安富尊荣者尽多，运筹谋画者无一；其日用排场费用，又不能将就省俭，如今外面的架子虽未甚倒，内囊却也尽上来了”。很明显，是在说这贾府如今缺少统领大局之人，一个个只顾享受荣华富贵，极不节俭。这是荣、宁二府由盛转衰最重要的一个原因。第二部分，他说荣、宁二府的儿孙一代不如一代，男子大多自小就不争气，不好好读书，很难带动整个大家族的发展。第三部分，他说贾府有个不同凡俗的公子，那就是贾宝玉，他出生时口衔着玉，长大后时常有古怪之谈，而且只愿和女子相处，是个情种，这孩子有不为人知的能

力。贾雨村听了冷子兴的介绍后分析，这个贾宝玉的确不同凡响，也许会改变整个家族的命运。

当局者迷，旁观者清。本回跟随冷子兴，读者对贾府人事便可略知一二，有个大致的了解。

丫鬟娇杏之侥幸

娇杏是甄士隐家的丫鬟，按常理，她的人生注定处于社会底层。“好风凭借力，送我上青云。”这样的话出自薛宝钗之口是适宜的，因为她出身名门，家世显赫。对娇杏而言，飞上枝头变凤凰，这样的愿望在她遇见贾雨村之前也只能在梦里出现。

然而，造化弄人，生活有时也不按常规出牌。一天，娇杏无意中发现窗内好像有人在看她，她猜测此人可能就是老爷常说的什么贾雨村，出于好奇，不免回头看了几眼。看人者无心，哪料被看者却有意了。贾雨村狂喜不已，自作多情起来。想来也能理解，贾雨村赶考途中没了盘缠，寄身葫芦庙中，正值人生的落魄之时。“仪容不俗”“眉目清明”的娇杏三次回眸，给了他一份自以为是的自信和独在异乡的暖意，他觉得茫茫人海中娇杏能够慧眼识英雄，是他红尘中的红颜知己。

人在困顿中感受到的温暖往往更入心难忘，因此贾雨村成为新太爷重返故地后，不忘旧情，纳娇杏为二房，让她不再做人下人。没想到后来好事成双，一年后，娇杏生下一子；又半载，大房病逝，娇杏顺理成章被扶正，成为大奶奶。

“偶因一着错，便为人上人。”娇杏者，侥幸也。曹雪芹给这个丫鬟起这个名字，又用这两句诗来评价她很恰当。“丫鬟身子小姐命”，这是娇杏的人生万幸。想想她服侍过的甄家唯一的小姐甄英莲，那是个典型的“小姐身子丫鬟命”。英莲年幼被拐，长大后被卖，又被呆霸王薛蟠霸占为妾，成为后来的香菱，命途多舛，受尽磨难。甄英莲的遭遇，真的应该怜惜。

“人生真是古怪，真是变化无常啊。无论是害您或者救您，只消一点点小事。”古今同体，中外同心，娇杏和英莲两个女子天壤之别的命运，让人很容易想到法国作家莫泊桑在《项链》中的这句话。

第三回 贾雨村夤缘复旧职 林黛玉抛父进京都

扫码读原著

轻叩红楼 崔思遥

贾府初印象

这一回最妙之处莫过于通过林黛玉进贾府一事，透过她的眼睛观察每个人及其丰富的内心活动，从而揭示了形形色色人物的性格特点。

贾母、邢夫人、王夫人、李纨之后，出现在林黛玉眼中的重要人物是迎春、探春和惜春。书中用在这三个姐妹身上的笔墨并不多，然而，虽只有寥寥几句，却都是点睛之笔，把三人的性格特点表现得很到位。先说迎春："肌肤微丰，合中身材，腮凝新荔，鼻腻鹅脂，温柔沉默，观之可亲。"由此可看出她生性沉默寡言，她的温柔似乎更偏向于懦弱，而不是真正的脾气温和，易受人欺负。再说探春："削肩细腰，长挑身材，鸭蛋脸面，俊眼修眉，顾盼神飞，文彩精华，见之忘俗。"在黛玉眼中，探春充满活力，神采飞扬，极具大家闺秀之风范，又说"见之忘俗"，说明黛玉打心底对探春十分喜欢与欣赏。探春身上所具有的气质正是黛玉所不具备的，黛玉是一种病态美，而探春则是健康美，探春可以说是她向往的人物。对于惜春，书中只是一笔带过，说还是个小孩子。

王熙凤的出场令黛玉眼前一亮，无论是她的穿着打扮，还是她的言谈举止，都与他人截然不同。只闻其声、未见其人时，黛玉觉得此人无礼不守规矩，性格太过泼辣。王熙凤出现在黛玉面前后，则又大不相同，但见她仪表不俗，雍容华贵，恍若神仙妃子，又说她"一双丹凤三角眼，两弯柳叶吊梢眉，身量苗条，体格风骚，粉面含春威不露，丹唇未启笑先闻"。通过黛玉的眼睛，表现了她的精明干练，豪爽直率。林黛玉对王熙凤的感觉是复杂的，

一方面王熙凤的热情使她减少了初来乍到的恐惧和感伤，一方面她又有些惧怕王熙凤泼辣有心机的性格，所以总以微笑去回应。

宝黛相见不必多说，是本回最精彩的一段。与林黛玉之前耳闻的“混世魔王”大相径庭，在她眼中，贾宝玉风流倜傥，是一个面容姣好的美男子。人之常情，见到宝玉，黛玉的心是有所悸动的。况他俩又有木石前盟，所以第一次相见，黛玉对宝玉就感到颇为亲切，充满好感，觉得他异于凡人。从宝玉含笑的眼睛和话语中，她感到进入荣府后宝玉是带给她真正温暖感觉的人，是可靠之人。

透过林黛玉的眼睛，读者可以初步了解小说中这些人物，而这些人物的性格特征也决定了他们日后各自的命运。

解味红楼 李美瑛

黛玉离乡进贾府

远在扬州的林黛玉之所以进贾府，是源于母亲贾敏的去世。黛玉年小体弱，贾母“惜孤女”，于是决定把她接到身边。这一情节给绛珠仙草（黛玉前生）与神瑛侍者（宝玉前生）的人间重逢提供了充分的理由。

话说那日，弃舟登岸，走进贾府的林黛玉“步步留心，时时在意”，先后拜见了外祖母贾母、大舅母邢夫人、二舅母王夫人、李纨、迎春、探春、惜春、王熙凤等，唯独没有立即见到贾府的风云人物——贾宝玉。作者这样安排宝玉的出场，就是要突出他的与众不同。如果让宝玉和其他人同时出现在黛玉面前，会大大削弱他的光芒，也会削弱二人初见时那种惊心动魄的感觉。

宝玉的出场，是在黛玉和贾母闲聊读什么书时，丫鬟进来笑道：“宝玉来了！”就在黛玉心中疑惑“这个宝玉，不知是怎生个惫懒人物，懵懂顽童”时，一位年轻的公子已经出现在她面前。接下来是对宝玉的外貌描写，这是黛玉眼中的宝玉，他不是黛玉印象中大人们所说的“混世魔王”，在她看来，宝玉就是一个温柔多情的翩翩美少年！

“黛玉一见，便吃一大惊，心下想道：‘好生奇怪，倒像在那里见过一般，何等眼熟到如此！’”而宝玉看罢，因笑道：“这个妹妹我曾见过的。”当贾母说宝玉胡说时，他解释道：“虽然未曾见过他，然我看着面善，心里就算是旧相识，今日只作远别重逢，亦未为不可。”宝黛间这种似曾相识的感觉，正照应了第一回“木石前盟”的神话，他俩就是从天上到人间“远别重逢”的。

细心的读者也许会发现，在宝玉出场前，黛玉虽已在众人前亮相，但作者并没有描写她的外貌，只写了她的一些动作、语言及心理活动。黛玉的外貌，作者是通过宝玉的眼睛来写的，这才是作者心中要塑造的林黛玉，也是最符合作者审美价值观的林黛玉。

宝黛初会并不全是浪漫美好，黛玉一句“我没有那个。想来那玉是一件罕物，岂能人人有的”的大实话惹得宝玉“登时发作起痴狂病来，摘下那玉，就狠命摔去”。宝玉的叛逆性格在这里初露端倪，同时这也在暗示宝玉和黛玉“木石前盟”的爱情将遭遇薛宝钗“金玉良缘”的冲击。是夜，宝玉已睡，黛玉依旧在碧纱橱内伤心，淌泪抹眼的，书中这看似漫不经心的一笔，却呼应了第一回绛珠仙草的“还泪说”，巧妙而不露痕迹。

第三回除了宝黛相见的精彩，令人称道的还有王熙凤的出场。黛玉发现，在贾母面前，人人敛声屏气，大气不敢喘，可就在黛玉和贾母交谈一语未了时，后院突然传来放诞无礼的笑声，随笑声而来的还有一句话：“我来迟了，不曾迎接远客!”

未见其人，先闻其声，这一笑一语，显示了凤辣子王熙凤的独特登场以及她在贾府独特的地位。无论是按辈分还是按年龄，王熙凤都不是老大，贾母是老祖宗，邢夫人是她婆婆，王夫人是她姑姑，李纨是她嫂子，但由于有贾母的宠爱，她恃宠而骄，根本不把那些人放在眼里。

王熙凤八面玲珑，看人下菜碟，深得贾母喜爱。她知道黛玉是贾母心中除了宝玉之外的另一个宠儿，所以一见黛玉又是拉手又是夸赞，当然她也没忘了黛玉这次来是因为母亲去世，因此在赞美黛玉的同时，又以帕拭泪表达对贾敏病逝的悲伤。而当贾母责其又提伤心事时，她马上转悲为喜，情绪变化之快，令人咋舌。这样的情绪表现并不是发自真心，而只是做戏而已。

“妹妹几岁了？可也上过学？现吃什么药？在这里不要想家，想要什么吃的、什么玩的，只管告诉我；丫头老婆们不好了，也只管告诉我。”正常情况下，应该是一问一答，但王熙凤却自顾自问，根本不需要黛玉作答。她说在这里无论有什么事，都尽管告诉她，话语中传达出的信息是贾府的大权掌握在她手中。王熙凤其实并不是真正关心黛玉，其一言一行是做给贾母和别人看的。

王熙凤的出场，确有太多值得咂摸的地方。

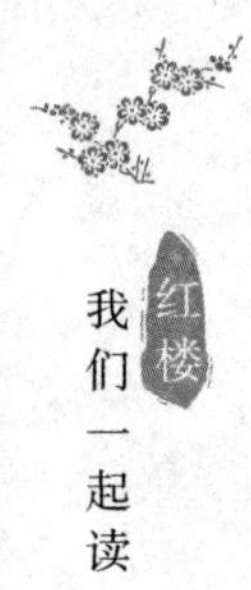

第四回 薄命女偏逢薄命郎 葫芦僧乱判葫芦案

扫码读原著

轻叩红楼 崔思遥

一案见世态

第四回重点写了“呆霸王”薛蟠惹麻烦一事。透过薛蟠打死冯渊一案，可以洞察当时世态炎凉以及人与人之间复杂微妙的关系。看本回中几类人对此案的态度，便可了解作者所要表达的对当时社会的看法。

第一类，以薛蟠为代表的纨绔子弟。薛蟠属于上流社会的公子哥，不愁吃穿，整日过着糜烂生活，吃喝嫖赌，样样俱全，根本不在乎别人的安危愁苦。打死冯渊，对他毫无影响，因为冯渊在他眼里是下等人，根本不配他关心。生活在一个养尊处优的环境中，又人人骄纵，他形成的观念便是自己理所当然地高高在上。有钱就尽情挥霍，有乐就尽情享受，这就是薛蟠的生活信仰。

第二类，以薛姨妈、王夫人、贾政为代表的权贵。薛蟠惹事后，作为母亲的薛姨妈并未过多责备儿子，可见其溺爱纵容；王夫人听到贾雨村在暗中操作帮薛蟠将此事摆平，也便放了心；贾政则“公私冗杂，且素性潇洒，不以俗务为要，每公暇之时，不过看书着棋而已，余事多不介意”，更是不予过问，也不认为那是自己分内的事。这些权贵，为了自家人的利益，可以动用权力和钱财扫平障碍，保全自身，对小人物的生死非常冷漠。

第三类，以贾雨村和门子为代表的地方小官和市井小人物。这些人处于一种不高不低的位置，他们混在社会上都要倚仗权贵，但他们往往稍有权力就会得意忘形，甚至不用于正道。贾雨村得以当此小官靠的是贾政、林如海的关系，如不是靠这些极有权势的人提携，即使复职他也不会太称心如意。

在薛蟠一案中，当听到门子说被告系金陵四大家族之一的薛家时，贾雨村便深知得罪不起，这关系他日后仕途能否顺利和飞黄腾达。贾雨村多年苦读就是为了仕途，私心使他绝不会因为这样一个案子而危害自己的利益。在听了门子所讲的话后，他只是让门子出主意，并不是他没主见，而是他知道如果处理不妥，他还可以靠自己的权力脱去干系。其次，他明知道被拐的女孩是当年的恩公甄士隐之女却不出手相救，只是嘴上感叹，于情于理都是说不过去的。从这个案子颇能看出贾雨村的冷漠。而门子则是典型的市井人物，尤其仗着自己和贾雨村是旧相识，便大胆起来。他在讲述冯渊和英莲的事情时完全没有表露出一点同情之意，反而带着对原告的讥讽之情，觉得他们状告至衙门是自不量力，甚至当笑话讲给贾雨村听。

由薛蟠一案可洞察世态之炎凉，这也是作者内心的呐喊。

解味红楼 李美瑛

相时而动贾雨村

对贾雨村而言，无论贾家还是甄家都是他的恩人。想当年，他穷困潦倒于葫芦庙，要不是甄士隐慷慨解囊，他何以能入京参加科考，然后顺利步入仕途？贾家对他的恩情，则主要体现在对他为官的举荐提携上。贾雨村是如何回报他的恩人的？从第四回中可以找到一些答案。

贾雨村在贾政的帮助下，补授了应天府，一到任，就接到一起命案。来人状告薛家少爷薛蟠为抢丫头打死了他的主人冯渊，然后逃之夭夭了。文中写道：“雨村听了大怒道：‘岂有这样放屁的事！打死人命就白白的走了，再拿不来的！’”杀人偿命，这是人人皆知的道理。不难看出，此时的贾雨村爱憎分明，秉公办事，义正词严，一副为民申冤的青天大老爷模样。

但是，就在他将下令捉拿凶犯时，看到门子在一旁使眼色，精明圆滑的他立即意识到有问题。果然，走进密室后，门子给他出示了一份“护官符”，贾雨村这才知道贾、王、史、薛四大家族盘根错节，关系复杂，牵一发而动全身，哪个也惹不起。得知这打死人的薛蟠是恩人贾政之妻王夫人的亲外甥，贾雨村之前听到命案时的愤怒登时消散，他马上想到正好以此来回报贾家的知遇之恩。如此改变，表明他先前的“愤怒”不过是一种事不关己的所谓公

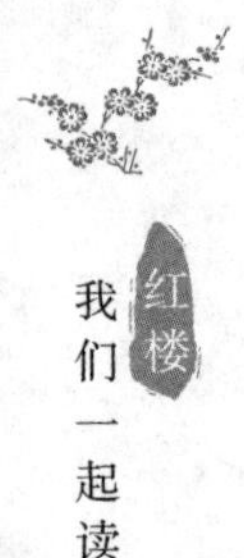

正罢了。

贾雨村的徇私枉法、假公济私让人气愤，更令人气愤的是，门子告诉他这个被抢的丫头就是他昔日恩人甄老爷丢失的小姐甄英莲，并详细讲述了英莲被拐后的悲惨遭遇。贾雨村听了这些，非但没为之所动，反而说了一段自欺欺人、没有人性的废话，其实是在为自己的不仁不义开脱："这也是他们的孽障遭遇，亦非偶然。不然这冯渊如何偏只看准了这英莲？……这正是梦幻情缘，恰遇一对薄命儿女。且不要议论他，只目今这官司，如何剖断才好？"这就是贾雨村的世故和冷漠，此时他心里所念根本不是恩人甄士隐，而是如何明哲保身。

贾雨村的可恶可憎还没结束。薛蟠一案，门子帮了他大忙，他理应感激，但他却不这样认为。"此事皆由葫芦庙内之沙弥新门子所出，雨村又恐他对人说出当日贫贱时的事来，因此心中大不乐业，后来到底寻了个不是，远远的充发了他才罢。"贾雨村过河拆桥，卸磨杀驴，成为又一版本的东郭先生和狼的故事中的主角。

世态炎凉，人情冷暖。贾雨村，势利小人，白眼儿狼！

第五回　游幻境指迷十二钗　饮仙醪曲演红楼梦

扫码读原著

轻叩红楼　崔思遥

痴情根难易

第五回是极具暗示性的一回，贾宝玉在梦中神游太虚幻境，警幻仙子带他了解了他周围很多女子的命运。

贾宝玉是天生的痴情种，这就决定了他与身边的诸多女子都会有“剪不断，理还乱”的感情纠葛。而他的痴情也在某种程度上与荣、宁二府的衰败有着千丝万缕的联系。

贾宝玉的痴情在这一回中体现得很透彻，从他选择秦可卿的房间就可以看出来。起初，当他看到房间挂满了与读书入仕有关的画卷与对联时，便坚决不在那里睡觉；后来，当看到挂满了与女子有关的画卷的秦可卿的房间时便心中大悦，因为他认为“女儿是水作的骨肉，看见了便觉清爽”。宝玉的痴情是很单纯的，他的痴情是对女子的欣赏与怜惜。

梦境中，贾宝玉翻阅了金陵十二钗正册、副册以及又副册中的一些判词，从这些判词中我们可以看出很多女子的命运都是和宝玉的痴情息息相关的。如晴雯使得“多情公子空牵念”，袭人却与“公子无缘”，贾宝玉对黛玉的痴情又让“金簪雪里埋”，等等。只是他尚未顿悟，不能看懂这些判词。

贾宝玉的痴情是一种对感情的高度责任感，并不是滥情。他对每个他所喜爱的女孩子的感情都是那么纯洁无瑕，一视同仁，他愿意把自己的爱分给身边的女孩子，所以当薛宝钗来后，贾宝玉自是非常高兴。他的痴情用在每一个美好的女子身上，当然，他把最多的情用在了林妹妹身上。两人朝夕相处，他对林黛玉的感情不同于其他姊妹；黛玉的悲喜最牵动他的心，这是其

他姊妹无可比拟的。

贾宝玉注定是一个痴情种，他这难改的痴情根也注定会给他的人生带来许多伤痛。

谜一样的第五回

第五回像由一个一个谜面组成，如果猜不出谜底，阅读便会索然无味；如果揭开谜底，阅读则会兴致倍增。

这一回有两幅画，一幅是《燃藜图》，一幅是《海棠春睡图》。《燃藜图》是劝人勤学苦读的，贾宝玉不爱读书，更反感别人劝他读，所以看到这幅画自然不高兴；贾宝玉喜欢女孩子，认为“女儿是水作的骨肉”，纯洁美好，《海棠春睡图》画的是美女，所以他看了心情大爽。

这一回有六副对联。第一副挂在《燃藜图》旁：世事洞明皆学问，人情练达即文章。它表达的是儒家思想入世的一面，是封建道德标准之一，对具有反封建思想的宝玉而言，看到这样的对联会不开心，是完全可以理解的。第二副对联挂在《海棠春睡图》旁：嫩寒锁梦因春冷，芳气笼人是酒香。画的内容是贵妃醉酒，对联的内容与其十分吻合。无论画还是字，都和这间屋子的主人秦可卿珠联璧合。

其他四副对联出现在贾宝玉的梦里。第三副在一个牌坊处，横批是“太虚幻境”，两边写的是：假作真时真亦假，无为有处有还无。这副对联在第一回甄士隐的梦中出现过。同一副对联两次出现，这不是简单的重复。甄士隐享受过荣华富贵和天伦之乐，但后来家道衰败，遁入空门；第五回写贾宝玉梦游太虚幻境，看到这副对联，隐喻他的结局和甄士隐是一样的。第四副在一宫门处，上面横书“孽海情天”，两侧大书：厚地高天，堪叹古今情不尽；痴男怨女，可怜风月债难偿。《红楼梦》以宝黛爱情为主线，描写了大观园中女子悲欢离合的故事，好结局的不多。第五副出现在“薄命司”：春恨秋悲皆自惹，花容月貌为谁妍。薄命司的大橱里记录着许多女子的未来命运。红颜薄命，纵有花容月貌，无人怜惜，空自凋零，有命无运实堪悲。

“幽微灵秀地，无可奈何天。”这是第六副对联，出现在警幻仙子给贾宝玉嗅“群芳髓”香精油、喝“千红一窟”茶、饮“万艳同杯”酒、听新制《红楼梦》曲的地方。“群芳”“千红”“万艳”当然是“灵秀”地，而“一窟”（都哭）、“同杯”（同悲），则委婉含蓄地告诉读者“群芳”（指女子）的命运都很悲惨。

这一回有十四个判词。其中，有三个是“金陵十二钗又副册”上的：

霁月难逢，彩云易散。心比天高，身为下贱。风流灵巧招人怨。寿夭多因毁谤生，多情公子空牵念。（写的是晴雯。）

枉自温柔和顺，空云似桂如兰；堪羡优伶有福，谁知公子无缘。（写的是袭人，有福的优伶是袭人的丈夫蒋玉菡。）

根并荷花一茎香，平生遭际实堪伤。自从两地生孤木，致使香魂返故乡。（写的是香菱。“根并荷花一茎香”暗指“英莲”和“香菱”是一个人，“两地生孤木”是拆字法：桂，指的是薛蟠的大老婆夏金桂。）

其余十一个判词写的是“金陵十二钗”。

可叹停机德，堪怜咏絮才。玉带林中挂，金簪雪里埋。（作者把黛玉和宝钗放在同一个判词中，一、四句写的是薛宝钗，二、三句写的是林黛玉，因而金陵十二钗只有十一首判词。）

二十年来辨是非，榴花开处照宫闱。三春争及初春景，虎兕相逢大梦归。（初春就是元春，她的宫廷生活在四十多岁便结束了。）

才自精明志自高，生于末世运偏消。清明涕送江边望，千里东风一梦遥。（写的是心高气傲、聪明过人的探春，可怜她命运不济，远嫁他乡。）

富贵又何为，襁褓之间父母违。展眼吊斜晖，湘江水逝楚云飞。（写的是苦命的史湘云。）

欲洁何曾洁，云空未必空。可怜金玉质，终陷淖泥中。（写的是出家也没能保全自己的妙玉。）

子系中山狼，得志便猖狂。金闺花柳质，一载赴黄粱。（“子系”就是“孙”，判词暗指迎春的丈夫孙绍祖是个忘恩负义的中山狼，最后把迎春折磨死了。）

勘破三春景不长，缁衣顿改昔年妆。可怜绣户侯门女，独卧青灯古佛旁。（“缁衣”是黑色的衣服，青灯古佛，这一切暗指惜春后来出家了。）

凡鸟偏从末世来，都知爱慕此生才。一从二令三人木，哭向金陵事更哀。（“凡鸟”二字合起来是“凤”的繁体字——鳳，这个判词自然是在写王熙凤。）

势败休云贵，家亡莫论亲。偶因济刘氏，巧得遇恩人。（可怜的巧姐在贾府失势后，多亏当年她母亲王熙凤接济过的刘姥姥，才获救。）

桃李春风结子完，到头谁似一盆兰。如冰水好空相妒，枉与他人作笑谈。（第一句“桃李”“完”合起来就是“李纨”二字，这首判词是写她的。）

情天情海幻情身，情既相逢必主淫。漫言不肖皆荣出，造衅开端实在宁。（写的是宁国府秦可卿的命运。）

判词的背面都有一幅画，这些画和文字相照应，也在暗示人物的命运。这一回还有十四支脍炙人口的曲子——

【红楼梦引子】开辟鸿蒙，谁为情种？都只为风月情浓。趁着这奈何天，伤怀日，寂寥时，试遣愚衷。因此上，演出这怀金悼玉的《红楼梦》。（慨叹小说写了许多儿女之情，走的是情感路线。）

【终身误】都道是金玉良姻，俺只念木石前盟。空对着，山中高士晶莹雪；终不忘，世外仙姝寂寞林。叹人间，美中不足今方信。纵然是齐眉举案，到底意难平。（这是唱宝玉、黛玉、宝钗三人的情感纠葛的。）

【枉凝眉】一个是阆苑仙葩，一个是美玉无瑕。若说没奇缘，今生偏又遇着他；若说有奇缘，如何心事终虚化？一个枉自嗟呀，一个空劳牵挂。一个是水中月，一个是镜中花。想眼中能有多少泪珠儿，怎经得秋流到冬尽，春流到夏！（写宝黛爱情。）

【恨无常】喜荣华正好，恨无常又到。眼睁睁，把万事全抛。荡悠悠，把芳魂消耗。望家乡，路远山高。故向爹娘梦里相寻告：儿命已入黄泉，天伦呵，须要退步抽身早！（写元春。）

【分骨肉】一帆风雨路三千，把骨肉家园齐来抛闪。恐哭损残年，告爹娘，休把儿悬念。自古穷通皆有定，离合岂无缘？从今分两地，各自保平安。奴去也，莫牵连。（写探春。）

【乐中悲】襁褓中，父母叹双亡。纵居那绮罗丛，谁知娇养？幸生来，英豪阔大宽宏量，从未将儿女私情略萦心上。好一似，霁月光风耀玉堂。厮配得才貌仙郎，博得个地久天长，准折得幼年时坎坷形状。终久是云散高唐，水涸湘江。这是尘寰中消长数应当，何必枉悲伤！（写史湘云。）

【世难容】气质美如兰，才华阜比仙。天生成孤癖人皆罕。你道是啖肉食腥膻，视绮罗俗厌；却不知太高人愈妒，过洁世同嫌。可叹这，青灯古殿人将老；辜负了，红粉朱楼春色阑。到头来，依旧是风尘肮脏违心愿。好一似，无瑕白玉遭泥陷；又何须，王孙公子叹无缘。（写妙玉。）

【喜冤家】中山狼，无情兽，全不念当日根由。一味的骄奢淫荡贪还构。觑着那，侯门艳质同蒲柳；作践的，公府千金似下流。叹芳魂艳魄，一载荡悠悠。（写迎春。）

【虚花悟】将那三春看破，桃红柳绿待如何？把这韶华打灭，觅那清淡天和。说什么，天上夭桃盛，云中杏蕊多。到头来，谁把秋捱过？则看那，白杨村里人呜咽，青枫林下鬼吟哦。更兼着，连天衰草遮坟墓。这的是，昨贫今富人劳碌，春荣秋谢花折磨。似这般，生关死劫谁能躲？闻说道，西方宝树唤婆娑，上结着长生果。（写惜春。）

【聪明累】机关算尽太聪明，反算了卿卿性命。生前心已碎，死后性空灵。家富人宁，终有个家亡人散各奔腾。枉费了，意悬悬半世心；好一似，荡悠悠三更梦。忽喇喇似大厦倾，昏惨惨似灯将尽。呀！一场欢喜忽悲辛。叹人世，终难定！（写王熙凤。）

【留余庆】留余庆，留余庆，忽遇恩人；幸娘亲，幸娘亲，积得阴功。劝人生，济困扶穷，休似俺那爱银钱忘骨肉的狠舅奸兄！正是乘除加减，上有苍穹。（写巧姐。）

【晚韶华】镜里恩情，更那堪梦里功名！那美韶华去之何迅！再休提绣帐鸳衾。只这带珠冠，披凤袄，也抵不了无常性命。虽说是，人生莫受老来贫，也须要阴骘积儿孙。气昂昂头戴簪缨，气昂昂头戴簪缨；光灿灿胸悬金印；威赫赫爵禄高登，威赫赫爵禄高登；昏惨惨黄泉路近。问古来将相可还存？也只是虚名儿与后人钦敬。（写的是凄苦一生的李纨。）

【好事终】画梁春尽落香尘。擅风情，秉月貌，便是败家的根本。箕裘颓堕皆从敬，家事消亡首罪宁。宿孽总因情。（写秦可卿。）

【收尾·飞鸟各投林】为官的，家业凋零；富贵的，金银散尽；有恩的，死里逃生；无情的，分明报应。欠命的，命已还；欠泪的，泪已尽。

冤冤相报实非轻，分离聚合皆前定。欲知命短问前生，老来富贵也真侥幸。看破的，遁入空门；痴迷的，枉送了性命。好一似食尽鸟投林，落了片白茫茫大地真干净！（总写《红楼梦》人物命运，暗示小说的大结局。）

此外，这一回宝玉刚入梦时，听到有人唱歌："春梦随云散，飞花逐水流；寄言众儿女，何必觅闲愁。"这首歌告诉读者春梦易醒，好花难继，儿女情长，终归是殇，这正是《红楼梦》的主旋律。

"一场幽梦同谁近，千古情人独我痴。"这是第五回的结束句，既揭示了小说中许多人物的悲惨命运——为情而痴，也写出了作者的悲苦心声——十年艰辛，痴心"红楼"。

第六回 贾宝玉初试云雨情 刘姥姥一进荣国府

轻叩红楼 崔思遥

刘姥姥入府

第六回中出现了一个与贾府格格不入的人物——刘姥姥。刘姥姥的出现无疑是一道奇特的风景，与贾府那些太太小姐们比起来，刘姥姥就是一个不折不扣的乡巴佬，社会地位以及物质上的差距使她们的生活判若云泥。因此，在思想和情感上，贾府对刘姥姥也做不到真正平等地看待，甚至还有些或无意或有意的蔑视。王熙凤就是抱有这种态度的典型代表之一。

刘姥姥生活在乡下，过着非常贫困的生活，与贾府物质上的富裕有着天壤之别，况且在那样一个重视等级的社会中，富贵之人大都瞧不起穷人。王熙凤又是一个非常自负、势利、心计极深的人，她对刘姥姥的爱答不理和敷衍态度自在情理之中。从对刘姥姥的态度上，可以看出王熙凤那副极其虚伪的嘴脸。她几次找各种理由想要打发刘姥姥，因为她厌恶刘姥姥是穷人，而且言语行动粗鄙不堪，和她对话就好像是玷污了自己似的。但她表面上却始终说着客气话，这不得不让人佩服王熙凤的虚伪和两面性。

与王熙凤形成巨大反差的，是刘姥姥的真诚坦率和不拘小节。刘姥姥虽然没有什么文化，但她情商并不低，很有自知之明，走进贾府，她知道处处看人眼色，听人说规矩，能够准确恰当地给自己定位，受得委屈。刘姥姥是一个真性情的人，所以有时难免说些粗话，但这恰恰体现了刘姥姥的坦率、单纯与质朴。

相比之下，刘姥姥比王熙凤等活得更快乐、更简单，她毫不掩饰自己最真实的一面，而这正是许多富贵人家的小姐太太们最不具备的。刘姥姥入府，

倒是给这些整日关在深闺大院里的她们带来一股从未有过的清新之风，当然，这也让刘姥姥暂时成为唱独角戏的小丑。

解味红楼 李美瑛

叹小人物之辛酸

看刘姥姥一进荣国府这回，心里不是滋味。每个人都有自尊心，如果不是为生活所迫，谁愿意低三下四向别人谄媚乞讨？

“因这年秋尽冬初，天气冷将上来，家中冬事未办，狗儿未免心中烦虑，吃了几杯闷酒，在家闲寻气恼，刘氏也不敢顶撞。”狗儿无能，解决不了一家老小的温饱不说，还借酒耍脾气。刘姥姥一定是心疼闺女，看不过她受气，所以才自告奋勇，舍得自己“这副老脸去碰一碰”，决定去荣国府走一趟。

见大人物总要有个由头，先前和贾府王夫人娘家有瓜葛的并不是刘姥姥一族，而是他的姑爷狗儿的祖上。狗儿是男人，“又这样个嘴脸”，去不得，所以刘姥姥只能带上一无所知的五六岁的外孙板儿作为敲门砖。

板儿还是个小孩子，不懂人情世故，为了实现此行目的，板儿这里不能掉链子，因此，“次日天未明，刘姥姥便起来梳洗了，又将板儿教训了几句”。一个“又”，表明在这之前板儿已经被教训过了，爹娘的教训，刘姥姥的教训，应该都有。

刘姥姥来到宁荣街，先找到周瑞家。周瑞家的还算不错，别管出于何心，总归答应了刘姥姥，引荐她去见凤姐。书中写道：“说着一齐下了炕，打扫打扫衣服，又教了板儿几句话。”无辜的孩子再次被教训。来到凤姐家，正赶上午饭时间，炕桌森列的碗盘里满满是鱼肉，“板儿一见了，便吵着要肉吃，刘姥姥一巴掌打了他去”。板儿一早就跟刘姥姥出了家门，肚子一定饿了；再者，家徒四壁，一贫如洗，板儿在家哪里有鱼肉吃，能填饱肚子就不错了。小孩不懂事，馋嘴也正常。刘姥姥担心板儿的举止坏了大事，一巴掌打过去，毫不手软。难道她不心疼外孙吗？非也！但为了生计，此时在刘姥姥心中弄来钱物比外孙更重要。

当周瑞家的示意刘姥姥向凤姐提要求时，“刘姥姥会意，未语先飞红的脸，欲待不说，今日又所为何来？只得忍耻说道……”空口求人不是容易事，

要放得下自尊，刘姥姥虽是庄稼人，但一样有自尊心，张嘴要钱同样难为情，所以才未语先红脸，虽最后还是张了口，但在她心里，也未尝不感到羞辱，所以刘姥姥后来说完，“又推板儿道：‘你那爹在家怎么教你来？打发咱们作煞事来？只顾吃果子咧。’”在比自己小二十几岁又是晚辈的凤姐面前，刘姥姥不仅自己奴颜婢膝，满脸奉迎，还把五六岁的板儿推来搡去，既给自己一个台阶，同时也是为了加重要钱的砝码。板儿懵懂无知，就像木偶一样，成为被利用的工具，看着着实可怜。然而，舍不得孩子套不着狼，不这样，又能怎样呢？谁让人家是“瘦死的骆驼比马大”，谁让人家“拔根寒毛也比自己的腰粗呢”。刘姥姥在贾府上上下下所有人面前那满绽菊花似的笑容背后，深隐的是社会底层小人物的无奈与辛酸。

侯门深似海，对刘姥姥，除了同情还是同情。

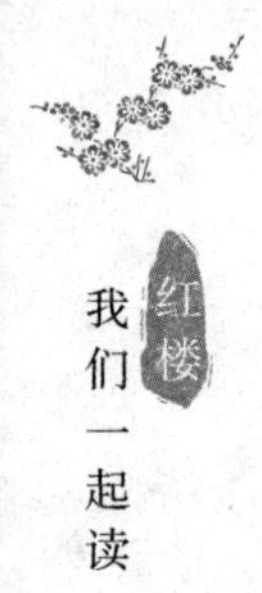

第七回　送宫花贾琏戏熙凤　宴宁府宝玉会秦钟

扫码读原著

轻叩红楼　崔思遥

同是风流人

第七回，两个风流倜傥的美男子——贾宝玉和秦钟相见了。这一回的结尾说“不因俊俏难为友，正为风流始读书”，可谓精辟地总结了他们的初次相见。

贾宝玉素来不喜欢和男子交往，他认为男人是污浊的，和男人交往只会让自己也变得浑浊，所以只愿意和女儿相处，但秦钟却是个例外。贾宝玉为了他，竟然可以到最不愿意去的学堂上学。由此足见，在贾宝玉眼中，秦钟不是一般人。那么，贾宝玉到底为何对秦钟如此倾心？

秦钟的名字就透露了最大的一个原因——“秦钟”即为“情种”之意，在这一点上他和贾宝玉可谓志同道合。都说物以类聚，人以群分，在那样一个人性压抑的社会，贾宝玉想要找到一个和他志趣相投的人，难于上青天。他和秦钟同属那个时代的异类，本就都是孤独之人，且又天性风流，相遇必然惺惺相惜。所以，秦钟让贾宝玉产生了心灵的共鸣，两人自是越聊越情投意合，贾宝玉自然待秦钟与其他男子不同。

贾宝玉生得俊俏清秀，秦钟也同样如此。两人皆长相不俗，况秦钟又颇有几分羞怯的女儿之态，这更让贾宝玉喜欢。贾宝玉甚至暗忖自己不如秦钟，他对秦钟是一种倾慕的情感。因此，只说了几句话，他们就很熟络了。

影响他们交往的最大阻碍就是两人门第的悬殊，一个是富家公子，一个是清贫小生，这注定他们不可能成为真正的朋友。等级的高低贵贱会让他们分道扬镳，正所谓“同是风流人，终非同道人”。

宝黛钗心病难医

《红楼梦》中三个主要人物——贾宝玉、林黛玉、薛宝钗都有病，而且都病得不轻。宝玉得的是“痴狂病”，第三回写宝黛初见，宝玉问黛玉有玉否，黛玉说没有，“宝玉听了，登时发作起痴狂病来，摘下那玉，就狠命摔去……”“无故寻愁觅恨，有时似傻如狂。”宝玉的病缘于同封建思想格格不入的叛逆精神，他这种思想一旦与现实发生强烈冲突，就会犯病。他这毛病后来还不止一次犯过，且大都与黛玉有关。封建时代，婚姻讲究父母之命、媒妁之言，追求自由爱情是大逆不道的，贾宝玉非要逆流而上，所以常被现实撞得遍体鳞伤。他犯病时的疯疯癫癫，是他理想不能实现而造成的痛苦的外在呈现。

黛玉的病是前生注定的，她今生就是为偿还神瑛侍者的雨露灌溉之恩。雨露是天地草木之精华，眼泪是人心灵情感的结晶，黛玉只有用自己一生的泪水面对宝玉，才能报答他前世的恩情。黛玉小时候，有一个癞头和尚对她的父母说要化她出家，黛玉的父母自然不肯，于是和尚断言她的病只怕一生也不能好，若要好，除非从此以后总不许见哭声，除父母外，凡外姓亲友一概不见，方可平安了此一世。所以，自从黛玉进了贾府，见了外姓亲友宝玉等后，她的病就一天比一天严重，最后泪尽而香消玉殒。

看起来体态丰美、非常健康的宝钗也有病。第七回写有一天周瑞家的上宝钗家，问她为什么两三天没到那边逛逛，宝钗答那种病又发了。薛宝钗患的是一种无名之症，据一个秃头和尚说这是从胎里带来的一股热毒。这是一股什么样的毒呢？它和黛玉的病一样，也是天生的。但二人的症状不同，黛玉是咳，宝钗是喘；黛玉是虚、寒，气血不足，宝钗是壮、热，气血过旺。黛玉要吃“人参养荣丸”来进补，宝钗须吃“冷香丸”来祛火。宝钗是封建社会典型的淑女，做事严谨，心思缜密，“随分从时”不逾矩，言谈举止是那个时代女子的标杆，所以在贾府她受到老老少少几乎所有人的喜爱。她经常规劝宝玉要听大人的话，要好好读书，将来走仕途经济，继承祖业，加官晋爵等，这也是她后来成为长辈眼中宝玉妻子不二人选的原因。宝钗的病是因封建思想中毒太深，且病入膏肓，不可救药，最后只能落得孤家寡人，清苦

终老。

心病难医，宝、黛、钗三个青年人，他们的病归根结底都是因为封建礼教和思想，只要那样的时代存在，他们的病就永无痊愈之日，他们的人生就注定是场悲剧。

第八回 比通灵金莺微露意 探宝钗黛玉半含酸

扫码读原著

轻叩红楼 崔思遥

心中自明了

第八回最大的看点莫过于宝、黛、钗三人在一处聊天时的种种语言及心理活动，这些都很值得阅读时细细揣摩和品味，从中可看出很多微妙的感情。

宝钗看了宝玉的通灵宝玉，发现和自己所佩戴的金锁上的文字是一对儿，这就是作者所要暗示的“金玉良缘”。丫鬟莺儿在一边“添油加醋”时，宝钗却只嗔她不去倒茶，可见宝钗内心很羞涩。宝钗是那个时代标准的淑女，她不会在言语中把心思表达得那么直接，而只会把对宝玉的那种倾慕深深地藏在心里。

而黛玉呢，看到宝玉和宝钗聊得那么开怀，自然心中燃起嫉妒的小火苗。黛玉天性喜猜疑，言辞又较犀利，因此吃醋地说了句——“嗳哟，我来的不巧了!”话虽简短，却表现了黛玉对宝玉含酸的爱，后面所说的赌气之话亦是如此。吃饭时，宝钗告诉宝玉酒不可以凉着喝，宝玉就很乖地听从了，后来丫鬟雪雁被紫鹃派来给黛玉送暖手的小手炉，黛玉借奚落雪雁听紫鹃的话而不听她的话，间接讽刺宝玉很听宝钗的话，宝玉立刻会意了，因为他太了解黛玉的性格，所以只是容忍地微笑。

有一点特别让宝玉喜欢的，就是黛玉从来不束缚他，尤其像读书、礼教这样的事情。当李嬷嬷极力劝阻宝玉喝酒，还说老爷要检查他读书情况的时候，宝玉很不开心，黛玉立即站出来维护宝玉，替他反驳李嬷嬷。这份维护也是出于对宝玉的爱与欣赏，如果换作宝钗，她就会和李嬷嬷形成统一战线。仅凭这一点，宝玉就会毅然决然地选择黛玉。

就凭宝钗和黛玉在细微之处的差别，宝玉的情感倾向便可一目了然。纵有美玉和金锁的匹配，仍不可摇动“木石前盟”在宝玉心中的坚定。

解味红楼 李美瑛

黛玉的尖酸刻薄

林黛玉的尖酸刻薄是出了名的，这一点在第八回有集中精彩的描写。

话说某日，宝玉去探望多日不见、身体有恙的宝钗，二人正在闲聊，黛玉来了，她一见了宝玉，便笑道：“嗳哟！我来的不巧了！”宝钗问她为什么，黛玉发表了一番感慨：要来一群都来，要不来一个也不来；今儿他来，明儿我再来，如此间错开了来，岂不天天有人来了？也不至于太冷落，也不至于太热闹了。黛玉是来探望宝钗的，按说与宝玉无关，然而，她见了宝钗，不先问候人家，反倒把第一句话送给宝玉，有喧宾夺主之嫌。黛玉的话，看似怪自己来得不是时候，实则在怪罪宝玉自己一个人来看宝钗，没有告诉她。黛玉认为宝玉应该和自己一条心，步调也要保持一致，要么一起来，要么都不来，要么今天你来、明天我来彼此莫撞见，反正不能同一天出现却不是一块来：一则表明宝玉没和她商量，自己在他心里不够重要；二则让宝钗得意，明摆着她和宝玉没有默契，没有统一行动，感情不够。

黛玉醋意大发，后面的醋味也越来越浓。宝钗劝宝玉不能吃冷酒，宝玉就乖乖放下，命人暖来方饮。黛玉也一定知道冬天喝冷酒不好，但这话出自宝钗之口，且宝玉听了，她就不受用；可宝钗说的有理呀，黛玉不好当面反驳，“只抿着嘴笑”，这笑，不是正常的善意的笑，是在掩饰内心醋意的笑，笑得酸溜溜的。正巧这时丫鬟雪雁给她送手炉，这让黛玉找到了发泄口，指桑骂槐起来：“也亏你倒听他的话。我平日和你说的，全当耳旁风；怎么他说了你就依，比圣旨还快些！”瞧瞧这刀子嘴，骂人不带脏字，杀人不带血丝，宝玉和宝钗都听出来了，只是一笑了之，没有接茬。

接下来，黛玉对宝玉的奶娘李嬷嬷阻止宝玉喝酒的一番理论更把她的尖酸推向极致。无论怎样，李嬷嬷是长辈，又是宝玉的乳母，有养育之恩，敬重当然要有，但黛玉不管这些，怂恿宝玉只管喝，乐自己的。李嬷嬷说她不该这样，应劝劝宝玉。这话一下捅了马蜂窝，黛玉不爱听这个，因为大家都知道宝钗爱劝宝玉，大人们也因此喜欢宝钗，李嬷嬷以此说事，惹恼了黛玉，她的小心眼儿再次显露，反击直截了当，句句戳人心：“我为什么助他？我也不犯着劝他。你这妈妈太小心了，往常老太太又给他酒吃，如今在姨妈这里多吃了一口，料也不妨事。必定姨妈这里是外人，不当在这里的也未可定。”指责李嬷嬷也就算了，还拉上了老太太、薛姨妈，这不是挑事吗？李嬷嬷哪里承受得起，难怪她直呼林姐这嘴比刀子还尖了。

很多读者不喜欢黛玉，就是因为她的敏感刻薄，爱使小性。的确，林黛玉有时就像一只刺猬，稍有风吹草动，立即进入高度戒备状态，张开浑身利刺，不分青红皂白就冲出去，几乎本能地自卫。体弱多病，多愁善感，少小离家，寄人篱下，这些是造成她这一性格的主要原因。“一年三百六十日，风刀霜剑严相逼。”作为外孙女，在人际关系错综复杂的贾府，黛玉的分量其实并不重，她想赢得自己追求的东西，也不是件容易的事。

“心较比干多一窍”，若能换个角度审视黛玉的尖酸刻薄，也许你能发现她超乎常人的聪颖智慧以及在人生夹缝中苦苦挣扎的脆弱痛苦，从而对她的尖酸刻薄报以理解和同情。

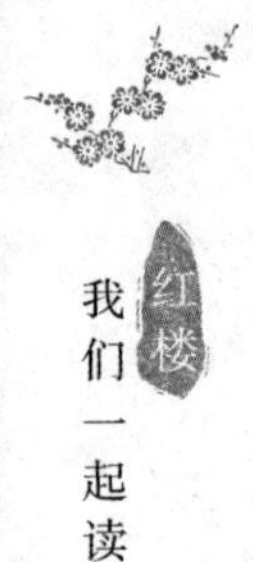

第九回　恋风流情友入家塾　起嫌疑顽童闹学堂

扫码读原著

轻叩红楼　崔思遥

打架之风波

第九回的学堂打架是一大奇闻，众多公子哥连着许多小厮在家塾中打架是极不敬的，从这次打架一事中可以看出许多端倪。

打架的起因是因为公子哥生性之风流。宝玉带着秦钟第一次入家塾读书，二人就和另外两个同样风流的香怜、玉爱互相吸引，自此眉目传情。一日，贾代儒生病，令贾瑞看管家塾里的学生。秦钟与香怜偷偷在后门约会，被像"霸王"一样的金荣逮了个正着。此时金荣正借着平日对香怜的嫉妒而趁机报复，况有贾瑞助阵，于是就引起了一系列人的不满：先是贾蔷因和宝玉、秦钟关系非同一般，所以暗中帮助他俩，还找了宝玉最贴身的小厮茗烟来，茗烟一听金荣惹了自己的主子立马动怒，进来大骂金荣，从而打架开始升级。金荣的朋友为了帮助金荣，从暗处扔了一块砚砖进来，正砸到贾菌的桌子上，这贾菌一向也是极淘气的，就为打架火上浇油。至此，几乎所有人都参与进打架中，学堂乱作一团。

香怜，正如他的名字，风流妩媚，生得标致，却没有宝玉那样的地位，得人宠爱，只能被人欺负，令人怜惜。金荣则是一种恶势力的象征，这也正是宝玉最厌恶的，况他又欺负了自己的好兄弟，所以大发雷霆。贾瑞在这场打架风波中有着不可推卸的责任，因为他是个图便宜没行止的人，任由闹事双方争执，最终发展成打架却坐视不管，甚至暗暗怂恿金荣，他比直来直去的金荣更为可恶，是个阴险的卑鄙小人。贾蔷虽然暗中使计，借茗烟来帮助秦钟，可他却不敢亲自出面为秦钟打抱不平，反而在打架开始时偷偷溜走，自以为很聪明，让茗烟替自己当了挡箭牌，殊不知自己要的小聪明却招来了大麻烦。

在这场打架中，最值得一提的人是茗烟。宝玉之所以最喜欢茗烟，就是因为茗烟对他忠心耿耿。而且，能成为宝玉最心腹的小厮，说明茗烟有着和宝玉一样的价值观，这从茗烟为宝玉打架一事便可看出来。他处处维护宝玉，为了宝玉上刀山下火海，而且在宝玉说要把此事报给老爷太太时，茗烟是他最大的支持者。茗烟甚至比主子喊得还欢，这说明茗烟与宝玉一样有一颗叛逆的心，在那个时代能找到这样投合的人对于宝玉来说太难了，所以他与黛玉、晴雯、茗烟这样同样具有反叛精神的人格外要好。

一场打架风波让我们辨清许多人脸人心，看穿一些真诚，一些虚伪。

解味红楼 李美瑛

我的眼里只有你

因为前生有约，所以贾宝玉和林黛玉今生的爱情注定是一劫，他们逃也逃不掉。

第三回林黛玉进贾府后，宝黛几乎朝夕相伴，黛玉睡在碧纱橱内，宝玉自告奋勇睡在外间，因此他们的感情是一朝一夕培养起来的，有着深厚的基础。如果说一见钟情带有冒险成分，这种青梅竹马则是踏实的。尽管这两人常吵架拌嘴，但并不影响他们之间的情感渐趋深厚。

第九回写道，宝玉因为秦钟的缘故主动要求去家塾上学。这日早上起来，袭人事无巨细，千叮咛万嘱咐，宝玉一一答应，末了说了句：“你放心，出外头我自己都会调停的。你们也别闷死在这屋里，长和林妹妹一处去顽笑着才好。”注意这句话中出现的三个人称——你、你们、林妹妹。“你”指的是袭人，她叮嘱宝玉，宝玉叫她放心；“你们”是复指，包括袭人，还包括宝玉房内的所有丫鬟，可见在宝玉眼里，袭人和其他丫鬟没有太大区别；“林妹妹”当然是林黛玉，宝玉有好多的姐妹，不说别人，但说三春、宝钗，这四个的地位在贾府绝不低于黛玉，宝玉真的担心袭人等因为他去上学而闷吗？当然不是。他真正牵挂的是黛玉，他让袭人等找林妹妹“顽笑”解闷，实则是让袭人等在他不在家的时候多去陪黛玉，以免黛玉闷得慌。看似整天需要别人

照顾的宝玉，关心起黛玉来，非常细心。

早请示，晚汇报，封建社会大家族讲究这些礼节。宝玉要去上学，临行前必须和几个长辈——贾母、王夫人和贾政说一声。宝玉见完这三人，本可以走了，但他“忽想起未辞黛玉，因又忙至黛玉房中来作辞”。黛玉在贾府中算什么，比她分量重的人太多了，比如王熙凤，宝玉连他的凤姐姐都未去告别，但林妹妹这里却一定要来。不是黛玉“权”重，而是在宝玉心里对黛玉的“情”最重。

黛玉听宝玉说去上学，便嘲弄他蟾宫折桂去了，宝玉也不反驳，只一口一个好妹妹，叮嘱她一定要等他下了学再吃饭，和胭脂膏子也要等他回来再制，唠叨半日，才恋恋不舍地撤身。黛玉问他怎么不去辞他的宝姐姐呢，宝玉笑而不答，走了。面对黛玉的小心眼儿，宝玉只是笑笑，他能理解，更能包容，因为他爱黛玉，他的眼里心里只有黛玉。

第十回 金寡妇贪利权受辱 张太医论病细穷源

扫码读原著

崔思遥

谜一样的人

第十回着重描写了一个在小说中最神秘的人物——秦可卿。自从秦可卿第五回出场后，这回是对她描写最多的一回。秦可卿是金陵十二钗中谜团重重的一个女子，关于她的出身等问题都布满疑云，书中对她的描述甚少，但她却又极其重要。

关于秦可卿的出身，大部分人都认为她是秦业抱养的，但是也有红学专家认为，从书中那些对秦可卿只言片语的描述中可以看出，她其实是皇室的公主，地位远比荣、宁二府的女子高得多，所以二府上上下下无不对她恭恭敬敬。又因她为人很温和，所以大家都对她赞不绝口。

不过有一点是可以肯定的，那就是秦可卿的个人生活不是很检点，无论她是主动还是被动。这从她的判词里就可以知晓：情天情海幻情身，情既相逢必主淫。秦可卿的生活始终围绕一个“情”字，她是情天情海幻化出来的一个情身，情是她的根基。后来王熙凤和贾宝玉去宁府做客要回去时，喝醉了的仆人焦大又借此透露了一个在宁府人尽皆知的事情：公公和儿媳妇偷情。这说的就是贾珍和秦可卿。而且书中也写道过秦可卿房间的摆设，尽是些与“情”有关的诗句与画卷。这一切都告诉读者，秦可卿是一个为情而生的人。

秦可卿是谜一样的人，关于她的诸多疑问或许从那些看上去简单的文字中能找到蛛丝马迹。

背靠大树好乘凉

刘姥姥一进荣国府时，曾对王熙凤说“瘦死的骆驼比马大”，“你老拔根寒毛比我们的腰还粗呢”。贾府是棵大树，像刘姥姥这样和贾府有点远亲关系的人也会绞尽脑汁想方设法攀上关系，借借光，沾点好处，更别说那些拐弯抹角和贾家有着七大姑八大姨关系的人们了。

周瑞是王夫人嫁到贾家时带来的仆人，他的媳妇人称周瑞家的，是王夫人的陪房。这两口子都是下等人，但由于他们的主子不是一般人，所以他们因主而贵，仗着主子的权势，狐假虎威。第七回写过周瑞的女儿有一天急急忙忙找到她母亲，说她的女婿冷子兴与人喝酒产生纷争惹事了。女儿说得急急火火，周瑞家的却十分镇定：“这有什么大不了的事！你且家去等我。”在周瑞家的看来，这都不是事儿，小菜一碟，求求凤姐，一准儿摆平。

这种狗仗人势的事在小说中还有很多。第九回写到的秦钟、金荣、香怜、玉爱等都是非贾姓却因与贾家沾亲带故而进入贾家私塾的。在那场顽童闹学堂事件中，主角就是两个典型的靠大树的主——金荣和秦钟。秦钟是宝玉的人，所以最后占了上风，金荣只能又赔不是又下跪。

吃了亏的金荣回到家后向母亲愤愤不平，且看他母亲是如何说的：“若不是仗着人家，咱们家里还有力量请的起先生？况且人家学里，茶也是现成的，饭也是现成的。你这二年在那里念书，家里也省好大的嚼用呢。省出来的，你又爱穿件鲜明衣服。再者，不是因你在那里念书，你就认得什么薛大爷了？那薛大爷一年不给不给，这二年也帮了咱们有七八十两银子……”金荣母亲说的就是像她这种占贾府便宜的人的心里话，即便儿子受了委屈，也要为了利益忍气吞声，吃人家的嘴短，拿人家的手短嘛。

当金荣的姑姑听说侄子在学堂受气后，“怒从心上起”，非要找她的靠山贾珍之妻尤氏评评理，她的嫂子金荣妈急坏了，忙说道：“求姑奶奶别去，别管他们谁是谁非。倘或闹起来，怎么在那里站得住……”为了靠稳贾府，委曲求全是要得的。

当然，这些都不是极致，跟贾雨村为了依附巴结贾家，“葫芦僧乱判葫芦案”，违法乱纪，草菅人命相比，周瑞家的、金荣之母等所为不过是小菜一碟。

第十一回　庆寿辰宁府排家宴　见熙凤贾瑞起淫心

扫码读原著

精明的凤姐

第十一回是特别能体现王熙凤精明的一回。很多人不喜欢王熙凤，因为她说话做事都属于比较狠的类型，心机又极深，太过精明老道，圆滑世故。但是，读者又不得不承认王熙凤的交际能力在荣、宁二府中无人能比，她的八面玲珑也为她赢得了威严和尊宠。

这一回是为贾敬过大寿，贾府的各色重要人物都汇聚在宁府。王熙凤自然是要陪同那些太太的，曹雪芹对于王熙凤的语言描写非常细致，包括她的措辞都极为讲究，不管她讨好长辈的那些话是否出自真心实意，但她的幽默风趣总能逗得大家开怀大笑。同时，王熙凤也是一个很会看眼色的人，当贾珍和尤氏问起老太太为何不来，王夫人正不知怎么回答时，凤姐立刻解围道：老太太因为身体不适所以不能来。王熙凤很善于讨长辈的欢心，所以长辈们大都喜欢她。

对于同辈，她也懂得相处之道。王熙凤知道秦可卿得了重病，所以接着就提出要代表长辈们去探望秦可卿，既省了长辈们的麻烦，又使宁府的人觉得很贴心，一举两得。见到秦可卿，王熙凤与她更是掏心掏肺地说话。王熙凤最会安慰人，她的爽朗使得秦可卿觉得心情畅快，病也似乎跟着好转了。

王熙凤八面玲珑，碰到对她起色心的贾瑞，应对起来也是得心应手。凤姐这样精明的人，在看到贾瑞色眯眯的神情时就猜到了他的内心所想。但她并不在表面流露任何厌恶贾瑞的神情，而是用其一贯礼貌诙谐的语言与之攀谈。对于向来做事狠毒的凤姐来说，她怎肯轻易放过对她图谋不轨的贾瑞。

她在心中为贾瑞设好了一个局，只等着他自己跳进来。而这一切，都是精明的凤姐在不动声色之中完成的，的确是个本事！

世界上本就找不到完美之人，凤姐是个让人又爱又恨的角色，她的不完美倒是有力地证明了作者在小说中把她塑造得十分成功。

解味红楼 李美瑛

凤姐之善解人意

在金陵十二钗中，王熙凤的口碑比较差，读者对她的非议也多。人的性格是复杂多面的，王熙凤其实也不全是笑里藏刀、见风使舵、心狠手辣，她也有善良可爱的一面。

第十一回，宁府为贾敬的生日大摆寿宴，除了贾母，荣府的男女老少几乎都来了。当贾珍抱怨老祖宗不赏脸时，凤姐反应最快："老太太昨日还说要来着呢，因为晚上看着宝兄弟他们吃桃儿，老人家又嘴馋，吃了有大半个，五更天的时候就一连起来了两次，今日早晨略觉身子倦些。因叫我回大爷，今日断不能来了，说有好吃的要几样，还要很烂的。"凤姐这话，莫论是不是实情，反正听着既合理地解释了老祖宗没来的原因，还强调了人虽没来，东西却不能省，好吃的一定要拿走几样。这样的话，贾珍听了一定很熨帖。

当尤氏提到秦可卿因为身体欠安无法起来招待大家时，书中写道："凤姐儿听了，眼圈儿红了半天。"相信这里凤姐的难过是真诚的，不是做戏。

王熙凤是个聪明人，思维敏捷，反应迅速，人情世故，应对自如，是个难得的女中豪杰。贾敬吃斋念佛炼仙丹，即便过生日也不肯回家，所谓的生日宴，寿星并不在场，大饱口福的是不过生日的一群人。邢夫人、王夫人对此大发感慨，凤姐却说："大老爷原是好养静的，已经修炼成了，也算得是神仙了。太太们这么一说，这就叫作'心到神知'了。"瞧瞧凤姐，幽默智慧，既把一心追求长生不老的贾敬夸成神仙，又给大家找了一个再好不过的大吃大喝的由头——心到神知。一句话说得满屋人笑起来。难怪老祖宗偏爱王熙凤，她的确有招人疼爱的地方。

吃完饭，大家去会芳园听戏，唯独凤姐提出要先去看看秦可卿，然后再过去。可见其做事之周全，心思之缜密。她这些不是做样子给别人看的，她不需要这样，也没有必要这样；她这样做，只是出于她和秦可卿之间的个人感情。

宝玉也闹着要去，见了秦可卿后，听她一番伤感话，就落泪了。书中写道：“凤姐儿心中虽十分难过，但恐怕病人见了众人这个样儿反添心酸，倒不是来开导劝解的意思了。”还是凤姐理智，识大体，体贴人。为了不让宝玉继续伤心，也为了不让宝玉的难过给可卿添心酸，聪明的她找了个借口：太太叫你快过去呢，走吧。

宝玉走后，“凤姐儿又劝解了秦氏一番，又低低的说了许多衷肠话儿。尤氏打发人请了两三遍”，然后才告辞。临走前，凤姐再三嘱咐可卿放宽心，安心养病，有一句话印象颇深刻：“什么病治不好呢？咱们若是不能吃人参的人家，这也难说了；你公公婆婆听见治得好你，别说一日二钱人参，就是二斤也能够吃的起。”这是给可卿一颗定心丸，为了给她治病，宁府可以在所不惜。

虽然再多的良药最终没能留住秦可卿年轻美丽的生命，但王熙凤对她说的每句话应该都能说到她心坎上，能给她带来一份温暖。

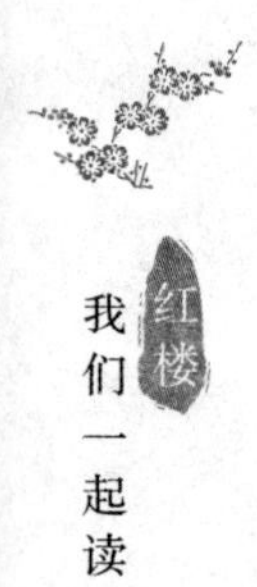

第十二回 王熙凤毒设相思局 贾天祥正照风月鉴

扫码读原著

轻叩红楼 崔思遥

冤家风流案

第十二回主要讲的是王熙凤和贾瑞这一对冤家的风流故事。这件事，从两个人的角度分别去看，都有可叹之处。

王熙凤可以说是心狠手辣，贾瑞仅仅是比较好色而已，凤姐只需要给他一个小小的教训让他记住便可，大可不必用又是冻他一夜又是往他身上浇屎尿等恶毒手段。况且王熙凤自身也是有过错的，开始的时候，她已发现贾瑞对她起了色心，却还要用虚伪的微笑和花言巧语去引诱他，让他心甘情愿地一次次往火坑里跳。相比凤姐，贾瑞反倒显得可怜，他内心的想法很单纯，对凤姐也是一片痴心，傻傻地，不认为凤姐会耍他。凤姐正是利用了贾瑞的痴心，所以才能使他屡遭戏弄却还“屡教不改”。王熙凤的狠毒在于她以整别人为乐，而且毫不心软，“最毒不过妇人心”，这话说给王熙凤再合适不过。更为狠毒的是，贾瑞生病之后，要用人参药材熬汤，便去荣府要，而王熙凤听说是给贾瑞用，便只把那人参的渣末泡须送给人家，更见其狠毒！狠毒的结果就是，贾瑞最后被王熙凤活活捉弄死了。

当然，贾瑞的死，也是他咎由自取。明知道凤姐是有夫之妇，他却还要去招惹人家，这就是在给自己找麻烦。这个人脸皮极厚，凤姐给他个好脸他就逮住不放，不知道适可而止，不自量力。况且在第一次被凤姐戏弄之后，他还不善罢甘休，也不接受教训，仍旧厚着脸皮一次次地去骚扰凤姐，这也就难怪凤姐会想出那样狠毒的招数来赶跑他。贾瑞走火入魔，淫心不改，当他病入膏肓时，癞头和尚本要帮他，他却不按癞头和尚说的做，最终把自己送上了黄泉路。

一段风流案，两个冤家逢。蚍蜉撼大树，贾瑞的心眼儿怎敌得过凤姐的心机呢！

知人知面不知心

“一双丹凤三角眼，两弯柳叶吊梢眉，身量苗条，体格风骚，粉面含春威不露，丹唇未启笑先闻。”这是对王熙凤最经典的外貌描写——美而狠。虽然才二十出头，但她凭着自己的实力鹤立鸡群，成为贾府大管家。她拥有美人的模样，但有时也有蛇蝎般的心肠。周瑞家的对刘姥姥介绍王熙凤时可谓一针见血：“这位凤姑娘年纪虽小，行事却比世人都大呢。如今出挑的美人一样的模样儿，少说些有一万个心眼子。再要赌口齿，十个会说话的男人也说他不过。回来你见了就信了。就只一件，待下人未免太严些个。”

王熙凤的外表容貌、言谈举止常有迷惑性，面上一把火，心里一把刀。她工于心计、含威不露的性格让一些涉世不深的人很难看透她。“知人知面不知心”，这句话出自王熙凤之口，是说不知天高地厚癞蛤蟆想吃天鹅肉的贾瑞的，殊不知，站在贾瑞的立场，这句话也适合王熙凤。

贾瑞固然不是东西，见美色动淫心，被王熙凤捉弄也是咎由自取。贾瑞不会不知道王熙凤的厉害，他竟还敢色胆包天去凤辣子头上动土。贾瑞的遭遇固然与他自己的品行有关，但王熙凤也有责任。

贾敬寿宴上，贾瑞意外遇见王熙凤，他的邪恶之心被王熙凤一下就看透了。如果这时候，王熙凤不理他，或是训斥他几句，贾瑞也许就知难而退了。但王熙凤是怎么做的呢？她一面在心里骂这个色狼：“这才是知人知面不知心呢，那里有这样禽兽的人呢。他如果如此，几时叫他死在我的手里，他才知道我的手段！”一面假装笑意与贾瑞寒暄，临别时，还故意放慢脚步，这一切都给贾瑞造成一种错觉：王熙凤没有拒绝他，对他有好感。

如果说一开始贾瑞心怀不轨，完全有错，而后来王熙凤步步色诱，错就不全在贾瑞一个人了。贾瑞不值得同情，但王熙凤的手段也的确太残忍。每次贾瑞来，她都笑脸相迎，又是让座又是问好，殷勤至极，做出一副喜欢和

他打情骂俏的样子，甜言蜜语，夸他比贾琏体贴人，比贾蓉等解风情，还主动约他晚上相见，这一切如何不让情迷心窍的贾瑞浮想联翩呢。可以想象，最后一次深夜约会，当贾蓉和贾蔷出现在他面前时，他的惊恐会何等巨大。他被迫写下两张各五十两银子的欠条，然后站在冷风中，一桶尿屎又从天而降，谁能禁得住如此折腾。王熙凤用温柔又狠毒的刀子杀人不见血，最终要了贾瑞的命。

贾瑞重病时，需要吃一副“独参汤”的救命药。祖父贾代儒向贾府求助人参二两，王夫人让王熙凤给他。人命关天，王熙凤却不为所动：“前儿新近都替老太太配了药，那整的太太又说留着送杨提督的太太配药，偏生昨儿我已送了去了。”王夫人让她去宁府贾珍那里寻，想当初，王熙凤探望病中的秦可卿，劝慰她时说过：“你公公婆婆听见治得好你，别说一日二钱人参，就是二斤也能够吃的起。”可见，宁府不缺人参，其实荣府也不缺，王熙凤就是不想给，见死不救。她没有遣人去宁国府，只把些渣末泡须凑了几钱，命人给贾代儒送去，然后回王夫人：“都寻了来，共凑了有二两送去。”

知人知面不知心，贾瑞之死，让读者再次领教了王熙凤的手段。

第十三回 秦可卿死封龙禁尉 王熙凤协理宁国府

扫码读原著

轻叩红楼 崔思遥

可卿之忠言

第十三回，秦可卿在宁府仙逝。在此之前，秦可卿托梦给与她关系最亲密的王熙凤。秦可卿不是凡人，她是太虚幻境中警幻仙子的妹妹，所以二府的兴衰她未卜先知，且了如指掌。王熙凤是她认为最值得信赖的人，为了帮助二府，扶大厦于将倾之时，她临终前托梦给凤姐，予以警示。

秦可卿是个谦恭温和的人，素来和凤姐关系甚好，所以才将那些肺腑之话一一说与她。那么秦可卿到底都说了哪些忠言呢？秦可卿说的那段话总体可以概括为一句话：月满则亏，水满则溢。在她看来，虽然荣、宁二府现在正处在鼎盛时期，但荣华富贵这类东西总有尽时，而且往往拥有的财富越多，越是膨胀，反倒衰败会越快，二府由盛转衰是一种必然趋势。如果不想在衰败的时候一败涂地，让子孙无立足之地，就要未雨绸缪，现在就在乡下置备下一些土地和房舍，旁边再建一个家塾，这样就可以保证最基本的生活需求，而且还不至于太荒废时间。

秦可卿还告诉凤姐，近日府中将有一件喜事，指的就是元春被册封一事，但是秦可卿也提醒凤姐，这件事只不过是“瞬息的繁华”“一时的欢乐”，其实还是在强调那句话：月满则亏，水满则溢。秦可卿把最重要的遗言都告诉了王熙凤，然而，凤姐是个野心很大又很自负的人，所以她能否听取秦可卿的忠言还是一个问题。

画梁春尽落香尘

秦可卿在小说中是一个神秘人物，关于她的身世，后人有诸多猜想。她来自何处，无人知晓；但她情归何方，是有答案的。

“秦”者，“情”之谐音也。“情天情海幻情身”，这是秦可卿判词的首句。第五回贾宝玉梦游太虚幻境时，警幻仙子许配给宝玉的女子就是其妹秦可卿，可见，秦可卿在书中有非同寻常的意义和地位，承载着作者创作的重要意图。

秦可卿判词的后三句是“情既相逢必主淫。漫言不肖皆荣出，造衅开端实在宁”。这里说的宁国府的淫主是谁？宁国府三个嫡系男主人分别是贾敬、贾珍、贾蓉，祖孙三代。贾敬一心想成仙成道，早已不在府中，住在城外庙里，不问世事家事。秦可卿死了，他也没回家，唯恐沾染红尘，影响他的仙气。由此可见，贾敬不是“淫主”。

第七回有一个小插曲，焦大喝多了，在大门口耍酒疯，嘴里乱嚷乱叫：“那里承望到如今生下这些畜牲来！每日家偷狗戏鸡，爬灰的爬灰，养小叔子的养小叔子，我什么不知道？”他的话令小厮们魂飞魄散。宝玉不懂，问凤姐什么是“爬灰”，熙凤一听连忙立眉瞋目断喝宝玉，警告他少胡说，小心捶他，唬得宝玉忙央告求饶。凤姐和贾蓉对焦大的话都装作没听见。这就怪了，焦大是下人，虽曾有功，救过老太爷，但今非昔比，王熙凤等人不会惧他的，他说出如此不堪的话，为什么王熙凤和贾蓉却装聋作哑不吭一声呢？理由只有一个：焦大所言不虚，王熙凤、贾蓉怕越描越黑。

“爬灰”是指公公与儿媳有私情。宁府里有两个名正言顺的儿媳妇，一个是贾珍之妻尤氏，一个是贾蓉之妻秦可卿；公公也有两个，一个是贾敬，一个是贾珍。很明显，贾敬和尤氏不可能，那就只剩贾珍和秦可卿了，焦大骂的非这二人莫属。秦可卿活着时，书中对这二人的描述不多，只写过秦可卿生病期间，贾珍急得四处寻医救治，一家人，这也在情理之中，他们之间关系的不正常更多暴露在秦可卿死后。

按理说，秦可卿死了，宁府最难过的应该是丈夫贾蓉，但读者不难发现，书中对贾蓉的描写并不多。贾珍给贾蓉花一千二百两银子捐了个官——龙禁尉，而这个官，并不是贾珍用来安慰丧妻的儿子的，而是为了抬高死去的儿媳的身价，把丧事办得更体面、更奢华、更高端大气上档次。

秦可卿死了，“贾珍哭的泪人一般”，比任何人都伤痛；族人问及如何发丧，他说“如何料理，不过尽我所有罢了”，为死去的儿媳，几乎可以倾家荡产；他觉得几副杉木板不中用，可巧薛蟠来吊问，推荐店里一副当年义忠亲王老千岁想要后因坏了事没要而今无人敢买的稀有珍木，贾政认为“此物恐非常人可享者，殓以上等杉木也就是了”，贾珍根本不听，小说这样写道：“此时贾珍恨不能代秦氏之死，这话如何肯听。”儿媳死了，大张旗鼓、极尽奢靡的不是丈夫而是公公，正常吗?

再看秦可卿的婆婆尤氏——“尤氏又犯了旧疾，不能料理事务”。尤氏是因为儿媳死了伤心病倒的吗？尤氏伤心是必定的，但真正伤她心的不是儿媳秦可卿，应是乱了人伦造下大孽的丈夫贾珍。

“画梁春尽落香尘。擅风情，秉月貌，便是败家的根本。箕裘颓堕皆从敬，家事消亡首罪宁。宿孽总因情。”不知何故，曹雪芹没让秦可卿像第五回《红楼梦》曲中预言的这样在天香楼悬梁自尽，而选择让她得了一种说不清道不明的病死去。死法无须过多探讨，但有一点很明确，秦可卿的死是荣、宁二府转风水的开端。作者把这首写给秦可卿的曲子取名为“好事终”，可见寓意很深。

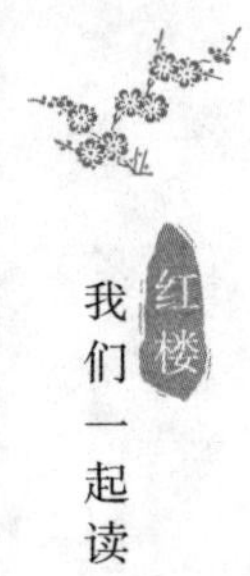

第十四回 林如海捐馆扬州城 贾宝玉路谒北静王

扫码读原著

轻叩红楼 崔思遥

无须他人言

第十四回，继续写关于秦可卿仙逝的事。先前有些令人不解的谜题，在这一回中无须他人赘言就可看得明白，非常值得回味。

关于秦可卿的身世，从这一回中可以找到有力的证据来证明秦可卿不是抱养的。如果她是一个抱养的女孩子，地位必然是比较低贱的，也就很难受到众人的尊重，尤其是那些有身份的人。秦可卿的去世几乎调动了家族所有的人来帮忙，而且几乎无人不说她好，都对她特别尊重，二府中有头有脸的人物也都亲自赶来吊唁。还有一点就是，许多朝廷中的重臣也都亲自前往。如果秦可卿只是一个抱养的女孩子，她如何会有这样的待遇？就这两点来说，秦可卿的背景可能是非常显赫的。

至于她和贾珍偷情的事，在这一回更被有力地证实。按理说，对于秦可卿的死，最伤心的应该是贾蓉，可是读者看到，为秦可卿忙来忙去的却是贾珍，最伤心的竟然也是贾珍。这可就不合常情了，要不是这二人有不正当的关系，贾珍为何要这样做？所以这件事情的真相昭然若揭。

再说王熙凤，王熙凤是多么虚情假意的一个人啊！她接管了宁府的内务，只不过是趁这个机会，向大家证明自己的管理才能，而不是真心为了帮助宁府。无论在什么时候，做什么事情，凤姐总是先从自己的利益出发，看看是否对自己有利。管理宁府这件事，对她将来掌控贾府的大权很有利，所以她岂会放过这样的好机会？又说她和宝玉提起林黛玉父亲捐官一事，王熙凤的第一反应是林黛玉可以长久地住在贾府了，而宝玉的反应则是林黛玉肯定很伤心。宝玉对黛玉是真心真意的，而凤姐却完全不把此事放在心上。

无须他人言，自明事端倪。

解味红楼 李美瑛

争强好胜的凤姐

“凡鸟偏从末世来，都知爱慕此生才。”王熙凤是个人才，别说在女子大门不出二门不迈且提倡无才便是德的封建时代，即便在今天，她也称得上是难得的管理型人才，典型的女强人。

秦可卿病逝前曾托梦给凤姐：“婶婶，你是个脂粉队里的英雄，连那些束带顶冠的男子也不能过你。”巾帼不让须眉，凤姐是让男人也会有所畏惧的带刺玫瑰。

第十三回，宁国府为秦可卿大办丧事，贾珍因尤氏“犯了旧疾”卧床不起、无人料理家中事务而忧，贾宝玉见状，向他推荐凤姐。当贾珍提出请王熙凤出山时，王夫人尚且担心她未经过如此大事，怕料理不清，惹人耻笑。但心高气傲的凤姐不怕，在她看来，自己虽掌管着荣国府，却还没有办过婚丧大事，经历尚不丰富，恐人不服，巴不得遇见这事呢。贾珍的请求正中凤姐下怀，满足了她争强好胜、卖弄权势的心理诉求。

凤姐果不负贾珍所托。宁府人多事杂，千头万绪，然而看似野马脱缰的宁府，在凤姐手中很快变得驯服起来。二十出头的凤姐坐帐宁府，指挥若定，上百号人分工细致，各司其职。“众人领了去，也都有了投奔，不似先时只拣便宜的做，剩下的苦差没个招揽。各房中也不能趁乱失迷东西。便是人来客往，也都安静了，不比先前一个正摆茶，又去端饭，正陪举哀，又顾接客。如这些无头绪、荒乱、推托、偷闲、窃取等弊，次日一概都蠲了。”凤姐雷厉风行，只一日，杂乱无章的宁国府脱胎换骨，一切变得井井有条。

凤姐是个完美主义者，为了不让人褒贬，她每日不畏辛劳，卯正（早上六点）时刻准时来到宁府，忙的时候，寅正（凌晨四点）起身也有。她协理宁国府的同时，还兼着处理荣国府上上下下的事务，双肩挑，忙得像个陀螺，“茶饭也没工夫吃得，坐卧不能清净。刚到了宁府，荣府的人又跟到宁府；既回到荣府，宁府的人又找到荣府”。她面前人来人往，对这种在外人看来焦头

烂额不上火才怪的情状，凤姐非但不烦，反而十分欢喜，她愈发事必躬亲，且绝不偷安推脱。

以凤姐之尊，大可尽情享受贾府琏二奶奶之清福，可她放着清闲不享，喜欢找累吗？当然不是。凤姐也是人，也会累。她这样做，说她仗义不负贾珍之托并非主要原因，实为让众人看她能干，让大家明白女人不如她，男人也需甘拜下风。就为了这份逞强，她日夜不暇，全然不顾自己身体的透支。

老话儿说得好，月满则亏，水满则溢，强极则辱，登高必跌重。凤姐若懂，想必不会如此卖命地为人做嫁衣了吧？

第十五回　王凤姐弄权铁槛寺　秦鲸卿得趣馒头庵

扫码读原著

轻叩红楼　崔思遥

情主与淫主

第十五回对秦钟和宝玉的故事用的笔墨最多，他俩的这段故事充满了趣味，却又颇具深意。按书中所说，他俩一个是情主，一个是淫主，那究竟谁情谁淫呢？

第五回宝玉游太虚幻境的时候，警幻仙子说他“乃天下古今第一淫人也”，秦钟的名字谐音是“情种”。照这样说来，宝玉就是淫主，秦钟就是情主了。但凭他俩平日的作为，名字应该倒过来才是。

“情”是一个高尚纯洁的字眼，如果只是因为秦钟多情就是情主，不太合理，因为宝玉也是天性多情，算得上是一个情主。其实，秦钟配不上这个“情”字，他不仅多情，还很滥情，在贾府的家塾，他就和叫香怜的小生偷偷约会，只因为香怜长相俊俏，不为别的。在本回中，秦钟更是本性暴露，他和宝玉在乡下看到一个十七八岁的小姑娘的时候，秦钟的第一反应就是暗笑着对宝玉说：“此卿大有意趣。”而宝玉的反应则大不相同，他说：“该死的，再胡说，我就打了。”在馒头庵的时候，秦钟和他一直心仪的智能见面了，晚上趁周围没有人的时候，他就动手动脚，对智能图谋不轨。秦钟所做之事岂不玷污了这“情”字！他倒实实在在适合这个“淫”字，“淫主”给他，当之无愧。

宝玉是真正的“情主”，他的那个“淫”不是污秽的，用警幻仙子的话来说叫“意淫”，是一种痴情，是对于他人的一种爱慕与欣赏，并不会去沾惹人家，是很纯洁的一种情。宝玉愿意和那些女孩子交往，是因为他觉得女子

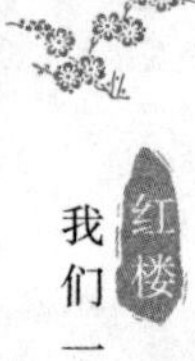

心灵洁净，与她们在一起可以净化自己的灵魂。也有一些男子使得宝玉乐于结交，是因为他们的才情，如北静王；或者因为他们的性情，如茗烟。宝玉的这种情很干净，不污浊，所以他是真真的一个“情主”。

到底谁是“情主”谁是“淫主”，在字里行间，就可以轻松找到答案。

解味红楼 李美瑛

都只为风月情浓

《红楼梦》主要是围绕贾、王、史、薛四大家族尤其是贾家展开故事情节。除了这四大家族，小说中还有一家，着墨虽不算多却不可忽视，到第十六回这一家的故事就结束了。它就是秦业一家。

“秦”是“情”的谐音；“业”在这里不是谐音，取其本意。“业”这个词在佛教用语中有“造作”之意。人起心动念，对于外境与烦恼，起种种心去做种种行为，这些行为就是“造作”，也称之为“业”。“秦业”就是“情业”的意思，即与情相关的种种行为。

秦业是个悲剧人物，年近七十，夫人早亡。他有三个孩子，二男一女，但都不是亲生的。老大是儿子，早夭。老二是女儿，即秦可卿。“情天情海幻情身”，秦可卿是太虚幻境中警幻仙子的妹妹，是情之化身。秦可卿鲜艳妩媚，似宝钗，如黛玉，乃绝色美人。她在梦中点醒宝玉的儿女之情，遗憾的是现实中秦可卿非但没有被好好珍惜，反而被贾珍这种“皮肤淫滥之蠢物”给玷辱糟蹋了。这样的“情”只有一条路——灭亡，所以秦可卿在第十三回便死去。

秦业的第三个孩子是秦钟。“秦钟”，乃“情种”之意。秦钟是情种，宝玉是情种，贾赦、贾珍、贾琏、贾瑞、薛蟠等一干人也都是情种。不同的是，贾珍等人情而色，色而淫，欺男霸女乱纲常，他们亵渎了“情”字。同样是情种，宝玉和秦钟也不一样。他们有着同样超凡脱俗、俊逸潇洒的外表，都重情，但他们对情的认识有区别。他俩就像情的反正面，一面是肉体，一面是精神。在对情的态度上，秦钟和宝玉不在一个档次上，秦钟喜欢帅哥香怜，喜欢美女智能，就主动寻找并创造机会和他们拉拉扯扯，渴望肌肤之亲。这样的情不是作者提倡的，所以秦钟这个情种在第十六回也走到终点。

作者对宝玉极为钟爱，他“好色不淫”“情而不淫”，是作者心目中理想的情圣。警幻仙子对宝玉另眼相看，秦钟魂魄出窍弥留之际，奉命前来捉拿他的铁面无私的地狱判官听见宝玉的名字也网开一面，这些均因宝玉的与众不同，尤其在情的方面。

警幻仙子称宝玉是“天下古今第一淫人也”，这个称呼把宝玉吓得不轻。警幻仙子说，她说的淫有别于常人理解，是意淫。何为“意淫”呢？宝玉不解，觉得沾淫即恶，警幻仙子对此却有精妙的解释：“淫虽一理，意则有别。如世之好淫者，不过悦容貌，喜歌舞，调笑无厌，云雨无时，恨不能尽天下之美女供我片时之趣兴，此皆皮肤淫滥之蠢物耳。如尔则天分中生成一段痴情，吾辈推之为‘意淫’。‘意淫’二字，惟心会而不可口传，可神通而不可语达。”

“开辟鸿蒙，谁为情种？都只为风月情浓。”情是难讲理的，所以风月债向来难还。一部《红楼梦》虽无法道尽因情而生的所有悲欢离合，但窥一斑而见全豹，还是能让读者去揭开情山之一角的。

第十六回 贾元春才选凤藻宫 秦鲸卿夭逝黄泉路

扫码读原著

轻叩红楼 崔思遥

繁华如烟火

第十六回刻画了一些此前出场不多的人物，虽然是写元春将要回来省亲一事，但并未正面写元春本人，而是写府中其他人的表现。

秦可卿托梦给凤姐时曾说过，贾府近日将有一件喜事，这件事就是本回所写的元春被册封为妃子，并将回贾府省亲。这是为荣、宁二府添彩的大事，关系贾氏家族未来发展。元春给荣、宁二府带来的是富贵与地位，标志着贾家兴盛的顶峰。这件事表面上看起来很好，但别忘了月满则亏、盛极必衰的道理。

元春给这个家族带来的荣耀与繁华就如同烟火一样转瞬即逝，对这种繁华的挥霍和享受，给这个大家族带来的只能是走向败落。荣、宁二府中有太多奢侈荒淫的人，那些钱财和势力早晚都会因为他们的存在而消失殆尽。就如这回中，有一个很重要的人物——贾琏出现了。贾琏，谐音“假脸”，就是说他是一个非常虚伪险恶的小人。贾蓉、贾蔷两人找贾琏、凤姐商议修建省亲别墅的相关事情，当贾蔷说到他要动用一部分钱财去置备东西的时候，贾琏的第一反应是这里面大有“藏掖”，即贪污，然后就说贾蔷的能力办不了这种事，暗示贾蔷把这件事让给他做，如此他便可以水到渠成地从中获取很大的利益。贾府中像贾琏这样心机深重的人数不胜数，他们表面上与他人相处平和，暗地里却相互利用和坑害，这也是贾府越来越不景气的重要原因。

元春这件喜事看上去皆大欢喜，风平浪静，但实际上则是暗流涌动，那繁华也不过如一时的烟火。

不容错过的细节

阅读《红楼梦》快不得，要细品慢嚼，这样才能更充分体会个中滋味；若一目十行，蜻蜓点水，会失去很多精彩。

第十六回里，某日宫中传来喜讯，贾元春被晋封为凤藻宫尚书，加封贤德妃。这正应了秦可卿临终时对凤姐托梦所言：“眼见不日又有一件非常喜事，真是烈火烹油、鲜花着锦之盛。”凤姐忙问：“有何喜事？”秦氏道：“天机不可泄漏。”元春被封，应该就是秦可卿所说的“非常喜事”。这一点从荣、宁二府的表现就可知晓：“于是宁荣两处上下里外，莫不欣然踊跃，个个面上皆有得意之状，言笑鼎沸不绝。”“一人得道，鸡犬升天。”朝中有人好做官，元春册封，无疑为贾府锦上添花，众人能不欢呼雀跃，得意热闹吗？

在皆大欢喜的气氛中，有一个人的表现却格格不入，这就是宝玉。元春是宝玉的亲姐姐，又极疼他，照理他该更高兴才是，然而“独他一个皆视有如无，毫不曾介意”。宝玉真的像大家说的那样“呆”吗？他不介意，一则因为此时他的好友秦钟已卧床不起，危在旦夕，他正担心焦虑着，元春喜事“亦未解得愁闷”；二则作者这样写，另有深意，它暗示着宝玉淡漠功名，因为淡漠，所以才会对这样的事反应冷漠。此处描写再次彰显了宝玉的性格——重情义，轻名利。

为了进一步印证宝玉这一性格特点，文中紧接着写了另一件事。就在元春喜讯传来的同时，贾琏也遣人来报信，说明日他和黛玉到家。在一般人眼里，这件事和元春的事没法比，有天壤之别。但“宝玉听了，方略有些喜意”。大家反应平平的事，却让愁眉不展的宝玉面带喜色，何故？很简单：他在意的人回来了。“宝玉只问得黛玉‘平安’二字，余者也就不在意了。”在宝玉心中，黛玉平安最重要。

黛玉回来了，宝玉忙不迭地将北静王赠给他的鹡鸰香串珍重地取出来，转赠黛玉。这鹡鸰香串是皇帝赏赐给北静王的。北静王家中珍宝颇丰，能戴在他手腕上的定是珍品中的珍品。宝玉也一定觉得珍贵，家中那么多人，他唯独留给黛玉，可见黛玉在他心中的分量与地位。没想到黛玉却给宝玉迎面泼了一盆冷水：“什么臭男人拿过的！我不要他。”

宝玉一头雾水，不明白黛玉因何而恼，又要小性儿。读者不能简单地把这句话当作黛玉的刻薄，实际上，黛玉和宝玉的价值观一样，都重情轻利。第三十四回有一个细节，宝玉被打，怕黛玉为他担心，晚上让晴雯以送两块旧帕为由去潇湘馆探视黛玉。黛玉面对旧帕，感动不已，一时情难自禁，遂在帕上题了三首诗。“尺幅鲛绡劳解赠，叫人焉得不伤悲！”为什么两块旧帕会让黛玉如此感动？因为这是宝玉的贴身之物，旧帕本身不值钱，但宝玉的心与情却无价，千金不换。鹡鸰香串本身价值连城，但在黛玉看来，它来自圣上也好，来自北静王也好，跟她都没有关系，再珍贵，也一文不值。

《红楼梦》类似的描写比比皆是，几乎回回都有，阅读时如果忽视了这些细节，是非常遗憾的事情。所谓经典，就是能让人反复阅读，并且百读不厌，常读常新的。抓住细节描写，更能强烈感受到经典带来的独特魅力。

第十七回　大观园试才题对额
至十八回　荣国府归省庆元宵

扫码读原著

轻叩红楼　崔思遥

（一）神游大观园

第十七回，元春的省亲别墅终于建成了。这一回的独特之处就在于曹雪芹让书中的人物变成了导游，带领我们细细领略了一番大观园的美景。

读者有时太过于关注《红楼梦》中形形色色的人物和故事情节，因而忽略了其中的服饰、饮食和景致的描写。第十七回中，作者以清晰的脉络带领读者游览了一回大观园，让人深深为作者的博学所折服。

在贾珍的带领下，众人首先立在五间正门前，接着便从旁边的一条小径开始游览，所到处是一山口，宝玉为此题名为“曲径通幽处”。出了山口，是一处佳木葱茏、清泉蜿蜒之小景，更有一石桥，桥上有亭，宝玉唤此亭为“沁芳亭”，并题对联一副：绕堤柳借三篙翠，隔岸花分一脉香。出亭过池，面前出现一有千百竿翠竹遮映的精舍，甬路由石子铺成。从房内的一个小门来到后院，有大株梨花兼着芭蕉。最妙的是后院墙下有一缝隙，一股泉眼通过此处环绕至前院翠竹中，好不雅致！宝玉为此地题名为“有凤来仪”，并作对联：宝鼎茶闲烟尚绿，幽窗棋罢指犹凉。接着他们来到一带黄泥筑就的矮墙边，里面数楹茅屋，周围是数株杏花，兼有各种树的枝条编就的青篱，篱笆外还有一块地，其中遍布蔬菜水果，颇具田园风味。宝玉称此地为“稻香村”，并题联：新涨绿添浣葛处，好云香护采芹人。又到一处山洞，水声潺潺，洞上萝薜倒垂，水中落花浮荡，大有陶潜笔下的世外桃源之韵味，因此宝玉题名为“蓼汀花溆”。绕过山洞，又现一清凉瓦舍，周围群绕各式石块，并着许多奇花异草，散发出各色奇特香味，宝玉便称此地为“蘅芷清芬”，题

联曰：吟成豆蔻才犹艳，睡足酴醾梦也香。不多远，走到了正殿，金碧辉煌，不必多述。最后经过一开始水的源头后，来到一处大院落，内里有芭蕉和海棠，宝玉借此起名为“红香绿玉”。进入房内，陈设皆与他处不同，别具特色，四面皆为雕镂的山水人物、花鸟花卉、集锦博古等。房间又好似个迷宫，需要转来转去方能找到出口，很有些意趣。至此出来，由一山脚边一转，就又来到进时的大门前。

曹雪芹不仅对人物描写掌握其精髓，对其他方面一样精通。就如这一回，通过这些短小精悍的语段，小说中的大观园如在眼前，我们也恍惚跟着贾珍、宝玉等身临其境一般。

（二）元春的悲哀

第十八回元春正式省亲，她与族中人发生的一系列事情思量来让人颇有一些小感叹。元春作为皇帝的妃子看起来风光无限，但其实真的如此吗？

读元春省亲，读出来的更多是悲哀。元春进入皇宫前，是富贵人家的一个千金大小姐，她本来可以过着安定富裕的生活，做普通女孩在闺房中喜欢做的女红，加上她本就喜读诗书，更可以去抚弄琴棋书画，做一个悠闲的少女。可为了能够给家族带来荣誉，她不得不去皇宫选秀，虽然在他人眼中这是一件美差，但在元春心中也许只是迫不得已。整日禁锢在皇宫那个牢笼中，元春也并不见得会有太多真正快乐的日子。

我们可以注意到文中的一个细节，元春进入贾府之前有很多铺垫以及固定的步骤，进入府中之后亦是如此。这些烦琐的皇家规矩无疑让元春和自家的亲人更加疏远了。贾母作为长辈，本应该让作为晚辈的元春亲自来拜见，可因为元春是贵妃，贾母竟然需要对自己的外孙女毕恭毕敬，其他的长辈包括她的父母等也是这样。贾政在与元春说话的时候格外小心翼翼，生怕说的话不合适，犯了不敬的错误，这怎能不让人寒心呢？再有元春的众姊妹们，本是同根生，她们却没有资格随便出入，而必须要先得到准许。元春带来许多奇珍异宝赏赐给族中人，众人只有唯命是从的份儿，谁敢说个“不”字！元春的省亲是在刻板地按照别人早为她设定好的程序去做，好像是一项必须完成的任务，元春如同一只木偶，只能任其摆布。

亲人相见，却毕恭毕敬，客客气气，怎能不让人感到惆怅、悲哀。

（一） 爱之深方责之切

虎毒不食子，天下为人父母者，不疼自己孩子的少之又少，只是爱之深，责之便切，因爱生怨实乃人之常情。

想那贾政，失去听话的大儿子贾珠后，对唯一嫡出的儿子宝玉寄予厚望。贾政给人的印象是不苟言笑，正襟危坐，一脸肃穆。贾政以封建社会好青年的标准衡量宝玉，希望他将来能成为贾府的继承人和国之栋梁。正因此，他对宝玉的要求便苛刻。但凡见了宝玉，贾政大都是横挑鼻子竖挑眼，左也不是右也不是。在贾府，宝玉最怕他，每每遭遇，就像老鼠遇见猫。

第九回写宝玉要去学堂上学，这本是一件好事，也是贾政一直的期待。宝玉清早去给贾政请安，回说上学去，作为父亲，他非但没有一句鼓励的话，反而冷嘲热讽他："你如果再提'上学'两个字，连我也羞死了。依我的话，你竟顽你的去是正理。仔细站脏了我这地，靠脏了我的门!"这简直是太夸张了，宝玉虽不是特别喜欢读书，但也不至于一提"上学"二字就羞死当爹的呀!

当然，知子莫若父，贾政了解宝玉。的确，宝玉这次主动提出上学堂，是为了能和秦钟常在一处玩耍，他对四书五经确实没有什么兴趣，难怪贾政从他嘴里听到"上学"就怒气冲天。老话说"子不教，父之过"，宝玉不爱学习，作为父亲的贾政也不能说没有责任，他对宝玉的这个态度，就不可取。

在贾政眼里，宝玉的缺点比优点多得多。就像这回，他带宝玉等去新建的省亲别墅大观园，题拟匾额对联，面对宝玉说出的一些名称对子，贾政满意的不多，个别的他虽心下赞许，但也只是点点头而已，非常吝啬夸奖之辞。宝玉不吭声时，他会说："怎么你应说话时又不说了?"当宝玉侃侃而谈时，他又觉得儿子做事没分寸，太过张扬，什么"畜生""无知的业障""无知的蠢物""胡说""谁问你来""叉出去""若不通，一并打嘴"等，这样的训斥劈头盖脸，接踵而至。

贾政是个严父，但王夫人、老太太等对宝玉特别溺爱，这样的家庭教育会导致两个后果，一是沉默，二是叛逆，贾宝玉显然是后者。

秦钟和宝玉第一次见面时，暗自羡慕宝玉生于侯门，自卑自己生于贫寒

之家。殊不知，贫寒有贫寒的幸福，侯门有侯门的痛苦。在这样一个名门望族中，宝玉承载了长辈太多的期待，他是家族当下的脸面，未来的希望。望子成龙，身为父母大抵如此。从这一点看，贾政对宝玉严格要求可以理解，家有这么一个叛逆的儿子，有时的确会让人头疼。

贾政与贾宝玉之间这样的父子冲突，古有，今有，将来依然会有，它绝不单是封建社会的特产。

（二）心细如发薛宝钗

关于宝钗和黛玉谁更好的争论在红迷中从未停止过，公说公有理，婆说婆有理，难分伯仲。相比之下，我欣赏黛玉，这份喜欢从第一次阅读《红楼梦》开始，直到现在，没有改变过。

我不欣赏宝钗，这跟她是封建社会的标准淑女没有什么关系。我不喜欢她，主要是因为她那过于细腻的性格，和这种心细如发的人在一起，不轻松；他们善于察言观色，在他们面前，往往有被看透的感觉，赤裸裸的，缺少安全感。

第十八回写元春回来省亲，其间她让宝玉及众姊妹为大观园题匾写诗。宝玉写“怡红院”时，草稿里有一句“绿玉春犹卷”，恰巧被宝钗瞥见，宝钗趁大家不注意，急忙悄悄告诉宝玉：元春因为不喜欢“红香绿玉”四个字，所以才把它改成了“怡红快绿”，这会子你偏用“绿玉”二字，岂不是有意和她争驰？读到此，不能不佩服宝钗的心细。宝玉一定不是故意在和元春争驰什么，而是他没有注意到先前元春的改动。元春对大观园的亭台楼榭的题字作了很多修改，像“有凤来仪”赐名曰“潇湘馆”，“蘅芷清芬”赐名曰“蘅芜苑”，“杏帘在望”赐名曰“浣葛山庄”，正楼曰“大观楼”，东面飞楼曰“缀锦阁”，西面斜楼曰“含芳阁”，更有“蓼风轩”“藕香榭”“紫菱洲”“荇叶渚”等，又有四字匾额十数个，什么“梨花春雨”“桐剪秋风”“荻芦夜雪”等，这么多名称，谁能一下就记住呢？独宝钗能。我们在感叹宝钗记忆力超强的同时，不能不佩服她真是个有心人！

在宝钗的帮助下，宝玉把“绿玉”改成了“绿蜡”。宝玉感谢宝钗，称她是“一字师”，并说“从此后我只叫你师父，再不叫姐姐了”。宝钗这时一边催促宝玉快写诗，抓紧呈上去，一边笑道：“谁是你姐姐？那上头穿黄袍的才是你姐。”不难看出，宝钗对宝玉这个黄袍加身的姐姐尤为仰慕。生活中宝钗不可能对身边每个人的话都记得这么清，之所以对元春的一言一语牢记于心，是因为元春不是一般人，是贵妃，所以宝钗才会格外留心在意。其实，宝钗的心细是有选择性的，她对元妃的上心，摆脱不了讨好以便“好风凭借力，送我上青云”之嫌。

当然，人各有志，姑妄谈之。

第十九回 情切切良宵花解语 意绵绵静日玉生香

轻叩红楼 崔思遥

贴心花袭人

第十九回讲述了贾宝玉与袭人之间的故事。袭人作为宝玉身边最重要的丫鬟，有着极其重要的地位。贾母已将袭人给了宝玉，那么她就是宝玉的人了，况且她又是众丫鬟中服侍得最为周到的，自然也就最受宝玉的青睐。

袭人能够受到宝玉如此之青睐就是因为她的温柔和体贴，体贴到宝玉的一个眼神、一个微小的动作她都能立刻会意，然后投其所好。宝玉偷偷跑到袭人的家里，家中其他人面对此情都不知所措，唯独袭人熟练地为宝玉铺上自己的坐褥，拿来自己的手脚炉，找来宝玉喜欢吃的东西，袭人对宝玉的体贴已成为一种习惯，总是能够做得非常好。

袭人对宝玉的体贴更是特别体现在李嬷嬷惹怒宝玉的那件事上。有一回，宝玉因为李嬷嬷喝了枫露茶而发怒，并且摔杯子，贾母派人来问，袭人说是自己不小心打碎了，把错误往自己身上揽，最终才没有把事情闹大。这一次，李嬷嬷又擅自吃了宝玉留给袭人的酥酪，宝玉正要生气时，又多亏袭人推说自己早不爱吃那种东西了，给了李嬷嬷倒正好，才使宝玉不至于又动怒发火。

宝玉向来不怎么喜欢读书，袭人却总是督促他，这是宝玉唯一不喜欢袭人的地方。袭人虽是一片好心，怎奈宝玉总不领情。这一回里，袭人借着自己要被家里人赎回去的幌子劝说宝玉要好好读书，这次宝玉听了。可单纯的袭人哪里知道，就凭宝玉这顽劣之性和顽固之心，他只是一时兴起，不会长久听从这种规劝的。

袭人固然很贴心，但如果所有事情都要这般贴心，事无巨细，这对宝玉反而成了一种负担和禁锢。黛玉对宝玉也一样贴心，可是她懂得张弛有度，收放自如，这是她和袭人体贴宝玉的明显区别。

解味红楼 李美瑛

宝玉的心之所属

贾宝玉身边有许多女孩儿，小姐身份的，丫鬟身份的，且几乎个个是美女。黛玉是美女，只是她的美有病西施之态。宝玉不是因为黛玉的病态美而爱上她的，应是因为爱上她的灵魂才自然而然地接受了她的病态美。那么多女孩喜欢宝玉，但在他心里，真正称得上知己的只有一个：黛玉。

志同道合，是宝玉和黛玉感情牢不可破的基石；青梅竹马，又为他们的感情添砖加瓦。没有人能像黛玉那样理解宝玉，接纳宝玉，欣赏宝玉，并且从始至终和他站在一起，保持高度一致。不比不知道，一比就明了。阅读第十九回，通过袭人、宝钗、黛玉三人对宝玉态度的对比，就能懂得宝玉为什么对黛玉情有独钟。

曹雪芹这一回也是精心构思刻意为之的，他故意把袭人、宝钗、黛玉三人放在一起，让她们围绕宝玉唱了一台戏。作者不动声色描写人物、事件，如叙家常一般，但实际上，在看似波澜不惊的文字下面，却波涛涌动，人物形象也因此更加鲜明丰满。

这一回先出场的是袭人。袭人回家吃年茶，回来后对宝玉说她母亲和哥哥很快就会赎她出去。袭人说得漫不经心，无所谓的样子，但宝玉一听就急了。宝玉的反应在袭人的预料之中，她知道宝玉舍不得她走。于是袭人步步紧逼，让宝玉觉得自己没有一点留下她的理由，最后只能倒在床上暗自流泪。袭人一看时机到了，就软下口气，对宝玉说办法还是有的，只要答应她的条件。袭人清楚这时她提出多少条件宝玉都会答应。于是，她提出三个条件，一不许宝玉胡言乱语，说一些不着边际的话；二要好好读书，即便不喜欢装个样子也行；三不许跟女孩子们太亲近。看看这三个条件，袭人哪里像个丫鬟，简直就是家长。貌似老实巴交的袭人，实则很有心机，她利用宝玉对自己的感情，胁迫宝玉，以达到自己的目的。这样的女子很可怕，不可爱，宝玉不可能真正爱她。

这一回对黛玉和宝钗的描写，是放在一处的，只是先黛玉后宝钗。宝玉去探望黛玉，黛玉看见他左边腮上有纽扣大小的一块血渍，以为是刮破了，宝玉答不是刮的，是刚才替她们淘漉胭脂膏子弄上的。显然这就是袭人说的宝玉那“调脂弄粉”“吃人嘴上擦的胭脂与那爱红的毛病儿”，是袭人提出的三个条件中必须改掉的一个。同样的问题，黛玉的态度则不同，她一边用自己的帕子替宝玉揩拭，一边说道：“你又干这些事了。干也罢了，必定还要带出幌子来。便是舅舅看不见，别人看见了，又当奇事新鲜话儿去学舌讨好儿，吹到舅舅耳朵里，又该大家不干净惹气。”黛玉是带着理解和善意提醒的心态和宝玉说话，而不是一味批评制止，这样的话一定比袭人的说教入耳入心。

接下来，作者写宝玉胡编乱造扬州衙门耗子精的故事给黛玉，讲到最后黛玉发现宝玉是在编排自己，就下手拧宝玉，宝玉连连告饶，辩解说自己是无意中想起了这个典故。正说着，宝钗进来了。黛玉就让她评理。其实三个人都明白，这不过是用来逗黛玉开心的玩笑而已。黛玉看似不依不饶，又是打又是骂，其实这正是她向宝玉表达情感的独特方式。宝钗是如何做的呢？书中写道：“原来是宝兄弟，怨不得他，他肚子里的故典原多。只是可惜一件，凡该用故典之时，他偏就忘了。有今日记得的，前儿夜里的芭蕉诗就该记得。”俗话说得好，打人不打脸，揭人不揭短，宝钗非但没有表扬宝玉有想象力，会编故事，竟联想到元妃省亲宝玉作诗时不知“绿蜡”出自何处的尴尬，她这番话是在对宝玉冷嘲热讽——逗女孩开心有本事，写诗做学问就不行了。这种在他人面前翻旧账让人下不来台的女子，谁会喜欢？

没有无缘无故的恨，也没有无缘无故的爱，细读这一回，能进一步理解宝玉的爱情抉择。

第二十回 王熙凤正言弹妒意 林黛玉俏语谑娇音

扫码读原著

轻叩红楼 崔思遥

敢爱又敢恨

第二十回写了许多年轻有个性的女子，她们大致可以归为两种类型，一种是以温柔识大体的宝钗与麝月为代表，一种是以敢爱敢恨、言辞犀利的黛玉和晴雯为代表。她们各有各的特色，但黛玉和晴雯更有让人佩服之处！

麝月是宝玉身边的小丫鬟，这天其他丫鬟都出去玩了，袭人生病在床上休息，娴静的麝月便在房间里自己看管，她不偷懒贪闲，而且还是个好脾气的人。同样的还有宝钗，宝钗是个老好人，在和莺儿、贾环打牌时，莺儿因为贾环打牌不按规矩就和他吵嘴，而宝钗则在中间说好话，向着贾环，以此息事宁人，是个识大体也会算计的人。宝钗这样总是把事情做得很圆滑的人，反而让人有些畏惧。

林黛玉和晴雯极有个性，两人都是敢爱敢恨的性格，这种人有时令人又爱又恨、哭笑不得。晴雯看宝玉给麝月梳头发，就讽刺他两人是结婚，出门后听见宝玉说她磨牙，便又气得回来与宝玉大声理论。还有李嬷嬷，两次招惹宝玉房里的丫鬟们，就只有晴雯最敢把自己对她的厌恶表现得明明白白，甚至敢和李嬷嬷打嘴仗。晴雯这种直率的性格着实让人喜爱，可正是因为她太过于爱憎分明，最终反倒害了自己。

黛玉的小性子人尽皆知，她嘴上说话不饶人，喜欢谁就很坦白地表现，不喜欢也会直接表明。黛玉不喜欢宝钗是自然的，所以只要看到宝玉和宝钗在一起，她就要和宝玉闹别扭，并且极尽各种毒舌之语来表达自己的不满，话语中对宝钗进行各种攻击。黛玉甚至对宝玉说“我为的是我的心”，她对宝

玉爱之入骨，所以才总是对他发脾气，她毫不遮掩自己内心的想法，喜欢就是喜欢，讨厌就是讨厌，真实不虚伪，她不像宝钗那样，为了赢得别人的喜爱，就费尽心思去讨好别人。黛玉愿意把一切付出给自己真正爱的人，而不是虚伪地讨好他，她不要那种所谓的面子。

既敢爱又敢恨的女子往往有一种很独特的魅力，她们那种棱角分明令人觉得她们气度不凡。

解味红楼 李美瑛

我为的是我的心

自从林黛玉进了贾府，她和宝玉朝夕相伴。一个是贾母的嫡亲孙子，一个是贾母的嫡亲外孙女，所以他们深得贾母的宠爱。二人之间的亲密友爱自然也跟别的姐妹大不相同："日则同行同坐，夜则同息同止，真是言和意顺，略无参商。"

宝玉和黛玉本相安无事，但随着薛宝钗的到来，他们二人世界的平衡便被打破。在大家眼中，黛玉和宝钗的差别是明显的，虽然她们都有才气，黛玉甚而还要略胜宝钗，但古代推崇的却是"女子无才便是德"，因此才华构不成黛玉的优势。相反，黛玉的小心眼儿、目无下尘、尖酸刻薄、体弱多病，这些都和宝钗的热情开朗、豁达大度、温柔大方、随和体贴形成鲜明对照。无疑，在性情人缘上，黛玉败给了宝钗。

宝玉、黛玉、宝钗，三人慢慢形成一种非常微妙的关系。黛玉和宝钗都希望宝玉的感情更倾向自己，对宝玉接近对方彼此都会含酸，由于宝钗和黛玉性格不同，所以她们的表达方式也不同。宝钗是不温不火、绵里藏针的怨，黛玉往往是大吵大闹、锋芒毕露的怒。

黛玉和宝玉是一对欢喜冤家，经常吵架拌嘴，但事情的起因一般不大，且基本是黛玉先挑起事端。

第二十回，史湘云来了，得到这个消息时，宝玉正和宝钗在一起，于是他俩一同过贾母这边来。正巧黛玉也在，她问宝玉刚才在哪儿，宝玉说在宝姐姐家。黛玉一听就不高兴，冷笑道："我说呢，亏在那里绊住，不然早就飞了来了。"黛玉的话外人听着也许无所谓，但对宝玉而言是伤人的。黛玉明知她在宝玉心中最重要，还要狠狠地指责他：史妹妹来了，你会急得飞了来，之所以没第一时间飞过来，是因为宝姐姐绊住了你的脚——她们俩都比我重要。宝玉笑着为自己辩解："只许同你顽，替你解闷儿。不过偶然去他那里一趟，就说这话。"没想到这更捅了马蜂窝，黛玉最忌讳这样的话，反驳更狠："去不去管我什么事，我又没叫你替我解闷儿。可许你从此不理我呢！"宝玉看黛玉生气了，忙不迭地跟了出来。宝玉好言相劝，黛玉怒火不减，竟说出"我死，与你何干"这样的狠话。正在两人你死我活、吵闹不止之际，宝钗又不合时宜地过来叫宝玉进去，说史大妹妹等他呢，说完推着宝玉就走了。

黛玉这边"越发气闷，只向窗前流泪"，好在没两盏茶的功夫，宝玉又回来了。黛玉见了，越发委屈得哭个不停。宝玉心疼她，只好"打叠起千百样的款语温言来劝慰"，哪知黛玉不领情，劈头盖脸又把他数落一顿。宝玉不生气，"忙上来悄悄的"又以"亲不间疏，先不僭后"之理来开导，黛玉方慢慢消了气。

宝玉说的这些道理黛玉心里都明白，她之所以这样"无理取闹"，与她自身的性格和处境有关。黛玉寄身贾府，放眼望去，看似亲人一片，实则知心者唯宝玉一人。她内心的苦闷无人可诉，她的气只能对宝玉撒。小说中她经常"欺负"宝玉，是因为她把宝玉看作至亲。

很多读者因为黛玉这些事而不喜欢她，说她任性、神经质、小心眼儿、耍大小姐脾气等。如按正常人之间的交往，黛玉是有些无事生非，小题大做，可她和宝玉不是一般关系。这些事发生时，他们正处于爱情的萌芽阶段，情窦初开，懵懵懂懂的，跟着感觉走呢。

黛玉失去父母，孤孤单单，寄人篱下；宝玉和她不一样，是贾府的宠儿，要风得风，要雨得雨。黛玉对宝玉没有把握，对自己的爱情不自信，所以当她以为宝玉把她的东西给了别人不珍惜她时，就生气；当受了委屈的宝玉把贴身佩带的香囊赌气还给她时，她更伤心；当她听宝玉说是和自己最大的竞争对手宝钗在一起时，吃醋在所难免；当吵架中的宝玉被宝钗拉走又再度返回时，她要死要活闹得更凶也完全能理解，谁让来的人是宝钗，换个人黛玉就不会发这么大的火，宝钗的出现就是火上浇油，不是时候。

那样的时代，那样孤弱的黛玉，想得到自己的爱情是一件非常艰难的事。最后她连生命都付出了，她一心向往的爱情依旧离她而去。

看看这次吵嘴作者是如何收笔的。黛玉听完宝玉的一番话后低头不语，知道自己过分了，半日才说："你只怨人行动嗔怪了你，你再不知道你自己怄

人难受。就拿今日天气比，分明今儿冷的这样，你怎么倒反把个青肷披风脱了呢?”即便是方才气成那样，要死要活的，但宝玉的冷暖黛玉却是看在眼里记在心里的，这就是——爱。

“我为的是我的心”，黛玉说得好，每个人都有追求美好爱情的权利，她不想辜负自己的心，故拼死拼活轰轰烈烈爱一场，爱得荡气回肠。她所有的小性儿都是因爱而急，也只针对一个人——宝玉。他们每一次争吵，最后都以宝玉的告饶为结，当事人宝玉都能包容理解，我们这些局外人又有什么不能理解的呢?

爱之深，恨之切，佛曰“从来怨也都是亲”。透过现象，读懂宝黛吵嘴的内涵，能帮助读者进一步理解宝黛爱情的本质。

第二十一回　贤袭人娇嗔箴宝玉　俏平儿软语救贾琏

机智的平儿

第二十一回写了两个重要的大丫鬟——袭人和平儿。暂且不说袭人的温柔与贤惠，倒是平儿的机智与娇俏很是值得一品。

凤姐家的巧姐出痘疹，贾琏不得不搬到外书房中去住。贾琏为人极其虚伪狡猾，而且还是个浪荡的情种。由于凤姐对贾琏一向管得很严，所以贾琏很怕她，那种浪荡本性也不敢轻易显露，借着这次搬到外面住的机会，贾琏如鸟出笼，便四处“寻花问柳”。

巧姐病好后，平儿帮着贾琏把东西拿到屋里去，她偶然发现了几绺青丝，聪明的平儿心里立即明白了。在贾琏的求饶之下，平儿才答应帮他在凤姐面前保密，不揭穿他。但凤姐那种精明哪里是贾琏比得过的，她早就猜到贾琏会不老实，就在话中暗暗讽刺他。贾琏在凤姐身后使眼色，亏得平儿帮他说了几句话：“怎么我的心就和奶奶的心一样！我就怕有这个，留神搜了一搜，竟一点破绽也没有。奶奶不信时，那些东西我还没收呢，奶奶亲自翻寻一遍去。”平儿没有极力为贾琏辩驳，而是顺着凤姐的思路往下说，表明自己和她是站在同一立场的，使得凤姐放松了警惕，让贾琏有惊无险，顺利逃过这一劫。

平儿的聪明和机智深得凤姐的喜爱和信任，而平儿的娇媚与俏皮又能把贾琏给制服，与府中这样难相处的人都能相处平和，什么样的人心她不能得呢？以凤姐之威和贾琏之俗，她都驾驭得了，这就不是一般的丫鬟，厉害得很！所以，平儿这个人物不可小觑。

左右逢源的平儿

平儿起初是王熙凤的贴身丫鬟，后被贾琏收房，成为通房丫头，地位介于丫鬟和姨娘之间。王熙凤是个难伺候的主儿，贾琏也不是省油的灯，这二人虽不是君王，但对平儿而言，伴之亦如伴虎，谁也得罪不起。周旋在他们之间，没点儿过人的智慧是不行的。

小说第十六回中，一天凤姐正和小别一年多的贾琏唠家常，正说着，听见外间有人说话，凤姐便问是谁，平儿走进来，不慌不忙答道："姨太太打发了香菱妹子来问我一句话，我已经说了，打发他回去了。"平儿镇定自如的回答骗过了贾琏，他接着话茬兴致勃勃地和凤姐讨论起香菱如何标致来。贾琏有事出去后，平儿才告诉凤姐，来人不是香菱，是旺儿嫂子，送利钱银子的。平儿有眼色，知道这份钱是凤姐的小金库，背着贾琏干的，贾琏若知道了，她既会得罪凤姐，又会因知情不报而得罪贾琏，落得里外不是人，所以她撒谎瞒过贾琏。看平儿是如何对凤姐解释的："奶奶的那利钱银子，迟不送来，早不送来，这会子二爷在家，他且送这个来了。幸亏我在堂屋里撞见，不然时走了来回奶奶，二爷倘或问奶奶是什么利钱，奶奶自然不肯瞒二爷的，少不得照实告诉二爷。我们二爷那脾气，油锅里的钱还要找出来花呢，听见奶奶有了这个梯己，他还不放心的花了呢。"这话说得得体，什么叫"奶奶自然不肯瞒二爷的"？平儿明知道她奶奶凤姐一定是瞒着二爷贾琏的，但她不能当着凤姐面说你不想让贾琏知道，坏人自己做，好人留给凤姐。这样的丫鬟，凤姐能不喜欢吗？这也是平儿能成为凤姐心腹的原因。

凤姐是著名的醋坛子，贾琏是个拈花惹草、四处留情的公子哥，伺候这两个人，一不小心就会惹火上身。在夹缝中生存，想要保全自己并非易事，但平儿做到了，做得滴水不漏，皆大欢喜。

第二十一回，贾琏因巧姐出痘搬去外间住，因此和"多姑娘儿"勾搭在一起。巧姐痊愈后，贾琏复搬进来，平儿收拾他在外的衣服铺盖时，从枕套中发现一绺青丝。平儿没有报告凤姐，她清楚此事一旦被凤姐知道，定会掀起轩然大波，闹得人仰马翻，到那时，也许除了凤姐，贾琏以及府上别的主子也会抱怨她多事。所以当凤姐问她贾琏的东西少没少时，平儿说："我也怕丢下一两件，细细的查了查，也不少。”凤姐又问多没多时，平儿说：“不丢万幸，谁还添出来呢?”故意装傻卖呆。当凤姐提醒她头发、指甲等也属于多出来的东西时，贾琏吓得脸都黄了，站在凤姐身后，像个热锅上的蚂蚁，朝平儿“杀鸡抹脖使眼色儿”，“平儿只装着看不见”。如果这时平儿做出看见了的举动，一定逃不过凤姐那锐利的眼睛，贾琏的事将败露。平儿处乱不惊，还做出和凤姐站在一条战线的姿态：“怎么我的心就和奶奶的心一样！我就怕有这些个，留神搜了一搜，竟一点破绽也没有。奶奶不信时，那些东西我还没收呢，奶奶亲自翻寻一遍去。”东西已经被她藏起来了，凤姐固然去搜，也是一场空。

“左右逢源”一词最早见于《孟子·离娄下》：“资之深，则取之左右逢其源。”是说蓄积很深，功夫到家后，做事就能得心应手，顺利无碍。把这个词用在深谙处世之道的平儿身上是再适合不过的。

第二十二回　听曲文宝玉悟禅机 制灯谜贾政悲谶语

扫码读原著

轻叩红楼　崔思遥

谈禅即言情

第二十二回是很值得回味的一回。文中写宝玉听曲文悟禅，但这个本性风流的情种，是否真的悟到禅意了呢？

话说贾府要给薛宝钗过生日，便搭了个戏台子在院中。那日众人听戏时，宝钗在和宝玉闲聊中，为他推荐了一首辞藻不错的戏——《寄生草》：“漫揾英雄泪，相离处士家。谢慈悲剃度在莲台下。没缘法转眼分离乍。赤条条来去无牵挂。那里讨烟蓑雨笠卷单行？一任俺芒鞋破钵随缘化！”听罢戏，贾母发现戏子中有两个长相很清秀，便叫出来赏了些东西。众人这时也发现这一男一女中的女孩跟黛玉很相像，但大家素日都知道黛玉的脾气，所以只是微笑，没说什么，只有向来心直口快的湘云大声地说了出来，急得宝玉在旁使眼色。

结果，宝玉的一番好心却把黛玉和湘云都给得罪了。黛玉认为宝玉给湘云使眼色是两人合伙在欺负她，而湘云则认为宝玉使眼色是不给她好脸色看。两边不讨好，宝玉只得回去生闷气，顺便自己写了一偈语：“你证我证，心证意证。是无有证，斯可云证。无可云证，是立足境。”怕人看不懂，他又填了一支《寄生草》，就此认为自己悟道至最高境界了。而黛玉和宝钗第二天看了他写的，反倒笑话他，因为她们所知所能都比宝玉多得多，弄得宝玉很不好意思。

其实宝玉哪里是在谈禅，分明是在言情。如果他是真正悟到禅意，就不会自生闷气回房了，他仍然是个“情种”！他心里很在乎黛玉，所以才会为她生气，他又因为湘云的不懂事而忧虑，所以才会好脾气地去解释。想想宝钗说的那些词，又和这些姊妹们吵了架，所以心中郁结。姊妹们的心情常常能左右宝玉的心情，他不是个多愁善感的情种是什么？表面上，宝玉是在谈禅，实则他这是在谈“情”上大有长进，是对姊妹们更用心了，跟悟禅有距离，跟儿女之情倒是更贴近了。

宝玉谈禅即言情，他的禅就是情。

言为心声言必应

第二十二回写元春差人送来灯谜，贾母觉得这种游戏很喜乐，于是也让大家各作灯谜，贴在围屏上，合家坐在一起，承欢取乐。

这些谜语给贾母等人带来节日的欢喜，读者也会情不自禁地跟着猜一猜，增添了一份阅读的乐趣，且看书中出现的几个谜语。

> 贾母：猴子身轻站树梢。
>
> 贾政：身自端方，体自坚硬。虽不能言，有言必应。
>
> 元春：能使妖魔胆尽摧，身如束帛气如雷。一声震得人方恐，回首相看已化灰。
>
> 迎春：天运人功理不穷，有功无运也难逢。因何镇日纷纷乱，只为阴阳数不同。
>
> 探春：阶下儿童仰面时，清明妆点最堪宜。游丝一断浑无力，莫向东风怨别离。
>
> 惜春：前身色相总无成，不听菱歌听佛经。莫道此生沉黑海，性中自有大光明。
>
> 宝钗：朝罢谁携两袖烟，琴边衾里总无缘。晓筹不用鸡人报，五夜无烦侍女添。焦首朝朝还暮暮，煎心日日复年年。光阴荏苒须当惜，风雨阴晴任变迁。

谜底分别是“荔枝”“砚台”“爆竹”“算盘”“风筝”“海灯”“更香”。

贾政看了这些谜语后，忽然悲从中来，伤感得很，以致“回至房中只是思索，翻来复去竟难成寐，不由伤悲感慨”。贾政因何伤悲呢？言为心声，他伤悲的是，在这浓浓的节日祥和气氛里，元、迎、探、惜四姐妹还有宝钗所制灯谜，越想越不吉利。元春所作的爆竹，虽然威力无比，声势浩大，但毕竟时间短暂，乃一响而散之物；迎春所作的算盘，不动则已，一动则乱如麻，阴阳之语也暗含生离死别；探春所作的风筝，乃飘荡无根之物；惜春所作的海灯，是出家人清净孤寂之物；宝钗所作的更香，给人凄清寡居之感。这些灯谜，出自几个风华正茂的女孩之口，怎不让人深叹韶华易逝、红颜命薄呢？

第五回也有和这几个人相关的判词和《红楼梦》曲，联系这些人后来的命运——元妃短寿暴死，迎春被折磨而死，探春远嫁，惜春出家，宝钗独守空房，都十分吻合。由此可见，曹雪芹写作时是怎样一种苦心经营，他对语言的运用及文学的构思达到了登峰造极的境界，着实令人叹为观止。

让人回味的还不止上面那几个谜语，再看看贾母和贾政的，亦有深意。贾母是贾府的老祖宗、掌舵人，引领着贾府的方向，她所作的谜语“猴子身轻站树梢”，谜底是“荔枝”。“荔枝”者，“离枝”也。贾府是一棵枝繁叶茂的大树，但有一天“忽喇喇似大厦倾”，那些依靠大树的子孙们都不得不离去，“树倒猢狲散”，寓意很凶。而贾政呢？“身自端方，体自坚硬。虽不能言，有言必应。”好一个“有言必应”，一语成谶，贾母等人的谜语后来的确都应验了。

这一回中，宝玉、黛玉、史湘云也参与了活动，史湘云的谜语不出现也就罢了，为什么宝玉和黛玉的也没出现？人人皆知，他们是小说中最重要的人物，莫非正是因为他们最重要，作者才故意不写，以给读者设置悬念，留下无尽的想象空间？

第二十三回　西厢记妙词通戏语　牡丹亭艳曲警芳心

扫码读原著

宝黛品西厢

第二十三回中的宝黛品读《西厢记》是极其经典的段子，这一段风花雪月事总让读者百读不厌。它是宝黛之间感情的深化，是他们的爱情又上升至一个新高度的具体表现。

其实，宝黛多次向对方委婉地表达自己的倾慕之情，但不如本回的坦白最为直接明了。宝玉对黛玉总比对别的姊妹更多一些关心，而黛玉对宝玉也是较别的姊妹更时时挂念。黛玉把自己最真实的一面留给宝玉，把宝玉当作自己的精神依赖。共读西厢再次表明他们有着一样的价值观和理想追求，这也是他们之所以在朝夕相处之中产生浓厚眷恋和挚爱的深层原因。

宝玉天生是个叛逆之人，他不愿与世俗中那些庸人相交往。他所认为的庸人包括在他观念中污浊的男人，也包括那些学习八股文的人。他是情种，因此他对《西厢记》一类描写男女自由爱情的书籍更感兴趣，这再正常不过。黛玉也是个极具反抗精神的女子，她对墨守成规的旧制度、旧礼教很厌烦。

《西厢记》是一部描写封建社会中具有叛逆精神的有情人冲破束缚相恋的故事，作者在这里写宝玉和黛玉躲开他人的视线共读这样一本书，显然是别有用意的。《西厢记》中的男主角张生和女主角崔莺莺是敢于反抗封建礼教的人。宝玉拿这两人比作黛玉和自己，一是告诉黛玉自己对她的感情就像张生对崔莺莺的一样，二是告诉黛玉应该和他一起反抗这个桎梏的社会，追求属于自己的幸福。黛玉在与宝玉相互玩闹之间，用《西厢记》中的句子回复他，说明她是很认同宝玉的观点的，二人其实在心里早已一拍即合，他们是一对

精神的知己。

共读《西厢记》，进一步表明了宝黛的爱情基础，证明了他们对彼此的爱恋。两人如此真挚的坦白，更是对封建礼教的大胆挑战。

解味红楼　李美瑛

感同身受情之至

《牡丹亭》在古代被称为“艳曲”，因为它写的是青年男女如何冲破封建礼教，追求自由爱情的故事。这样的爱情观，和林黛玉完全一致。因此第二十三回写黛玉听到大观园中十二个女孩子演习该戏文时，内心产生强烈共鸣。曹雪芹在这里仅用四百余字，通过对黛玉心理及神态的描写，准确精彩地向读者展示了文学欣赏的全过程。

最初无所事事的黛玉虽然听到了唱戏之声，由于素日对戏文兴趣不大，所以也没有在意。然而偶然飘进耳朵的“原来姹紫嫣红开遍，似这般都付与断井颓垣”两句却吸引了她，毕竟黛玉是个文学青年，又是个多愁善感的性情女子，这样文质兼美的情语很容易走进她的心，缠绵悱恻的曲调使她的脚步停下来。继续听，“良辰美景奈何天，赏心乐事谁家院”，黛玉对此点头赞许，心下感叹自己先前认识的浅薄，原来戏文上也有好文章。黛玉此时已被征服并带入戏文，和追求真爱为爱而忧的杜丽娘幻化成一体了。

接下来是男主人公柳梦梅的唱词：“则为你如花美眷，似水流年。”黛玉听了“心动神摇”，内心受到极大触动。为何？因为这句唱到了她的心坎儿上，自己虽有花容月貌，骄人才华，但又有何用？心事无人懂，没有人为自己做主、帮助自己得到想要的幸福，再美好的青春也终将荒废，付与这似水流年。黛玉正在顾影自怜，暗自神伤，柳梦梅最后一句唱词“你在幽闺自怜”把她的悲伤推到顶点。现实中没人能懂黛玉的心，而一句戏文却唱出了她的处境与心境，竟成了她的知音。黛玉因而“亦发如醉如痴，站立不住，便一蹲身坐在一块山子石上”，情难自禁，五脏六腑翻江倒海般汹涌澎湃了。黛玉思绪万千，想到唐代诗人崔涂《旅怀》的“水流花谢两无情”，想到南唐后主李煜《浪淘沙》的“流水落花春去也，天上人间”，想到元代王实甫《西厢记》的“花落水流红，闲愁万种”，如此种种。黛玉被这万种柔情击倒，

“心痛神痴，眼中落泪”了。

“天下女子有情，宁有如杜丽娘者乎？”汤显祖曾问天下人，也许当时无人能作答，但相信曹雪芹有答案。“情不知所起，一往而深，生者可以死，死可以生。生而不可与死，死而不可复生者，皆非情之至也。”林黛玉为贾宝玉而生，最后为贾宝玉而死，她可以和杜丽娘比肩，都是当之无愧的“情之至者”。

《西厢记》在那时是一本禁书。曹雪芹在小说中虽然没有明说它是禁书，但从文中的一些描述可以感觉到。首先这本书“来路不正”，宝玉的书房本没有它，是仆人茗烟为了讨好宝玉从外面买来的，这些书宝玉都“放在床顶上”，“无人时自己密看”，可见，这些书是不能让外人看到的。

坐在桃花树下偷看《西厢记》的宝玉被黛玉发现，问他看什么书时，宝玉“慌的藏之不迭”，敷衍说“不过是《中庸》《大学》”。黛玉了解宝玉，看《中庸》《大学》这类书根本不用这么神神秘秘，她自然不信，穷追不舍。宝玉无奈，说：“好妹妹，若论你，我是不怕的。你看了，好歹别告诉别人去。”宝玉对黛玉的了解和信任由此可见。

小说写道黛玉把花具且都放下，接书来瞧。宝玉问她怎样，答曰“果然有趣”。二人对《西厢记》有共同的审美，他们对反对封建礼教、追求自由爱情的崔莺莺和张生的行为是认可的。这就是宝黛共同的思想基础，是他们爱情产生和发展的源流所在。

接下来，宝玉借《西厢记》中的两句话对黛玉说：“我就是个‘多愁多病身’，你就是那‘倾国倾城貌’。”黛玉听了，指宝玉道：“你这该死的胡说！好好的把这淫词艳曲弄了来，还学了这些混话来欺负我。我告诉舅舅舅母去。”黛玉表面恼羞成怒，但实际内心并未真恼，她是因宝玉明目张胆的表白而害羞了。她口中说《西厢记》是淫词艳曲，但自己读起来也是津津有味，爱不释手；她嘴上说要告诉舅舅舅母去，但当宝玉求饶时，她却用《西厢记》中的一句台词来嘲讽他，并且她还得意地对宝玉说：“你说你会过目成诵，难道我就不能一目十行么？”二人这一嬉一恼的和解，洋溢着无限爱意。

宝黛共读西厢这一情节，意在告诉读者宝玉和黛玉之间有相同的志趣爱好，他们情投意合，是真正的人生知己和灵魂伴侣。

第二十四回　醉金刚轻财尚义侠 痴女儿遗帕惹相思

扫码读原著

轻叩红楼　崔思遥

闲看小人物

第二十四回写了一些小人物，在读者专注于主角的时候，倒也不妨看看这些小人物，从他们这里也能透视许多世态人情。

这一回有一个人物串起了这些小人物，那就是贾芸。贾芸在这一回和他的舅舅卜世仁、邻居倪二、宝玉怡红院后院的丫鬟小红都有一些小故事，颇有意趣。贾芸想在贾府谋得一个活儿干，便求贾琏，但他明白贾府的很多事贾琏不直接插手，凤姐说了算。为了能够讨好凤姐与贾琏，他就到舅舅卜世仁处借冰片麝香，可是这个舅舅不但不借给贾芸，而且还找出一大堆理由来搪塞他，毫无真心，留他吃饭也是虚情假意。卜世仁并不是特别穷困潦倒，况贾芸也不是不给他钱，他对自己人尚且这么敷衍，一毛不拔，可见对其他人能如何。卜世仁是一个不折不扣的自私之人，是个势利眼。

倪二却和卜世仁形成极大反差。倪二虽是贾芸的邻居，但贾芸因他素日脾气暴躁不敢招惹，所以也不熟络。贾芸从自己舅舅那里碰壁后，正遇到喝醉的倪二，便把这件郁闷事情告诉了他。没想到，这倪二竟是个极仗义之人，接着就从口袋里掏出一大笔钱给贾芸，还不要利息和借条。倪二的生活并不很宽裕，当和自己不熟的贾芸遇到困难时，他却解囊相助，如此爽快，颇有大侠的豪情！倪二做事，不存任何坏心，是个率真单纯的人，在他身上，虽有些陋习，但更多的是可爱的一面。

小红作为一个后院的丫鬟，没有太多机会伺候宝玉，她是个多情的人，又想攀高枝，渴望有朝一日飞上枝头，变成金凤凰，所以总被大丫鬟们瞧不起。宝玉她攀不成，当见到贾芸的时候，她被这个清秀的少年给迷住，并暗送秋波，看贾芸对她也有意思，便想着进一步和他套近乎。

细品这些小人物，其实他们同样各具特色和趣味，从他们的言行中，也可以看到当时社会的缩影和人性百态。

解味红楼 李美瑛

人微言轻透冷暖

读第二十四回，让人心里最不舒服的就是那个不是人的卜世仁。

卜世仁是贾芸的亲舅舅，照理舅舅和外甥最亲不过。想那贾芸，真是可怜，他和宝玉同为贾家子弟，但生活境遇却有天壤之别。贾芸从小没了父亲，又无产业，与寡母相依为命，终日为生计奔波忧虑。为了在贾府谋得一份活计，他先低三下四巴结贾琏，后又阿谀奉承讨好凤姐。虽然宝玉当时在贾府中没有什么实际权力，但贾芸深知宝玉是贾家珍宝，更是未来的接班人，为了攀上这个高枝，贾芸在听了宝玉的玩笑“你倒比先越发出挑了，倒像我的儿子”后，竟真的认比自己还小四五岁的宝玉为爹，还自嘲“俗语说的，‘摇车里的爷爷，拄拐的孙孙’。虽然岁数大，山高高不过太阳。只从我父亲没了，这几年也无人照管教导。如若宝叔不嫌侄儿蠢笨，认作儿子，就是我的造化了”。这番话体现贾芸的伶俐机敏，但读来让人心酸。宝玉随口一声“明儿你闲了，只管来找我”，也不过是句应酬之语，说完就忘了，可贾芸为了能以此搭上和宝玉之间的桥梁，第二天就一趟趟往怡红院跑，却一次次落空，最后虽得以一见，但毕竟他和宝玉不是一路人，三言两语，宝玉便表现出懒懒的样子。

人都是有尊严的，如果不是为生活所迫，谁天生愿意自轻自贱。贾芸卑躬屈膝的言行，实属无奈。贾府人不把贾芸当回事也就算了，最让人寒心的是，当身无分文的贾芸为了巴结王熙凤去求舅舅卜世仁时，这个亲舅舅的言行实在令人气愤！贾芸在贾琏那里求事没成功，转而想找凤姐。凤姐门槛更高，不是想巴结就能巴结上的，昂贵的见面礼必不可少。贾芸想到了开香料铺子的舅舅，想赊点冰片麝香。贾芸说明来意，没想到卜世仁不但一口拒绝，而且接下来大数特数贾芸的不是，什么不知好歹，不干正事，到处胡闹，没

个算计，没能耐立不起来，等等，末了又拉出刚在贾府找到差事的贾芹做对比：都是贾府子弟，都是草字辈，人家贾芹多有本事，多能干，骑着大叫驴，威风凛凛，就你无能，窝囊废一个！骂得贾芸无地自容，东西没赊到，反吃了一肚子气。

贾芸被“韶刀的不堪，便起身告辞”，卜世仁说吃了饭再走吧，一语未完，卜世仁的老婆来了一句：家中无米，吃什么？刚被舅舅泼了一头冷水的贾芸，又被舅母覆了一层冰。舅母为什么也如此冷漠？试想，如果不是自己的亲舅舅不把自己当人看，做舅母的敢这样对待自己吗？

人微言轻，世态冷暖，贾芸的遭遇再次印证了这一点。

第二十五回　魇魔法姊弟逢五鬼　红楼梦通灵遇双真

扫码读原著

崔思遥

夹缝中做人

第二十五回里，赵姨娘和贾环这对母子在贾府兴风作浪，本就受人厌恶的两个人，因此更受众人鄙夷。

赵姨娘是妾，本就地位低下，不受人重视，偏偏贾府中有很多伶牙俐齿、老谋深算的厉害人，常用语言奚落她，比如王熙凤与王夫人。王夫人一直很讨厌这对母子，从来不对他们说一句好听的话；凤姐更是从不拿正眼瞧他们，对贾环虽然也还不冷淡，但是和其他公子哥比起来说话也不温和。贾环跟别人闹别扭的时候，凤姐从不批评他，而是破口大骂他母亲赵姨娘。

贾环母子俩与夫人、奶奶们相处得不融洽，那和下人们又如何呢？本回说王夫人叫贾环抄写东西，贾环却总是装腔作势地让丫鬟们干活儿，丫鬟们都厌烦他这些坏毛病，不愿搭理他。和贾宝玉一样，贾环也是个主子，但二人的处境却如天上地下。别说在贾府那些长辈的眼里，就是在丫鬟的面前，宝玉总是可以让丫鬟跟着他团团转，贾环却经常被丫鬟们轻视，没有什么地位和尊严，这让他很难堪，所以，他总是嫉妒宝玉就容易理解了。

在夹缝中做人，让这一对母子很是委屈，上下不讨好，还总招人怨。开始他们还可以忍气吞声，把愤怒压在心底，后来加之马道婆为利益添油加醋地怂恿，更激起他们的仇恨，从而展开对凤姐和宝玉二人的报复计划。可以说，不仅是他们的个人因素让他们走极端，更有那等级森严的家族制度，使他们只能在夹缝中做被人看不起的小人物，可悲可恨又可怜！

兄弟同根不同性

贾环是一个不受欢迎的人物，同样是亲孙子，年龄相差无几，作为祖母，贾母对宝玉的溺爱随处可见，而对贾环，几乎无迹可寻，好像没有这个孙子似的。而作为母亲，赵姨娘对贾环缺少正面教育，每当贾环在外面受了委屈回来，赵姨娘非但不安慰规劝儿子，反而不是责骂就是冷嘲，把自己在贾府的失意一股脑发泄在儿子身上，让贾环成为她的出气筒。

再看亲生父亲贾政，本是同根生，贾政对宝玉虽苛责，但那是因爱而生的高标准严要求；对贾环，贾政没有像对宝玉那样严厉，但也不慈爱，基本处于放任状态，很少管教过问。

亲生父亲、母亲还有祖母的态度决定了贾环在整个家族中的地位，除了彩霞，那些丫鬟小厮也不把他当回事，更别说邢夫人、王夫人了。

第二十四回，贾赦身体欠安，宝玉和贾环先后去请安，邢夫人见宝玉来了，先站了起来，拉他上炕坐，又命人倒茶，百般摩挲抚弄，疼爱有加。二人正说话，贾环和贾兰也来了，邢夫人叫他俩椅子上坐。坐炕和坐椅子区别很大，足以表现与主人的疏密关系。后面邢夫人又让贾环和贾兰先走，却独留下宝玉吃饭。如此偏心，叫人说什么好呢？

赵姨娘是贾政的小老婆，王夫人当然不会喜欢她，恨屋及乌，自然也不喜欢贾环，第二十五回就写了贾环因此而酿成的一桩恶性事件。一天，王夫人让贾环抄《金刚咒》，正写着，宝玉来了，王夫人便用手满身满脸摩挲抚弄他，宝玉也扳着王夫人的脖子说长道短的。这对母子嬉闹亲密的场面让本就缺少母爱和家庭温暖的贾环心生怒火，再加之宝玉和彩霞胡闹王夫人也不管不问，旧仇新恨一时涌上心头。贾环妒火中烧，“故意装作失手，把那一盏油汪汪的蜡灯向宝玉脸上只一推”，宝玉被烫出一溜大泡。

单看贾环的行为，小小年纪，如此歹毒，的确让人气愤，然而，人之初，性本善，贾环也不是天生的谬种。造成这样的恶果，庶出、嫡出的封建观念固然在起作用，但不能因此一笔勾销贾府长辈们的责任，他们都难辞其咎。

第二十六回 蜂腰桥设言传心事 潇湘馆春困发幽情

扫码读原著

轻叩红楼 崔思遥

嘴甜的宝玉

第二十六回，宝玉对众人大大发挥了他嘴甜的特长。宝玉生来被宠，他的嘴甜使他能够自如地和各种各样的人打交道，从而在人际交往中如鱼得水。

薛蟠是有名的“呆霸王”，他周围那些朋友也都不是好惹之人，和他处得来可不是一件容易的事。但是，宝玉不仅可以和薛蟠相处融洽，而且薛蟠对他还毕恭毕敬，有好东西总是想着宝玉。荣、宁二府，公子那么多，薛蟠却只对宝玉“情有独钟”，这固然与宝玉在贾府的地位有关，但更重要的还是跟宝玉随和温顺的性格和嘴甜有关系。

这天，薛蟠过生日，请宝玉去吃山珍海味。宝玉上来便自嘲也不带礼物就来打扰薛蟠了，然后实心实意地告诉薛蟠，他要把自己的字画当作礼物送给他，不然就不算有诚意。如此实心眼儿又会说话，怎能不让薛蟠心花怒放呢！所以这个“呆霸王”被宝玉轻松地降服了。

在黛玉面前，宝玉更是嘴甜了。他在黛玉窗前听到她说“每日家情思睡昏昏”，就知道黛玉说的是自己。为了讨黛玉欢心，也是借此表达对她的爱，他便把自己比作张生，把黛玉比作莺莺，还把紫鹃比作红娘，足可见宝玉对黛玉的爱意。当黛玉认为他又是拿自己取笑时，宝玉赶忙一个又一个“好妹妹”地哄她、逗她，他的耐心和嘴甜最后让黛玉转怒为笑了。

嘴甜的宝玉，总能让爱他的人更爱他，怪不得这男女老少的都喜欢和他套近乎。

从来怨也都是亲

黛玉爱哭和爱使小性儿是出了名的，这与她体弱多病、多愁善感的性格特质有关，更与贾宝玉有关。

第二十六回就写了这样一件事。宝玉到潇湘馆找黛玉，当紫鹃要给他倒茶时，他说："若共你多情小姐同鸳帐，怎舍得叠被铺床?"这话登时惹恼了黛玉，接着她就哭了起来。黛玉爱宝玉，爱得纯真，爱得无暇，爱得更柏拉图，精神重于肉体。宝玉的轻薄之语，让黛玉感觉自己没有被尊重，纯真的爱被亵渎了。

就在宝玉告饶而黛玉不依时，袭人来了，说贾政让宝玉过去一趟。宝玉走了一天，黛玉替他忧虑了一天，担心贾政训斥他、难为他，吵架的事早放到一边去了。"至晚饭后，闻听宝玉来了，心里要找他问问是怎么样了。一步步行来，见宝钗进宝玉的院内去了，自己也便随后走了来。"宝钗先进了怡红院，随后到的黛玉第一次叩门被拒绝，第二次叩门被告知："凭你是谁，二爷吩咐的，一概不许放人进来呢!"黛玉哪里知道心情不好的晴雯没有听出是她。黛玉"不觉气怔在门外"，明明宝钗进去了，自己却不行，这不明摆着厚彼薄此吗？这让黛玉很受伤，宝钗能顺利进入怡红院，她却不能，这意味着什么还用说吗？黛玉当然也相信自己的耳朵，怕里面的丫鬟听不清还特意重复一次，得到的答案依然是任谁也不行，而且还说这是宝玉的交代。这不能不让黛玉多想：宝玉为了能与宝钗独处，不想让任何人打扰，包括黛玉。

黛玉的所见所闻似乎都在传达一个相同的信息：在宝玉心里，她不如宝钗重要。从怡红院传出的宝玉和宝钗的笑语更印证了这一点。联想到早晨和宝玉吵架的事，黛玉更加委屈，自己虽说要告宝玉，但不过是说说而已，他怎么就当真恼了？黛玉对宝玉的猜疑越来越多，误解也越来越深。

阅读时要注意一点，自始至终，黛玉所有的怨气只针对宝玉一个人，没有牵涉整个事件中出现的其他任何一个，包括情敌宝钗和不开门的晴雯。因为，她只在乎宝玉，由爱生怨；其他人，与她无关。

爱之深，恨之切，从来怨也都是亲。若只看到黛玉表面的幽幽怨怨，哭哭啼啼，而没有思考这背后的原因，对她产生误解自然在所难免。

第二十七回　滴翠亭杨妃戏彩蝶
埋香冢飞燕泣残红

心细如宝钗

宝钗本就生性温和、厚道、体贴、细腻，非常符合那个时代大家认可的理想淑女的标准。

第二十七回中，宝钗向我们展现了她性格中心思缜密的一面。一天，大观园中的姊妹们在一处赏花玩乐，细心的宝钗发现黛玉不在其中，于是她自告奋勇，要亲自去把黛玉请来。当她快走到潇湘馆的时候，看到宝玉正巧也往里面走，宝钗就停了下来。她知道黛玉爱使小性子，如果看到自己和宝玉一同进来，肯定又会多想，反倒让她心生烦闷。再者也是为宝玉着想，宝玉夹在她和黛玉之间，也会左右为难。况且，宝玉和黛玉自幼感情比别人要更深些，所以，宝钗觉得自己去请不如宝玉去请更容易。想到这些，她便索性打道回去。

宝钗的这种心细的确能让人感到很温暖。对于自己熟悉的人，她会这样，对于不是很了解的人，也会如此。这一回，作者就是从这样两个方面来展示宝钗的这种性格的。宝钗没有去请黛玉，从潇湘馆往回走的路上，在滴翠亭偶然听到小红和坠儿的低语言谈，说贾芸因为捡到小红的手帕子所以要酬谢，小红自然很羞涩。两人怕亭外有人，偷听到她们的谈话，就准备打开窗户观察一下外面的情况。宝钗此时正经过这里，躲已经来不及了，为了不让她俩难为情，更为了不让她俩怀疑自己，她就装作是正在找黛玉，然后和她俩自然地打了个招呼就离开了。宝钗这种细腻的性格让她赢得了贾府几乎所有人的喜爱和尊敬。

玲珑多面薛宝钗

薛宝钗知书达理、温柔可亲，这众所周知。但她的性格不止于此，第二十七回作者展现了她性格的其他方面。仔细品读，能帮助我们更加全面地认识宝钗，看到更真实的她。

芒种节这日早上，姐妹们都在园中玩耍，独不见黛玉。薛宝钗自告奋勇，去找黛玉。走到潇湘馆，忽见宝玉进去了。薛宝钗因而止步，她的理由是："宝玉和林黛玉是从小儿一处长大，他兄妹间多有不避嫌疑之处，嘲笑喜怒无常；况且林黛玉素习猜忌，好弄小性儿的。此刻自己也跟了进去，一则宝玉不便，二则黛玉嫌疑。"宝钗的心思缜密绝不亚于黛玉，但又不同于黛玉。第二十六回，黛玉去找宝玉，看到宝钗先她一步进了怡红院，黛玉当时可没想这么多，伸手就敲，虽被拒之门外，但她对宝钗却没有一句抱怨之语。同样的情境，相比之下，黛玉更坦诚率真，敢作敢为。

薛宝钗权衡再三，最后决定不进去。回来的路上，她忽然看到一对蝴蝶飞舞，其性格中顽皮好奇的一面占了上风，只见她从袖中取出扇子，蹑手蹑脚，"一直跟到池中滴翠亭上，香汗淋漓，娇喘细细"。宝钗扑蝶，这段描写历来为人称道，景美，人美，情态美，画面感极强，宝钗天真可爱活泼的一面被刻画得尤为生动。

没有扑到蝴蝶的宝钗刚欲回来，转身之时忽听见滴翠亭有嘁嘁喳喳的说话声。原来是宝玉房中的丫鬟小红和坠儿在说悄悄话，话题是关于贾芸的。坠儿在无意中为小红和贾芸传递手帕，这在当时是大忌，若被主子知道了，会受到严厉责罚。薛宝钗此时想躲无处躲，想走走不脱，她知道小红"素昔眼空心大，是个头等刁钻古怪东西"，得罪她对自己没好处，她眉头一皱，计上心来，使用三十六计中的"金蝉脱壳"：

“宝钗便故意放重了脚步，笑着叫道：‘颦儿，我看你往那里藏！’一面说，一面故意往前赶。”宝钗是一个优秀的演员，她面不改色心不跳，不动声色地就把嫌疑推到了黛玉身上，让无辜的黛玉成为她的替罪羊。为了把戏做得更真切，宝钗还笑着问小红和坠儿：“你们把林姑娘藏在那里了？”“一面说，一面故意进去寻了一寻，抽身就走，口内说道：‘一定是又钻在山子洞里去了。遇见蛇，咬一口也罢了。’一面说一面走，心中又好笑：这件事算遮过去了，不知他二人是怎样。”“临危不乱”，天衣无缝，薛宝钗精彩的表演让人看不出任何破绽，难怪小红和坠儿都信以为真。仅一件小事，为保全自己，宝钗便施展手段，显出极深城府，这绝非君子所为，更难以想象是一个淑女所为。

“都道是金玉良姻，俺只念木石前盟。空对着，山中高士晶莹雪；终不忘，世外仙姝寂寞林。叹人间，美中不足今方信。纵然是齐眉举案，到底意难平。”贾宝玉若知道薛宝钗对林黛玉尚有这么一出“金蝉脱壳”，恐怕其意更难平了吧？

第二十八回 蒋玉菡情赠茜香罗 薛宝钗羞笼红麝串

轻叩红楼 崔思遥

呆薛蟠行令

第二十八回，薛蟠行令可谓闹了大笑话。从这件事情里，读者可以看出薛蟠为人的愚蠢与无知，真真贻笑大方。

宝玉因为受到冯紫英的邀请，便到他那里去吃饭，薛蟠、妓女云儿、小旦蒋玉菡等戏子也都在，于是大家一同行酒令。薛蟠第一个就反对，因为他清楚自己没文化，不会作诗，只会在众人面前出洋相。但最后薛蟠的反对没被采纳，他只能跟着大家一起行酒令，于是开始闹笑话，露出本性。

薛蟠借着喝了几杯酒，就对云儿拉拉扯扯，让云儿给他唱曲子听。他人行令的时候，薛蟠总是指指点点，宝玉行令做得很不错，薛蟠不懂反倒大放厥词，说他做得“不好”，曲子唱得“无板”，在旁边胡乱点评。云儿行令的时候，他不停地插嘴，嘴里说些风流话。蒋玉菡的行令中提到了“花气袭人知昼暖”，薛蟠接着想到的就是宝玉的丫鬟袭人，还调侃说袭人是个宝贝。蒋玉菡和宝玉偷偷换汗巾子的时候，又是薛蟠来捣乱，要知道他们到底在干“啥勾当”。但他自己行令的时候，却是一塌糊涂，而且几乎句句都与“色情”有关，说得低俗下流，不堪入耳。

薛蟠行令，让我们更加鲜明地看到一个无耻、下流、愚蠢、媚俗的呆子形象。表面上看，薛蟠很单纯，实则他颇有心计，是作者极力讽刺的人物。他自己没有真本事，却倚仗权势与金钱，眼中无人，自高自大，明眼人都知道这种人才是真正的呆子呢！

黛玉的机智幽默

幽默是智慧的外壳，没有丰富厚重的生活积淀，没有洞察世事的火眼金睛，没有机敏迅捷的伶牙俐齿，想幽默起来并不是件容易事。

“心较比干多一窍”，黛玉聪明绝顶，虽然她和宝钗都是难得的才女，但宝钗说话做事稳重有余，略显呆板，黛玉则机灵得多。黛玉说话有时尖酸刻薄，但有时也机智幽默，第二十八回对这点有集中描写。

话说宝黛通过沟通，消除了丫鬟不给黛玉开门造成的误解。当黛玉听宝玉说回去要教训他手下的人时，她说道：“你的那些姑娘们也该教训教训，只是我论理不该说。今儿得罪了我的事小，倘或明儿宝姑娘来，什么贝姑娘来，也得罪了，事情岂不大了。”黛玉这张刀子嘴，得理不饶人，明明得罪自己时，气得怒火冲天不理人家，这时却说是小事。自己的事小，谁的事大呢？当然是宝钗，但不好明说，怕宝玉又急，所以她说了个宝姑娘，又说了个贝姑娘，玩起了文字游戏。宝玉知道黛玉说的这个宝贝姑娘就是薛宝钗，但字面上又不好反驳，只能任由黛玉过嘴瘾，受她“欺负”。

书中还有一处类似的描写。元春提前给贾府人赏赐端午节礼物，姐妹中只有宝钗和宝玉的一样。宝玉怕黛玉伤心，打发丫鬟把自己的礼物拿给黛玉，让她随便挑，黛玉却一件也没要。宝玉问她为什么，黛玉酸溜溜地说自己福浅命薄，没金也没玉，就是一介草木。宝玉闻听此言，立马表态：我心里除了老太太、老爷、太太这三个人，第四个就是妹妹你。说完还要发誓。宝玉都急成这样了，黛玉却不急，也不饶人，慢悠悠地来了一句：“你也不用说誓，我很知道你心里有‘妹妹’，但只是见了‘姐姐’，就把‘妹妹’忘了。”意思很明白，我没说你心里没有妹妹，但前提是姐姐没出现。

最幽默最逗乐的是在这一回结尾。宝玉和宝钗偶遇，宝玉说想看看元春赏给她的红麝串子。可巧宝钗左腕上戴着一串，于是当场褪了下来。宝玉在一旁看到宝钗的雪白酥臂，一时呆了。这一幕，正巧被黛玉瞧见，黛玉蹬着门槛，嘴里咬着手帕子笑。宝钗问她站在那里干什么，黛玉笑道：“何曾不是在屋里的。只因听见天上一声叫唤，出来瞧了瞧，原来是个呆雁。”黛玉借题发挥，指桑骂槐，骂宝玉是呆子。宝钗不明白，反问呆雁何在。黛玉当然不

会告诉她呆雁是因她美貌看傻的宝玉，她回答得很巧妙：“我才出来，他就‘忒儿’一声飞了。”一箭双雕，既合情合理答复了痴宝钗，又一针见血敲醒了呆宝玉。

爱情的力量是巨大的，它能激发人的创造力、想象力，正如黛玉的眼泪多与宝玉有关一样，黛玉的幽默也多关乎宝玉。自从遇见宝玉，黛玉的悲喜哭笑就和这个人再也分不开了。黛玉的幽默是高智商的幽默，不是每个人听了都能立即明白，才女宝钗就没懂，唯有宝玉最清楚黛玉要表达什么。每次面对黛玉冷嘲热讽式的幽默，宝玉常百口莫辩，“又是咬牙，又是笑”，恨极，也爱极。

只有爱没有恨，这是亲情；只有恨没有爱，这是敌情；有爱又有恨，爱恨缠绵，剪不断，理更乱，这就是爱情。

第二十九回　享福人福深还祷福　痴情女情重愈斟情

扫码读原著

二玉诉衷情

第二十九回里宝黛的爱情又升华至一个新高度，两人之间的关系进一步深入，从而更加坚定了“木石前盟”。

这天，在贾母的带领下，家中数人到清虚观去打醮。张道士因借宝玉的通灵玉给其他道徒看，所以宝玉收到这些人的回礼。其中有一个和湘云所戴的麒麟很相像，宝玉就把它偷偷收起来，黛玉看到后又心生猜疑，嘴上不说，只是使眼色。接着张道士又和贾母说起给宝玉提个亲，宝玉的心中更是不自在。

林黛玉因为中暑歇着，宝玉前去探望，两人起了争执。林黛玉让宝玉去看戏，宝玉认为黛玉不理解自己到底因何苦闷，故而生气，林黛玉使小性子抢白道：“那里像人家有什么配的上呢。”两人都有痴病，明明都深爱对方，却都认为对方不懂自己的一片心意，表面偏以假情去试探彼此的心。说什么就是个丫鬟都知道自己的真心，那人竟就是不懂。宝玉因此又摔他的通灵玉，黛玉气得剪掉玉上自己亲手制作的穗子，以此发泄不满。

其实，看起来是黛玉、宝玉在吵架，实则这是他们两个人彼此诉衷情的特殊方式。爱之深，恨之切。正因为总是一心挂念着对方，所以才会格外计较，总是为了一点小事彼此动气。为何黛玉很少和别人使小性子？为何宝玉很少和其他女孩子争吵？为何他俩在一起，就三天打两天闹呢？这一切都是因为爱。就如一句歌词所说：争吵以后还是想要爱你的冲动。这正是对他俩最贴切的描写。

凤辣子之热辣辣

林黛玉初到贾府第一次见到“恍若神仙妃子”的王熙凤时，贾母是这样向她介绍的：“你不认得他，他是我们这里有名的一个泼皮破落户儿，南省俗谓作‘辣子’，你只叫他‘凤辣子’就是了。”凤辣子之名由此而来。

王熙凤的辣在第十二回对贾瑞“毒设相思局”中初露头角。

在第十四回中，王熙凤应贾珍之托协理宁国府，再次表现出她辣的一面。为了树威严，王熙凤走马上任第一天就当众宣布规矩。王熙凤不是干打雷不下雨，她雷厉风行，说到做到。一天，王熙凤按名查点，发现少了一人，此人虽随后到了，且事出有因，但王熙凤仍铁面无私，那人不仅被打了二十板子，还被革去一月银米，惩处够严厉。然而事情到此还没完，王熙凤继续杀鸡给猴看，她对目瞪口呆、战战兢兢的众人说：“明日再有误的，打四十，后日的六十，有要挨打的，只管误！”宁府上下终于领教了凤辣子的泼辣，此后再不敢偷闲，兢兢业业，以求自保，少受皮肉之苦以及钱粮被夺。

王熙凤的辣在小说中并不鲜见。第二十九回写老祖宗带众人去清虚观打醮时，有这样一个插曲，着墨虽不多，读时印象却深刻。贾母一行浩浩荡荡来到清虚观，落轿时，王熙凤知道贾母的丫鬟鸳鸯等在后面，于是自己下了轿，忙上来搀扶贾母，“可巧有个十二三岁的小道士儿，拿着剪筒，照管剪各处蜡花，正欲得便且藏出去，不想一头撞在凤姐儿怀里”。小道士没见过大世面，慌不择路，撞人情本可原，不过是个小孩子，又不是故意的。可王熙凤竟然一扬手，照着小道士的脸一巴掌打过去，“把那小孩子打了一个筋斗”，足见她下手之重。非但如此，王熙凤还大爆粗口。小道士顾不得疼痛，吓得爬起来往外跑，却被众婆娘媳妇齐声喝叫：“拿，拿，拿！打，打，打！”上行下效，如果不是王熙凤凶狠在前，这些下人会像饿狼一样围攻一个孩子吗？

生活中，粉面桃花的王熙凤常含威不露，但心性所致，她的飞扬跋扈是挡不住的，时不时大露锋芒。凤辣子辣，作为一个妇道人家，无论在古代还是在今天，这样的毒辣、泼辣、狠辣，还是让人望而却步，敬而远之。她那“恍若神仙妃子”的美丽容颜，也因此黯然失色。

第三十回　宝钗借扇机带双敲　龄官划蔷痴及局外

轻叩红楼　崔思遥

另一面宝玉

宝玉大多时候展现给读者的都是温柔、童真且比较痴情这样一个形象，而在第三十回中，宝玉为我们展现的性格却让他看起来不那么可爱，我们看到的是一个和我们公认的不太一样的宝玉。

话说宝玉与黛玉和好后，一同到贾母那里去请安，正巧薛宝钗也在，宝玉就上前搭讪，问宝钗为何不去看戏，宝钗说因为怕热所以不去。宝玉听到这，便口无遮拦地说道："怪不得他们拿姐姐比杨妃，原来也体丰怯热。"其实，宝玉本来的意思是一种对宝钗的关心，况且杨贵妃又是美女；但是在那个时代是以瘦为美的，宝玉拿宝钗比作杨贵妃其实就是在说她很胖，宝钗听了自然不开心。宝玉说话不经过大脑是他一贯的毛病，心直口快说明他很坦率，但这有时也会得罪人。

还是这一回，王夫人午休时，宝玉又犯错了。王夫人的丫鬟金钏给王夫人捶腿，宝玉来了后，看见王夫人在睡觉，就上前"拈花惹草"，和金钏拉拉扯扯，还说要跟王夫人来要她，但金钏识时务地拒绝了。可是，王夫人却起来打了金钏一个嘴巴子，厉声数落金钏的不是，宝玉却丝毫没有被怪罪。这时的贾宝玉，不像个男子汉，不敢担当，见王夫人责骂金钏，自己竟然趁机跑了。他招惹了金钏，非但不承认错误，还一走了之。金钏是个性格刚烈的女孩，不肯受辱，最后竟跳井自杀。

贾宝玉难辞其咎，对金钏之死有不可推卸的责任。

过分的事情并没有结束，贾宝玉淋雨回到怡红院后，敲门却没有人来给他开。后来袭人来给他开门，贾宝玉二话不说，抬腿就踢，把无辜的袭人重重地踹了一脚，虽然他本意是想踹那小丫鬟。其实，小丫鬟也是人啊，下雨天，她们在里头玩，听不清敲门声也是正常。宝玉向来对女孩很温柔，但对自己那些小丫鬟却如此粗鲁无礼，这和平时的他相比，太不怜香惜玉，没有了儒雅风范。

究其原因，作为一个贵族子弟，一个被许多人溺爱的公子哥，在贾宝玉身上，也有很多纨绔子弟的坏毛病，有不讨人喜欢的丑陋一面。

解味红楼 李美瑛

宝玉的偏僻乖张

“无故寻愁觅恨，有时似傻如狂。纵然生得好皮囊，腹内原来草莽。潦倒不通世务，愚顽怕读文章。行为偏僻性乖张，那管世人诽谤！”

“富贵不知乐业，贫穷难耐凄凉。可怜辜负好韶光，于国于家无望。天下无能第一，古今不肖无双。寄言纨绔与膏粱：莫效此儿形状！”

这两首《西江月》表面上用世俗的标准批评贾宝玉，实际是正话反说。宝玉厌弃功名利禄，追求个性独立解放，不愿受封建教条的束缚。作者运用欲扬先抑的手法，赞扬了他不媚俗的叛逆精神。然而，阅读第三十回时，对词中说的“行为偏僻性乖张”，我有了新的发现，贾宝玉有时的确跟这句话说的一样。

文中写道，一个盛夏中午，贾宝玉在贾母那里和宝钗、黛玉打嘴仗，最后落得无趣，就来到母亲王夫人处。此时王夫人正在午睡，丫鬟金钏一边打盹一边给王夫人捶腿，其状娇美迷人。宝玉见了，便拔不动腿，又是给金钏喂香雪润津丹，又是跟她说明日跟太太把她讨到自己房中来。当金钏提议让他出去抓贾环和彩云时，贾宝玉说出我只守着你之类更煽情的话。当王夫人翻身起来，恼怒地扇了金钏一个大嘴巴并大骂她时，贾宝玉却“早一溜烟去了”。敢做不敢当，这分明是贾宝玉挑逗金钏；惹事后，他却溜之大吉，让金钏收拾残局，但她收拾得了吗？金钏最后含羞受辱投井的悲剧，贾宝玉难辞其咎。

贾宝玉像没事人一样逃离王夫人的房间，全然没有想过金钏一个人将要面临的责难。他走进大观园，很快就被独在花下划“蔷”字的龄官所吸引，以致突如其来的大雨淋湿自己也浑然不觉，反而还提醒龄官快回去。这种事，也就行为偏僻异于常人的贾宝玉干得出来。

刚怜香惜玉完的贾宝玉冒雨跑回怡红院，他的举动再次让人大跌眼镜。贾宝玉叫门，连叫几声，无人答应，他便满肚子是气。当袭人从门缝里发现外面站着的是淋成落汤鸡的贾宝玉时，急忙笑着开门并说道：“这么大雨地里跑什么？那里知道爷回来了。”此时贾宝玉已恼羞成怒，他看也不看，抬腿一脚，踢到袭人的肋上。这要多大的劲儿，抬多高的腿，才能踢到对方的肋上啊。踢得袭人“嗳哟”一声，接着哭起来。张口就骂，抬脚就踢，在这里，贾宝玉就是一个偏僻乖张的纨绔子弟。

想来这样的贾宝玉，在读者眼中才更真实吧。金无足赤，人无完人，曹雪芹并没有因为自己对贾宝玉的偏爱就把他刻画得尽善尽美，他遵循生活的真实，表现出一个作家的创作良知与真诚。这是对人性的尊重，对生活的尊重，更是对艺术的尊重。

第三十一回　撕扇子作千金一笑　因麒麟伏白首双星

扫码读原著

轻叩红楼　崔思遥

撕扇买一笑

第三十一回中最经典的莫过于晴雯撕扇子，这是很有意思的一段，读者从中可以进一步了解晴雯的为人与性格。

宝玉身边有两个丫鬟是比较受宠的，那就是袭人和晴雯。袭人因为她的体贴和温柔深得宝玉的喜爱，而晴雯则完全不同，她靠的是自己的机灵和直率的性格。不得不说，晴雯那种叛逆的性格与宝玉有一致之处，这也是宝玉喜欢晴雯的一个原因。

晴雯的嘴巴很厉害，发起威来绝对不饶人。她在宝玉面前把扇子掉在了地上，宝玉只是说了她两句，晴雯就跟点着的火药桶一样，和宝玉打起架来。宝玉本来就闷闷不乐的，晴雯又和他拌嘴，于是更加气不打一处来，说要把晴雯赶走。晴雯是个心直口快的人，这是她的优点，也是她的不足，她的坦率固然让人喜欢，但是她的说话犀利以及不讲理也很让人排斥，总是容易把别人惹怒。

宝玉心胸开阔，是个不爱计较的人。到了晚间，他从薛蟠那里吃完饭回来时，早就把和晴雯吵架的事忘得一干二净了。晴雯正一个人在院子乘凉，宝玉上前主动说话，讨好晴雯，并发表了荒谬的“爱物论”：人的性情不同，所以喜欢撕扇子就尽管做，喜欢砸杯子就尽管砸，这样才是物尽其用。晴雯是个真性情的人，借着宝玉的话就开始撕扇子，两个人越撕越带劲。

袭人和麝月被他俩的举动弄得很不解，觉得他们是在捣乱，其实她们哪里懂得这当中的乐趣呢！晴雯和宝玉都是极其率性之人，不为固有的规范所拘束，对于他们所不认可的敢于大胆否定。两人的这些相同点，使他们在撕扇中找到默契，宝玉说“千金买一笑”，而这不值钱的几把扇子，就让两人一拍即合，乐趣油然而生。

解味红楼 李美瑛

俏晴雯撕扇一笑

好端端的扇子成为宝玉和晴雯开心取乐的物件，难怪袭人、麝月等大呼“造孽”，但正是在这异乎常人的举动中，凸显了他们的个性。

宝玉因心情不好，便把火发在把扇子失手坠地的晴雯身上。伶牙俐齿的晴雯当即揭穿了宝玉拿自己出气的真相，宝玉因此更恼；而袭人的劝和，非但没有息事宁人，反而火上浇油，宝玉和晴雯吵成一团。

直到薛蟠派人请宝玉，吵架才告一段落。傍晚，喝酒回来见到独自躺在院中凉榻上的晴雯时，宝玉早没了怒气，但晴雯气依旧，话里话外，夹枪带棒，对宝玉发泄着不满。这时宝玉发表了一大通“爱物”感言：只要喜欢，只要用发自心底的爱去役物，物尽其用，这就是对物的爱。

宝玉的言论，有对自己先前把晴雯当作出气筒的委婉检讨，也有对晴雯行动的理论支持：既然你喜欢撕扇子，那就撕，只要开心。在宝玉看来，人，尤其像晴雯这样水做的女儿，比扇子等物重要一万倍。这就是宝玉的价值观。

晴雯在这一情节中表现出的性格也非常突出。面对宝玉大发雷霆，她针锋相对，据理力争，并不低三下四，委曲求全。后来当宝玉真心道歉，并说你愿意撕就撕好了，一般的丫鬟这时会见好就收，但晴雯却“得寸进尺”，让她撕她就真撕。其实晴雯未必真的理解宝玉那套古怪言论，但她敢说敢做，爱憎分明，在贾府丫鬟中，她是特立独行、光彩照人的一个，她身上闪烁着渴望平等、自由、尊严的叛逆火花。

“晴雯笑着，倚在床上说道：‘我也乏了，明儿再撕罢。’”一笑、一倚、一言，构成一幅鲜活的画面，传神地写出晴雯的任性与娇嗔，人物呼之欲出。这做派，这腔调，这神韵，这气度，哪里像小丫鬟，简直就像大小姐！

“霁月难逢，彩云易散。心比天高，身为下贱。风流灵巧招人怨。寿夭多因毁谤生，多情公子空牵念。”只可惜，晴雯是小姐身子丫鬟命，这样的红颜又怎会不命薄呢？

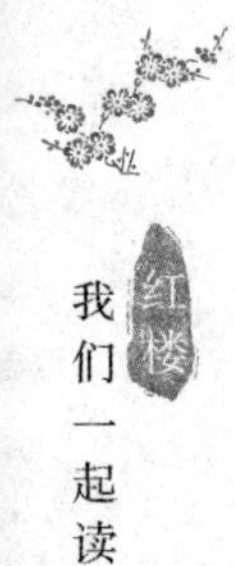

第三十二回　诉肺腑心迷活宝玉　含耻辱情烈死金钏

轻叩红楼　崔思遥

金钏之投井

第三十二回，对于金钏投井之事具体的描写寥寥无几，但对几个与此事有关的人物描写却较细致。作者这样安排情节是很巧妙的，借金钏的事大大地揭露了一些人丑恶的嘴脸。

最可恶的就是金钏投井事件的直接元凶——王夫人。王夫人最清楚金钏投井是因为自己为了宝玉羞辱她，金钏觉得很冤枉，所以才会自杀的。但是王夫人和宝钗讲这件事情时，却撒谎说是因为金钏把她的东西给弄坏了，自己打了她几下，她想不开就跳井了。这是一个为自己的罪责开脱的借口，她把自己的错误推到金钏那里。王夫人这些话，是以假惺惺的口吻来说的，对于服侍自己多年的金钏竟然看不出一点儿心疼和留恋，何其冷漠虚伪！

同样让人觉得可恶的还有薛宝钗。薛宝钗给人的印象向来是温婉贤淑、乖巧伶俐的，但她实则心机颇深。看到王夫人在责怪自己，薛宝钗就用这样的话来安慰她，说金钏一定是在井边玩的时候不小心掉下去的，是个糊涂人，只是拿些银子给她家人就罢了。薛宝钗为了讨王夫人的欢心，也把过错推给金钏，而且话说得天衣无缝，她的冷酷残忍不亚于王夫人。

宝玉也是金钏投井的“凶手”之一，正因为他对金钏说了很多调情之话，王夫人才会生气，但是王夫人溺爱自己的孩子，把心中的不满都撒在金钏那里。宝玉但凡帮金钏说句话，求求情，承担一下责任，也许王夫人就不会赶走金钏。但是宝玉明明知道这件事是自己的错，却没有这样做。

冷言一句三春寒

金钏因不堪王夫人要把她撵出去的羞辱，投井而死。当一起闲聊的薛宝钗和袭人从一个老婆子嘴里闻知此讯时，薛宝钗的反应相当平淡，只说了四个字——“这也奇了”，一边的袭人则“不觉流下泪来”。两相对照，薛宝钗的冷漠让人吃惊：素日温柔可亲几乎人人称赞的她怎会这样？

然而事情并没有就此结束，薛宝钗让人更吃惊的表现还在后面。薛宝钗知道金钏是王夫人的丫头，这件事一定和王夫人有关。她来到王夫人房内，谨言慎行的她没有主动开口提及此事，毕竟人命关天，一个大户人家的丫鬟突然投井总不是什么光彩的事。正独自“伤心垂泪”的王夫人见薛宝钗来了，主动问：“你可知道一桩奇事？金钏儿忽然投井死了！”注意一个词——奇事，对金钏死因最心知肚明的就是王夫人，可她却故意装傻，和前面薛宝钗做出的反应如出一辙，都说金钏的死是一件让人感到奇怪的事，她二人真是心有灵犀，分析问题默契统一。宝钗见王夫人问，竟又重复一遍先前的话：“这也奇了。”大有“你懂的”之韵味。

当然，薛宝钗的“奇”是带有疑惑的“奇”，她的确不知道金钏因何投井。而王夫人是明知故问，她逼死金钏，自感罪孽深重，担心金钏变了鬼也会找她算账。薛宝钗为了安慰惊恐的王夫人，也睁着眼睛说瞎话，而且说得有条有理，大言不惭。看看她这是什么鬼话：“姨娘是慈善人，固然这么想。据我看来，他并不是赌气投井。多半他下去住着，或是在井跟前憨顽，失了脚掉下去的。他在上头拘束惯了，这一出去，自然要到各处去顽顽逛逛，岂有这样大气的理！纵然有这样大气，也不过是个糊涂人，也不为可惜。”什么叫“下去住着”？什么叫“憨顽，失了脚掉下去的”？这明明就是为金钏的死寻找借口，为王夫人的罪责开脱；什么叫“也不过是个糊涂人，也不为可惜”？金钏含冤而去，薛宝钗不同情不难过也罢了，却还说她是傻瓜糊涂蛋……薛宝钗对王夫人好言相劝的背后，是对金钏的无情和冷酷，她的这份善解人意让人不敢恭维。

果然，本是六神无主的王夫人在薛宝钗的点拨下，平静下来。为了让王夫人更心安，薛宝钗发挥她的聪明才智，继续出主意：“姨娘也不必念念于

兹，十分过不去，不过多赏他几两银子发送他，也就尽主仆之情了。”如果说女儿是水做的骨肉，薛宝钗的生命之水一定被重度污染过，才说出这样的黑心话。金钏年轻如花的生命是那几两银子能买来的吗？

“好言一句三冬暖，冷言一句三春寒。”如果说薛宝钗之前曾用“金蝉脱壳”嫁祸黛玉还是为了明哲保身的话，那么在对待金钏这件事上，她的言行就是明目张胆地助纣为虐，可气！可恨！可鄙！

第三十三回 手足耽耽小动唇舌 不肖种种大承笞挞

宝玉受笞挞

第三十三回中宝玉因为种种原因受到父亲贾政的毒打，在贾府中掀起了一场轩然大波。引起这件风波的最主要原因其实就是父子间价值观的冲突。

贾政是封建正统思想的代表，宝玉作为他的儿子，必然要受到这种传统的洗礼。可宝玉天生就是个“无材补天”的顽石，骨子里流淌着叛逆的精神，他不愿走仕途经济，并对此深恶痛绝。老祖宗、王夫人对他过于宠溺，不舍得把他怎样，贾政却不能忍受，他见到宝玉大多只有责骂和批评，因为两个人的价值观实在是相差甚远。

宝玉这次受笞挞首先是因为贾雨村来了，贾政让他出来拜见，本来想让宝玉给自己长个脸。可是宝玉来了后，“全无一点慷慨挥洒谈吐，仍是葳葳蕤蕤”。贾雨村是个仕途之人，贾政很愿意让儿子和这类人接触，可是宝玉畏畏缩缩，毫无男儿气概，贾政自是很生气。但这还不足以让贾政愤怒到打宝玉的地步，充其量只能算作是条导火索，真正点燃导火索的是小旦蒋玉菡的失踪和金钏之死。

蒋玉菡是忠顺府有名而且深得宠爱的小旦，他失踪多日，所以府上的人就找到贾府来，因为人家得知宝玉近日和他关系甚好。贾政见儿子竟和戏子勾搭在一起，很是愤怒，并且这个戏子还是忠顺府的人。宝玉不承认自己认识蒋玉菡，之后却被派来的仆人抓到了证据——汗巾子，才不得不承认。私交戏子，互换汗巾，刻意隐瞒实情，这一系列“荒唐事”使得贾政怒不可遏。

就在这时，贾环又出现在贾政面前。只见他和丫鬟们乱追乱跑，贾政更

加烦闷。贾环知道父亲一定会责骂他，于是他心生一计，出卖宝玉，就添油加醋把宝玉调戏金钏使得金钏投井之事揭发给贾政。贾政自是怒火中烧，谁也拦不住了，他找人拿板子来打宝玉，看仆人打得不够重，不解气，他便亲自打，那架势是往死里打。

细看这几件事情，皆是因为父子之间有着不同的价值观。在贾政的观念中，一个公子哥和一个戏子交好，还交换汗巾子，是绝对的大逆不道；和丫鬟调情，同样是胆大包天。而在宝玉看来，蒋玉菡虽然是个男子，却如女儿一般水灵，宝玉正是喜爱女儿，喜爱那种纯净，这跟他的身份地位无关。宝玉不喜欢仕途经济那个浑浊的泥潭，所以要反其道而行之，这便和贾政为他设计的人生之路矛盾。

宝玉虽挨了打，但他的本性仍不会改。

解味红楼 李美瑛

可怜天下父母心

早年读第三十三回宝玉挨打，常责怪贾政对自己的亲儿子太狠心，又不是阶级敌人，何以下手如此重？如今再读，却对贾政打儿子有了新的理解与同情：摊上宝玉这么个离经叛道的儿子，做父亲的能不恨铁不成钢、心忧如焚吗？

宝玉挨打，事出有因，而且还不是一个因，他这顿打是必然的。先是贾雨村造访贾府，点名要见贾宝玉。贾政本想让儿子在外人面前给他长长脸，没想到宝玉来后“全无一点慷慨挥洒谈吐，仍是葳葳蕤蕤”，这种表现自然让当爹的很没面子，甚为失望。事也凑巧，就在贾政为宝玉的一脸思欲和唉声叹气不满时，忠顺王府的长史官也来了，向他索要小旦蒋玉菡。贾政没想到儿子在外面和戏子有瓜葛，而且不分轻重，竟敢在王爷头上动土，让人家找上门来。在贾政看来，宝玉在家不好好读书也就算了，还跑到外面惹是生非，真是胆大包天了！

一波未平，一波又起，这里贾政已怒火中烧，贾环又心怀恶意再添一把火，把金钏的事添油加醋地告诉了贾政。可以想象，作为父亲，贾政如何能接受这样的现实：儿子在外引逗戏子，在家淫辱母婢，这不就是个败家子吗？

为人父母，谁不望子成龙？退一步讲，即便不能成为人中龙，但也不能成为害群之马吧。

“那贾政喘吁吁直挺挺坐在椅子上，满面泪痕，一叠声：‘拿宝玉！拿大棍！拿索子捆上！把各门都关上！有人传信往里头去，立刻打死！’”一连五个急促的短句，五道不容反驳的命令，五个有似怒发冲冠的感叹号，再加上气喘吁吁满面泪痕的外貌，一个愤怒至极、对儿子失望透顶的悲情父亲形象活灵活现。

贾政把宝玉往死里打，但他并不是铁石心肠，当随后赶来的王夫人哭诉“既要勒死他，快拿绳子来先勒死我，再勒死他。我们娘儿们不敢含怨，到底在阴司里得个依靠”时，他长叹一声，泪如雨下；当王夫人想起已逝的大儿子贾珠，哭诉“若有你活着，便死一百个我也不管了”时，贾政深有同感，白发人送黑发人，称心如意的大儿子不在了，眼前这个又如此不争气，“那泪珠更似滚瓜一般滚了下来”，泪珠如滚瓜，可见他该多伤心；当贾母对他又是训斥责备又是要挟时，怒气未消的他立即从严父变为孝子，对贾母又是赔笑道歉又是认罪，顺声顺气，苦苦哀求；当他看到宝玉被打得奄奄一息时，也觉得打重了，“自悔不该下毒手打到如此地步”……

可怜天下父母心，贾宝玉如果能体谅到这一点，即便是依旧保持自己的个性和追求，是不是也要考虑考虑换个形式，尽量少伤父母的心呢？

第三十四回　情中情因情感妹妹　错里错以错劝哥哥

扫码读原著

眼中只有你

第三十四回，宝钗和黛玉各自以自己的方式来表示对宝玉的爱意。而宝玉对两人的态度则大不相同，读者从中就能判断宝玉心中是只有黛玉的。

宝玉挨了打，宝钗接着就来探望，还贴心地给他带了治伤的药丸。宝钗对宝玉说："早听人一句话，也不至今日。别说老太太、太太心疼，就是我们看着，心里也疼。"她当着袭人的面也不矜持，大胆地把自己的真心话吐露一番，说完自己也觉得表露得太直接了。然而，宝钗说得虽是一往情深，宝玉也很感动，但他心中只是得意的成分更多些，想着"我不过捱了几下打，他们一个个就有这些怜惜悲感之态露出，令人可玩可观，可怜可敬"，其重点不是在宝钗的表白上，倒好像宝钗对宝玉的喜爱只是满足了他内在的虚荣心。

但对黛玉，宝玉的反应可就和对宝钗有着天壤之别了。宝钗问宝玉，宝玉只是礼貌性地回答，而宝玉一看到林黛玉"两个眼睛肿的桃儿一般"，就忘了自己有伤，接着就坐起来，充满关切地嗔怪起黛玉来："你又做什么跑来！虽说太阳落下去，那地上的余热未散，走两趟又要受了暑。我虽然捱了打，并不觉疼痛。我这个样儿，只装出来哄他们，好在外头布散与老爷听，其实是假的。你不可认真。"这段话足见宝玉把黛玉看得比自己还重，那责备的话语里满是爱意。

凤姐一来，黛玉就从后院出去了。晚上宝玉仍是放心不下黛玉，于是便让晴雯到黛玉那里看看，可不知该找什么借口，于是就拿了自己两条半新不旧的手帕子，让晴雯送过去。晴雯当然不解其意，但宝玉自信黛玉能会意。

这旧帕子承载的是宝玉的爱与牵挂。黛玉果然领会，神魂颠倒，感动万分，挥笔在帕上题了三首诗，以此表明自己对宝玉的浓浓爱意。

任凭有多少诗情画意，心里眼里只有一个你。宝玉眼中只有黛玉，这无可争议。

解味红楼 李美瑛

钗黛探视显真性

第三十四回写宝钗和黛玉分别来探视挨打的宝玉。虽同是看望，二人的表现却不尽相同：宝钗是托着一丸药来，黛玉是带着一颗心来；宝钗娇羞怯怯饰真情，黛玉满面泪光露真情。宝钗那理智的“早听人一句话，也不至今日”，是封建礼教劝说者的箴言；黛玉那痛心的“你从此可都改了罢”，则是封建社会叛逆者的提醒。宝钗和黛玉迥然不同的性格以及对宝玉的感情，在这里一目了然。

那宝玉的表现呢？阅读时稍留意，便会发现他对宝钗和黛玉的态度有天壤之别。宝钗说：“别说老太太、太太心疼，就是我们看着，心里也疼。”她“刚说了半句又忙咽住，自悔说的话急了，不觉的就红了脸，低下头来。宝玉听这话如此亲切稠密，大有深意，忽见他又咽住不往下说，红了脸，低下头只管弄衣带，那一种娇羞怯怯，非可形容得出者，不觉心中大畅，将疼痛早丢在九霄云外”。面对宝钗欲言又止的表白，宝玉“不觉心中大畅”，觉得宝钗这个样子“令人可玩可观，可怜可敬”。宝玉是带着愉悦之情欣赏面前的宝钗的，尽管宝钗是在为宝玉挨打真心难过，但她的难过没有得到宝玉真诚的回应。

宝钗走后，黛玉来了，宝玉转瞬变了个人。还未等黛玉开口，他就全然不顾自己的疼痛急切地责备黛玉：“你又做什么跑来！虽说太阳落下去，那地上的余热未散，走两趟又要受了暑。”宝玉自己快被打死了，浑身伤痛，但他此时忘了疼痛，满是对黛玉的担忧。看到眼睛哭得桃儿一般的黛玉，他心疼不已，比自己身上的痛还要痛。他哄黛玉：“我虽然捱了打，并不觉疼痛。我这个样儿，只装出来哄他们，好在外头布散与老爷听，其实是假的。你不可认真。”这是善意的谎言！宝玉宁可自己承受天大的苦痛，也不愿黛玉为他担心。

宝钗面前的宝玉，是一个懵懂顽皮的小弟弟；黛玉面前的宝玉，是一个情深义重的大哥哥。

黛玉因王熙凤的到来仓促离开。宝玉放心不下，担心她为自己牵挂、伤心，当晚打发晴雯去看黛玉。他让晴雯带去两块令晴雯费解的旧手帕。晴雯不懂，但黛玉懂。宝玉送来的何尝是用过的旧手帕，而是一颗滚烫的心。黛玉深知宝玉用心良苦，“一时五内沸然炙起。黛玉由不得余意绵缠，令掌灯，也想不起嫌疑避讳等事，便向案上研墨蘸笔，便向那两块旧帕上走笔写道……”那饱含黛玉万般深情的“题帕三绝”遂成千古绝唱。

黛玉的“题帕三绝”，不仅每一首都跟眼泪有关，而且每一句也都与泪水相伴。三首诗不是简单的重复，而是层层深入，情感递进。第一首写黛玉看到旧帕子想到宝玉其人，第二首联想到自己平时满腹心事无人诉的忧伤，最后一首情感的抒发达到顶点，借湘妃哭舜、泪染斑竹的典故直言不讳地表达了对宝玉忠贞热烈的爱恋。三首诗一气呵成，气韵贯通，读来感人肺腑，催人泪下。这被泪水浸透的“三绝”再次照应第一回绛珠仙草的还泪之说。黛玉爱宝玉，忧伤大于欢乐。在这回之前，宝玉和黛玉的爱情还处于朦胧试探阶段，宝玉挨打，黛玉当面恸哭，真情流露，而宝玉感其怀，让晴雯私传手帕，这在封建社会，是大逆不道的行为，二人的叛逆精神由此可见。

百年沧桑，古今心同。儿女情长，难避神伤。黛玉深婉缠绵的歌犹在耳旁：窗前亦有千竿竹，不识香痕渍也无……

第三十五回　白玉钏亲尝莲叶羹 黄金莺巧结梅花络

宝黛受挑战

第三十五回中贾母带着各色人等来找宝玉，看上去好像是在闲说话，其实话里有话，贾母等人大加赞赏了薛宝钗，这在很大程度上是对“木石前盟”的威胁。

起因是宝钗借凤姐做了几碗莲叶羹来夸赞贾母，说“凤丫头凭他怎么巧，再巧不过老太太去”。然后宝玉便说会说话的人老太太是最疼爱的，趁机就夸奖黛玉，说“这些姊妹里头也只是凤姐姐和林妹妹可疼了”。而贾母则认为这些女孩都比不上薛宝钗，王夫人从旁帮腔，也说宝钗的好话，弄得宝玉无法，只得对着宝钗微笑。

曹雪芹写作技巧的高超就在于此，一件事情常用寥寥几句来描写，但总是能反映出很多问题。贾母等人看起来只是随口夸赞宝钗两句，里面实则带有很大的倾向性。在封建正统的看法中，宝钗绝对属于遵循“三从四德”的典型人物，是长辈们最为喜爱的女子类型。从实际角度看，宝玉是这个家族中期望值最高的一个孙子，将来自然要选一个门当户对的女孩来结合。况且宝玉有玉，宝钗有个金锁，正好是“金玉良缘”，再般配不过了。综上这些，宝钗配给宝玉可谓是天作之合。

长辈们有了这样的想法，自然就对宝黛的感情产生巨大的威胁。宝黛之间的爱情是不受支持的，而宝玉和宝钗则得到了多数人的认可。宝黛爱情之路会走得很坎坷，因为他们的婚姻大权掌握在长辈手中，自由恋爱是违抗礼教的，在那个时代绝对不被允许。黛玉虽然也很优秀，但她生来体弱多病，

不及宝钗健康，脾气性格又不如宝钗温和，所以在大人们眼中，她是无法和宝钗相抗衡的。

隔代相看两不厌

在《红楼梦》中，若论说话，王熙凤、林黛玉、史湘云是能说的，李纨、迎春、惜春属口讷的，而宝钗看人下菜碟，从量上讲应属居中，但若从质上看，她的水平不在王熙凤之下，远超黛玉等人。

第三十五回写到贾母、王夫人、薛姨妈、王熙凤、薛宝钗等齐聚怡红院，看望养伤的宝玉。王熙凤妙语连珠，惹得老祖宗心花怒放。大家直夸王熙凤会说话，巧得很，坐在一旁的宝钗笑道："我来了这么几年，留神看起来，凤丫头凭他怎么巧，再巧不过老太太去。"满屋子太太小姐媳妇丫头一大堆，都在跟着老祖宗夸王熙凤，宝钗突然来了这么一句。她这句话说得妙，一箭双雕，先是肯定了凤姐的巧，而且是非常巧，但话锋一转，凤姐的巧再厉害也比不过老祖宗，除了王熙凤，恐怕再没有比宝钗更会拍贾母马屁的人了。不过，宝钗拍马屁和凤姐又不同，凤姐拍马屁往往眉飞色舞，高调张扬；宝钗则不动声色，低调内敛。黛玉也能说会道，又是贾母的亲外孙女，但她从没有像宝钗这样赤裸裸地奉承贾母。

抬手不打笑脸人，嘴巴甜的总招人疼。贾母听了宝钗的话，果然更高兴，当着大家的面，毫不掩饰地大赞宝钗："提起姊妹，不是我当着姨太太的面奉承，千真万真，从我们家四个女孩儿算起，全不如宝丫头。"孩子是自家的好，贾母说的这四个女孩子，不是亲孙女就是亲外孙女，但她却说她们几个都不如宝钗。夸宝钗好无可非议，但若说宝钗比自家的姑娘们都好，这评价确实很高。薛姨妈说老太太这话说偏了，这时一向老实得跟"木头似的"的王夫人出来作证："老太太时常背地里和我说宝丫头好，这倒不是假话。"看来，贾母所言不假，她就是特别喜欢宝钗。

贾母发自内心喜欢宝钗这样的姑娘，喜欢她的温柔贤淑、知书达理和好脾气。宝钗是大人眼中的好孩子，让人省心；不像黛玉，动不动就使小性儿，让人操心。从长辈的角度，自然更愿意选择宝钗这样的人给宝玉做媳妇，典型的贤妻良母。

宝钗夸赞老祖宗，一味讨其欢心，大有私心。和黛玉一样，贾府也不是宝钗的家，他们母子三人同样是寄人篱下。宝钗选秀无望，像元春那样的显赫对她已不可能。未来怎么办？归宿何在？贾宝玉自然成为不二人选。这一点不仅黛玉看出来了，屡屡为之醋意大发，就连整天东游西逛人称呆霸王的薛蟠也看出来了。一次，兄妹二人因为宝玉争吵，薛蟠就一语点破："好妹妹，你不用和我闹，我早知道你的心了。从先妈和我说，你这金要拣有玉的才可正配，你留了心，见宝玉有那劳什骨子，你自然如今行动护着他。"薛蟠话没说完，一向矜持稳重的宝钗便气怔大哭。一定是薛蟠的话击中了她的要害，揭穿了她的心事，她才恼羞成怒了。

相看两不厌。看看这一回，就能理解为什么最后贾母指定嫁给宝玉的人是薛宝钗了。

第三十六回　绣鸳鸯梦兆绛云轩　识分定情悟梨香院

扫码读原著

轻叩红楼　崔思遥

情定梨香院

第三十六回，贾蔷和戏子龄官在梨香院有一段颇有趣的对话。这两个人在梨香院内卿卿我我，宝玉这个情种看得痴迷。

宝玉闲得无聊，便想起龄官唱戏好，就到梨香院去找她。可是，龄官只是怏怏不乐地躺在床上，并不理宝玉，宝玉这时才发现她就是那个在地上画“蔷”字的女孩子，一个很痴情的人。后来贾蔷来了，龄官便开始说话。贾蔷从外面为龄官买了一只玉顶金豆雀，想要以此取悦龄官，给她寻个乐子。贾蔷很体贴，逗着雀儿在笼子里面的戏台子上乱窜，可龄官并不领情，反而说：“你们家把好好的人弄了来，关在这牢坑里学这个劳什子还不算，你这会子又弄个雀儿来，也偏生干这个。你分明是弄了他来打趣形容我们，还问我好不好。”龄官和黛玉的个性很像，都属于比较细腻多心的类型，其他戏子都说很有趣，只有她比别人想得多，很敏感。

龄官这种敏感也是有其原因的。身为戏子，在当时的社会龄官这样的人毫无地位，甚至受人歧视和鄙夷。从她的言语中我们可以发现她是一个心气很高的女孩，对自己的戏子地位很不满意。她内心很渴望受到别人的尊重，自尊和自爱让她对这个社会更加不满，所以她才在梨香院中有这样的表现。

龄官同宝玉、黛玉等一样有着叛逆的精神，封建制度的层层束缚使他们更加想要冲破它。所以，龄官敢于对贾蔷大胆表露自己的爱慕，也敢对贾蔷乱发脾气。虽然龄官说话有些刻薄，但这更直接表现了她对贾蔷的感情。

解味红楼　李美瑛

人间自是有情痴

第三十回写过，贾宝玉在一个赤日当空的夏日中午，独自走进大观园，刚到蔷薇花架下，就听见有哽噎声。他“悄悄的隔着篱笆洞儿一看，只见一个女孩子蹲在花下，手里拿着根绾头的簪子在地下抠土，一面悄悄的流泪”。宝玉想到黛玉：“难道这也是个痴丫头，又像颦儿来葬花不成?”留神细看，“只见这女孩子眉蹙春山，眼颦秋水，面薄腰纤，袅袅婷婷，大有林黛玉之态”。果然，这女孩子和林黛玉形神兼似，宝玉因此更挪不动脚了，发起痴来，看那女孩一笔一画，在地上画了几千个“蔷”字。一个痴痴地画，一个痴痴地看，以至急雨突降，把二人都淋湿了，他们还浑然不觉。

宝玉知道这个痴情的姑娘应是梨香院十二个唱戏的女孩中的一个，但不清楚具体是哪个。直到第三十六回他想听《牡丹亭》来到梨香院，才发现那个唱的最好的小旦龄官正是蔷薇架下画“蔷”的那个女子。

以宝玉的身份，想听自家戏班子唱几句再简单不过，他自己也这么认为。没想到当宝玉赔着笑脸提出央求时，却遭到龄官的断然拒绝，她正颜厉色地说：“嗓子哑了。前儿娘娘传进我们去，我还没有唱呢。”根本没把宝玉放在眼里，其铮铮傲骨、目无下尘之态尤似黛玉。当宝官说蔷二爷来了她就会唱时，宝玉顿觉奇特，于是留下等候。片刻后，贾蔷果然兴致勃勃从外面回来，手里提着个鸟笼子，里面扎着个小戏台，并一个雀儿。宝玉没有了听曲子的心，只想看看贾蔷和龄官是怎样的。但见贾蔷拿来谷子，逗那只雀儿在戏台上上蹿下跳，众女孩都笑称“有趣”，唯独龄官冷笑两声，赌气仍睡去了。这种讨大家都开心的东西龄官不买账，她要的是唯一，她在乎的是贾蔷心里时时装着她。贾蔷看龄官还不高兴，只管陪笑，连问她今日好不好。龄官非但不领情，反而指责道：“你们家把好好的人弄了来，关在这牢坑里学这个劳什子还不算，你这会子又弄个雀儿来，也偏生干这个。你分明是弄了他来打趣形容我们，还问我好不好。”这言语，这厉害劲儿，直像发脾气时训斥宝玉的

黛玉。

贾蔷被龄官骂得无所适从，又是自责又是赌身发誓，最后把刚花了一二两银子买的雀放了，省得再惹龄官生气。当龄官责备他不关心自己时，贾蔷忙说立即出去请先生再来（昨天刚请过）。而这时龄官却又叫住了他："站住，这会子大毒日头地下，你赌气子去请了来我也不瞧。"看来龄官的本意也不是让贾蔷真请先生，只要他有这份心就足够；她表面刁难贾蔷，实际又心疼，不舍得他顶着烈日跑来跑去。这看似有些胡搅蛮缠的言行恰是恋爱中女孩的正常表现，她只是想以这样的举动引起所爱之人对自己的关注而已。

贾宝玉为眼前的情景看呆了，痴痴地站在那里，他终于领会了当日龄官独自画"蔷"的深意，也终于懂了他对黛玉的情感，以及黛玉那些无理取闹的举止。原来这人世间，并不只是他为了爱情低三下四、卑躬屈膝，因为爱情变得喜怒无常、刁钻古怪的女子也不只林妹妹。"情悟梨香院"，贾宝玉在这里品得了爱情的真味。

人间自是有情痴，此事常关风与月。

第三十七回 秋爽斋偶结海棠社 蘅芜苑夜拟菊花题

扫码读原著

海棠社作诗

第三十七回中的“结社作诗”属于书中不多见的比较高雅怡性且有文人韵味的情节，展现了大观园中这些才子佳人们的文学才情。

探春偶然起兴，欲建诗社，她邀请李纨、宝玉、黛玉、宝钗等加入，得到大家的积极响应。众人来到探春的“秋爽斋”。既要正儿八经建诗社，先要每个人都想一个不算俗的别号。于是各人都按自己住处的名字取名，李纨自荐做社长，迎春以及惜春两人协助李纨出题限韵、誊录监督，其他几个作诗，最后由李纨来评判。因由海棠诗开端，所以就把社名定为“海棠社”。

说罢就开始作诗，我们从他们的诗作中就可以看出他们各自的性格与特点。探春有个别号叫作“带刺的玫瑰”，也就是说探春很美丽，同时她的性格也很要强，做事也干净利索，所以她第一个写完诗。宝钗是一个做事情识大体、顾大局、谨慎缜密的人，干任何事情都力求完美，作诗也如此，探春问是否作完诗，宝钗回答：“有却有了，只是不好。”她作诗也和平时的做事风格相像，要反复地做推敲，直到满意为止。宝玉的个性就是直率爽朗、天真毛躁，看到宝钗和探春都写完，他就耐不住性子了，写的质量不高。而黛玉则是她一贯的潇洒风格，抚梧桐，看秋色，和丫鬟们顽笑，看起来好像没把心思放在写诗上，实则她心里有十足把握，对自己的实力了如指掌，且她清高孤傲，自是与他人不同，直到最后才自信地一笔挥就。

小细节往往都有大文章。结社作诗，不仅是他们闲情雅致的体现，也是各人性格的表现，更是对大观园繁盛景象的展现。

不羡神仙羡大观

读第三十七回，想起一篇关于“古代女子的休闲生活”的文章，里面提到古代女子一年十二个月那充满诗情画意的惬意生活：

> 一月踏雪寻诗，烹茶观雪，吟诗作乐；二月寒夜寻梅，赏灯猜谜；三月闲厅对弈；四月曲池荡千，芳草欢嬉；五月韵华斗丽，芬芳满园；六月池亭赏鱼，池边竹林飒飒作响；七月荷塘采莲，泛舟湖上；八月桐荫乞巧；九月琼台赏月；十月深秋赏菊；十一月文阁刺绣；十二月围炉博古。

在许多现代人的意识里，古代女子不读书认字，整天大门不出二门不迈，只守在闺房做女红，待及笄后，凭父母之命媒妁之言嫁人了事，生活很单调。看了《红楼梦》才知道，古代女子也不完全这样，尤其在贵族之家。

小说是现实的反映。《红楼梦》给古往今来的女儿们建构了一座乌托邦式的理想国——大观园。那些冰清玉洁的女子分别住在风景如画、装饰豪华的独门小院里，丫鬟仆人一大堆，家务不沾手，有时做女红也只是出于个人的喜好和兴致，不是硬性的劳动任务。一年四季，她们锦衣玉食，春有百花秋有月，夏有凉风冬有雪，与大自然同步而行，赏尽四时美景。闲暇之余，她们常聚在一起聊天、聚宴、写诗、下棋……雅俗共赏，才情意趣不让须眉。第三十七回写大观园几个女子及宝玉在探春的提议下成立“海棠诗社”，这就是一个有力的佐证。

清代袁枚写过一首《湖上杂诗》：“葛岭花开二月天，游人来往说神仙。老夫心与游人异，不羡神仙羡少年。”看黛玉、宝钗、探春等在大观园吟诗作对、赏风弄月的诗意生活，真是不羡神仙羡大观了。

第三十八回　林潇湘魁夺菊花诗　薛蘅芜讽和螃蟹咏

扫码读原著

藕香榭蟹宴

第三十八回写贾府在藕香榭举办蟹宴，这是一个表现贾府繁盛铺张景象的故事情节，在这里，主子丫鬟打成一片，其乐融融，有意思，有气派。

此事由头缘于宝钗和湘云，她们两人起兴，要办一个宴会，邀请贾母等人来吃螃蟹，以及欣赏桂花。这日，各位夫人、小姐和丫鬟们如约而至。蟹宴一开始，贾母开讲自己小时候碰破头留下疤痕窝子的事情，凤姐趁机夸赞贾母。凤姐的嘴巴一贯聪明伶俐，一是讨好贾母，二是活跃现场的气氛，很是机灵。

这次蟹宴给人印象最深的也最难得的是，主子和丫鬟们玩在一起，毫不觉得生疏或有等级差别，像一个理想国一般。凤姐泼辣能干，忙前忙后为所有人服务，甚至让丫鬟们都只管去吃蟹，自己反而忙得不亦乐乎。

最有趣的是鸳鸯、琥珀、平儿这几个大丫鬟。鸳鸯和凤姐相互调侃，琥珀从旁插嘴，被嘲笑的平儿便要拿着蟹黄抹琥珀，结果琥珀灵敏地一躲，抹到了凤姐的脸上，凤姐也不生气，只和她们笑骂，一幅融洽的画面展现在读者眼前。

宴席撤掉后，海棠社的成员又开始即兴作诗。信手拈来的眼前事物都成为他们作诗的对象，不管诗作得好坏，我们看到的是每个人都乐在其中，兴致勃勃的。

藕香榭的螃蟹宴展现了贾府繁荣富庶的贵族气象，同时也展现了一种温暖美好的人文情怀。

情人眼里出西施

一个人心里有什么，眼里、嘴里就会有什么。宝玉心里装着黛玉，所以凡事自然而然会想到她。得到好东西，宝玉首先想到的就是给黛玉送去，他对黛玉的这份心在众人面前也从不掩饰，时时流露。

第三十五回，宝玉被贾政打得爬不起来，贾母等人来到怡红院探望，大家闲聊间，宝钗夸贾母比凤姐巧，贾母说："你姨娘可怜见的，不大说话，和木头似的，在公婆跟前就不大显好。凤儿嘴乖，怎么怨得人疼他。"宝玉插话道："若这么说，不大说话的就不疼了？"贾母道："不大说话的又有不大说话的可疼之处，嘴乖的也有一宗可嫌的，倒不如不说话的好。"宝玉笑道："这就是了。我说大嫂子倒不大说话呢，老太太也是和凤姐姐的一样看待。若是单是会说话的可疼，这些姊妹里头也只是凤姐姐和林妹妹可疼了。"宝玉本想顺着贾母的思路，让她夸夸黛玉，没承想贾母却盛赞起宝钗来。

宝玉从不回避对黛玉的偏爱。第三十七回写探春提议成立海棠诗社，那天大家当场作海棠诗。当社长李纨宣读黛玉诗的第一句"半卷湘帘半掩门，碾冰为土玉为盆"时，宝玉先就大声喝起彩来，还说"从何处想来"！赞美之情溢于言表，而对别人的诗作，他则无此表现。作为唯一的评委，李纨最后说蘅芜君宝钗第一，潇湘妃子黛玉第二，怡红公子宝玉最后一名。宝玉对自己倒数第一没有任何意见，说评得"最公"，但他却对黛玉没有得第一颇有微词，让李纨再斟酌考虑，直到李纨说"再有多说者必罚"，他才作罢。但可想而知，他心里一定还在为黛玉愤愤不平。

到了第三十八回，海棠诗社再次搞笔会——作菊花诗。十二首菊花诗作罢，还是李纨做裁判。李纨宣布“《咏菊》第一，《问菊》第二，《菊梦》第三，题目新，诗也新，立意更新，恼不得要推潇湘妃子为魁了”。此言一出，别人还没来得及反应，宝玉先喜之不禁，竟拍手叫道：“极是，极公道。”要知道，这三首诗都是黛玉写的。

更有趣的是，宝玉看黛玉一举夺魁，心情大好，遂自告奋勇再写螃蟹诗。他得意地咏完自己的螃蟹诗后，黛玉取笑他，说“这样的诗，要一百首也有”。宝玉受到奚落也不生气，只说：“你这会子才力已尽，不说不能作了，还贬人家。”这话表面看来像在责备黛玉，实则不然，宝玉还沉浸在黛玉刚刚夺冠的喜悦中。

黛玉哪里会江郎才尽，听宝玉这么一说，她大笔一挥，当即也写下螃蟹诗一首：

> 铁甲长戈死未忘，堆盘色相喜先尝。
> 螯封嫩玉双双满，壳凸红脂块块香。
> 多肉更怜卿八足，助情谁劝我千觞。
> 对斯佳品酬佳节，桂拂清风菊带霜。

宝玉看了，又想喝彩，黛玉却一把撕了，并令人烧了去。黛玉认为这样的诗只是文字游戏而已，上不了大雅之堂，而在宝玉眼里，只要是和黛玉有关的，爱屋及乌，都是珍宝。

仓央嘉措有一首诗：“新茶香郁满齿唇，伴得糁粑倍美醇。情人眼里出西施，每对卿卿每销魂。”这首诗应该也能表达贾宝玉的心声。仓央嘉措是一个情僧，也是情圣；贾宝玉是情圣，最后皈依佛门，也可以说是个情僧，否则曹雪芹怎会莫名其妙地给《红楼梦》另起过一个名字——《情僧录》呢？

第三十九回 村姥姥是信口开河 情哥哥偏寻根究底

扫码读原著

轻叩红楼 崔思遥

同是有心人

第三十九回出现了一对有意思的“搭档”——刘姥姥和宝玉。这两个人看上去不搭边，无意中却成为一路人——有心人。

因为是第二次来大观园，所以刘姥姥比上次更熟悉这里的规矩，也更会看别人的眼色了。刘姥姥作为一个普通的农村妇女，能够在这样贵族的家庭中把规矩做得娴熟，十分不易，说明她是个有心之人。她知道上次麻烦了王熙凤，这次没空手，而是带来很多庄稼地里的新鲜蔬果。见到贾母，她更是毕恭毕敬，说话十分得体有分寸。刘姥姥说话时卑躬屈膝，一个劲儿地自嘲，好借此夸赞贾母，要知道刘姥姥比贾母大好几岁呢。见到各个太太、小姐、哥儿在这里，刘姥姥就给他们讲或真或假的乡村琐事，她绘声绘色，大家听得津津有味。所以，这刘姥姥是个大智若愚的人物，她和凤姐那种圆滑不同，她是实在的、真诚的、无坏心的、讨喜的。这样一个有心人，虽是被人们当作取乐的对象，但能让大家欢喜，也是项能力。

这样的有心人还有宝玉。宝玉听刘姥姥编的关于女孩儿抽柴草这事后，便信以为真，听到刘姥姥说这个女孩有个庙，他更是动了他那多情弦，非要为女孩重修庙宇。第二天，他派小厮茗烟亲自去寻找那个地方，结果竹篮打水一场空。不懂的人看宝玉觉得他是个呆子，而真正懂得宝玉性格的人知道，他是个极为有心的人，别人听完一笑了之，唯有他，念念不忘。

刘姥姥和宝玉都是有心之人，只是心用在不同的方面，但有一点是相同的，他们的有心都展示了他们可爱善良的一面。

怜香惜玉的宝玉

贾宝玉的怜香惜玉非常出名，他对身边的女孩怜惜自不必说，甚至还会把道听途说的事也当真，痴心不已。

第三十九回，刘姥姥二进大观园。这次很难得，她被凤姐和贾母挽留住下来。贾府是侯门，这里的女性虽说见过大场面，但对农村生活不熟悉，刘姥姥给她们带来一股清新的乡野之风，那些瓜果菜蔬，那些乡村趣闻，让大家深得趣味。刘姥姥是农村人，但在人情世故上有些见识，一看贾母和哥儿姐儿都被她逗得开心，“便没了说的也编出些话来讲”。她说去年冬天的一个大雪天，早上起来，还没开门，发现外面草垛旁站着一个十七八岁穿着红袄白裙的标致姑娘……她正讲得带劲儿，外面有人报着火了。贾宝玉听得正来劲儿，他不关心着火，忙问刘姥姥：“那女孩儿大雪地作什么抽柴草？倘或冻出病来呢？”

刘姥姥只是信口开河，宝玉却给个棒槌当了真，等到那晚大家散了，他背地里又拉住刘姥姥，问那个女孩的事。刘姥姥只好继续编，骗宝玉说那女孩是一个病死的女儿变的，还说什么她家那边有一座寺庙，里面供奉着这个女孩的塑像，只是年久未修，如今破败了。贾宝玉对刘姥姥的胡言不仅信以为真，还认真跟她商量修复寺庙的事。更可笑的是，第二天一大早，宝玉就派茗烟按刘姥姥说的方向先去察看。书中写道，“那茗烟去后，宝玉左等也不来，右等也不来，急的热锅上的蚂蚁一般”。“热锅上的蚂蚁”，这个比喻形象地写出宝玉望眼欲穿盼茗烟的急迫心情。本是子虚乌有的事情，他却看成头等重要的大事。

茗烟跑了一天，也是空跑，没有带回宝玉想要的消息。茗烟的话说得很明白：宝玉说的那个方向根本没有什么寺庙，在另一个方向虽然找到一座寺庙，但里面供奉的不是什么标致姑娘，而是一个瘟神爷。明眼人一听就知刘姥姥所言是假，但宝玉就是犯痴病了，他不但不生刘姥姥的气，反倒替刘姥姥开脱，说她年纪大了，可能记错了，等有空再去找，没有就算了，若真有，还得做点善事积点阴德才是。

怜香惜玉到这等程度的，除了贾宝玉，再无旁人。

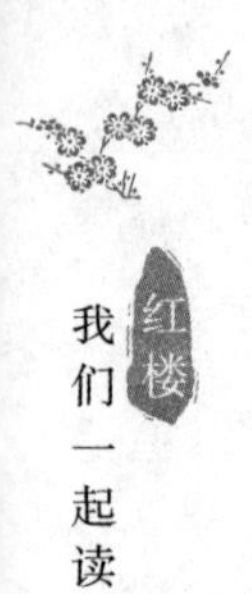

第四十回　史太君两宴大观园　金鸳鸯三宣牙牌令

扫码读原著

刘姥姥自嘲

第四十回中刘姥姥又成为所有人开心的对象，她那种俗人的幽默与风趣，以及善于自嘲的本领，博得了贾府老老少少、上上下下的无比喜爱。

刘姥姥之所以受欢迎，是因为她是个乡下人，她所讲的很多见闻都是这些终日生活在富贵温柔乡中的太太、公子、小姐们闻所未闻的，新鲜得很。刘姥姥在贾府可谓是个异类，天外来客般，所以大家都很喜欢听她说话。凤姐和鸳鸯更善意地打趣她，刘姥姥便识时务地跟着自嘲，她的自嘲其实也是一种智慧。

凤姐给刘姥姥头上戴满了鲜花，并且故意借机戏弄她。刘姥姥非但不生气，反而说："我这头也不知道修了什么福，今儿这样体面起来。"嘲弄自己之时也是夸赞凤姐，把大家逗得前仰后合。来到潇湘馆，刘姥姥不小心跌倒，大家都取笑之时，刘姥姥并不见怪，反而说："那里说的我这么娇嫩了。那一天不跌两下子，都要捶起来，还了得呢。"一个古稀老人，却还能这么开得起自己的玩笑，实属难得。

最让大家当作笑柄的是刘姥姥吃饭时的自嘲："老刘，老刘，食量大似牛，吃一个老母猪不抬头。"句子十分押韵，说起来朗朗上口，而且很诙谐，符合她的一贯作风。刘姥姥说完这句话，大家很快就明白了，上上下下皆笑喷了。刘姥姥自嘲的成功表现在书中对各种人物反应的描写上，就连一向比较严肃正经的王夫人也指着凤姐笑，刘姥姥的自嘲可算是获得了可观的成果。

刘姥姥的自嘲让她赢得了贾府中许多人的喜爱，她以这样的方式融入这个贵族的圈子中是聪明的，但同时她也把自己的尊严消耗得一干二净。

解味红楼 李美瑛

将娱乐进行到底

刘姥姥是《红楼梦》中的一朵奇葩，关于她有很多歇后语。例如，刘姥姥进大观园——眼花缭乱，刘姥姥进大观园——洋相百出，刘姥姥进大观园——看花了眼，刘姥姥进大观园——少见多怪，刘姥姥进大观园——长了见识，刘姥姥进大观园——大开眼界，刘姥姥进大观园——满载而归，等等。对贾府这些贵族太太小姐而言，刘姥姥是天外来客，她们从刘姥姥身上发现了很多新奇搞笑的乐子。难得的是，刘姥姥积极主动配合着大家的需要，把这出西洋景描画得淋漓尽致。

第四十回，刘姥姥带着板儿二进大观园。老祖宗一时开心，决定带她游赏大观园。这天一早，贾母等人来到李纨处，丫鬟碧月端上一盘子各色折枝菊花。贾母挑了一朵大红的簪在发髻上，回头招呼刘姥姥也戴一朵。一语未完，凤姐先跑过来，一把拉着刘姥姥，将满盘子的菊花横三竖四地插了她一头。不难想象，七十多岁整天风吹日晒的刘姥姥戴着满头五颜六色的鲜艳菊花会是何等滑稽模样，贾母和众人都“笑得不得了”。刘姥姥一点儿也不恼，还自嘲说自己今天体面起来，成了老风流才好。而同样是戴花，曹雪芹写贾母时，用的是“簪”，写刘姥姥时用的是“插”。“簪”字表现了贾母戴花时的细致、优雅、高贵，“插”字则表现了凤姐给刘姥姥戴花时的戏谑、随意及不尊重。一字之差，贾母和刘姥姥的身份地位之别尽显笔端。

为了讨老祖宗和大家开心，凤姐和鸳鸯暗中议定，今天就让刘姥姥做篾片（古时指为主人帮闲凑趣的人）。吃饭前，鸳鸯特意把刘姥姥叫出去，嘱咐她贾府的一些规矩。其实刘姥姥不傻，知道这是想让她逗大家高兴，于是她就在贾母宣布吃饭时突然站起身来，高声说：“老刘，老刘，食量大似牛，吃一个老母猪不抬头。”说完后自己鼓腮不语，一脸严肃。“食不言，寝不语”，这才是贾府的规矩，大家哪见过这阵势，所以先是一怔，接下来便恍然大悟，顿时笑作一团。小说这里的场面描写十分精彩：

史湘云撑不住，一口饭都喷了出来；林黛玉笑岔了气，伏着桌子嗳哟；宝玉早滚到贾母怀里，贾母笑的搂着宝玉叫“心肝”；王夫人笑的用手指着凤姐儿，只说不出话来；薛姨妈也撑不住，口里茶喷了探春一裙子；探春手里的饭碗都合在迎春身上；惜春离了坐位，拉着他奶母叫揉一揉肠子。地下的无一个不弯腰屈背，也有躲出去蹲着笑去的，也有忍着笑上来替他姊妹换衣裳的……

同样是笑，曹雪芹用语极契合人物的性格身份，写出了属于每个人的独特的笑。湘云素来豪放似男儿，所以她的笑肆无忌惮，饭都喷出来了；黛玉体质弱，笑得太用力就岔气，肚子疼得直“嗳哟”；宝玉是贾母的“心肝”，只有他会笑得躺在她怀里；而贾母，搂着宝玉叫“心肝”，这是她老人家表达开心的最佳方式；王夫人了解王熙凤，知道这样的恶作剧一定是她幕后指使，于是指着凤姐笑；薛姨妈年纪大，地位不亚于王夫人，笑得把茶喷了探春一裙子也没什么；探春做事风风火火，大大咧咧，饭碗倒在老实人迎春身上不为过；惜春年龄最小，笑得肚子疼了就像小孩一样叫奶妈揉很正常；丫鬟们地位低，不能跟主子一样无所顾忌，轻的就地弯腰屈背，重的跑到外面放声，有眼色的忍着笑上来给她们的主子换弄脏的衣服。

大家笑成这样，但凤姐和鸳鸯还不算完，接着让刘姥姥拿着自称“比俺那里铁锨还沉”的四楞象牙镶金的筷子上演了一出夹鹌鹑蛋的好戏。一时间，所有人都不吃饭了，刘姥姥成了焦点，笑声一拨接一拨，连续不断。午饭时的行令就是这种笑声的延续。想那刘姥姥一介村妇，大字不识一个，喝酒行令乃是文人雅事，她如何玩得来？刘姥姥为了不扫大家的兴，极具娱乐精神，愣是参与到这场游戏中来，且不负众望，她具有浓厚乡村生活气息的酒令再次给大家带来前所未有的笑声，书中是这样写的：

鸳鸯笑道：“左边‘四四’是个人。”刘姥姥听了，想了半日，说道：“是个庄家人罢。”众人哄堂笑了。……鸳鸯道：“中间‘三四’绿配红。”刘姥姥道：“大火烧了毛毛虫。”……鸳鸯道：“右边‘幺四’真好看。”刘姥姥道：“一个萝蔔一头蒜。”众人又笑了。鸳鸯笑道：“凑成便是一枝花。”刘姥姥两只手比着，说道：“花儿落了结个大倭瓜。”众人大笑起来。

大观园是为元春省亲建造的，想当年元春回家也没如此热闹，眼泪多于欢笑。刘姥姥走进大观园，则带来了一串串笑声。她献出老脸，洋相百出，誓将娱乐进行到底，空前活跃了太太小姐们的单调生活。

二进大观园的刘姥姥已七十五岁高龄，比贾母还大好几岁，为了得到这个群体的接纳，密切与她们的联系，从而傍上这棵大树，她就像马戏团的小丑一样，甘做大家的笑料。凤姐等人的取笑戏弄并无恶意，但每读这一回，还是为刘姥姥心酸。人穷志短，人微无尊，刘姥姥的遭遇，都是贫贱卑下造的孽。

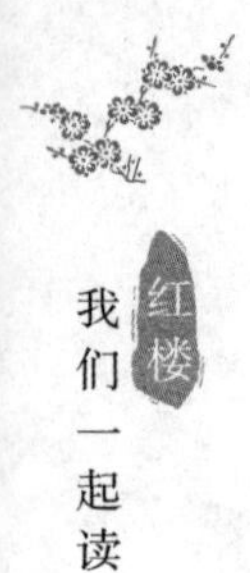

第四十一回 栊翠庵茶品梅花雪 怡红院劫遇母蝗虫

轻叩红楼 崔思遥

妙玉之雅俗

妙玉在第四十一回中算是真正出现。妙玉是金陵十二钗中比较特别的一个女子，她是带发修行的出家人，性格清高孤傲，但同时她又是一个风华绝代的少女，清新脱俗，颇有自己的思想、情怀。

贾母等人带着刘姥姥到栊翠庵去喝茶，宝玉是个细心人，“只见妙玉亲自捧了一个海棠花式雕漆填金云龙献寿的小茶盘，里面放一个成窑五彩小盖钟，捧与贾母”。贾母接过来喝了半盏就将茶递给了刘姥姥，而后妙玉就让婆子“将那成窑的茶杯别收了，搁在外头去罢”。很明显，妙玉是嫌杯子被刘姥姥用过了，觉得她是个粗鄙之人，不把她放在眼里，也觉得她玷污了这样名贵的东西。而妙玉给宝钗、黛玉泡茶时，用的却是古玩奇珍，泡茶之水还是储藏的雨水和下雪融化成的水，用的茶叶也是上等好茶。妙玉是个比较偏执的人，对于她认可的人会另眼高看，而对那些她不认可的俗人就觉得肮脏，甚至不愿与之有任何的沾染，无论在生活上还是精神上，都很洁癖。

妙玉同时也是一个怀春的少女，她对宝玉的喜爱表露得很明显。作为出家人，做这样的事情是非常出格的，是很世俗气的事情，但妙玉毫不掩饰，做得很直白。文中说妙玉“仍将前番自己常日吃茶的那只绿玉斗来斟与宝玉”。前面看似如此洁癖的妙玉竟然把自己平日吃茶用的杯子拿给宝玉用，在那样一个尤其注重男女有别和授受不亲的社会中，妙玉却这般大胆地把自己的杯子给一个异性用。从这里，能看到妙玉对宝玉的爱慕，也能看到妙玉世俗的一面，她也有自己的小心思，不完全是雅客。

妙玉是谜一般的女子，她有与众不同的个性，有超凡脱俗的一面，也有儿女情长的一面。妙玉之雅之俗，使其形象更加丰满立体，更加真实可爱。

解味红楼　李美瑛

耐人琢磨的妙玉

在金陵十二钗中，“气质美如兰，才华阜比仙”的妙玉最后一个出场，她也是唯一一个跟贾府没有任何血缘及亲戚关系的人。

妙玉的身世很奇妙，充满疑惑。妙玉这个名字第一次出现于林之孝家之口，她回王夫人说从南方买了十个小尼姑，另外还有一个带发修行的十八岁的苏州姑娘，法名叫妙玉。据林之孝家的介绍，妙玉出身读书仕宦之家，极通文墨，因自小多病而出家，如今父母俱亡。听说长安都中有观音遗迹并贝叶遗文，所以她去年和师父来了。后来师父圆寂，她本欲扶灵回乡，无奈师父临寂遗言：“衣食起居不宜回乡。在此静居，后来自然有你的结果。”妙玉因此留下来。王夫人听罢，让人下帖子请妙玉，安排在栊翠庵。

妙玉正面出场在第四十一回。贾母带着二进大观园的刘姥姥各处走走，顺路来到栊翠庵。妙玉亲自捧了海棠花式雕漆填金云龙献寿的小茶盘与贾母，里面放了一个成窑五彩小盖钟，泡的是老君眉。贾母吃了半盏就递给了刘姥姥。就因为刘姥姥用过，后来道婆收拾茶具时，妙玉便让把这个小盖钟扔了。宝玉觉得可惜，请求妙玉把盖钟送给刘姥姥。“妙玉听了，想了一想，点头说道：‘这也罢了。幸而那杯子是我没吃过的，若我使过，我就砸碎了也不能给他。’”对妙玉这话，很多人认为是她洁癖过度的缘故，其实又不全是。如果妙玉真的很洁癖，她自己的东西就不会轻易给别人用，且不说那个时代提倡男女授受不亲，即便在今天，一个女子也不会随便把自己用的杯子给一个不相干的男人用。而就是这个极度嫌恶刘姥姥的妙玉，接下来却“仍将前番自己常日吃茶的那只绿玉斗来斟与宝玉”。妙玉带黛玉、宝钗到耳房吃体己茶，

给这二人用的杯子虽也是稀世珍品，但并不是自己平日用的。妙玉是出家人，以洁癖著称，宝玉又是个异性，可妙玉竟将自己日常使用的杯子给他，令人匪夷所思。作者在这里虽只是一句带过，并未多用笔墨，但阅读时不能忽略这个细节，妙玉此举，一来表明她高看宝玉不止一眼，二来她的洁癖是有选择性的，看人下菜碟，并非真洁癖。

除此，这回还有一个不容忽视的现象，即妙玉请大家喝茶用的茶具。老祖宗用的是成窑五彩小盖钟，宝钗用的是𤙯瓟斝，黛玉用的是点犀䀉，宝玉用的是绿玉斗，这些都是有名有款的古玩宝贝，即便是其他人，用的也都是一色官窑脱胎填白的盖碗。一个出家小女子，茶具如此珍稀高档，让宝、钗、黛这些见过世面的人都感到无比新奇。妙玉还说宝玉“只怕你家里未必找的出这么一个俗器来呢”。这些描写都让人感到妙玉出身不同凡响，很多研究者猜测她是落难的贵族小姐，绝非子虚乌有。

妙玉，真是一块奇妙的玉，她身上有太多疑团，耐人琢磨。

第四十二回 蘅芜君兰言解疑癖 潇湘子雅谑补馀音

扫码读原著

黛钗之较量

第四十二回中，宝钗和黛玉有一段耐人琢磨的对话。宝钗和黛玉各具特色，各领风骚，向来是备受关注的人物。人们总喜欢把她们放在一起进行比较，其实，有时她们二人也在暗中较量。

宝钗的心细无人不知，她的包容与大度也是公认的。黛玉总把她视为自己的情敌，对她很使小心眼儿，言语之中也时有冷嘲热讽。不过，宝钗倒是基本不和她计较，对黛玉一向宽容。

话说这日送走刘姥姥，她们回到园中，细心的宝钗开始“审问”林黛玉，因为黛玉行的酒令大多与《西厢记》《牡丹亭》有关。旧社会的女孩子，是不可以看这一类禁书的，太大逆不道了。宝钗“审问”黛玉，是对她的一种善意的提醒。为了不使黛玉尴尬，宝钗没有直接批评，而是使用旁敲侧击的方法。甚至，她还告诉黛玉，自己小时候也偷偷读过这种书。宝钗对黛玉非常坦白，不加掩饰，真心把黛玉当作自己的朋友。

而黛玉呢？她的多心也无人不晓，但她的才华也是大家公认的，尤其是说话的幽默诙谐。黛玉虽一身病态，没有宝钗的那种健康之美，但外表柔弱的黛玉内心却很豪放，不受拘束，她的诙谐是一种智慧，这是宝钗不能及的。惜春要画大观园，黛玉打趣她，说她画的画可以叫作《携蝗大嚼图》，把刘姥姥比喻为母蝗虫。而宝钗则一本正经地告诉惜春，要用哪些颜料，如何画，俨然一副绘画专家的样子。看过宝钗写的颜料单子，黛玉就嘲笑她：“你瞧瞧，画个画儿又要这些水缸箱子来了。想必他糊涂了，把他的嫁妆单子也写

上了。”宝钗听了，把黛玉按在炕上，要拧她的脸，黛玉接着打趣：“好姐姐，饶了我罢！颦儿年纪小，只知说，不知道轻重，作姐姐的教导我。姐姐不饶我，还求谁去？”黛玉机智地利用宝钗和她说的看杂书的事情来回应，让宝钗哭笑不得。黛玉有种独特的魅力，她的小心眼其实多用在宝玉那里，关乎她的爱情，对其他人她多是豪爽的，与她那娇小的外表相比，更显其内柔外刚的特点。

宝钗和黛玉的较量从不在手脚上，而是在嘴巴上。我们不能说谁更胜一筹，在不同人的眼中，她们都有自己独特的一面。

解味红楼 李美瑛

蘅芜潇湘井芬芳

对宝钗、黛玉二人，不喜宝钗者，大都因其循规蹈矩，城府太深；不喜黛玉者，大都因其尖酸刻薄，爱使小性儿。第四十二回，宝钗和黛玉分别展现了或可敬或可爱的一面，无论先前对她们喜欢与否，读这回，或许都会喜欢她们。

宝钗在这回的表现有两点让人欣赏，一是对读书的见识，二是对绘画的见识。前一回黛玉在行酒令时暗用了《牡丹亭》和《西厢记》的语句，别人没听出来，宝钗发现了。从宝钗的自述可知，她不是天生就乖，小时也淘气读过这些被大人藏着掖着的书，只是后来严格的家教把她给禁锢，所以变成现在的样子。宝钗谈到自己对读书的见解时，说：“男人们读书不明理，尚且不如不读书的好，何况你我。就连作诗写字等事，原不是你我分内之事，究竟也不是男人分内之事。男人们读书明理，辅国治民，这便好了。只是如今并不听见有这样的人，读了书倒更坏了。这是书误了他，可惜他也把书糟踏了，所以竟不如耕种买卖，倒没有什么大害处。你我只该做些针黹纺织的事才是，偏又认得了字，既认得了字，不过拣那正经的看也罢了，最怕见了些杂书，移了性情，就不可救了。”

宝钗的理论让一向爱对她找茬的黛玉都不得不“心下暗伏，只有答应‘是’”。宝钗认为，无论男女，读书认字本都是好事，但如果不用在正道上，去寻了那些不正经的书看，反倒是害己害人，也亵渎了书籍本身。开卷并非都有益，开好卷有益，开坏卷则无益，不如不开。

接下来，书中写了宝钗和黛玉对惜春即将画大观园图发表的各自言论。宝钗作诗与黛玉不相上下，但在这之前，不知道她对绘画竟也如此精通。

作者通过宝钗和黛玉的语言描写进行对照，黛玉说的多为戏谑调侃语，不是内行，宝钗说的句句在点子上，很专业，尤其在构图设计、画纸选择以及其他画图所需物品的安排上，讲得头头是道，说她是个绘画专家不为过。

黛玉在这一回足足表现了她可爱的一面。黛玉眼高不服软，当宝钗说她行酒令胡言乱语时，黛玉想起自己失于检点，但没恼怒，上来搂着宝钗，甜言蜜语，一口一个好姐姐求宝钗不要告诉别人，还谦虚地让宝钗好好教她，以后都改了等。如此求人，求的又是宝钗，于黛玉实属罕见。还有，当黛玉听宝钗说绘画需购买的物品中有水缸、箱子一类东西时，她拉着探春悄悄说："你瞧瞧，画个画儿又要这些水缸箱子来了。想必他糊涂了，把他的嫁妆单子也写上了。"探春当即揭发黛玉，宝钗过来把她按在炕上，便要拧她的脸，黛玉这时的嘴巴比抹了蜜还甜："好姐姐，饶了我罢！颦儿年纪小，只知说，不知道轻重，作姐姐的教导我。姐姐不饶我，还求谁去?"宝钗手下留情，黛玉笑道："到底是姐姐，要是我，再不饶人的。"这样的话出自黛玉之口，绝对让宝钗熨帖，所以她也拿黛玉没辙了，不仅没舍得拧她的脸，还主动要求把她弄乱的头发拢一拢。钗黛如此和谐的场面把一旁的宝玉看呆了。

"蘅芜君兰言解疑癖，潇湘子雅谑补余香。"宝钗、黛玉和平共处并芬芳，是大观园中难得一见的美景。

第四十三回　闲取乐偶攒金庆寿　不了情暂撮土为香

际遇两重天

第四十三回中，贾府要为凤姐筹办生日宴。上至贾母以及各位夫人、奶奶、姑娘们，下至各个婆子、媳妇们都争相出钱，或是为奖励她，或是为讨好她，抑或是因畏惧她。总之，除了长辈，大家都想着讨凤姐的欢心，同时也是讨贾母的欢心，一举两得。

向来都特立独行的宝玉这次也不例外，他的举动和别人不同。凤姐和金钏是同一天的生日，宝玉是个极重情义的人，金钏投井自杀很大程度上是因为他，所以他对金钏怀有无限愧疚，且他又是个多情种，对女儿本就有天生的爱慕之心。为了金钏，他放下了凤姐的生日宴，一个人偷偷跑到郊外去祭拜金钏，这需要很大的勇气。贾府里，除了金钏的亲妹妹玉钏，所有人都没把金钏的生日记在心里，独有宝玉记得，由此更看出宝玉的有情有义。

金钏和凤姐虽是同一天生日，可因为地位不同，她们受到的是全然不同的待遇，两人的际遇相差甚远。一个是铺张办宴，所有人趋之若鹜地巴结奉承；另一个则无人问津，无人记得。

通过金钏和凤姐两重天的际遇，反映了当时社会中人与人之间的不平等。等级制度将人们分为了三六九等，人和人之间有贵贱之分，从而扼杀了人与人之间的相互尊重。这些正是宝玉所排斥的，他之所以敢为金钏偷跑到郊外去，就是在对这种不平等进行无声的反抗。

作者借凤姐和金钏生日的不同际遇，再次凸显了贾宝玉的叛逆性格，十分巧妙。

多情公子祭芳魂

阴历九月初二不仅是金钏的生日，还是王熙凤的生日。为了给凤姐庆生，老祖宗亲自出马，召集荣、宁二府有头有脸的女人聚在一起开会，让大家都出份子，好给凤姐举办盛大的生日宴。无论平日跟凤姐关系好的，还是不好又想巴结她的，都在这档儿表现一番。有老太太撑腰，谁敢不买账？

宝玉和凤姐的关系自不必说，两人都是贾母眼中的红人儿，宝玉之母王夫人又是凤姐的亲姑姑。在一般人看来，凤姐的生日绝对少不了宝玉，书中通过描写众人对宝玉未能及时参加宴会的反应也证明了这点。当李纨派去通知宝玉的丫鬟回来说他一早就出门了时，大家的反应“都诧异”，并说“再没有出门之理。这丫头糊涂，不知说话”。于是又命翠墨去，翠墨回来也说的确出门了，去给北静王的小妾吊丧。探春反驳道：“断然没有的事。凭他什么，再没今日出门之理。”依旧不信，又叫袭人来，结果袭人来后说的一样。李纨等纷纷对此发表不满：“今儿凭他有什么事，也不该出门。头一件，你二奶奶的生日，老太太都这等高兴，两府上下众人来凑热闹，他倒走了；第二件，又是头一社的正日子，他也不告假，就私自去了！”贾母知道了也“不乐”，宝玉回来后，和王夫人都说他“不知好歹”，还两次拿出贾政恐吓他，说再这样，就告诉贾政打他，足见事情的严重性。

上述描写是为了反衬宝玉对金钏的一片真情，是作者匠心独运所在。在宝玉心中，凤姐虽高高在上，但低低在下的金钏同样尊贵。宝玉不顾凤姐生日，独自跑到郊外祭奠金钏，一是对金钏之死心怀愧疚，二是对金钏年轻美好的生命含冤陨落深为痛惜。宝玉这一行为再次表明他不慕权贵、敬重生命、怜香惜玉的品质。

同一天，两个女子的生日，却是阴阳两重天。凤姐这边热热闹闹，笑语盈天；金钏那边只有宝玉和妹妹玉钏为之垂泪，冷冷清清。贾府其他人早已忘记投井的金钏了。一喜一丧，一乐一哀，一闹一静，凤姐过生日和宝玉祭奠金钏形成解明对比。

第四十四回　变生不测凤姐泼醋　喜出望外平儿理妆

扫码读原著

轻叩红楼　崔思遥

三女一台戏

第四十四回有三个女人——王熙凤、鲍二家的、平儿，她们共同上演了一台戏，起因都是因为贾琏。所谓“三个女人一台戏”，因为贾琏这个“总导演”，这三个女人来了一出闹剧。

凤姐与大家喝酒玩闹后感到很疲乏，于是就回房歇息。平儿跟着回去，走至穿廊的时候，看到一个小丫鬟在门口东张西望，见到她俩来了，接着就跑。凤姐这种聪明人马上就猜到了八九分，自然会生气。她喝住那个小丫鬟，一边审问一边威胁打骂，小丫鬟无奈只好招了，她告诉凤姐，鲍二家的和贾琏在里面。凤姐这样要强好面子的人，岂能受得了这种委屈？她火冒三丈，怒气冲冲往里面走，正巧又看到一个小丫鬟，也是见了凤姐就跑，凤姐于是更加愤怒。她蹑手蹑脚来到窗前，听到贾琏和鲍二家的正在说她的坏话，还听到他们都夸赞平儿，于是醋意大发，借着酒劲开始撒泼，她先把平儿打了两下，又冲进去和鲍二家的撕打起来。平儿无论如何也是个体面的丫鬟，受到这种委屈，自是不愿意，便也上来打鲍二家的。贾琏见她俩都打鲍二家的，又气又愧，他不敢打凤姐，只好赶着打平儿。鲍二家的含羞受辱，回家后上吊自杀了。

从这三个女人的闹剧中，我们可以窥探到更深层的东西。在那个男权当道的社会中，女人的地位是卑微的。凤姐虽是名门贵族，可在丈夫有外遇的时候，她除了用撒泼的方法之外，还能如何？贾琏的风流凤姐早知道，这也不是第一次。凤姐是管家，给人的感觉总是强势威风，可她在贾琏面前发言权并不多，甚至自己的丈夫有外遇了，她也只能是吵吵闹闹而已。而平儿是这场闹剧中最冤枉的，只因她是个丫鬟，所以贾琏和凤姐都把气撒在她那里。平儿因为身份低下，在主子面前只能忍气吞声。鲍二家的更是毫无地位可言，她是一个管家媳妇，极其普通的妇人。她和贾琏的关系是主子和奴才的关系，她比平儿更无尊严。作为奴才和已婚之妇，她和主子偷情，还让所有人知道了，她也就臭名昭著了。别人不会觉得贾琏如何，只会对这个女人充满了鄙夷和唾弃，所以她别无选择，只能一死了之。

解味红楼　李美瑛

忍气吞声的平儿

在贾府丫鬟中，无父无母无兄弟姐妹的平儿最是难得。想那贾琏之俗、凤姐之威，平儿整日周旋在这两个人之间，还能做到周全妥帖，该是何等伶俐聪明！尽管如此，平儿处在这样的环境下，委屈自然少不了。第四十四回就写了这样一件事，平儿平白无故惨遭凤姐、贾琏两口子“荼毒”。

起因是凤姐生日这天，她因为多吃了几杯祝贺酒，自觉酒沉，就瞅人不备往家走，想回去歇歇。平儿有眼色，看到主子离席，也跟了过来。真是应了那句老话，“要想人不知，除非己莫为”，贾琏以为大家为凤姐过生日，她一定不会提前退席，就色胆包天把素日相好的鲍二家的叫来鬼混。这事与平儿无关，是贾琏、凤姐、鲍二家的三人间的纠葛。可因为凤姐在窗外听到鲍二家的说凤姐死了就把平儿扶正，以及贾琏所言平儿也是一肚子委屈，凤姐便醋意大发，认为平儿背地里发牢骚说她坏话，问也不问，转身对着平儿就是狠狠的两巴掌打过去。这还不算，妒火中烧的凤姐随后一脚将门踢开，一边骂鲍二家的，一边拉上平儿一起骂，说她们是“淫妇王八一条藤儿”，边说边又对平儿大打出手。

平儿无故被打骂，气不过，于是指责鲍二家的胡说一气，并撕打起来。一旁的贾琏见此情景，正对凤姐撒泼满腹怨气无处可出，顺势拿平儿开刀，所有的怒火都发向平儿，对她又踢又骂。平儿害怕贾琏，不敢再和鲍二家的打，住了手，站在那里干哭。凤姐一看平儿心怯，不敢打鲍二家的，更加生气，冲过来又把平儿打了一顿，而且逼着平儿再去打鲍二家的。可怜的平儿，夹在两个怒气冲冲的主子中间，一边是贾琏不让打，一边是凤姐命令打，左也不是右也不是，左右的结果都一样，都是被打被骂。平儿一看谁也得罪不起，被逼无奈，只好找刀子寻死。如果不是尤氏等一群人恰巧过来，平儿是死是活还真不好说。

同样是受了委屈，凤姐可以跑到贾母、王夫人、邢夫人面前又哭又闹，不依不饶；平儿不能，只能忍着，谁让自己是个卑贱的丫鬟呢。相对于鲍二家的含羞自尽后凤姐的冷漠至极，平儿的待遇还算好的，毕竟第二天凤姐两口子向她赔了不是。在人屋檐下，平儿还能怎样？给台阶就得下，至于身心所受的伤害，只有天知道，地知道，她自己知道。

第四十五回 金兰契互剖金兰语 风雨夕闷制风雨词

扫码读原著

黛玉的心事

第四十五回中的黛玉尤为特别，以往她给人留下的印象常是多心刻薄，但是在这一回中，黛玉的形象则是善解人意，温柔贤淑。

黛玉因为劳神犯了咳嗽病，就在潇湘馆中一直歇着。贴心的宝钗来探病，与她解闷。平素黛玉对宝钗总是言语讽刺，这次竟和宝钗讲起了知心话。其实黛玉和宝玉一样，最厌恶听人讲大道理，而宝钗最擅长这一套。宝钗只要和宝玉说仕途读书，宝玉就很不耐烦。黛玉虽不像宝玉表现得那么明显，但她从不说这些话。以黛玉这种孤傲的性格，让她对宝钗说感激有点天方夜谭。可这一回，黛玉却感谢宝钗那天提醒她莫看杂书，说得恳切真挚，接着她又向宝钗诉说自己寄人篱下的苦楚。这是黛玉第一次和宝钗说心里话。黛玉和自己强有力的竞争对手成了好朋友，着实有些让人费解。一向比较喜欢安静的黛玉在宝钗要走时，还让宝钗晚上再来和她说话——这似乎不是黛玉的风格。

后来宝玉冒雨来看黛玉，黛玉不像往常那样对宝玉奚落，或使小性子，而是对宝玉嘘寒问暖，一会儿怕他湿了鞋，一会儿话语中又坦露自己的心迹。宝玉要走的时候，黛玉又把自己的玻璃绣球灯给他，这是一种能防雨的照明灯笼。黛玉和宝玉一起时，拌嘴往往是常态，如此体贴温柔屈指可数。

黛玉是个心事很重的人，她始终觉得自己在贾府中是个外人，孤独无助，在这个大家族中常常感受不到温暖。她的那种冷淡其实是一种自我保护，她不敢轻易向别人表现真正的自己。宝钗和宝玉拿真心对待她，当他们一次次触碰

到她心底最柔软的地方时，她也会感动，也会敞开心扉，卸下面具回归本我，把真实的自己毫不掩饰地显露出来，并且投桃报李，把信任和关怀送给对方。

闲制秋窗风雨夕

秋天一到，黛玉的老顽疾咳嗽就又犯了，因此她很少离开潇湘馆去找姊妹们玩。这一日宝钗来看黛玉，二人说了很多体己话。宝钗看黛玉身体虚弱，说送她燕窝熬粥滋补。临走时，宝钗答应晚上再来陪她。

遗憾的是，天公不作美，傍晚时分，下起雨来。秋日黄昏，暮雨霖霖，又兼西风冷冷，使多愁善感的林黛玉顿生伤感。自古逢秋悲寂寥，触景生情，黛玉此时百感交集。恰巧手中的书页又翻到《秋闺怨》《别离怨》等与眼前情境极其吻合的辞章，一时间，她文思泉涌，提笔而就，写下了那首《秋窗风雨夕》。

全诗紧扣题目，突出“秋”“风雨”“夕”的特点，用语雅丽清新，含蓄蕴藉，营造了凄清孤寂的氛围，抒发了愁思百转难以消解的情绪。一个临窗独立、泪洒秋风的闺中女子形象跃然而出，楚楚动人。

因为下雨，虽先前有约，黛玉“知宝钗不能来”。果然宝钗爽约，但人未至，东西未忘，她派一个婆子给黛玉送来一大包上等燕窝，还有一包雪花洋糖。和黛玉有约的宝钗没来，无约的宝玉却冒着秋风秋雨来了。曹雪芹这样写绝不是简单的巧合，更不是信“笔”由缰，这是他苦心经营的产物。秋风秋雨秋夜，这样的时刻，只有宝玉最放心不下病中的黛玉，只有他最知黛玉孤独的心，最知敏感的她会因窗外的风雨触景生情。宝玉的到来，给黛玉带来了笑声，带来了温暖。这样的宝玉，怎会不深深驻扎在黛玉的心里呢?

文中有一个细节，宝玉看到案上的诗，拿过来看，不禁叫好，“黛玉听了，忙起来夺在手内，向灯上烧了”。这就是林黛玉，也许只有她才能做出这样的举动。如果黛玉主动把自己刚写的《秋窗风雨夕》让宝玉看，那就不是黛玉了。我手写我心，黛玉写诗是写自己的心情，与别人无关，她不会在宝玉面前卖弄才华，更不会以此取悦宝玉。

秋窗风雨夕，宝钗派人给黛玉送来可以养身的燕窝珍品，宝玉则亲自给黛玉送来可以养心的深情厚谊。

第四十六回　尴尬人难免尴尬事　鸳鸯女誓绝鸳鸯偶

烈女之鸳鸯

第四十六回是烈女鸳鸯的重头戏。《红楼梦》中有几个性格极其刚烈的女子，如金钏、晴雯、司棋、鸳鸯、尤三姐等。她们不甘心被各种势力压迫，以大胆的方式对抗社会的不公。本回写的就是继金钏之后的第二个烈女鸳鸯。

一向花心的贾赦这次看上了贾母身边的鸳鸯。鸳鸯是一个很重要的丫鬟，可以说她是丫鬟中的佼佼者，出类拔萃，所以深得贾母喜爱，并成为她的左膀右臂和心腹之人。鸳鸯懂事识大体，做事严谨有数，对人落落大方，是贾母身边最靠得住的丫鬟。鸳鸯把贾母的大小事情都做得井井有条，俨然一个凤姐的架势，但她比凤姐要宽厚谦和得多，所以她更为人所尊重。

鸳鸯是个有原则有骨气的女子，不贪慕富贵权势，面对贾赦的淫威，她不卑不亢，绝不屈服，并当众发誓，宁愿削发当尼姑，也不做妾，玷污了自己的清白女儿身。鸳鸯这种刚烈的性格堪比投井自杀的金钏，说到底，这都是社会的不公所造成的。那个时代，女人作为不受尊重的弱势群体，常受到欺凌侮辱，而鸳鸯采取这种极端的方式，是她以一己之微弱力量进行抗争的无奈选择。

鸳鸯的反抗光彩照人，令人赞赏！作为一个女人，她用尽全力去捍卫自己的尊严，值得尊敬！鸳鸯之所以成为烈女，是在那样的社会中那样的处境下被逼无奈的结果。作者塑造这些看似不起眼的小人物的时候，也别有用意，即使一个丫鬟，也大有文章可循，甚至让读者能从中窥探一个不同的世界。

十恶不赦的贾赦

贾赦第一次（第三回）说话，就让人反感。那是林黛玉辞父进京走进贾府的第一天，黛玉和贾母、王夫人等见过面后，贾母让她去拜见两个舅舅——大舅舅贾赦、二舅舅贾政。贾政斋戒去了，没见到正常；贾赦在家，黛玉由邢夫人引领来到他的住处，但贾赦没露面，只派人过来说了一通冠冕堂皇、虚头巴脑的话：

“……连日身上不好，见了姑娘彼此倒伤心，暂且不忍相见。劝姑娘不要伤心想家，跟着老太太和舅母，即同家里一样。姊妹们虽拙，大家一处伴着，亦可以解些烦闷。或有委屈之处，只管说得，不要外道才是。”

什么叫“见了彼此伤心”？什么叫“不忍相见”？外甥女丧母后远道而来，投奔其门下，初次见面，他竟不打照面，见都不见，太让人寒心了！

“贾赦至于那么忙吗，见个面的时间都没有？”这样的疑惑，曾在脑中一闪而过，觉得贾赦过于冷漠无情。读到第四十六回，才对贾赦在第三回中的表现似有所悟。

第四十六回几乎都围绕贾赦讨鸳鸯做妾展开。那时大户人家的大老爷三妻四妾不稀奇，想讨自家的丫鬟当妾也正常，但贾赦这一行径却招来贾府许多人的抱怨，可见其素日行为早已让大家看不顺眼。当邢夫人跟王熙凤提起这事时，凤姐的反应很强烈，她先是转述贾母平常说的话：“老太太常说，老爷如今上了年纪，作什么左一个小老婆右一个小老婆放在屋里，没的耽误了人家。放着身子不保养，官儿也不好生作去，成日家和小老婆喝酒。”接着表明自己的立场：“老爷如今上了年纪，行事不妥，太太该劝才是。比不得年轻，作这些事无碍。如今兄弟、侄儿、儿子、孙子一大群，还这么闹起来，怎样见人呢？”凤姐旗帜鲜明地表达了贾母和自己的态度：老爷要自重，娶鸳鸯做小老婆行不通。果如凤姐所言，当贾母知道这件事后，气得浑身乱抖，不分青红皂白，把眼前一干人大骂一顿。

这一回最无耻最恶心的人是贾赦。首先他厚颜无耻，逼着邢夫人为自己向老太太讨鸳鸯。得知鸳鸯不愿意，他即刻找来儿子贾琏，也不嫌丢人，竟让儿子把鸳鸯的父母从南京叫回来。当贾琏回说鸳鸯的父亲病危、母亲是个聋子后，气急败坏的贾赦又叫来鸳鸯的哥哥金文翔，让他去做他妹妹的工作，还威胁恐吓金文翔："我这话告诉你，叫你女人向他说去，就说我的话：'自古嫦娥爱少年'，他必定嫌我老了，大约他恋着少爷们，多半是看上了宝玉，只怕也有贾琏。果有此心，叫他早早歇了心，我要他不来，此后谁还敢收？此是一件。第二件，想着老太太疼他，将来自然往外聘作正头夫妻去。叫他细想，凭他嫁到谁家去，也难出我的手心。除非他死了，或是终身不嫁男人，我就伏了他！若不然时，叫他趁早回心转意，有多少好处。"这样的话叫人七窍生烟，贾赦就是一个十足的无赖流氓色鬼恶夫！自己儿孙满堂，胡子一大把，还癞蛤蟆想吃天鹅肉，吃不到，就恶语相加，凶相毕露，着实可恶至极！

最可气最无情的还有鸳鸯的哥哥嫂子。由于畏惧、贪慕贾家权势，他们竟帮着贾赦夫妇劝鸳鸯，完全不顾妹妹羊入狼口，跌入苦海。最悲哀最可笑的是邢夫人。贾赦找小老婆，最痛苦的该是邢夫人，她却成为这件事最积极的撮合人，又是找凤姐，又是找鸳鸯，又是找鸳鸯的嫂子，又是找老太太……让人感到可笑的同时，又替她悲哀，为了保全自己，对贾赦，她除了顺从还是顺从，而这种顺从，只能是助纣为虐。最可敬最可赞的是鸳鸯，有多少丫鬟希望通过做主子的妾成为主子，享受荣华富贵，但她不。无论面对邢夫人、老太太，还是平儿、袭人这些姐妹，她的态度始终坚决：不答应。逼急了，她就当众发誓："若说我不是真心，暂且拿话来支吾，日后再图别的，天地鬼神，日头月亮照着嗓子，从嗓子里头长疔烂了出来，烂化成酱在这里！"她从袖子里掏出一把剪子，边说边打开头发要铰，表现出强烈的反抗精神。

面对贾赦的兽行，忽然明白当初他为什么不见黛玉了。回看第三回，其实作者通过黛玉之眼对贾赦的好色隐约有交代。书中写道，黛玉来到贾赦的院落，"进入正室，早有许多盛妆丽服之姬妾丫鬟迎着"，这时的贾赦已是花团锦簇，妻妾成群。"成日家和小老婆喝酒"的他只顾花天酒地，纸醉金迷，哪有时间接见一个外甥女呢？

六亲不认，见色忘本，十恶不赦的贾赦，对他，只有嗤之以鼻！

第四十七回　呆霸王调情遭苦打　冷郎君惧祸走他乡

轻叩红楼　崔思遥

湘莲之骨气

柳湘莲是一个风流清秀的小生，看似是个放浪之人，实则是个相当有骨气的男子汉。第四十七回中，柳湘莲就给呆霸王薛蟠一个狠狠的教训。

柳湘莲因为喜欢唱串戏，一向好色的薛蟠就认为柳湘莲是优伶，所以对他动了邪念。薛蟠不了解柳湘莲，他虽身为戏子，内心却要强而且极富自尊。柳湘莲厌恶别人把自己当作优伶，而像薛蟠这样本性不羁、品行不端的人更是令他憎恨。所以在赖大家的酒席上，柳湘莲就想办法把薛蟠单独引至郊外，将他打得鼻青脸肿。血的教训终于让薛蟠明白，柳湘莲虽然是唱戏的，却是个正经之人。

柳湘莲的勇气不得不让人佩服，对于薛蟠这种霸道且蛮不讲理的纨绔子弟，他能有如此胆量，不畏其权势，是个颇有傲骨和侠气的人。柳湘莲这种桀骜不驯的性格和他了解“人情冷暖，世态炎凉”有极大关系，他的童年经历让他过早地看到了社会的阴暗面，那些酒肉之徒、权贵之人，例如薛蟠，是他最鄙夷的一类人。其次，柳湘莲也是个世家子弟，虽未读过书，但也不是轻薄之人，相反他这个人还比较清高。面对薛蟠对自己的玷污，自尊自爱的柳湘莲势必不能忍受，他骨子里的高傲让他勇于反抗，果敢行动。再者，柳湘莲并不随意结交朋友，他重情义，他和宝玉、秦钟都有非常深厚的友谊，尤其和贾宝玉。薛蟠依仗家族的势力横行霸道，胡作非为，为他所不齿。权势对于柳湘莲来说并不入得其眼，他的这种骨气在当时是少有的。

如金钏、鸳鸯那些烈女一样，柳湘莲也是那个污浊世界中的一朵白莲。他们洁身自好，敢于挑战世俗的权威，令人可赞可叹！

罪有应得呆霸王

提起薛蟠，就让人鄙夷。一母所生，妹妹宝钗那么可人，而哥哥却如此不肖。薛蟠是个典型的流氓公子哥，为了争夺香菱打死冯渊，人命关天，他却一走了之。在他眼里，没有是非王法，他就是真理王道。

小说中像薛蟠这样好色的男人有很多，但像他色得如此低俗的却不多。第二十八回，贾宝玉、冯紫英、蒋玉菡、薛蟠等在一起喝酒，席间行酒令助兴。薛蟠出语庸俗，那不是有没有文化的问题，而是品味修养的问题。

文如其人。同一个酒令，宝玉念出“女儿悲，青春已大守空闺。女儿愁，悔教夫婿觅封侯。女儿喜，对镜晨妆颜色美。女儿乐，秋千架上春衫薄”这样的诗句，唱出“滴不尽相思血泪抛红豆，开不完春柳春花满画楼……”这样高雅脱俗的红豆心曲。而薛蟠作的诗粗鄙至极——“女儿悲，嫁了个男人是乌龟。女儿愁，绣房蹿出个大马猴……”唱的歌更是连三岁的孩子都不如，什么“一个蚊子哼哼哼，两个苍蝇嗡嗡嗡……”众人的耳朵实在不堪他这般骚扰，齐齐打断了他，不愿再听。

就是这么个下作粗鄙讨人厌的家伙，贪恋女色尤嫌不足，还打起柳湘莲的主意。但这次他选错了对象，年纪轻轻、外貌俊美的柳湘莲不是软骨头，跟他更不是一路人。第四十七回，柳湘莲在赖大家的聚会上听到薛蟠乱嚷乱叫找他的时候，他“火星乱迸，恨不得一拳打死”薛蟠，刚烈性格昭然而示。薛蟠却色迷心窍，不知好歹，丑态百出，见了柳湘莲，如获珍宝般迎上去，手脚还不老实，言语也过分热情，暧昧腻烦。薛蟠一脸色相，满肚子坏水，被这样的人想一想、看一看都是亵渎。血气方刚的七尺男儿柳湘莲忍无可忍，决定惩罚薛蟠。他故意骗他，说过会儿趁人不备去外面单独聊。薛蟠听罢心花怒放，盼时机快到，酒席之上，“那薛蟠难熬，只拿眼看湘莲，心内越想越乐，左一壶右一壶，并不用人让，自己便吃了又吃，

不觉酒已八九分了”。看这副丑态，不教训他一下天理难容，柳湘莲暴打他真是大快人心！

贾宝玉说男人是泥做的，薛蟠却连泥都不配——他是粪做的，里里外外，臭气熏天！

第四十八回　滥情人情误思游艺　慕雅女雅集苦吟诗

扫码读原著

香菱的不凡

在第四十八回中，香菱跟着宝钗搬进了蘅芜苑。香菱的地位和身份有些特殊，她和其他丫鬟不太相同，论品行、才华、悟性，她都不比小姐们低一等，甚至可以平起平坐。

香菱的不凡首先在于她的身世。香菱本名甄英莲，是甄家的掌上明珠。想当初，甄家也是有口碑的贵族，香菱是甄家唯一的小姐。五岁那年的元宵节晚上，家仆带她出去玩，因为去小解，就把她放在一个门槛上，回来却发现英莲丢了。这英莲也就是后来被薛蟠买回的香菱。香菱虽然成为丫鬟，但她有着与生俱来的贵族气质和素养，她的举止谈吐使她在众丫鬟中仍旧不凡，耀眼脱俗。

香菱学诗更是体现了她的不凡。写诗在古代是文人雅士做的事情，大观园中只有宝玉和众姊妹们能开诗社，一齐作诗。这些人都有厚重的文化底蕴，有墨水有才气，是一群有高雅情趣的人。丫鬟中，只有香菱对作诗有浓厚的兴趣，她与那些整日只知重复本职工作的丫鬟们相比很不凡。

香菱学诗的勤奋和毅力也很不凡，这一点有目共睹。在宝钗拒绝给她当老师后，香菱来到潇湘馆找黛玉，她说："我这一进来了，也得了空儿，好歹教给我作诗，就是我的造化了！"黛玉欣然接受，她把自己手边名家的诗拿给她去读。很快香菱就读完黛玉推荐的诗词，还主动和黛玉交流自己的心得："据我看来，诗的好处，有口里说不出来的意思，想去却是逼真的。有似乎无理的，想去竟是有理有情的。"香菱读诗不仅认真，还颇有自己的见解，从她

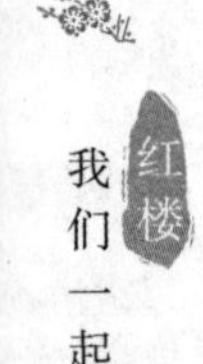

对诗的单字斟酌上，就可以看出她读诗的细致。

后来，宝玉、黛玉、探春让香菱作诗，香菱“喜的拿回诗来，又苦思一回作两句诗，又舍不得杜诗，又读两首。如此茶饭无心，坐卧不定”。写成后给黛玉看，黛玉说一般，她就“默默的回来，越性连房也不入，只在池边树下，或坐在山石上出神，或蹲在地下抠土”，“只见他皱一回眉，又自己含笑一回”，走火入魔一样。之后写出的诗宝钗又不欣赏，香菱不气馁，满心中还是想诗，“至晚间对灯出了一回神，至三更以后上床卧下，两眼鳏鳏，直到五更方才朦胧睡去了”。天要亮时，宝钗听到香菱梦中说：“可是有了，难道这一首还不好？”香菱“苦志学诗，精血诚聚，日间做不出，忽于梦中得了八句”。

香菱学诗可谓废寝忘食，她时刻想着读诗写诗，对诗极其痴迷。一个做丫鬟的女孩，却有着如此高雅的情趣，有着别的丫鬟不具备的诗歌鉴赏力。香菱虽为下人，但心智不凡，虽说不上胸有大志，但她有自己的思想，实属难得，也令人对她刮目相看。

功夫不负有心人

封建社会不提倡女子读书，别说丫鬟，就是小姐能识文断字的也少。香菱能学会写诗的确不简单，让人佩服。分析她成功的原因，有以下几方面。

首先，香菱有强烈的学习愿望。薛蟠一走，香菱有机会和宝钗做伴，她第一时间就求宝钗教她作诗。宝钗笑她“得陇望蜀”，没把她的话放在心上。香菱看宝钗不愿意，进大观园后当晚就去潇湘馆找黛玉，求黛玉教她：“好歹教给我作诗，就是我的造化了！”香菱这种积极性和主动性，是学会写诗的前提，是动力所在。

其次，香菱学习投入而刻苦。在黛玉答应香菱后，她回到蘅芜苑，连夜按照黛玉的要求读《王摩诘全集》，“诸事不顾，只向灯下一首一首的读起来。宝钗连催他数次睡觉，他也不睡”，到了废寝忘食的地步。宝钗见她这么用功，也无奈，只好随她去。读完王维的诗，她接着读杜甫的，整日“茶饭不思，坐卧不定”，满心除了诗歌，似乎再没有其他。宝钗笑她“越发成个呆子了”。进入写诗阶段后，香菱越发痴迷，“越性连房也不入，只在池边树下，或坐在山石上出神，或蹲在地下抠土……”宝钗说：“这个人定要疯了！”

香菱写诗不仅写疯了，而且到了走火入魔的程度。为了改诗，她“挖心搜胆，耳不旁听，目不别视”，一心一意，专心致志。探春看她如此辛苦，提醒她闲闲。香菱听了，答曰“‘闲’字是十五删的，你错了韵了”。风马牛不相及，可见她的心思全集中在作诗上，诗牵动着她每一根神经。宝钗笑称她：“可真是诗魔了。”

日有所思，夜有所梦。应该是太用心的缘故，香菱竟夜不成寐，有一天直到五更才睡去。睡梦中她居然笑出声，还说梦话：“可是有了，难道这一首还不好？”宝钗连忙叫醒她，说她“诚心都通了仙了”。香菱说在梦里得了八句诗。这首诗，果然得到好评。香菱学诗成功，并成为海棠诗社的一员。

从“呆子”到“疯子”，再到“诗魔”和“诗仙”，作者通过宝钗对香菱学诗不同阶段的评价，从侧面表现出香菱苦学的情状和进步的飞快。

再有，香菱天资聪颖，有悟性。她看完第一本王维的诗后，黛玉让她谈谈感受，她就说得头头是道，且举了王维《塞上》《送邢桂州》和《辋川闲居赠裴秀才迪》三首诗加以分析，连黛玉也夸她说得有意思，宝玉、探春也对她给予褒奖，这可是香菱第一次谈诗呢。

最后还有一点，香菱幸运地遇到了一个好老师。黛玉善于鼓励，香菱初学写诗有恐惧心理，黛玉告诉她写诗不难，人人都可；黛玉学识渊博，指导有方。如果没有明确的学习方法和具体内容，让一个初学者大海捞针去，那会走很多弯路，枉费很多工夫。有了黛玉的引领，香菱便走上了终南捷径。

“天下无难事，只怕有心人。”香菱以实际行动践行了这句话。

第四十九回　琉璃世界白雪红梅　脂粉香娃割腥啖膻

扫码读原著

轻叩红楼　崔思遥

群芳之荟萃

第四十九回，大观园又来了几个妙龄少女：邢夫人兄嫂的女儿岫烟，李纨寡婶的两个女儿李纹和李绮，薛宝钗之胞妹薛宝琴。这些女孩个个钟灵毓秀，难怪晴雯说出“老天，老天，你有多少精华灵秀，生出这些人上之人来！可知我井底之蛙，成日家自说现在的这几个人是有一无二的，谁知不必远寻，就是本地风光，一个赛似一个，如今我又长了一层学问了。除了这几个，难道还有几个不成”这样发自肺腑的赞美之辞。

大观园的女孩子个顶个的是精英，而这刚来的几个女孩子毫不逊色于她们。岫烟、李纹、李绮虽然不及园中这些姑娘们的才华，但也都读过一些书，多少也有些墨水和文化底蕴。薛宝琴则和她的姐姐薛宝钗一样有才，甚至比宝钗更有才华，相貌和品行也都更优于宝钗，难怪有人说宝琴竟比她的姐姐更是个人物。群芳荟萃大观园，如此一来，大观园更加热闹非凡。对于探春等一干人的诗社而言，更是锦上添花，几位才女的加盟让这个诗社愈发生机蓬勃。

值得注意的是，书中对贾母喜爱宝琴的描写很多，这并非多此一举。宝琴是个比较特殊的人物，她的素质可以与宝钗媲美，也完全符合封建礼教标准下的淑女定义。贾母把自己最漂亮最珍贵的衣裳给宝琴穿，足以看出她对宝琴的喜爱程度远远超过了对黛玉的疼爱。宝琴和宝钗很像，贾母无意中流露出了自己的偏好，她喜欢像宝琴这样的女孩子来给宝玉当妻子，但是宝琴已许了人家，所以最好的人选自然就成了薛宝钗。

群芳荟萃大观园，表面看来花团锦簇，风平浪静，实则群芳争艳，暗流涌动。

解味红楼　李美瑛

钗黛闲谈读书观

宝钗不仅是美女，还是才女，在大观园中，除了黛玉，她的才情无人能及。不过文采斐然的宝钗对读书似乎没有黛玉热心，她常挂在嘴边的是“女子无才便是德”。小说中常有黛玉一个人在潇湘馆读书写诗的描写，但却少有宝钗在蘅芜苑做这些事的景象。文中写到她，大都是做针线，或是和母亲、丫鬟等说话谈笑，写诗只是在诗社笔会的时候。宝钗入诗社，似乎也是不得已而为之，因为如果不加入，她这个“外来户”会和众姐妹渐渐疏远，所以只能“随波逐流”，和大家一起风雅风雅。

像宝钗这样才情满腹的人心里一定喜欢读书，只是她审时度势，当然更有家庭教育的缘故，顺应社会并与之“同流合污”，努力做个“好女孩”。贾母对女孩读书不感兴趣，黛玉初来时，贾母问她念何书，黛玉说《四书》，又问姊妹们读何书，贾母说：“读的是什么书，不过是认得两个字，不是睁眼的瞎子罢了！”所以才有后来当宝玉问黛玉可曾读书时，黛玉答曰“不曾读，只上了一年学，些须认得几个字”。黛玉尚如此，善察言观色的宝钗定会投长辈所好，不会标榜自己是个爱学习的女孩。

因而当香菱向宝钗提出学诗时，宝钗说她“得陇望蜀”，未答应。所谓的“得陇望蜀”，宝钗之意是薛蟠去南方做生意让香菱和她住在一起，这就是“陇”，香菱还要学诗，这是“蜀”。香菱学诗格外投入，废寝忘食。宝钗对此颇有微词，她说：“何苦自寻烦恼。都是颦儿引的你，我和他算账去。你本来呆头呆脑的，再添上这个，越发弄成个呆子了。”学诗怎么是自寻烦恼，香菱明明乐在其中，都乐不思蜀了。“读史使人明智，读诗使人灵秀”，宝钗却说学诗会让原本呆头呆脑的香菱更呆，这简直是危言耸听。宝钗“气势汹汹”想找黛玉算账，仿佛黛玉是始作俑者，把香菱拉进万丈深渊的。

宝钗这样的态度使香菱“不敢十分罗唣”。第四十九回，史湘云来了，住在蘅芜苑。满心满意只想作诗的香菱，这回终于找到知音，她开始向湘云请

教，“没昼没夜高谈阔论起来”。宝钗对此大发感慨：“我实在聒噪的受不得了。一个女孩儿家，只管拿着诗作正经事讲起来，叫有学问的人听了，反笑话说不守本分的。”“聒噪”“不守本分”，两个词用语甚重。诗词妙音在宝钗心里是噪音，而且她都快承受不住了；又说一个女孩子“不守本分”，这可是人品问题，不能不让人感觉到宝钗对女子读书深恶痛绝，否则怎会如此出言不逊，恶语相向？黛玉就不这样，对香菱极尽耐心，极尽鼓励。

同样是读书，宝钗认为男人就该天经地义地做，她对自己没有文化的哥哥薛蟠很少有好脸子，对宝玉也经常或苦口婆心地教训，或冷嘲热讽地挖苦。宝玉赞香菱的学诗精神，宝钗就回了他一句：“你能够像他这苦心就好了，学什么有个不成的。”宝玉为什么厚黛薄钗，不是没有原因，黛玉就没说过“这种混账话”，否则宝玉也早和她生分了。

萝卜白菜，各有所爱，无须为钗黛孰是孰非下定论。种瓜得瓜，种豆得豆，走什么样的人生路，最终都是自己的选择。

第五十回　芦雪庵争联即景诗　暖香坞雅制春灯谜

谁解红梅意

第五十回是颇具隐喻的一回，这回和前一回有着极其密切的联系。这两回总体来说讲的是一回事，就是大观园中这些女孩子在一起赏景作诗。但细读这两回，不难发现，它们有两条主线，一明一暗，这条暗线很有意思。

暗线在第四十九回的题目中已有明示：琉璃世界白雪红梅。这个红梅是个隐喻，表面看是指冬天树上的红梅，其实暗指妙玉。作者在这两回中几乎并未提及妙玉，但妙玉却成为这两回中一个重要的人物。第四十九回扣住红梅这个题目与线索的只有一小段描写，是关于宝玉的："出了院门，四顾一望，并无二色，远远的是青松翠竹，自己却如装在玻璃盒内一般。于是走至山坡之下，顺着山脚刚转过去，已闻得一股寒香拂鼻。回头一看，恰是妙玉门前栊翠庵中有十数株红梅如胭脂一般，映着雪色，分外显得精神，好不有趣！宝玉便立住，细细的赏玩一回方走。"这段描写容易被忽略，它给人的感觉就是宝玉独赏红梅而已。但是再看第五十回的描写，就能看出一些端倪。李纨派宝玉到妙玉那里要梅花，宝玉乐意得很，一时回来，拿了一枝梅，后来宝玉空隙间又去了妙玉的栊翠庵，这次是为姊妹们都讨来了梅花。再看宝玉作的红梅诗——《访妙玉乞红梅》：

> 酒未开樽句未裁，寻春问腊到蓬莱。不求大士瓶中露，为乞嫦娥槛外梅。入世冷挑红雪去，离尘香割紫云来。槎枒谁惜诗肩瘦，衣上犹沾佛院苔。

这首诗大有文章。槎枒是梅花的意思，指妙玉，诗肩是诗人自己，也就是指宝玉。大士指的是观音，与其对仗的是嫦娥。大士以及嫦娥都是美和神圣的象征，这也正是宝玉对妙玉爱慕之情的流露。从诗中宝玉的描写可以看出，宝玉和妙玉有很亲密的互动，红梅隐喻就是宝玉和妙玉之间的爱恋情愫。折花也是爱情的象征，宝玉在妙玉的住处折红梅这一举动就是宝玉对妙玉的告白。而妙玉也是一直爱恋宝玉的，但她作为一个出家人，有这样的欲望是万不可以的。宝玉和妙玉之间的爱情很微妙，是一种不同于世俗男女的爱情，它凌驾于纷乱尘世上，在精神上达成了高度一致的契合。

谁解红梅意，唯有赏梅人。曹雪芹的笔力令人折服，两回虽然都没明写，但字里行间却巧妙地流露着这种奇妙的情愫。

解味红楼 李美瑛

超级男闺蜜宝玉

封建社会强调“男女授受不亲”，但贾宝玉是个特例。由于贾母的偏爱，他从小就生活在女孩儿堆里。第三回林黛玉进贾府后，贾母在安排黛玉住宿时有这样的描写，贾母说：“今将宝玉挪出来，同我在套间暖阁儿里，把你林姑娘暂安置碧纱橱里。”宝玉听了不愿意，说：“好祖宗，我就在碧纱橱外的床上很妥当，何必又出来闹的老祖宗不得安静。”宝玉并不是为了老祖宗安静不安静，而是想和黛玉住得近些。男女有别，按理宝玉和黛玉不能住在一个屋檐下，贾母想了想，最后还是答应了宝玉的请求。于是黛玉睡在碧纱橱内，宝玉就睡在碧纱橱外的大床上，贾母在无意中给他们创造了青梅竹马的条件。

后来，为了不让元春的省亲别墅大观园闲置，贾母让姑娘们进去住着，大观园成为女儿国，男人到这里要止步，但贾宝玉再一次享有特权，也被允许住进大观园的怡红院，成为快乐的怡红公子。对贾宝玉整天混在女儿圈里这种行为，很多读者颇有微词，如若换个角度看，大观园这些女孩也都欢迎宝玉的加入，没有他这个绿叶，大观园会减少许多色彩呢。

第五十回，宝琴、李纹、李绮、邢岫烟也加入海棠诗社。一天他们起社作诗，大家争联即景诗，最后李纨逐句评了去，宝玉又是倒数第一。在此之前，几乎每次写诗宝玉都是最后一名。他写诗真的这么差吗？其实未必。女孩儿聚在一起写诗本就是图一乐，李纨作为执行官，要评个一二三，不让唯一的男子汉宝玉倒数第一还能让其他女孩不成？宝玉并不计较，每次宣布结果，都笑着接受，还谦虚地说自己就是水平不行。姐妹们拿他取笑，他也不恼，乐在其中。

这一次宝玉又得了倒数第一，李纨提议罚他，让他去栊翠庵找不好说话的妙玉要红梅，这个建议立即得到大家的积极响应，宝玉欣然应允。他冒着风雪高兴而去，又高高兴兴抱着一大枝红梅而归。为女孩们做事，宝玉这个平素衣来伸手饭来张口、需一大堆丫鬟嬷嬷服侍的公子哥没有丝毫怨言，辛苦着，快乐着。

要来红梅的宝玉没有因此被女孩们放过，大家要求他赋诗一首——《访妙玉乞红梅》。看湘云起的这题目，就是故意捉弄宝玉。为了看宝玉出丑，湘云还拿了一支铜火箸击着手炉，说“若鼓绝不成，又要罚的”。宝玉在这样的催促中，被大家围观看热闹，但他不急不恼，从头到尾一直笑着完成了众人期待的“乞梅诗”，博得笑声连连，把气氛推向最高潮，乃至这欢乐的气氛，把老祖宗都引来了。老人家一进门，大呼“怎么这等高兴”，她不知道，这些欢笑都是宝玉制造出来的。

垫底的，跑腿的，解闷的，逗趣的……贾宝玉非常具有奉献精神，他是大观园里最大的开心果，是姑娘们的超级男闺蜜。

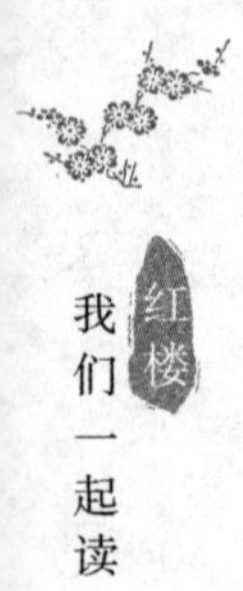

第五十一回　薛小妹新编怀古诗　胡庸医乱用虎狼药

讨巧的丫鬟

第五十一回主要写了两个丫鬟——袭人和晴雯。这二人都是宝玉贴身的大丫鬟，深得宝玉的喜欢。可在长辈面前，她们的待遇却完全不同。

且说袭人的母亲得了重病，袭人因此要回去探视。凤姐见袭人要回去，便叫周瑞家的带上几个婆子和小丫鬟一齐跟着。袭人是个丫鬟，可这个架势就像她是个小姐，而且凤姐还让袭人带上一大包袱衣服以及手炉。这还不够，凤姐还要亲自嘱咐袭人，又给她一件大毛的厚外套、石青刻丝八团天马皮褂子、玉色绸里的哆罗呢的包袱、一件雪褂子，还告诉袭人如果需要什么或是要传什么信儿，只管打发人来回。凤姐对袭人可谓无比体贴。

晴雯的待遇就大不相同了。晴雯因为半夜贪玩，捉弄麝月着了凉，宝玉却不敢去告诉王夫人，因为怕王夫人知道了会把晴雯赶回家。宝玉只是说与大奶奶，而李纨的一席话让人觉得寒心："两剂药吃好了便罢，若不好时，还是出去为是。如今时气不好，恐沾带了别人事小，姑娘们的身子要紧的。"这话在说晴雯是个下贱身，她的命不值钱。晴雯病得很重，但最后只是给她从外面随便请了一个大夫，药方都开错了，幸好宝玉懂些中药知识，才重新请了一个家中常用的大夫。

袭人和晴雯的待遇有如此差别，究其原因，袭人总能在宝玉的身边规劝他，明事理而且温柔体贴，是长辈心中完美的丫鬟。而晴雯属于叛逆的类型，性格有些偏激且急躁，和宝玉在一起，没大没小，胡闹玩要，这一切都不讨王夫人的喜欢。袭人很会讨巧，会说话，总会说些王夫人愿意听的话，所以受到王夫人的器重。晴雯则太过直率，不会在主子面前察言观色，见风使舵，所以常常“风流灵巧招人怨”。

解味红楼 李美瑛

贾宝玉的女儿经

即便把贾宝玉放在今天，他也一定会得到许多女孩子的喜欢，且不说他风流倜傥的外表，与生俱来的豪门身份，单他对女孩子的无微不至，就足以让人感动难忘。

第五十一回，袭人因母亲病重回家，大丫鬟晴雯和麝月被安排晚上伺候宝玉。半夜宝玉想喝水，麝月忙起来，穿着单衣要去倒茶。宝玉急忙提醒她穿上自己起夜披的暖袄，当心着凉。麝月伺候完宝玉，出去方便，淘气的晴雯不顾宝玉劝，穿着小袄跟在麝月后面去吓唬她，结果受凉，第二天就病了。按贾府规矩，为了避免传染，贴身丫鬟病了，会被暂时打发出去，回家养息。宝玉担心晴雯被太太撵回去受罪，嘱咐大家不要声张，并派人悄悄请大夫从后门进来，给晴雯瞧病。

大夫看过后，开了方子。宝玉不放心，拿来方子亲自看。平日他自己的事也不会如此上心，但他认为女孩的事是大事，所以格外在意。多亏他这份仔细，药方果然有问题。书中写宝玉看了方子后生气地说道：“该死，该死，他拿着女孩儿们也像我们一样的治，如何使得！凭他有什么内滞，这枳实、麻黄如何禁得。谁请了来的？快打发他去罢！再请一个熟的来。”

宝玉立即让茗烟把贾府常用的王太医又请来。看了王太医的药方，他高兴了，喜道：“这才是女孩儿们的药，虽然疏散，也不可太过。旧年我病了，却是伤寒内里饮食停滞，他瞧了，还说我禁不起麻黄、石膏、枳实等狼虎药。”宝玉对前后两个大夫一恼一喜的不同态度，表现出他对晴雯的关心。他没有把晴雯（其实他也没有把任何一个丫鬟）当作低一等的下人，而是把她当作自己的姐妹。

在宝玉眼里，女孩是世间最圣洁尊贵的。他对麝月说：“我和你们一比，我就如那野坟圈子里长的几十年的一棵老杨树，你们就如秋天芸儿进我的那才开的白海棠，连我禁不起的药，你们如何禁得起。”宝玉自轻自贱，把自己

比喻成荒郊野外坟地里皮糙肉厚的老杨树，引得一旁的麝月等都笑了。麝月说，即便在坟场里，也还有松柏，杨树是大笨树，叶子只一点点，没风也乱响，比作它多少有些下流。宝玉却一本正经地回答说自己是断不敢自比松柏的，理由是孔子说过“岁寒然后知松柏之后凋也”，可知松柏甚为高雅。宝玉一向认为男人是泥做的，包括自己，粗鄙不堪，所以他不敢与松柏“混比”。

海棠素有“国艳”的美誉，陆游有诗云：“虽艳无俗姿，太皇真富贵。”这是说海棠美艳高雅。苏东坡也为海棠倾倒，有“只恐夜深花睡去，故烧高烛照红妆”的诗句，因此海棠有“解语花”的雅号。贾芸把珍贵稀少的白海棠送给贾宝玉，暗含宝玉是女儿们的知音之意；而宝玉把女儿们比作白海棠，也在指她们是他红尘中的最爱和知己。

“半卷湘帘半掩门，碾冰为土玉为盆。偷来梨蕊三分白，借得梅花一缕魂。”冰清玉洁，超凡脱俗，这是林黛玉眼中的白海棠，也是贾宝玉心中的女儿魂。

第五十二回　俏平儿情掩虾须镯　勇晴雯病补雀金裘

扫码读原著

勇晴雯补裘

第五十二回中晴雯为了宝玉，带病补金雀裘，给人的印象非常深刻。晴雯是个特别有个性的丫鬟，贾府中的丫鬟除她之外，很少有在主子面前不低眉顺眼的，只有她，敢于反抗，逆流而上。

晴雯是宝玉身边为数不多的重要女子，宝玉固然宠爱每个女孩子，但真正和他在精神上能够达成高度一致的却只有三个人：黛玉、妙玉和晴雯。宝黛的爱情不必多言，宝玉和妙玉的精神之恋也是天地共知，唯宝玉和晴雯的感情更奇妙。晴雯有着黛玉一样的性格，有她的小性子，同样具有强烈的叛逆心，这点正是宝玉赞同与欣赏她的地方。晴雯虽然常对别人苛刻，但唯独对宝玉不同。虽然晴雯有时也会和他要性子，但她在别人面前，却一直是宝玉的忠实维护者。晴雯的性格，注定她在这个贵族家族中不受主子的待见。但宝玉独爱晴雯，晴雯是丫鬟中唯一能和宝玉心心相印的。

晴雯是个爱憎分明的人。对于偷东西的坠儿，晴雯毫不留情面，又打又骂，还叫人把她赶走。她对宝玉却不同，宝玉把贾母给他的金雀裘弄破一个洞，晴雯带病夜间挑灯补雀裘，使得自己病情加重。晴雯对自己讨厌的人，向来毫不心软，但对自己所爱之人却可以无限付出。

晴雯待宝玉与他人不同，最大原因就是她和宝玉有相同的精神世界，他们是朋友，是知己。晴雯的判词中有这样一句："心比天高，身为下贱。风流灵巧招人怨。"说明晴雯是个内心世界不同凡响的人，只因是个丫鬟，不得施展。不过幸得宝玉能慧眼识金，得到人生一知己。

嘴巴抹蜜的凤姐

第五十二回，贾母对王夫人、薛姨妈等夸王熙凤，说妯娌姑嫂中没有比凤姐考虑事情更周到的。薛姨妈、李婶、尤氏等听了，齐说就是，并说“实在他是真疼小叔子小姑子。就是老太太跟前，也是真孝顺”。贾母听罢，点头叹息，说凤丫头太伶俐，这样恐怕不是好事。俗话说，枪打出头鸟，木秀于林，风必吹之。凡事都有反正面，聪明有时也不都是好事。贾母这样讲，大家无言以对，默不作声。王熙凤却别开思路，说出下面这样精彩的话来：

“这话老祖宗说差了。世人都说太伶俐聪明，怕活不长。世人都说得，人人都信，独老祖宗不当说，不当信。老祖宗只有伶俐聪明过我十倍的，怎么如今这样福寿双全的？只怕我明儿还胜老祖宗一倍呢！我活一千岁后，等老祖宗归了西，我才死呢。”

王熙凤这段话包括六句。第一句是一枚重磅炮弹，她说贾母说错了。贾母是贾府的最高领导，人人敬畏，她说话谁敢说不对？凤姐一句“说差了”足足吊起大家的胃口。接下来第二句她肯定了聪明寿短的观点，这又让人费解，既然前面说贾母错了，此言又怎解？第三句有答案，凤姐原来是为了突出贾母与众不同，世人都能说能信的，唯独贾母不能。第四句一箭三雕，既夸赞了贾母聪明异常，又夸赞她福寿双全，同时还否定了包括贾母在内的世俗看法：聪明伶俐的人不长寿。

既然伶俐人也可以像贾母一样长寿，那我王熙凤为什么不能呢？所以第五句“只怕我明儿还胜老祖宗一倍呢”自然成立。只是大家听了这句话，都会为王熙凤捏一把汗：怎么能说自己的寿命比贾母长一倍？长幼尊卑都忘了，这是该打嘴的。王熙凤就是王熙凤，就在大家为她“出言不逊”还没回过神儿来时，她瞬间抖开最后一个包袱：我活一千岁后，等老祖宗归了西，我才死呢。王熙凤要是活一千岁，贾母不是活得更长吗？而且王熙凤还信誓旦旦地表孝心：我之所以不能早死，是因为要好好照顾您老人家呀。

王熙凤风趣机智，逗笑了在场的所有人，她出色的口才，让人佩服！

第五十三回 宁国府除夕祭宗祠 荣国府元宵开夜宴

扫码读原著

贵族的走场

第五十三回，荣、宁二府上上下下都忙着年底发放银钱，会见各处客人，以及向宫中进献物品。表面看来，这些只是平平常常的叙事；仔细留心，却能发现一些不寻常的地方。

贾府是贵族，到了年底一定要和各处的达官贵人们相互走动，像光禄寺的官儿们，黑山村的乌庄头，两三个老妯娌各色人等。而且荣、宁二府还有请吃酒的单子，贵族之间的走场开销相当大。贾府奢侈的生活，正是为他们日后的衰败埋下了隐患。

贵族的走场，奢靡而且虚伪，他们之间更多的是关于利益的交易，而非真正的人情往来。光禄寺的官儿们和贾珍问好，贾珍就说："他们那里是想我。这又到了年下了，不是想我的东西，就是想我的戏酒了。"乌庄头更是如此，在贾珍面前诉说自己今年年成如何不好，甚至还对贾珍说："那府里如今虽添了事，有去有来，娘娘和万岁爷岂不赏的！"贵族的走场就是满足各自的利益，是对金钱的挥霍。

贵族的走场还表现在铺张的排场。本回对于名贵器具、稀罕食物以及府中各处装饰的描写格外多，而且不同地位的人所受到的待遇均有细微差别。贾府所存珍奇新鲜物品之多着实令人咋舌，其豪奢程度也让人瞠目结舌。

贾府现在的繁盛是他们走向衰败的预兆。千般竞豪奢，却没有真正为府中办实事和着想之人，大家都只顾自己一时的享乐，这也使得他们的富贵如雾如烟，显得有些虚幻缥缈。

一件慧纹耐琢磨

第五十三回描写了荣、宁二府过年的盛况，从年前的准备，到除夕的祭祖，再到合族大大小小的新年宴请，让读者充分见识了贾家的奢华富盛。文中贾珍虽提及如今已大不如先前，但他们这过年的情形只会让读者联想到贾家在鼎盛时该是何等富裕。都说瘦死的骆驼比马大，贾家再走下坡路，毕竟还是家大业大，根基深厚，非一般达官贵人可比。本回有一个细节，可以说明这一点。

正月十五晚上，贾母在自家大花厅摆了十来桌酒席，宴请荣、宁二府的子侄孙男孙媳等。这是普通的家宴，作者对美酒佳肴着墨不多，但对宴会上琳琅满目的饰品描写甚详，其中一套十六扇的璎珞非常耀眼。书中说这套刺绣是贾母的最爱，视若珍宝，平时只放在自己房中，高兴时摆酒赏玩，若是请外来的客人，绝对不用，那些人连眼福都没有。这套璎珞有名字，叫慧纹，但这不是它最初的名字，它原叫慧绣，因为这是一个叫慧娘的姑娘绣的。慧娘乃姑苏人氏，出生于书香宦门，是个大小姐。由于慧娘精于书画，所以她的刺绣不同于一般的绣娘，花鸟虫鱼，诗词歌赋，皆典雅灵动。慧娘本不是以此获利谋生，只是出于个人爱好，因此天下人虽知，得之者却甚少。更为遗憾的是，慧娘十八岁死了，留下的作品屈指可数。物以稀为贵，慧娘死后，一些人为了私利，开始模仿其作品。有一干翰林人士感慨慧绣之佳，又叹“绣”字不能尽其妙，于是换成“纹”字。在时人看来，一件慧纹真迹“价则无限”，难以估量。

然而，这样价值连城的刺绣珍品，贾府曾经拥有三件。天下都是皇帝的，能入皇帝眼的东西不多，而贾府把其中两件慧纹作为礼物献给了皇帝，可见慧纹之珍稀。作者通过这一侧面描写，传递给读者的是——贾家一度富可敌国。

第五十四回 史太君破陈腐旧套 王熙凤效戏彩斑衣

扫码读原著

轻叩红楼 崔思遥

精明皆糊涂

第五十四回写荣、宁二府过元宵节。这一回是很值得注意的一回，根据周汝昌先生的考证说，《红楼梦》的原稿只有一百零八回，脂砚斋的批注也透露这一章是本书的分水岭。所以，这一回的作用自然不能小觑。

《红楼梦》中的人物看起来大多很精明，却也很糊涂。他们往往把精明用在一些琐事上，遇到关于贾府的大事，真正出力的人却屈指可数。看似精明的人，实则都是糊涂人。糊涂人甚多，是荣、宁二府走向衰败的一个重要原因。

这回有两个重要人物——贾母和王熙凤。贾母作为一家之主，拥有绝对的权威。贾母是非常明事理的人，王熙凤的精明更是大家公认的。在府中说书的两个女先生说要唱《凤求鸾》，贾母接着就猜中了情节，说一定是才子佳人之风流韵事。且贾母有番话很有趣："这有个原故：编这样书的，有一等妒人家富贵，或有求不遂心，所以编出来污秽人家。再一等，他自己看了这些书看魔了，他也想一个佳人，所以编了出来取乐。何尝他知道那世宦读书家的道理！别说他那书上那些世宦书礼大家，如今眼下真的，拿我们这中等人家说起，也没有这样的事。"贾母的话其实也是作者的暗示，旨在说《红楼梦》中的才子佳人之事并非流俗粗鄙之类。

再看凤姐，她为讨贾母开心，提出在席间玩击鼓传花，传到谁那里，谁就要讲笑话。凤姐讲的笑话听起来幽默好玩，实则内有玄机。凤姐的第一个笑话未讲结尾，在大家的追问下，她说结尾是"底下就团团的坐了一屋子，

吃了一夜酒就散了”。后来有人又问，凤姐又说道：“好罗唆，到了第二日是十六日，年也完了，节也完了，我看着人忙着收东西还闹不清，那里还知道底下的事了。”此处正是作者的伏笔，荣、宁二府在这繁盛土崩瓦解后，就树倒猢狲散，各自走天涯。凤姐这样精明的人也会一叶障目，忽略了危机的存在。

这一回是贾府由盛转衰的开始。当局者迷，旁观者清，这些自觉精明的人，其实都是身在局中的糊涂人。

解味红楼　李美瑛

强作笑话的凤姐

王熙凤虽不识字，口才却极好，尤擅长讲笑话，这点荣、宁二府无人不知，无人不晓。正月十五晚上，酒过三巡，王熙凤见贾母高兴，提议击鼓传花，花落谁手谁就讲个笑话。大家都知道王熙凤“素日善说笑话，最是他肚内有无限的新鲜趣谈”。一时间，在席的，地下服侍的，还有小丫头们出去叫来看热闹的，挤了一屋子，都是为了听凤姐讲笑话。可这次她让大家失望了。

事情是这样的。击鼓传花，第一支花自然喜落贾母手中。按规矩，贾母喝了一杯酒，然后讲了一个笑话：

“一家子养了十个儿子，娶了十房媳妇。惟有第十个媳妇聪明伶俐，心巧嘴乖，公婆最疼，成日家说那九个不孝顺。这九个媳妇委屈，便商议说：‘咱们九个心里孝顺，只是不像那小蹄子嘴巧，所以公公婆婆老了，只说他好，这委屈向谁诉去?’……九个人听了，就求说：‘大圣发个慈悲，我们就好了。’孙行者笑道：‘这却不难。那日你们妯娌十个托生时，可巧我到阎王那里去的，因为撒了泡尿在地下，你那小婶子便吃了。你们如今要伶俐嘴乖，有的是尿，再撒泡你们吃了就是了。’”

贾母这个笑话应该没有恶意，逗大家一笑而已。但说者无心，听者有意。在场的人自然会把伶俐万分、心巧嘴乖的凤姐和故事中喝了猴子尿的小媳妇联系到一起。凤姐当然明白，为了撇清自己，她第一个张口点评：“好的，幸而我们都笨嘴笨腮的，不然也就吃了猴儿尿了。”这无疑是此地无银三百两，欲盖弥彰，尤氏、娄氏等接着就毫不客气地揭露她：“咱们这里谁是吃过猴儿尿的，别装没事人儿。”被尤氏等嘲笑，让众人看了笑话，一向要强的凤姐哪里吃过这种亏，但这亏又不得不吃，因为是贾母给的，她不买谁的账也得买贾母的。

就是贾母这个笑话，让凤姐的好心情一落千丈，没了情绪。第二轮击鼓传花，不出意外，花落在凤姐手中。满屋子人期待着最会讲笑话的她引爆大家的笑点。但凤姐让大家失望了：

“一家子也是过正月半，合家赏灯吃酒，真真的热闹非常，祖婆婆、太婆婆、婆婆、媳妇、孙子媳妇、重孙子媳妇、亲孙子、侄孙子、重孙子、灰孙子、滴滴搭搭的孙子、孙女儿、外孙女儿、姨表孙女儿、姑表孙女儿，……嗳哟哟，真好热闹！”

王熙凤说了半天，不过是耍嘴皮子说了一串称呼，没有什么值得发笑的。贾母问底下怎么样，凤姐说“底下就团团的坐了一屋子，吃了一夜酒就散了”。这种笑话根本不能体现凤姐的正常水平，大家也觉得“冰冷无味”。

王熙凤为刚才贾母那个笑话正闹心呢，自己笑不出来，哪有心情哄别人。但场不能这样冷着，于是她又讲了一个：“几个人抬着个房子大的炮仗往城外放去，引了上万的人跟着瞧去。有一个性急的人等不得，便偷着拿香点着了。只听‘噗哧’一声，众人哄然一笑都散了。这抬炮仗的人抱怨卖炮仗的扦的不结实，没等放就散了。”

湘云听罢，急着问难道他本人没听见响，王熙凤道：“这本人原是聋子。”王熙凤这个笑话是说给大家的，什么猴子尿不猴子尿的，你们放你们的“炮仗”，我是聋子——没听见。

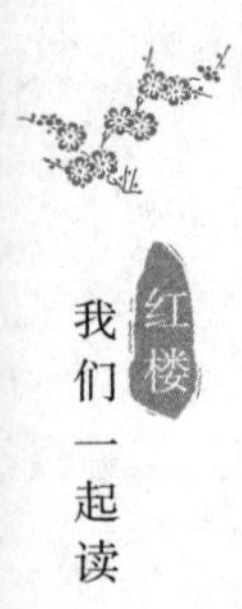

第五十五回 辱亲女愚妾争闲气 欺幼主刁奴蓄险心

扫码读原著

轻叩红楼 崔思遥

带刺的玫瑰

第五十五回有个主要人物，就是探春。探春有个外号，叫“带刺的玫瑰”。探春是金陵十二钗中容易被忽视的一个，因为和她在一起的宝钗、黛玉等人的光芒常会把她的光芒遮掩住。不过，探春的确有自己独特的亮丽色彩。

“带刺的玫瑰”，这个称号探春当之无愧。小说第三回对探春的外貌有过这样的描写：“削肩细腰，长挑身材，鸭蛋脸面，俊眼修眉，顾盼神飞，文采精华，见之忘俗。”用现代的话说，探春就是一个身材高挑、小清新的美女。

玫瑰就像风华正茂的少女，充满活力。探春正是这样一个女子，同时探春又是一个性格要强、富有正义感、柔中带刚的女子，所以“带刺的玫瑰”很好地结合了她的外貌和性格特点。

描写探春的回目并不多，但从这寥寥几章中不难看出作者十分喜爱这个人物。探春很高雅，海棠诗社就是她提议创办的，她的作诗功力虽然敌不过黛玉、宝钗，但同样具有较高的审美情趣。探春还是大观园中做事能力唯一能和凤姐比肩的人，本回就是力证。凤姐小产了，不能管理府中的事，王夫人就把工作交给李纨和探春，后又请宝钗来。仆人们都觉得李纨是个好脾气的人，好欺负，探春又是个未出阁的年轻小姑娘，更是不把她放在眼里。没想到的是，探春做事的严谨与公正让很多人在她这里碰了钉子，甚至探春对于自己的生母赵姨娘也绝不留情，公事公办，气得赵姨娘对探春大发雷霆。这使那些管事的人也都领略了探春的本事，于是变得很服帖，不敢再欺瞒探春。

在这些姊妹中，王夫人和凤姐也就对探春让三分，说明探春拥有不一般的能力和见识。探春属于典型的刚柔并济的女孩，外表柔弱，内心刚强，有骨气有韧劲，这是大观园中其他女孩不具备的。

探春是大观园中别样的风景，她兼有女人之媚和男人之刚，是个难得的人才！

解味红楼 李美瑛

令人心痛的亲情

第五十五回，因为王熙凤小产不能理事，王夫人一个人打点不过来，于是让李纨、探春、宝钗帮忙料理家务。

这一日，有人回赵姨娘的兄弟死了。探春按照贾府旧例，赏银二十两。赵姨娘闻知不高兴，来找探春理论。这之前袭人死了母亲，因她曾是老太太身边的人，还赏了四十两银子，赵姨娘是贾政的妾，却连个丫鬟都不如，心里怎能舒服，发点牢骚也能理解。要是往日王熙凤主事，赵姨娘想必不敢来争执，这次她觉得探春是自己的亲生女儿，总能替她说话吧，所以赵姨娘一见探春就哭道："这屋里的人都踩下我的头去还罢了。姑娘你也想一想，该替我出气才是。"

由于妾这样卑微的身份，贾府没几个人拿赵姨娘当回事。丈夫贾政不是她的依靠，儿子贾环年幼不争气，探春倒是出落得很优秀，但让人痛心的是，探春跟她界限分明，没有多少母女亲情。面对亲娘的委屈和质问，探春板起面孔，"大义灭亲"。二人你一言我一语，针锋相对，都不退让。探春按规矩办事没有错，但她以这种方式对待自己的母亲总让人感到有些冷酷残忍。

"依我说，太太不在家，姨娘安静些养神罢了，何苦只要操心。太太满心疼我，因姨娘每每生事，几次寒心。"称自己的亲生母亲是姨娘，让自己的母

亲老实点，少惹事，这样的话出自亲生女儿之口，被其如此抢白，做母亲的该多寒心啊！

赵姨娘自然很生气，说探春你如今管事了，太太又疼你，你应该拉扯拉扯我才是。探春反击道："我拉扯谁？谁家姑娘们拉扯奴才了？他们的好歹，你们该知道，与我什么相干。"探春这话很过分，明摆着瞧不起自己的母亲。在她眼里，赵姨娘和丫鬟一样是奴才，她是贾府的大小姐，哪有小姐拉扯奴才的？而"与我什么相干"，冷冰冰的，把母女亲情一扫而光。赵姨娘听了探春的话能不生气吗？她说你舅舅死了，你多给几两银子太太还能不依吗？探春对赵姨娘的要求可以不答应，探春的错在于她的回答太伤一个母亲的心了，她说："谁是我舅舅？我舅舅年下才升了九省检点，那里又跑出一个舅舅来？"在探春心中，王夫人才是她母亲，那刚升了官的王夫人的兄弟王子腾才是她舅舅，而刚死的赵姨娘的兄弟赵国基跟她没关系。

嫡出，庶出，天上地下，封建社会中这点很重要。元春嫡出，入宫为妃；探春庶出，只能远嫁。宝玉嫡出，众星捧月；贾环庶出，无人看重。探春对待赵姨娘的言行，固然有其无奈，但无论如何，是赵姨娘怀胎十月给了她生命。血脉相连，骨肉亲情，探春对赵姨娘只讲理不讲情令人心痛。

第五十六回　敏探春兴利除宿弊　时宝钗小惠全大体

奇怪的角色

第五十六回有三个主要人物——探春、宝钗和宝玉。这一回的题目叫“敏探春兴利除宿弊 时宝钗小惠全大体”，从题目来看，和宝玉没有关系，但是作者却在这回中写了一个与宝玉有关的很有意思的情节。

探春、李纨和宝钗共同合作，管理家事，挑大梁的是探春和宝钗。这两个人有很多相似点，外表都不是女强人，但骨子里都是强女人，都属外柔内刚的类型。探春是个很有想法的人，她大胆地对大观园进行改革，兴利除弊，废除了很多不合理的开支，尽量做到物尽其用，人尽其才。一向识大体又细致的宝钗，充分利用起那些大观园中的闲杂人员，既照顾了他们的利益，也照顾了和他们相关的人的利益。这些都让人们不得不惊叹于两人做事的聪明缜密，而且如此老练和得心应手，不像两个年轻女孩之能力所及，尤其在那个“女子无才便是德”的社会里，她们在府中的角色是有些奇怪的。

本回中关于宝玉的情节更有趣。江南甄府有一个公子，名叫甄宝玉，而且和贾宝玉的长相、性格相差无几。宝玉做了一个梦——在一处和怡红院一样的院落中，碰到许多与自己的丫鬟差不多的女子，她们见到贾宝玉时还说：“你是那里远方来的臭小厮，也乱叫起他来。仔细你的臭肉，打不烂你的。”“咱们快走罢，别叫宝玉看见，又说同这臭小厮说了话，把咱熏臭了。”又见屋内卧着一个人，仔细一看正是甄宝玉，两人见面正要细聊，丫鬟却说老爷叫宝玉，梦便做到这里。这个情节看似和本回的题目毫无关系，但是细想来，作者别有用心。

从探春、宝钗和宝玉的角色中可以看出一些奇怪之处，这也是贾府的奇怪之处。声名在外的四大家族之一的贾府，管理家事的人竟几乎都是女人，凤姐可以说是独当一面。凤姐生病了，接替她管理的人仍然都是女人，男人都不知跑到哪里去了。

封建社会，走仕途的都是男人，女人最好不读书认字，会点女红足矣。贾府恰恰相反，很多女人足智多谋，男人反而显得无能，阴盛阳衰，女人和男人的角色很奇怪。探春和宝钗都属于有野心的女子，喜欢权势，有掌控欲，而且有着根深蒂固的封建思想，自觉遵从着社会规范。探春和宝钗都太要强，这恰是那个时代的女孩子不应有的。而宝玉作为一个该走仕途建功立业的男人，却格外摒弃这些东西，甚至觉得男人是污浊的。文中之所以写甄宝玉，更是强调宝玉内心叛逆的精神，也是一种正衬手法。

《红楼梦》中很多微小的细节都大有深意，我们应仔细阅读。

解味红楼　李美瑛

甄贾宝玉迷人眼

第二回通过冷子兴和贾雨村，第一次提到小说中的两个人物——贾宝玉、甄宝玉。冷子兴自然是冷眼看社会，他把贾宝玉作为一个奇人讲给贾雨村听。这时的贾宝玉才七八岁，淘气异常，聪明乖觉，说话奇怪，诸如“女儿是水作的骨肉，男人是泥作的骨肉。我见了女儿，我便清爽；见了男子，便觉浊臭逼人”等。

贾雨村听完，也对冷子兴讲了一个奇人。他说此人是金陵甄家的公子，但没说叫什么，这个孩子也很怪异，读书时必须有两个女孩相伴，这样心里才清楚。不仅如此，他还常对小厮们说：“这女儿两个字，极尊贵、极清净的，比那阿弥陀佛、元始天尊的这两个宝号还更尊荣无对的呢！你们这浊口臭舌，万不可唐突了这两个字，要紧。但凡要说时，必须先用清水香茶漱了口才可；设若失错，便要凿牙穿腮等事。”这样一个暴虐浮躁、顽劣憨痴的人，对待女儿们却极温厚平和。每每淘气被打吃不消时，便叫“姐姐妹妹”，说这样可以解疼。显然，贾雨村口中这个孩子和冷子兴说的贾宝玉很相像。

第二回后，贾宝玉成为全书的主要人物，几乎每回都有他的身影，金陵那个好像消失了踪迹，直到第五十六回才再次出现，但也没有现身，依旧是通过外人介绍。书中说金陵甄家奉旨进京，于是借机拜访世交贾家。甄家的几个女人在和贾母谈话中谈到自家的公子哥，说他也叫宝玉。贾母当即叫来贾宝玉，甄家人发现贾宝玉和甄宝玉模样一样，而且通过贾母介绍，二人的性格脾气竟然也很像。贾宝玉对此感到异常惊喜，他一直觉得自己是孤独的，除了黛玉，无人能理解他。没想到在这个世界上，不仅有人和自己形似，神也似。想到金陵还有另一个自己，贾宝玉心里便放不下。果然，入睡的贾宝玉在梦里看到了甄宝玉。作者写这个梦境也很有意思，是梦中套着梦。贾宝玉在梦中来到甄宝玉的住处，而此时甄宝玉正在和丫鬟说他刚才做的梦，梦见贾宝玉了。甄宝玉说的话和贾宝玉如出一辙，甄贾二玉，四目相对，甄宝玉说这可不是在梦里，贾宝玉却说这如何是梦。假作真时真亦假，古有庄生晓梦迷蝴蝶，时有贾宝玉迷失在梦里。

面对贾宝玉的迂阔呆痴，史湘云说的有理，她说这没什么奇怪的，“单丝不成线，独木不成林”。曹雪芹塑造甄贾两个宝玉自有深意，像贾宝玉这样离经叛道的人在那个时代虽然少，但也不是一个。贾宝玉，甄宝玉，南北各一，真假难辨，你中有我，我中有你。他们是那个没落时代的星星之火，是即将到来的新时代的希望之星。

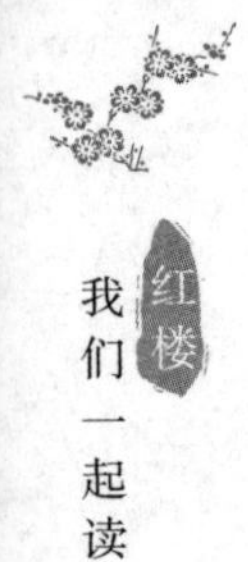

第五十七回 慧紫鹃情辞试忙玉 慈姨妈爱语慰痴颦

轻叩红楼 崔思遥

试出来的情

第五十七回是相当精彩的一回，紫鹃和宝玉之间发生了一段让人哭笑不得的故事，从中让人看到他们对黛玉深厚的爱，那是真正的爱。

紫鹃虽然不是黛玉带来的丫鬟，但她却和黛玉的感情最亲密。紫鹃处处维护黛玉，在这个人口杂乱、人心叵测的家族中，宝玉和她都是在用一片真心对待黛玉。紫鹃是最了解宝黛之间爱情的人，是宝黛感情的见证人。

紫鹃三试宝玉，就是想通过旁敲侧击，来看宝玉对黛玉的真心程度。一试宝玉是在回廊做针线的时候，紫鹃说："从此咱们只可说话，别动手动脚的。一年大二年小的，叫人看着不尊重。打紧的那起混账行子们背地里说你，你总不留心，还只管和小时一般行为，如何使得。姑娘常常吩咐我们，不叫和你说笑。你近来瞧他远着你还恐远不及呢。"宝玉的反应是——"心中忽浇了一盆冷水一般，只瞅着竹子，发了一回呆。因祝妈正来挖笋修竿，便怔怔的走出来，一时魂魄失守，心无所知，随便坐在一块山石上出神，不觉滴下泪来。直呆了五六顿饭工夫，千思万想，总不知如何是可"。

二试宝玉是紫鹃说黛玉将来要回苏州："你太看小了人。你们贾家独是大族人口多的，除了你家，别人只得一父一母，房族中真个再无人了不成？我们姑娘来时，原是老太太心疼她年小，虽有叔伯，不如亲父母，故此接来住几年。大了该出阁时，自然要送还林家的。终不成林家的女儿在你贾家一世不成？林家虽贫到没饭吃，也是世代书宦之家，断不肯将他家的人丢在亲戚家，落人的耻笑。所以早则明年春天，迟则秋天。这里纵不送去，林家亦必有人来接的。前日夜里姑娘和我说了，叫我告诉你：将从前小时顽的东西，有他送你的，叫你都打点出来还他。他也将你送他的打叠了在那里呢。”这番话对宝玉的打击很大，随后到来的晴雯“见他呆呆的，一头热汗，满脸紫胀，忙拉他的手，一直到怡红院中。袭人见了这般，慌起来，只说时气所感，热汗被风扑了。无奈宝玉发热事犹小可，更觉两个眼珠儿直直的起来，口角边津液流出，皆不知觉。给他个枕头，他便睡下；扶他起来，他便坐着；倒了茶来，他便吃茶”。

三试宝玉是在他的邪症好后，紫鹃又说：“你如今也大了，连亲也定下了，过二三年再娶了亲，你眼里还有谁了?”宝玉的誓言更加坚定：“我只愿这会子立刻我死了，把心迸出来你们瞧见了，然后连皮带骨一概都化成一股灰，——灰还有形迹，不如再化一股烟，——烟还可凝聚，人还看见，须得一阵大乱风吹的四面八方都登时散了，这才好!”

紫鹃三试宝玉，最能体现她对黛玉的忠心。黛玉从小寄人篱下，少有真正关心她的人，紫鹃知道宝玉和黛玉一起长大，感情深厚自和其他姊妹不同。紫鹃也知道除了宝玉，她是黛玉唯一的依靠，所以紫鹃希望黛玉能和她自己爱的人在一起。薛姨妈来看黛玉时，说要去找贾母给宝黛说亲，紫鹃便和薛姨妈说：“姨太太既有这主意，为什么不和太太说去?”可见紫鹃时时把这件事放在心上，虽然她和黛玉是主仆关系，但她们的感情甚至超过黛玉和大观园中其他姊妹的感情。紫鹃是个十分忠诚、正直、重感情的人，她试的不仅是宝玉对黛玉的情，更展示出她对黛玉的一片良苦用心。

宝玉对黛玉的爱通过紫鹃的三试表现得淋漓尽致。对很多男人而言，当官发财最重要，而对于宝玉来说，“情”最重要。紫鹃的话不过是玩笑话，但宝玉却非常在乎。紫鹃三试宝玉，试出了宝玉对黛玉坚定不移的爱。当然，紫鹃三试宝玉也让黛玉对宝玉的爱显露无遗，当黛玉听到宝玉犯邪病治不了，接着就“哇的一声，将腹中之药一概呛出，抖肠搜肺、炽胃扇肝的痛声大嗽了几阵，一时面红发乱，目肿筋浮，喘的抬不起头来”，然后对紫鹃说：“你不用捶，你竟拿绳子来勒死我是正经!”黛玉对宝玉的爱一样炽热、深厚、坚贞。

薛姨妈情辞试黛玉

紫鹃情辞试宝玉，试出了宝玉对黛玉的炽热深情。宝玉这次生病，严重到几乎不中用，这一切皆因黛玉。通过这件事，宝玉爱黛玉就不再是秘密了。别人还好说，宝钗母女首先坐不住了。第五十七回，二人不约而同先后来到潇湘馆。

宝钗和薛姨妈都来看黛玉，但不是一起，而且两个人事先没通气。书中写道，宝钗走进潇湘馆，“正值他母亲也来瞧黛玉，正说闲话呢”。宝钗笑问：“妈多早晚来的？我竟不知道。”可见，薛姨妈来看黛玉，是背着宝钗的。住在一块儿的母女看望同一个人，完全可以同步，她们为什么要单独行动呢？如果仅仅是来问候黛玉的身体，这是人之常情，没有隐瞒的必要；之所以不说，是因为另有目的。

宝玉因为紫鹃一句黛玉要回老家就要死要活，这对宝钗母女冲击极大。薛家势力衰败，薛蟠不学无术，腹内草莽，撑不起薛家未来的大厦。薛姨妈寄托于宝钗选秀，带她进京，但这一愿望随着薛蟠犯了人命官司而破灭。宝钗选秀无望，就只剩下一条路——嫁个好人家，这样对她个人和家族都有益。

宝钗嫁给谁最理想呢？套用薛姨妈说宝玉那段话：“你宝兄弟老太太那样疼他，他又生的那样，若要外头说去，断不中意。不如竟把你林妹妹定与他，岂不四角俱全？”话说的是宝玉，但也表明了薛姨妈的儿女婚姻观，她把邢岫烟介绍给薛蝌就是一例。自己的宝贝女儿人见人爱，没有不夸的，老太太那样疼她，又生得花容月貌，若要外头说去，薛姨妈一定不放心，断不中意。贾府不是外头，举目四望，贾府哪个子弟最和宝钗相配且“四角俱全”？不用多想，外貌英俊、温和多情的宝玉最合适，非他莫属。而且，宝玉有美玉，宝钗有金锁，金玉良缘，薛姨妈当然懂。母亲爱自己的孩子，伟大而自私。薛姨妈不至于大方到把自己最中意的姑爷拱手让给别人家的女孩，所以她当着黛玉的面说出的“不如竟把你林妹妹定与他，岂不四角俱全”的话，不能不让人对其真诚画个问号。这是薛姨妈在试探黛玉，看看她对宝玉的态度。

就在头天晚上，紫鹃还劝黛玉，趁老太太硬朗，“作定了大事要紧”。薛姨妈的话说中了黛玉心事，她一下“红了脸”。黛玉没有反驳薛姨妈的话，只是不好意思地拉着宝钗笑道："我只打你！你为什么招出姨妈这些老没正经的话来?"女孩子喜欢正话反说，黛玉说薛姨妈的话"老没正经"，潜台词是这话最正经。宝钗对黛玉的表现感到奇怪，说："这可奇了！妈说你，为什么打我?"宝钗不明白，黛玉怎么可能打薛姨妈呢，薛姨妈要是真的做媒，黛玉满心感激还来不及呢。

然而，薛姨妈是不会做这个媒的，黛玉犯傻，丫鬟紫鹃也跟着。紫鹃听了薛姨妈的话，忙也跑来笑道："姨太太既有这主意，为什么不和太太说去?"的确，既然宝玉喜欢黛玉，黛玉也喜欢宝玉，二人又都是老祖宗的心肝肉，薛姨妈主动提出此事，只要她一张口撮合不就成了吗？问题在于，薛姨妈这样说只是为试探黛玉，她不可能牺牲宝钗的幸福去成全黛玉。但说出去的话如泼出去的水，面对紫鹃的问话她怎么收场呢？姜还是老的辣，但见薛姨妈先是哈哈大笑，接着给了紫鹃一句脸羞心臊的话："你这孩子，急什么，想必催着你姑娘出了阁，你也要早些寻一个小女婿去了。"堵得紫鹃只能抹了一鼻子灰，一溜烟去了。

紫鹃情辞试宝玉，试出了宝玉心之所在；薛姨妈情辞试黛玉，试出了黛玉情之所归。看似好事，实则不佳。多少有情人难成眷属，宝玉和黛玉也难逃此劫。

第五十八回 杏子阴假凤泣虚凰 茜纱窗真情揆痴理

扫码读原著

宝玉式情爱

第五十八回，用现在的话可说很“前卫”。为什么这样讲呢？因为这一回中作者写到了同性恋。

大观园十二个唱戏的女孩子，分给了宝玉和姊妹们，其中芳官给了宝玉。一日，宝玉见到藕官独自祭奠某人，正值一个婆子在找藕官的事儿，宝玉帮着她开脱。宝玉好奇藕官之事，藕官难以说明，便让宝玉去问芳官。芳官告诉宝玉，原是藕官和药官因戏生情，她们曾饰演一对夫妻，结果二人竟然生出男女之情。藕官痴痴傻傻，又疯又呆，独爱药官一个。芳官觉得不可理喻，宝玉却觉得“这篇呆话，独合了他的呆性，不觉又是欢喜，又是悲叹，又称奇道绝”，说：“天既生这样人，又何用我这须眉浊物玷辱世界。”还让芳官转告藕官，要用香炉才能表现个人的诚心诚意。

藕官和药官的感情甚是投合了宝玉的爱情观。宝玉的爱情观很奇特，他对所有未出阁的女孩子都怀着崇敬之心，在他眼中，那些未出嫁的女儿是最纯净高尚的，所以他对身边这些女孩都有爱慕之心。这种“宝玉式情爱”让很多人费解，觉得他是一个滥情之人。其实，“宝玉式情爱”超越了世俗之情爱，是一种心灵与精神上的情爱。宝玉看到“绿叶成荫子满枝”的杏树，便想到“邢岫烟已择了夫婿一事，虽说是男女大事，不可不行，但未免又少了一个好女儿。不过两年，便也要‘绿叶成荫子满枝’了。再过几日，这杏树子落枝空，再几年，岫烟未免乌发如银，红颜似槁了，因此不免伤心，只管对杏流泪叹息”。未出嫁的女儿是高洁的，是这尘世中最有灵性的生命，而出了阁的女子因为沾染了男人的污浊气，便不再具有那种灵性。因此，本回写宝玉愿意让芳官为他吹汤，而不愿意让婆子为他吹。

“宝玉式情爱”不是滥情，而是对纯净之爱的向往。宝玉的内心世界是无瑕洁净的，他不像其他男人那样庸俗地对待爱情，他对女孩子时刻保持着一种仰望的姿态，始终觉得自己是须眉浊物，配不上水一般的女儿。“宝玉式情爱”是对女儿的崇拜和呵护，所以，即使是女孩子之间生出男女情愫，宝玉也认为那感情是非常洁净的，也是凌驾于男人污浊之爱之上的。

李美瑛

讨人厌的婆子们

贾宝玉认为女人最尊贵，是指未出嫁的女孩，而不是那些结了婚的。他在生活中，多次目睹了园子里的婆子们恶毒势利的丑陋行径。第五十八回就写了两件这样的事。

其中一件是，贵体稍安的宝玉去看林妹妹，途中发现被分到黛玉房中的藕官烧纸钱，贾府里面忌讳做这种事。就在宝玉询问藕官时，“忽见一婆子恶恨恨走来拉藕官，口内说道：‘我已经回了奶奶们了，奶奶气的了不得。’”突然出现的“恶恨恨”的婆子吓了宝玉和藕官一跳，“拉”这个动作写出了婆子的粗暴，而那句“奶奶气的了不得”让人想见婆子在主子面前搬弄是非的可恶嘴脸。藕官不肯跟婆子走，婆子便连训带骂，根本不考虑藕官是个小姑娘家。宝玉为藕官解围，说：“他并没烧纸钱，原是林妹妹叫他来烧那烂字纸的。你没看真，反错告了他。”藕官听宝玉这样讲，顺势说是这样。婆子依旧不依不饶，“亦发狠起来，便弯腰向纸灰中拣那不曾化尽的遗纸，拣了两点在手内，说道：‘你还嘴硬，有据有证在这里。我只和你厅上讲去！’说着，拉了袖子，就拽着要走”。一言一行，面目可憎，简直是母夜叉！宝玉忙把藕官拉住，用拄杖敲开那婆子的手，说是他求黛玉替他烧钱祝赞冲病的。婆子听了宝玉的话老实了，态度来了一百八十度大转弯，又是赔笑又是央告，奴颜婢膝，欺软怕硬，丑态百出。

无独有偶，宝玉看完黛玉回到怡红院，家里正乱作一团。芳官因干娘让她用其女儿洗剩下的水洗头说了句偏心，便使得干娘恼羞成怒，对芳官破口

大骂："不识抬举的东西！怪不得人人说戏子没一个好缠的。凭你甚么好人，入了这一行，都弄坏了……"这样辱骂一个姑娘，太过分了！袭人看不下去，到屋里取了瓶花露油并些鸡卵、香皂、头绳之类，叫芳官另去要水洗头。那婆子一看更恼怒，骂芳官没良心，一边骂一边还打芳官。被打骂的芳官不敢还口还手，只有哭。晴雯指责婆子苛刻芳官不说，还不让别人对芳官好，那婆子立即针锋相对，反击晴雯："一日叫娘，终身是母。他排场我，我就打得！"是她拿走了芳官所有的月钱，是她偏心恶待芳官，现在却倒咬一口说芳官"排场"她。无理赖三分，说的就是她这样的妇人！

这样的婆子，这样的女人，在她们身上哪里还能找到一点点女孩的纯洁、善良和温柔？没有了这些，女人的可爱、可敬也就无从谈起。对她们，只有两个字：可恶。

第五十九回　柳叶渚边嗔莺咤燕　绛云轩里召将飞符

扫码读原著

乏力的改革

第五十九回讲述了大观园改革后出现的种种矛盾。探春对于大观园的改革，表面上满足了各方利益，实则暗处是矛盾重重。大观园繁华的表面下，其实存在很多不公平的现象。

湘云犯了杏癍癣，宝钗便派自己的丫鬟莺儿去黛玉那里要硝。途中看到柳条，莺儿便用柳条给黛玉编了个花篮。正巧春燕经过，她告诉莺儿不要折柳条。谁知莺儿的一句玩笑却让春燕遭到了姑姑和母亲的无端责打。

探春对于大观园的改革留下了很多问题，就如平儿所说，“这算什么。正和珍大奶奶算呢，这三四日的工夫，一共大小出来了八九件了。你这里是极小的，算不起数儿来，还有大的可气可笑之事”。贾府人多事杂，下人之间的矛盾也很多，虽说贾府一向提倡仁爱平等，对待下人提倡宽厚，但这些仆人之间还是有着自然的分化。像宝玉以及众姊妹屋里那些贴身服侍的丫鬟，她们的待遇就都很好，被叫作大丫鬟，地位并不比她们的主子低很多，吃穿用度也是比较奢侈和讲究的。大丫鬟手中有很多权力，而且还有很多小丫鬟可以去支使。最无地位的是那些人老珠黄的婆子，她们都是些粗人，没文化，常受欺辱，虽然都是长辈，但在这些晚辈面前却要低三下四，听她们的使唤，长此以往，自然积怨在心。仁爱平等对于这些下人也就只是一个口号，虽然她们生活的环境优于外界，但等级观念根深蒂固，尊老爱幼这样的美德在下人面前只是空谈。这些固有的矛盾为大观园改革的失败埋下伏笔。

所以说大观园的改革其实只是一次乏力的改革，根本问题并未得到解决。

人心不齐，一盘散沙，只会使矛盾不断升级，愈演愈烈。所以说，婆子和丫鬟们的冲突看起来是小事，而这种矛盾的日积月累，也是荣、宁二府最终走向衰颓的因素之一。

解味红楼 李美瑛

狠毒食子的女人

《红楼梦》中对不同女性的称呼是不一样的：未结婚的女孩，有身份有地位的称小姐、姑娘，服侍这些人的大都被称为丫鬟、丫头；结了婚的女人，年老有身份有地位的，称老太太、老夫人、老祖宗，年轻些的就称夫人、奶奶，从小喂养、伺候过主子的称奶妈、嬷嬷，至于那些打杂干粗活的女人，年轻点的叫媳妇，年老的叫婆子。

贾宝玉说女人是水做的，男人是泥做的。他所说的男人指所有男人，不分老少，包括他自己；但他说的女人，是指未结婚的女孩。第五十九回，作者借丫鬟春燕传达了宝玉对不同阶段女子的评价："女孩儿未出嫁，是颗无价之宝珠；出了嫁，不知怎么就变出许多的不好的毛病来，虽是颗珠子，却没有光彩宝色，是颗死珠了；再老了，更变的不是珠子，竟是鱼眼睛了。""无价宝珠""无光之珠""鱼眼睛"，分明是一个人，怎么就变成三个样？贾宝玉这样评价女人，尤其后两个未免刻薄，但他有理由：女子生来冰清玉洁，结婚后和男人在一起，慢慢被他们熏坏，沾染许多毛病，变得不再美好。

关于结了婚的女人不可爱，第五十八回也描写过，第五十九回继续用大量篇幅描写，这两次描写不是简单的重复，二者有区别：第五十八回写的是婆子们对别人女儿的凶狠，第五十九回则写婆子们对自家女孩儿的恶毒。曹雪芹通过这两回反复说明一些结了婚的女人唯利是图，失去了善的本质，莫说对外人，对自家人也如此。就像这回，宝钗的丫鬟莺儿和藕官在柳叶渚折柳条编花篮，春燕过来发现了，告诉莺儿最好别

折，这片地如今归她妈和姑姑管，两个人严着呢。正说间，春燕的姑姑来了，看到莺儿折柳条，虽不高兴，但碍于宝钗房里平日并不要这些花草的，所以不好意思对莺儿说什么。于是就拿春燕出气。莺儿只说了句玩笑话——都是春燕折的柳条让我给她编篮子，这句话让唯利是命、心中正不舒服的婆子找到了发泄口，“便以老卖老，拿起拄杖向春燕身上击上几下”，也许这还不解气，她竟破口大骂：“小蹄子，我说着你，你还和我强嘴儿呢。你妈恨的牙根痒痒，要撕你的肉吃呢。你还来和我强梆子似的。”打得春燕又愧又急，哭了起来。

说曹操曹操就到，春燕娘因为找春燕干活也来了。她姑姑恶人先告状，说春燕排揎她，还带人糟蹋她的东西。春燕娘听了满心怒火，她正为昨天和芳官吵架而春燕不听她的话生气呢，于是走过来对着春燕就打耳刮子，拿起柳条抽春燕的脸，骂的话更是不堪入耳，让人怀疑这是母亲对亲生女儿说的话吗：“小娼妇，你能上去了几年？你也跟那起轻狂浪小妇学，怎么就管不得你们了？……既是你们这起蹄子到的去的地方我到不去，你就该死在那里伺侯，又跑出来浪汉。”这场母女风波，从柳叶渚一直打到怡红院，最后搬出平儿，才算了结。

人说虎毒不食子，可这些婆子，其毒猛于虎，连子也食。

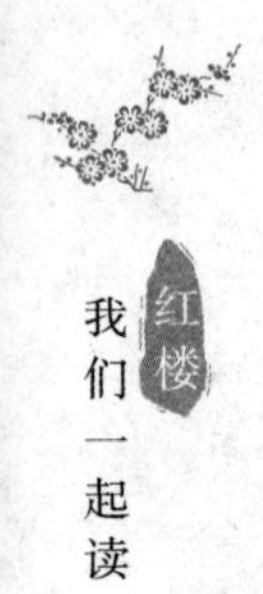

第六十回　茉莉粉替去蔷薇硝　玫瑰露引来茯苓霜

轻叩红楼　崔思遥

赵姨娘之错

第六十回，赵姨娘又一次当众撒泼。赵姨娘是小说中比较令人讨厌的一个，读者对她的印象大多不佳，觉得她阴险狡诈，对人充满敌意、嫉妒，又挑剔，常诽谤中伤别人。赵姨娘大错小错犯得太多，以至于每次犯错都让人加深对她的厌恶之情。

赵姨娘是小说里面的重要人物里头唯一没有任何朋友的人。赵姨娘是个悲剧人物，她处处受人冷眼和鄙夷。赵姨娘一直对自己的地位不满，王夫人和凤姐等人都对她冷眼相待，嗤之以鼻，这使她的逆反之心更为严重。赵姨娘和她的儿子贾环曾一起谋划让凤姐和宝玉中邪，但是未能得逞。这次宝玉房中的丫鬟芳官又戏弄了贾环。贾环看到芳官有上等好的蔷薇硝，就管她要，想回去给丫鬟彩云用，芳官不愿给他，就把茉莉粉给了贾环，以此代替蔷薇硝。彩云看过后，知道贾环被骗，气不过的赵姨娘于是就跑到怡红院大闹。加之在门外又遇到了添油加醋、不怀好心的夏婆子，赵姨娘并不知是被其利用，在宝玉处大大撒泼。赵姨娘和芳官拌嘴后，大打出手，藕官、蕊官、葵官、豆官见她们的朋友受欺负，也和赵姨娘打斗起来。赵姨娘很可怜，她不仅被人利用，还又一次被人嘲笑和谩骂。

赵姨娘虽然有贾政的孩子，但她的地位竟还不如一些有头有脸的丫鬟。书中对赵姨娘的身世交代并不多，她是一个比较扑朔迷离的人物。赵姨娘一登场就是一个令人唾弃的角色，处处不得人喜爱，也处处不得志。探春管家的时候，她想办法要占小便宜，宝玉犯邪病的时候她也毫不同情。不过，赵姨娘其实是个内心没有安全感和存在感的人，所以她才想尽各种办法来得到他人的注意，只是她总以极端和幼稚的方式让人侧目。

赵姨娘错就错在她的不聪明，欲求不满，过于贪婪，所以愈想得到的东西就愈是得不到。赵姨娘是那个时代的牺牲品，妾的低下身份和凄凉处境，使她思想扭曲，心理有些变态，她陷入怪圈，一错再错，根本无力改变自己的命运。

解味红楼 李美瑛

如见如闻跃于纸

阅读《红楼梦》这样的古典名著要有耐心，一目十行的泛读不可取，想更多体会它的精彩，精读最要紧。

第六十回写了一件事，贾环去探望宝玉，看到春燕给芳官一包蔷薇硝，也想要。芳官不愿把好友送给自己的东西再给别人，就想另拿些给贾环。可她找了半天，宝玉房里没有蔷薇硝，麝月说随便给他点东西打发就算了。于是，芳官包了茉莉粉打发贾环。

贾环兴高采烈回到家，正好彩云在和赵姨娘闲谈，他拿出所谓的“蔷薇硝”给彩云，彩云一看便说这不是蔷薇硝，是茉莉粉。贾环听了并不在意，只说都是好东西，便留着用吧，总比外面买的强。但赵姨娘不愿意，认为连那些丫头也敢欺负他们娘俩，就让贾环去闹。贾环虽被赵姨娘大骂，但还是不敢回怡红院找芳官算账，他甩手对赵姨娘说：

“你这么会说，你又不敢去，指使了我去闹。倘或往学里告去捱了打，你敢自不疼呢？遭遭儿调唆了我闹去，闹出了事来，我捱了打骂，你一般也低了头。这会子又调唆我和毛丫头们去闹。你不怕三姐姐，你敢去，我就伏你。”

这话强烈激发了赵姨娘的斗志，成为她大闹怡红院的催化剂。曹雪芹的精彩之笔就在这里出现了——“只这一句话，便戳了他娘的肺，便喊说：‘我肠子爬出来的，我再怕不成！这屋里越发有的说了。’一面说，一面拿了那包子，便飞也似往园中去”。“戳”这个动词，一字击中要害，相当有力，足见贾环的话对赵姨娘的震动之大。作者不说“戳心”而言“戳肺”，颇有意趣。

中医认为心主血、肺主气，想那赵姨娘被贾环激起的是满腔气愤，不说“戳心”说“戳肺”其实更准确更新鲜；文中用“喊”修饰“说”，而不单纯地“说”，更精准地写出赵姨娘当时心中的怒火，人在生气时声调会随之提高，“喊”给人竭尽全力之感，赵姨娘的愤怒可想而知；“一面……一面……”两个行为，传达出赵姨娘盛怒之下行动之敏捷迅速，而“飞也似往园中去”非常传神，赵姨娘乘着怒气扶摇而上，像孙悟空一样腾云驾雾，飞向她心中的战场——怡红院，大要威风去了。

脂砚斋评说曹雪芹描写人物“如见如闻，活现于纸上之笔，好看煞”，阅读此回，再度感叹其果不虚言！

我们一起读红楼 下

一个书香家庭的经典阅读之旅

崔思遥　李美瑛/著

山东城市出版传媒集团·济南出版社

图书在版编目(CIP)数据

我们一起读红楼：一个书香家庭的名著阅读之旅 / 崔思遥，李美瑛著. —济南：济南出版社，2015. 8（2018. 1 重印）
ISBN 978 - 7 - 5488 - 1756 - 7

Ⅰ. ①我… Ⅱ. ①崔… ②李… Ⅲ. ①随笔—作品集—中国—当代 Ⅳ. ①I267. 1

中国版本图书馆 CIP 数据核字（2015）第 209309 号

我们一起读红楼：一个书香家庭的名著阅读之旅
崔思遥 李美瑛/著

责任编辑 宋 涛 李 晨
封面设计 焦萍萍

印 刷 山东华立印务有限公司
版 次 2015 年 8 月第 1 版
印 次 2018 年 1 月第 4 次印刷
开 本 170 毫米 ×240 毫米
印 张 23. 75
字 数 347 千
定 价 48. 00 元

法律维权 0531 - 82600329

有爱　有书　有幸福

崔　斌

女儿思遥和爱人共赏《红楼梦》的文章由济南出版社结集出版，这是一件最让我感到幸福和骄傲的事情！

从小学到高中，女儿一直勤奋好学，成绩优秀，是我们眼中的好孩子，老师、同学眼中的好学生。女儿兴趣广泛，尤爱阅读和写作，在各类报刊上发表过数十篇文章，还是《中学生读写》杂志的专栏作家。高考前夕，她以优异的成绩通过某重点高校的自主招生，一只脚提前踏进了名校之门，按其平时成绩，高考正常发挥即可如愿以偿。然而命运爱捉弄人，高考的意外失利让她与这所重点院校失之交臂。失望、失落、委屈、愧疚，泪水夺眶而出，女儿的哭声至今犹在我耳畔。

带着高考的失意，女儿走进大学校园，开始了新的生活。知女莫若父，我非常担心她的心态。事实证明，这种担心并非多余。一向独立的她每天晚上都要打电话，周末经常回家，情绪时常烦躁，对大学生活明显不适应。女儿寒假回来，接受了爱人的建议，一起重读最爱的《红楼梦》，并相约读一回写一篇点评。当时我将信将疑，这对于爱人来说没有问题，但是女儿能做到吗？8个月后，当女儿兴奋地宣布已经读完《红楼梦》并且完成120篇点评时，我着实感到震惊！回想起来，正是那段时间，女儿的变化很大，她不再频繁回家，心态平和了很多，人也快乐了很多。我想这应该归功于阅读和写作带来的力量，她从书中感受着人物的悲欢离合，洞察着贾府的荣辱变迁，体味着生活的千姿百态，汲取着丰富的心灵给养……视野的开阔、境界的提升以及精神的富足慢慢使她从高考失利的阴影中走出来，重新审视自己的人生。

无论在学校还是家里，甚至外出旅游，女儿始终有每天阅读的好习惯。在刚结束的大二下学期她就阅读了《洗澡》《人生》《蝇王》《挪威的森林》《舞！舞！舞!》《白夜行》《幻夜》《解忧杂货店》《基督山伯爵》等10余部

长篇巨作，阅读量达300多万字。当许多大学生沉迷于网络游戏，或忙着刷微博、聊八卦、上网购物时，女儿能摒弃浮躁，静心阅读，在我看来的确难能可贵。阅读提高了女儿的理解和思考能力，使她更加知书达礼，气质温婉，于单纯中透着深刻睿智。不久前，她发微信和妈妈交流阅读体会："最近读完了《人生》《洗澡》《挪威的森林》《蝇王》《舞！舞！舞!》，等于把中国现当代文学、日本文学、欧洲文学结合在一起，我发现不同地域和文化的影响造就的文学风格大相径庭。中国文学如同写实画，但在板板正正中尚有一些诙谐；日本文学很符合这个民族的价值取向，想象丰富却有些畸形，读之让人压抑但也着迷；欧美文学则带有一层浪漫主义色彩，像《蝇王》这种荒岛文学，也能激励人们解放天性，挑战一切。无论哪一种文学，都让我沉迷其中，欲罢不能。"女儿的评价正确与否姑且不论，仅是这些阅读带给她的思考就对她的成长大有裨益。

女儿能有阅读、写作的好习惯，最应感谢的是爱人，正是她自己多年的阅读和写作习惯深深地影响了女儿，才有了今天这本书的问世。生活中，爱人给我的最大感受就是勤奋和快乐。作为中学教师，她是勤奋的，爱岗敬业，教学严谨，以其智慧、学识和修养赢得了一届又一届学生的喜爱，并荣获"济南名师"之殊荣；作为母亲，她是勤奋的，为培养教育女儿倾注了大量的心血；作为妻子，她是勤奋的，各种家务无所不能，"纤尘不染"是所有来过我家的人给出的一致评价。除此之外，她最勤奋的地方是在阅读和写作上，它们是她日常生活中必不可少的一部分。她几乎每天都会读书、写作，她常感叹时间太少，要读的好书读不完，要写的东西写不完。从2008年开通博客以来，7年时间里她写出了200多万字的文章，出版过三部专著。作家周国平说阅读属于三种目的，一是为了实用，二是为了消遣，三是为了精神生活的真心阅读。我认为爱人的阅读属于第三种，她把阅读作为最好的享受，在阅读中感受精神的充实愉悦，内心也因此更加宁静丰富。面对生活，她豁达乐观，淡泊名利，知性温柔，浑身充满正能量，幸福指数颇高。

《我们一起读红楼》的出版，是对女儿和爱人多年来坚持阅读和写作的褒奖。唯愿她们一如既往，在书山文海中继续快乐前行，同时也祝福她们，因为阅读和写作，每天心中都能开出一朵花来。

2015年7月20日于泉城济南

目录（下册）

第六十一回　投鼠忌器宝玉瞒赃
判冤决狱平儿行权

扫码读原著

轻叩红楼　崔思遥

山雨欲来风满楼

第六十一回和前面两回讲的大略相近，这三回之间的联系十分紧密。因为贾府中管事的人暂时都不在，所以有的下人就开始不守规矩，狂放作乱，闹得乌烟瘴气，贾府到了“山雨欲来风满楼”的程度。

前两回中，莺儿和婆子起冲突，赵姨娘和学戏的女孩子打架。这一回里迎春的丫鬟司棋、莲花和柳家媳妇因为一碗鸡蛋打起嘴仗，五儿又因茯苓霜让林之孝家的冤枉了。可以说，贾府是硝烟四起，各种矛盾都凸显出来。

迎春的小丫鬟莲花找柳家的要一碗鸡蛋羹，柳家的说没有鸡蛋了。司棋便来找她们理论，并从厨房的一个箱子里找到了一些鸡蛋，于是她让同来的小丫鬟翻箱倒柜，弄得一团糟。

这边正在战争，另一边也没闲着。五儿偷偷去给芳官送茯苓霜，回来碰到林之孝家的；正巧玉钏最近丢了东西，莲花、小婵等小丫鬟和几个媳妇在旁又添油加醋，使得五儿成了受攻击的对象。五儿百口莫辩，被带到平儿面前，平儿找人将其软禁起来。后来是彩云承认自己偷了东西，宝玉帮着瞒过此事，才算完结。

山中无老虎，猴子称大王。贾府的主要管家不在，这些平日里被吆五喝六的仆人便开始逞威风。贾府是名门望族，生活奢靡，别说是主子，就是这些仆人，生活条件也都比较优越，而这种优越，正是滋生腐败和颓废的温床。

连续三回所写的这些仆人之间的风波对于贾府来说是在敲响警钟。读者看到，在风波中，参与的有主子也有下人。那些下人，狐假虎威，拉帮结派，

明争暗斗，搞得人心惶惶。“山雨欲来风满楼”，贾府之盛在这风风雨雨之中愈发飘摇。

贾府衰败始于内

贾府的衰败始于内部，莫说主子（主要是男主子）大都不务正业，花天酒地，胡作非为，下人惹是生非的也大有人在。第六十一回便写了这样两件事情。

第一件是鸡蛋羹风波。迎春的贴身大丫鬟司棋打发小丫头莲花到厨房要一碗鸡蛋羹，厨房负责人柳家的听了，说最近鸡蛋紧张，没有，别吃了。莲花不信，动手去找，果然从一个菜箱子里翻出十几个鸡蛋。面对眼前的鸡蛋，柳家的却说这鸡蛋留着有他用，不能给司棋。莲花觉得柳家的是在欺负她们，就和她理论起来。从二人你来我往的争吵中可以看出，柳家的见钱眼开，看人下菜碟。探春和宝钗想吃油盐枸杞芽，派人带五百钱找柳家的，柳家的把菜做了，把钱送回。贾府等级森严，仆以主贵，晴雯是宝玉的大丫鬟，单独点菜要得；司棋是老实巴交的迎春的丫鬟，就没有这么大面子。面对这种势利小人，莲花生气，厉害的司棋更咽不下这口气。司棋随后带着一群小丫头把厨房里的东西一顿乱翻乱扔，闹得鸡飞狗跳。

第二件是茯苓霜风波。一波未平，一波又起，柳家的和司棋吵完后，就把刚从她嫂子那里得到的茯苓霜交给体弱多病的女儿五儿。这茯苓霜的来路也不正。柳家的哥哥在门上当班，粤东的官儿来贾府拜望时，带了两小篓子，这两篓中的一篓被当班的下人瓜分了。五儿念及芳官给过自己玫瑰露，同时也为了巴结芳官，让她在宝玉面前给自己说好话，以便有机会到怡红院做丫头，吃喝不愁还体面，于是趁黄昏人稀时悄悄进入大观园，她顺利送出茯苓霜，但在返回的路上却不顺，遇上了管家婆子林之孝家的。面对盘问，五儿支支吾吾，“辞钝色虚”，联系到最近王夫人房中丢了一些东西，林之孝家的就把五儿抓起来，交给了平儿。

王夫人房里丢的东西当然不是五儿偷的，但由这件事却牵扯出真正的偷窃者彩云，而彩云之所以这样做，是由于赵姨娘的唆使。贾府家大业大，人口多，没规矩难成方圆，这些下人不老实，和管理不到位密切相关。当病中的王熙凤知道这件事后，对平儿说要严惩这些人，平儿却劝道：

“何苦来操这心！‘得放手时须放手’，什么大不了的事，乐得不施恩呢。依我说，纵在这屋里操上一百分的心，终久咱们是那边屋里去的。没的结些小人仇恨，使人含怨。”

王熙凤听了，非但没责怪平儿，反而笑了，默认了她的建议。凤姐于是按平儿说的“得放手时须放手”，明哲保身，也不去得罪人。茯苓霜事件最后竟被宝玉承担下来，而真正的偷窃者却逍遥于家法之外。

不难想象，如此处理必会助长不正之风，贾府将更加混乱，长此以往，再大的骆驼也会撑不住的。

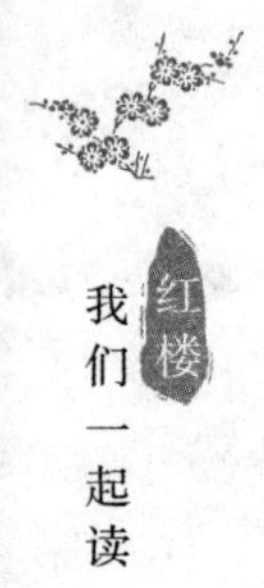

第六十二回　憨湘云醉眠芍药裀　呆香菱情解石榴裙

扫码读原著

轻叩红楼　崔思遥

娇媚少女图

第六十二回展现了两幅极美的少女图，一幅是湘云醉卧图，一幅是香菱解裙图。湘云性格直爽浪漫，香菱性格憨厚温婉，她们虽性格不同，却都拥有娇媚以及令人倾心的少女之美。

宝玉、平儿、宝琴、岫烟的生日是同一天，于是大观园的姊妹们凑钱给他们办了两席，一同玩乐。湘云是个豪爽之士，能喝能玩能闹，很快就在席间喝多了，她独自到外面寻了个阴凉之处歇息，结果睡着了。大家去找她时，看到一幅惊艳的少女图："湘云卧于山石僻处一个石凳子上，业经香梦沉酣，四面芍药花飞了一身，满头脸衣襟上皆是红香散乱，手中的扇子在地下，也半被落花埋了，一群蜂蝶闹穰穰的围着他，又用鲛帕包了一包芍药花瓣枕着。"这是一幅何等浪漫美丽的画面，少女卧在纷飞的花瓣中，憨憨入睡，纤纤玉手随意一搭，芬芳萦绕于此。在那样的年代里，一个女孩子尤其是贵族的大小姐，举止应该内敛，可湘云毫不在乎，尽显其爽朗豪放之本色。湘云是这些女孩子中性格最像男孩子的，她是一个活宝的角色，幽默风趣，有她在的地方就满是欢声笑语，非常招人喜爱。

香菱和湘云是不同风格的女孩子，但一样可爱。小螺、香菱、芳官、蕊官、藕官、荳官斗草，香菱说自己拿的草叫"夫妻蕙"，因而遭到取笑，她和荳官撕滚中弄污了石榴裙。宝玉拈"并蒂菱"来凑戏，见到香菱新裙子弄脏了，就帮她出主意，正巧袭人有件同她一模一样的，于是宝玉就让袭人把她那件给了香菱，香菱便在怡红院中换了裙子。湘云是个古灵精怪的精豆子，而香菱则是个有些羞涩纯真的少女。这一回的题目说香菱是“情解”石榴裙，“情解”二字正能体现少女的娇媚。香菱斗草时说自己拿的草名字叫“夫妻蕙”，宝玉就和她说自己拿的草叫“并蒂菱”。宝玉积极献策，香菱内心喜悦，可以看得出香菱对宝玉的言行很感动。香菱嫁给呆霸王薛蟠，然而薛蟠对她不是很好，香菱也不爱他，所以她从未真正感受过男人对她的关爱。宝玉对她真心实意，这情意也让她大为感动。香菱换裙子的过程中几次脸红，末了还羞涩地和宝玉说“不要告诉你哥哥”，娇媚之态跃然纸上。

大观园中的女子都如花般娇媚，这些脱俗美丽的女孩，让人难不倾慕。

解味红楼 李美瑛

芍药美人史湘云

“湘云卧于山石僻处一个石凳子上，业经香梦沉酣，四面芍药花飞了一身，满头脸衣襟上皆是红香散乱，手中的扇子在地下，也半被落花埋了，一群蜂蝶闹穰穰的围着他，又用鲛帕包了一包芍药花瓣枕着……”

这段描写出自第六十二回，也是小说的经典片段之一。头枕花瓣枕，身覆花瓣被，蜂蝶团团舞，美人醉梦酣。史湘云在宝玉、平儿、宝琴、岫烟四人的生日宴会上纵情豪饮，怎奈娇弱不胜，本想独自寻个凉爽处清静清静，没想到竟睡着了。

史湘云热情爽快，有点男孩性格。她说话大大咧咧，直来直去，做事雷厉风行，无所顾忌。古代对女子言行有约束，要站有站相，坐有坐相，这些在史湘云身上似乎找不到影子。酒醉卧石而眠，极不符合封建社会的女子礼仪——一个女孩子，不仅喝醉酒，还随意躺在石头上睡觉，有伤风雅，不成体统。就连史湘云被人叫醒后，也“心中反觉自愧”，不好意思。但这件事却从另一个角度展现了湘云的主要性格特征：率真、豪爽、可爱。

史湘云豪爽但不粗心，这回有一细节。平儿来给宝玉拜寿，袭人在一旁说今天也是平儿生日。这时湘云拉着宝琴和岫烟说，她们俩也是今天的生日。那么多人都不知道宝琴、岫烟和宝玉同一天生日，只有湘云记得，这不是细心是什么？史湘云还是个开心果，有她的地方就不乏笑声。生日宴会上，同样是作酒底酒面诗，黛玉写得文绉绉的，一本正经：“落霞与孤鹜齐飞，风急

江天过雁哀，却是一只折足雁，叫的人九回肠，这是鸿雁来宾。”酒底是："榛子非关隔院砧，何来万户捣衣声。”看史湘云的：“奔腾而砰湃，江间波浪兼天涌，须要铁锁缆孤舟，既遇着一江风，不宜出行。”前三句很高雅，后两句很通俗，雅俗共赏，博得众人大笑。接下来的酒底更见湘云的诙谐幽默，只见她“吃了酒，拣了一块鸭肉呷口，忽见碗内有半个鸭头，遂拣了出来吃脑子。众人催他，‘别只顾吃，到底快说了。’湘云便用箸子举着说道：这鸭头不是那丫头，头上那讨桂花油”。“众人越发笑起来”，“越发”一词用得好，表明这次的笑声较之先前更上一层楼。曹雪芹这样写，看似信手拈来，实则让黛玉和湘云构成一组对比。大观园的才女中，史湘云的才气不在黛玉、宝钗之下，每次作诗，她都是又快又多，是可以和钗黛抗衡的。

同样是才女，同样是大家闺秀，同样是无父无母，同样是寄人篱下，同样是贾府的座上宾，同样处在花样年华……黛玉和湘云的性格却迥然不同。

第六十三回　寿怡红群芳开夜宴　死金丹独艳理亲丧

群芳解花语

第六十三回，众姊妹、丫鬟们一起给宝玉过生日，群芳荟萃开夜宴，他们行酒令，抽花签，每个女子都有一个代表自己的花，作者这样写，是在暗示她们的性格和命运。

书中八个人抽了花签，且来一看。

第一个：宝钗——牡丹。花语：艳冠群芳。评词诗句：任是无情也动人。

宝钗是众姊妹中当之无愧的花魁。无论相貌、才情、品行、能力几乎无可挑剔，综合素质堪称第一，所以牡丹的花语非常适合她。宝钗内心深处有着一种傲气以及冷淡，她是个很有心计的人，凡事都计算周到，让人无不叹服。但是我们仔细品读，可以看出宝钗在很多事上对人其实都很冷漠，是个冷美人儿!

第二个：探春——杏花。花语：瑶池仙品。评词诗句：日边红杏倚云栽。

杏花不像牡丹那样耀眼，它有低调之美。探春正如杏花，她的优点常被人忽略，相比宝钗、黛玉，探春不如她们惹眼。虽说她光芒并不耀眼，但她仍是“仙品”——脱俗清雅，同时心有大志，表面悠然恬淡，给她机会，总能一鸣惊人。

第三个：李纨——老梅。花语：霜晓寒姿。评词诗句：竹篱茅舍自甘心。

李纨是这些姊妹中的长者，沉稳内敛。她就像是老树上的一枝梅花，外表柔弱，内心却极为刚强坚韧。李纨年纪轻轻便守寡，一个人把儿子带大，无怨无悔，甘心蜗居在“竹篱茅舍”，清心寡欲，与世无争。在幽兰之室中，

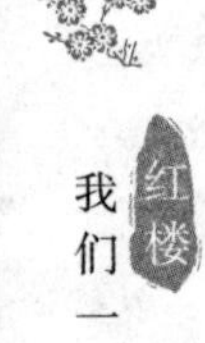

散发其独有的芬芳。

第四个：湘云——海棠。花语：香梦沉酣。评词诗句：只恐夜深花睡去。

海棠是一种娇美纯洁的花，正如直率真诚的湘云，天真可爱，清新风趣。“香梦沉酣”是在说上一回中湘云在凉石上醉卧之事，将湘云的真性情表现无余。不过，在湘云那男孩子的直率中，也有女儿的柔情。

第五个：麝月——荼蘼花。花语：韶华胜极。评词诗句：开到荼蘼花事了。

荼蘼花是一种带有禅宗味道的花，苏轼有诗说：“荼蘼不争春，寂寞开最晚。”荼蘼花是略带伤感的，它总是在最后开。荼蘼花和“韶华胜极”相呼应，“胜极”意思就是繁盛到了极点，那么接下来就是衰败了，荼蘼正是在众花衰败之后才开放的。麝月是贾府败落后为数不多的留下的人，麝月就如荼蘼，看着其他的花纷纷败落。

第六个：香菱——并蒂花。花语：联春绕瑞。评词诗句：连理枝头花正开。

香菱和湘云一样，抽取的花签和上回的内容是呼应的。香菱和丫鬟们一处斗草，说自己手中拿的草是“并头结花的夫妻蕙”，从她抽的花签中也能看得出香菱对真正爱情的向往。但是生性比较懦弱的香菱遇到了极其剽悍的情敌夏金桂，她对于爱的那点憧憬也就遥不可及了。

第七个：黛玉——芙蓉。花语：风露清愁。评词诗句：莫怨东风当自嗟。

芙蓉是清高自傲、洁身自好的花，“质本洁来还洁去”，黛玉正是这样一个女子。她孤傲，她偏僻，她高雅，她洁净，她多愁善感，她只需要一个懂她的宝玉。她的愁大多由宝玉而生，“莫怨东风”，她的愁苦无关乎外物，皆源于自己，只需“自嗟”罢了。

第八个：袭人——桃花。花语：武陵别景。评词诗句：桃红又是一年春。

桃花往往会和爱情联系在一起。袭人之所以是桃花，是和风流小生蒋玉菡有关的。“武陵别景”是说贾府衰败之后，袭人就不在宝玉身边当丫鬟了，而是出去嫁给了蒋玉菡。袭人和蒋玉菡的缘分要从汗巾子说起，宝玉曾把袭人的汗巾子当自己的汗巾子送给了蒋玉菡，蒋玉菡作为回礼把自己的汗巾子也送给了宝玉。袭人见自己的汗巾子不见了，宝玉就把蒋玉菡送他的给了袭人。这条汗巾子正是二人爱情的信物，袭人嫁给蒋玉菡算是在丫鬟中结局比较好的了。

从小小的花签中，我们可以揣摩到很多东西，作者的精思妙想由此可见一斑。

解味红楼 李美瑛

怡红公子情独钟

贾府美女云集，贾宝玉整天在那里和美人厮混，表面看来像是个花花公子，实际上他专情得很。他心之所向，只有一个人——林黛玉。

第六十三回，贾宝玉生日这天晚上，袭人、晴雯等丫头在怡红院又为他准备生日酒宴。本来只是房中的小型私人聚会，由于占花名时袭人说人少没趣，小燕便提议叫林姑娘和宝姑娘来。结果来的不只是二人，探春、李纨、宝琴、香菱也都来了。面对请来的六个客人，宝玉忙道："林妹妹怕冷，过这边靠板壁坐。"宝玉对黛玉的关心不避人，一个"忙"字，写出宝玉看到黛玉来了关心之急切。他不仅让黛玉坐在一个最暖和的地方，而且也应是一个最舒服的地方，因为他们的聚餐是在炕上围桌而坐，黛玉坐的这个地方有板壁可以靠着。不仅如此，宝玉想得更周到，想那板壁一定硬，拿来一个靠背给林妹妹垫上，关怀备至。

这回还有一个细节，是在次日早上。宝玉起床后，发现了砚台下压着的昨日妙玉派人送来的生日帖子。宝玉想给妙玉回帖，但看到妙玉自称"槛外人"时，"自己竟不知回帖上回个什么字样才相敌"。宝玉提笔出神，想了半天还是想不出一个合适的称呼。"若问宝钗去，他必又批评怪诞，不如问黛玉去。"宝玉这里无意间对宝钗和黛玉进行了比较，然后毫不犹豫地做出了选择。遇到难题，宝玉首先想到的是宝钗和黛玉，说明他认可二人的才华。就才学而言，他的难题这二人都能帮其解决，然而，宝玉最后选黛玉不选宝钗，原因是：若找宝钗，她"必又批评怪诞"，"必"表明事情一定会发生，"又"表明同样的事情已经不是第一次了，"批评怪诞"则再次点出宝钗常教训宝玉不好好读书、不热心仕途等不合时宜之举。谁会闲着没事主动送上门去讨"批评"？

"人世间有百媚千红，唯独你是我情之所钟。"贾宝玉若把这句话送给林黛玉，送之无愧。

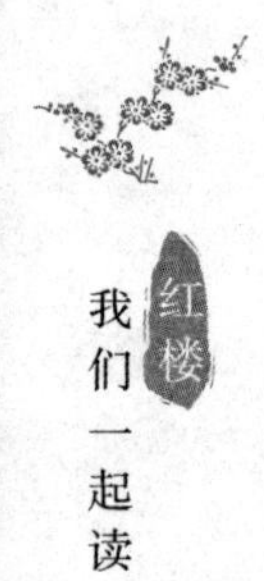

第六十四回 幽淑女悲题五美吟 浪荡子情遗九龙珮

轻叩红楼 崔思遥

深闺幽淑女

第六十四回中，黛玉在闺中作了一系列颇有深意的诗，宝玉将这些诗合称为《五美吟》。本回题目中说黛玉是幽淑女，是在说她幽怨且文雅高洁，有一种深不可测的美感。

《红楼梦》有很多不同版本，有一藏本在本回题目后、正文前题过一首诗：

深闺有奇女，绝世空珠翠。
情痴苦泪多，未惜颜憔悴。
哀哉千秋魂，薄命无二致。
嗟彼桑间人，好丑非其类。

我们这里暂且不去考证这首诗是否是曹雪芹写的，有一点必须承认，它准确地揭示了这一回的主要内容。所谓深闺之奇女，指的就是林黛玉，她生性多愁善感，亦是痴情种。她和宝玉的痴情表现方式不同，宝玉把情给了许多女孩子，而黛玉只把情给了宝玉一个人。黛玉的心思常无处可说，纠结于心，所以她常常以写诗的形式来传情。本回中写到了贾琏和尤二姐背地传情的事，所以末句“桑间人”“好丑非其类”指的正是贾琏和尤二姐这一类人。以他们来衬托黛玉，更好地表现了黛玉的幽淑女形象以及那种无人企及的境界。

黛玉写诗非常讲究，对环境的要求颇高。她写诗的时候，先让丫鬟点上香，摆好特殊的桌椅，然后才会开始。这次，黛玉写了五首诗，都是关于古代有名的美女的。黛玉并不是简单地写儿女之情，她想通过这些典故来表现更深层的含义，尤其是她心之所想、所感。

黛玉写的诗一般都带有或浓或淡的忧伤，本回所写古代美女，也是在影射自己。黛玉对宝钗说："我曾见古史中有才色的女子，终身遭际令人可欣可羡可悲可叹者甚多。"黛玉这句话，有感慨自己之意。想到自己有才有貌，想到历史上这些美女的遭际，自然而然会类比自己。可欣的是，自己遇到了宝玉这样志同道合之人；可羡的是，园中姊妹不像自己体弱多病、积郁于心；可悲的是，自己寄人篱下，没有父母家人可依；可叹的是，如此生存环境，没有自己的立足之地。所以，她借写历史上这些才情兼备的女子来表达内心真实的感受。

黛玉对于生活的理解比较透彻，她并不是一味地多愁善感，她有满足之处，宝玉这个与她在精神追求上高度一致的人，给予了她尊重、理解以及尘世的温暖。

深闺有奇女，奇才、奇趣、奇情兼有，黛玉是那个时代的风流女子，她的独特气质和魅力独领风骚。

解味红楼 李美瑛

潇湘馆五美寄情

春秋战国时期，文论家说"诗言志"，"志"是指思想、抱负、志向；到汉代，人们普遍认为"志"指思想、情感，著名的《毛诗序》有"诗者，志之所之也，在心为志，发言为诗，情动于中而形于言"句，是典型以情、志并提论诗的。

第六十四回写到黛玉的《五美吟》，从言为心声和诗言志看，这五首诗寄托了她怎样的思想感情？关于这一点，黛玉对宝钗是这样解释的：

"我曾见古史中有才色的女子，终身遭际令人可欣可羡可悲可叹者甚多。今日饭后无事，因欲择出数人，胡乱凑几首诗以寄感慨，可巧探丫头来会我瞧凤姐姐去，我也身上懒懒的没同他去。才将做了五首，一时困倦起来，撂在那里，不想二爷来了就瞧见了。其实给他看也倒没有什么，但只我嫌他是不是的写给人看去。"

黛玉明确表示，这几首诗是“以寄感慨”的，虽然她谦虚说是“胡乱凑”，但她强调的只是语言，而语言背后的思想感情不是随意而为。“其实给他看也倒没有什么，但只我嫌他是不是的写给人看去。”黛玉说宝玉看看没什么，她的心声是写给宝玉的，也只有宝玉最理解。黛玉为什么怕宝玉给外人看？她对自己的语言有自信，她担心的是自己在诗中表达的真实情感被人看穿。

这被宝钗盛赞为“命意新奇，别开生面”的《五美吟》到底寄托了黛玉怎样的思想情感？让我们先看看这五首诗歌。

西　施

一代倾城逐浪花，吴宫空自忆儿家。

效颦莫笑东村女，头白溪边尚浣纱。

虞　姬

肠断乌骓夜啸风，虞兮幽恨对重瞳。

黥彭甘受他年醢，饮剑何如楚帐中。

明　妃

绝艳惊人出汉宫，红颜命薄古今同。

君王纵使轻颜色，予夺权何畀画工？

绿　珠

瓦砾明珠一例抛，何曾石尉重娇娆。

都缘顽福前生造，更有同归慰寂寥。

红　拂

长揖雄谈态自殊，美人巨眼识穷途。

尸居余气杨公幕，岂得羁縻女丈夫。

第一首写的是战国美女西施。关于西施的结局，有两种说法较流行，一说她跟范蠡泛舟江湖，一说她沉水而死。黛玉的诗显然取的是后者。黛玉认为随着浪花消失的西施还不如东施，因为东施白头尚且能到溪头浣纱，寿终正寝，而西施却被范蠡辜负了。

第二首写的是项羽的爱妾虞姬。“大王意气尽，贱妾何聊生？”西楚霸王英才盖世，最后也没有保护好自己心爱的女人，虞姬帐中自刎，为爱而死。

第三首写的是汉代出塞和亲的王昭君。王昭君的悲剧在于没有遇到一个真正赏识自己的人。汉元帝后悔乃至杀了画师毛延寿，也并不是因为他多么爱王昭君其人，只是其美貌而已。红颜易老，王昭君即便不出塞，留在汉宫，就那样一个好色的汉元帝，也给不了她真正的爱情。

第四首写的是晋代石崇的侍妾绿珠。绿珠为石崇跳楼而死，但石崇并不看重她，把她当作瓦砾一般。绿珠为这样的人死，太不值得。

第五首写的是隋朝的传奇女子红拂。红拂慧眼识英雄，身为隋朝大臣杨素的侍女，她却看好处于穷途中的李靖。她毅然离开杨府，与李靖私奔，找到了属于自己的爱情和幸福，留下千古佳话。

黛玉通过《五美吟》表达了自己的爱情观。西施、王昭君、绿珠的爱情可悲可叹，不是她想要的；虞姬的爱情可叹可欣，但她没有和项羽终老一生，还是让人遗憾；最让黛玉欣赏赞叹的是红拂，红拂敢于主动追求自己的爱情，这和黛玉的叛逆精神是吻合的。

遗憾的是，自古红颜多薄命，红拂的人生是罕见的。黛玉虽向往之，但最终没有得到红拂那样的尘世幸福——为爱而死，她的结局倒有些像虞姬。

第六十五回 贾二舍偷娶尤二姨 尤三姐思嫁柳二郎

扫码读原著

轻叩红楼 崔思遥

可耻的滥情

第六十五回讲的是贾琏和尤二姐见不得人的私情。贾琏一向虚伪、不忠、放荡不羁，凤姐这样厉害的人面对他的恶行也只能撒撒泼，最终并不能把他怎么样。贾琏看上尤二姐的美色，尤二姐也是个风流之人，并不拒绝贾琏与她暗中传情。尤二姐是个聪明人，她清楚贾府很难接受她这样一个人，事情一旦暴露，贾琏无所谓，自己会落得很可悲的下场。况且她的竞争对手不是一般人，那可是大名鼎鼎的王熙凤，贾府的大管家，有着强大的后盾。尤二姐明知道自己根本无法与王熙凤抗衡，但最终她还是宁愿违背道德，从了贾琏。

或许有人认为尤二姐很有骨气，敢于挑战封建规矩，不畏权贵势力，敢于追求真爱，追求自由，我不以为然。从某种意义上讲，尤二姐和贾琏、贾蓉、贾珍等一干男子属于一类人，一个人如果不把“情”用在正道上，即是对“情”的滥用。尤二姐与贾琏的感情没有什么基础可言，他们是在对彼此没有多少了解的情况下，就走在了一起。贾琏看上的是尤二姐的美貌，而尤二姐看上的则是贾府的权势、地位。

书中虽说并未具体交代尤二姐进宁国府之前的生活，但是且看尤三姐也就可以大体知道尤二姐的为人。尤三姐的性格与晴雯比较像，直爽刚烈，风流表现得很明显。尤二姐的风流比较隐蔽，偏向内敛与温顺，但是这种温顺并非真正的温柔，尤二姐选择答应贾琏本身就是错误的。她对贾琏的感情并不纯粹，她是为了攀上贾琏来改变自己的生活，给自己寻找一座靠山。

尤二姐可恶，贾琏更可恶。贾琏对尤二姐的感情不过是三分钟热度，在他眼里，尤二姐只是一个玩偶，一枚他可以随意摆弄的棋子。贾琏虚伪不忠，他的"假脸"终会遭揭穿。

解味红楼 李美瑛

兴儿趣评众姑娘

第六十五回有一段尤二姐和小厮兴儿的对话，内容是尤二姐向兴儿打听府里面的那些人事。兴儿是贾琏的小厮，有更多机会接近主子。他说王熙凤"嘴甜心苦，两面三刀，上头一脸笑，脚下使绊子；明是一盆火，暗是一把刀：都占全了"。这和林黛玉进贾府第一次见到王熙凤时的印象完全一致："一双丹凤三角眼，两弯柳叶吊梢眉，身量苗条，体格风骚，粉面含春威不露，丹唇未启笑先闻。"作为贾琏的心腹，兴儿对贾琏、王熙凤夫妻俩的私事无疑知道得多些。他说王熙凤爱吃醋，"人家是醋罐子，他是醋缸醋瓮"。兴儿说王熙凤是"醋缸醋瓮"，也不是故意夸大其词，他举了丫头多看贾琏一眼就被打成烂羊头和平儿的事，表明他的话有根有据，不是搬弄口舌，无中生有。

兴儿更有趣的评论在后面。他称李纨是"大菩萨"，迎春是"二木头"，探春是"玫瑰花"，黛玉是"多病西施"，宝钗是"雪堆出来的"。这些诨名应该不是兴儿起的，一定是贾府里那些下人闲着没事，背地里对主子评头论足时的戏谑之语，他们的语言是鲜活的。菩萨温和善良，少言寡语，总是慈悲地看着众生，说李纨是"大菩萨"很恰当。

对元、迎、探、惜这四春，兴儿的评价也中肯。"我们大姑娘不用说，但凡不好也没这段大福了。"大姑娘指元春。元春是皇妃，她的好无须赘言，不出色能被选入宫中吗？"四姑娘小，他正经是珍大爷亲妹子，因自幼无母，老太太命太太抱过来养这么大，也是一位不管事的。"四姑娘惜春年龄最小，又

是宁府的，她不可能管荣国府的事。迎春是个老实孩子，身边的仆人都敢欺负她，偷拿她的东西，她知道后也不言语。在姑娘们的聚会中，很少能听到她的声音，她总是“温柔沉默”，安静得像个木头人，排行又老二，叫她“二木头”，实至名归。而“俊眼修眉，顾盼神飞，文彩精华，见之忘俗”的探春和迎春不同，她脱俗美丽，聪明泼辣，爱憎分明，一般人不敢惹她；“又红又香，无人不爱的，只是刺戳手”，探春是一朵带刺的瑰花，可远观而不可亵玩焉。

最有趣的还当属兴儿对钗黛二人的评论。“多病西施”，一针见血抓住了林黛玉病态美的特质，“多”字更突出了她的体弱多病，一年四季离不开药罐子。薛宝钗有着冰雪一样的肌肤，贾宝玉虽和她志不同道不合，但也曾被她露出的一段白莲藕般的胳膊看呆了。兴儿对尤二姐介绍这“天上少有，地上无双”的二人时，语言格外生动幽默，他说：“每常出门或上车，或一时院子里瞥见一眼，我们鬼使神差，见了他两个，不敢出气儿。”尤二姐没听懂这话的意思，接过话茬说：“你们大家规矩，虽然你们小孩子进的去，然遇见小姐们，原该远远藏开。”她以为兴儿说的“不敢出气儿”是因为大户人家的规矩。

对尤二姐的误解，兴儿笑着解释：“不是，不是。那正经大礼，自然远远的藏开，自不必说。就藏开了，自己不敢出气，是生怕这气大了，吹倒了姓林的；气暖了，吹化了姓薛的。”兴儿的回答很风趣，不敢出大气是因为她们两个一个弱不禁风，一个雪人儿般，喘气要是把握不好分寸，太大或太热就会给两个美人儿带来灭顶之灾。这里运用夸张手法，再次凸显宝钗、黛玉的个体特征，给读者留下了很深的印象。

第六十六回 情小妹耻情归地府 冷二郎一冷入空门

扫码读原著

消逝的真爱

柳湘莲和尤三姐，虽都是风流人物，但也都是痴情、重情之人。第六十六回写了他们那可歌可叹的故事。

尤二姐和贾琏想给尤三姐找个归宿，而尤三姐却早有了心上人，即柳湘莲。尤三姐只见过柳湘莲一面，就被他的品性所迷倒，遂钟情于他，并发誓非他不嫁。

贾琏出差办事的路上碰到了薛蟠和柳湘莲。柳湘莲之前曾半路相助薛蟠，于是二人捐弃前嫌，结为兄弟，一起回京。薛蟠正要为湘莲找处人家，贾琏趁此提起有处好人家，加之渲染，柳湘莲便欣然答应，还把自己祖传的宝剑作为聘礼给了贾琏。贾琏回去后告诉了尤三姐，尤三姐合了心思，自是高兴。

柳湘莲回京后去看宝玉，谈到给他提亲之事。宝玉将尤三姐大加赞美一番，柳湘莲很满意，但一听说她是东边宁府的人，却马上拒绝了，还说道："这事不好，断乎做不得了。你们东府里除了那两个石头狮子干净，只怕连猫儿狗儿都不干净。我不做这剩忘八。"可见柳湘莲虽风流，但有原则。

于是，柳湘莲来到贾琏和尤二姐的住处，索取信物，他与贾琏说："客中偶然忙促，谁知家姑母于四月间订了弟妇，使弟无言可回。若从了老兄背了姑母，似非合理。若系金帛之订，弟不敢索取，但此剑系祖父所遗，请仍赐回为幸。"尤三姐在屋内听到后，出来便说："你们不必出去再议，还你的定礼。"一面泪如雨下，左手将剑并鞘送与湘莲，右手回肘只往颈上一横。尤三姐的刚烈和痴情由此可见。想那尤三姐，在等待柳湘莲的时候，已经决心正

经做人，每日专心侍奉家人，吃斋念佛，只为得到柳公之心，不想心上人把她拒之门外。宁为玉碎，不为瓦全，尤三姐拔剑自刎，其骨气着实令人佩服！

面对这意外的变故，柳湘莲的回答也甚是痴情："我并不知是这等刚烈贤妻，可敬，可敬。"后因遇到一道人，一番对话后便"掣出那股雄剑，将万根烦恼丝一挥而尽，便随那道士，不知往那里去了"。可见柳湘莲也是个情痴情种，他没有把握住人生的真爱，悔恨不已，于是将万根"烦恼丝"一挥而尽，和红尘告别了。

尤三姐对真爱的重视，柳湘莲对真爱的忽视，皆因"情"字所生。一段情缘故事，却因痴情生出一段孽缘。

解味红楼 李美瑛

为爱殉情尤三姐

词典里说，"尤物"是指美丽的女人。曹雪芹对尤二姐、尤三姐的姓氏应是刻意挑选的，这两个女人的确是"尤物"。

在女子普遍没有地位的时代，尤三姐算是个非常有个性的人。面对贾珍、贾琏的戏弄，她表现的不是软弱顺从，而是豪放潇洒，使两个风月场上的老手都望而却步，一时不知如何是好。"自己高谈阔论，任意挥霍撒落一阵，拿他弟兄二人嘲笑取乐，竟真是他嫖了男人，并非男人淫了他。"这样的女子，真是少见！不过，这样的女子谁敢娶？贾琏、贾珍发现尤三姐性子刚烈，驾驭不了，就想尽快找个人家把她嫁出去。

在婚姻大事上，尤三姐也没有听从贾琏等摆布，她亲自择婿，说只有这样自己才会改变。尤三姐说到做到，自从决定要嫁给柳湘莲后，就换了个人似的，每天安安稳稳，再不胡闹。对于爱情，她很执着——"这人一年不来，他等一年；十年不来，等十年；若这人死了再不来了，他情愿剃了头当姑子去，吃长斋念佛，以了今生"。她认定了柳湘莲，为他生，为他死。然而，当柳湘莲从贾宝玉那里得知尤三姐是贾珍的妻妹时，脸色大变，叫苦不迭。宁府的淫乱早臭名昭著，正如柳湘莲所言："你们东府里除了那两个石头狮子干净，只怕连猫儿狗儿都不干净。"尤三姐在东府那样一个地方，能干净得了吗？柳湘莲说"我不做这剩忘八"，坚决要退婚。

尤三姐本以为，既然柳湘莲已经给自己信物了，婚事应该没问题。沉浸在对未来美好憧憬中的她没想到柳湘莲找上门来竟是为索要信物。尤三姐明白一定是柳湘莲听到风言风语，“嫌自己淫奔无耻之流，不屑为妻”。这对尤三姐是致命的打击。原想即便此人不来，也可以苦等一生，甚至出家；现在人来了，却看不上自己，嫌自己脏。尤三姐的人生被彻底否定，活着，再没有意义，只有以死明志，让柳湘莲知其一片真心，于是拔剑自刎。

谁该为尤三姐的死负责？她自己先前不检点是一个重要原因，一失足成千古恨，她应为自己的死负责；贾珍、贾琏、贾蓉都不是好东西，见色起意，好好的良家女子被他们污染了，难辞其咎；对柳湘莲不应过多责备，毕竟他有选择妻子的自由，他不想娶一个名声不好的女子没什么错；但素来以怜香惜玉著称的贾宝玉对待这件事的态度耐人寻味，尤三姐的死他也脱不了干系。

事情是这样。贾琏给柳湘莲做媒，说尤三姐是个出色的女子，其他情况没有过多介绍。真正让柳湘莲了解情况的是贾宝玉。贾宝玉对他说：“他是珍大嫂子的继母带来的两位小姨。我在那里和他们混了一个月，怎么不知？真真一对尤物，他又姓尤。”柳湘莲听了深感意外，怪不得贾琏没说尤三姐的身份。宁府乌七八糟，尤三姐在那里肯定自身难保。但柳湘莲没有立即反悔，他问宝玉：“你好歹告诉我，他品行如何？”看来他希望尤三姐是干净的，抱着一线希望。如果这时宝玉能为尤三姐美言几句，哪怕说不很了解等，柳湘莲也许还会再考虑一下，给尤三姐一个机会，但贾宝玉却笑道：“你既深知，又来问我作甚么？连我也未必干净了。”这样的回答，无疑让柳湘莲更坚信了自己的认识：宁府里没有一个是干净的。柳湘莲是信任贾宝玉的，连贾宝玉自己都这样说了，还能好吗？谁愿意找个水性杨花的女人做老婆？可以说，贾宝玉这句话最终让柳湘莲下定决心退婚。

“揉碎桃花红满地，玉山倾倒再难扶。”爱恨就在一瞬间，尤三姐的死让人猝不及防。她年轻的生命就像烟花一样，璀璨华丽，转瞬即逝。

第六十七回 见土仪颦卿思故里 闻秘事凤姐讯家童

扫码读原著

世上无完人

世上无完人，像宝钗这种几乎完美的人，也有她的不足。第六十七回写了宝钗的一个大缺点——做事过于圆滑，功利性太明显。

宝钗在很多人的眼中几乎是个无可挑剔的人物，为人行事都深得人心，贾府老少大都欣赏她。宝钗心思缜密，做事周全，可正是如此也就更为明显地暴露了她的问题。薛姨妈知道尤三姐自尽之事，甚觉纳罕和叹息，可宝钗却毫不在意地说："俗话说的好，'天有不测风云，人有旦夕祸福'。这也是他们前生命定。前日妈妈为他救了哥哥，商量着替他料理，如今已经死的死了，走的走了，依我说，也只好由他罢了。"宝钗对尤三姐的死只是淡淡带过，言语中看不到一丝同情。对于哥哥薛蟠请客答谢陪同出差之人她倒十分积极，让母亲催促哥哥抓紧请客。宝钗很会为人，不仅对长辈和姊妹们温柔大方，对待下人也毫不疏忽和懈怠。宝钗不会放过任何一个笼络人心的机会，野心很大，说白了，她一直就有成为宝玉媳妇的梦想，王熙凤就是她的目标。

薛蟠从南方回来专门给薛姨妈和宝钗带了两箱小玩意儿，给宝钗的是"笔、墨、纸、砚、各色笺纸、香袋、香珠、扇子、扇坠、花粉、胭脂等物；外有虎丘带来的自行人、酒令儿，水银灌的打筋斗小小子，沙子灯……"宝钗把这些小玩意全部搭配好，然后让莺儿同一个老婆子各处送给姊妹兄弟。这当中有一个值得注意的细节，宝钗也给贾环送了小礼物。按理说，她大可不必给贾环送东西，贾环不是她圈子中的人，而且贾环和赵姨娘的为人无人不唾弃，对于这样的人，别人避之唯恐不及，宝钗却要去笼络，可见她是别有用心的。宝钗做事周全得人心，这点人人欣赏，但是如果一个人做事周全到面面俱到，像宝钗这样，什么人都要照顾到，就分明缺少了一种做人的原则。其实，她并非是非不分，只是为了实现自己的野心便这样虚伪。而这种虚伪，对于一个年轻的女子来说，是不可爱的。

解味红楼　李美瑛

冷面冷心薛宝钗

薛宝钗貌美如花，看似知书达理，温柔可亲，其实她骨子里很冷酷。第三十二回中对待金钏之死体现了这点，第六十七回，在尤三姐自尽、柳湘莲出家这件事上，再次体现。

薛蟠出门做生意，路遇匪徒，多亏柳湘莲不计前嫌，出手相救，保住其性命和货物。薛姨妈为了报答柳湘莲的救命之恩，听说他要娶尤三姐，“正是高高兴兴要打算替他买房子，治家伙”。当薛姨妈听到尤三姐自尽的噩耗时，叹息不已，正巧薛宝钗来了，她问宝钗是否知道这件事，宝钗的回答却十分冷漠。两条鲜活的生命，且不说柳湘莲还是自己哥哥的大恩人——面对一死一出家的悲剧，薛宝钗轻描淡写，还说这都是命，由他们去吧。她认为对这些死了的、走了的，都不要再浪费心思感情了，现实点，抓紧请请活在眼前这些对咱家先前乃至以后继续有用的人吧。

相对薛宝钗的无情无义，薛蟠有情有义的一面却很突出。薛宝钗正和薛姨妈说柳湘莲这件事，薛蟠进来了，“眼中尚有泪痕”，可见他得知柳湘莲的事后，痛哭过，伤心得眼泪一直未干。薛姨妈劝他，他们既是好朋友，该各处找找才是。薛蟠回答一听说这事，“就连忙带了小厮们在各处寻找，连一个影儿也没有。又去问人，都说没看见”。薛蟠讲情义，第一时间就已经采取行动了。不仅如此，事情过了多日后，薛蟠宴请同自己外出做生意的人。宴会上众人问他有没有找到柳湘莲，他说城里城外没找到，还哭了一场。在这次聚会上，众人发现薛蟠“只是长吁短叹无精打彩的，不像往日高兴”。显然薛蟠还没有从柳湘莲的悲惨遭遇中走出来，一直为他难过着。

两相对照，让人觉得，起码在这一回中，几乎人人嫌恶的薛蟠要比几乎人见人爱的薛宝钗可爱一些。

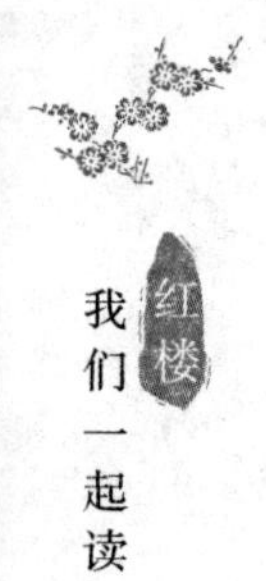

第六十八回 苦尤娘赚入大观园 酸凤姐大闹宁国府

扫码读原著

情场的战争

第六十八回讲的是两个女人——凤姐和尤二姐在情场上的战争。双方实力悬殊，尤二姐根本不是王熙凤的对手。

凤姐从门上小厮嘴中得知贾琏在外偷娶尤二姐的事。凤姐是个爱吃醋的人，她知道贾琏风流成性，但对于公然敢挑衅她的情敌她绝不会手软，绝对不可能放过尤二姐。于是凤姐这样精明且心机重的人采用了不损害自己声誉的方法，即“借刀杀人”。凤姐心中主意定好，就去一步步实施。她先是假情假意地把尤二姐接进大观园住，对她毕恭毕敬，然后就在她的周围布设陷阱，她派来服侍尤二姐的善姐总是对其冷嘲热讽，极尽挖苦之能事，而且只给她剩菜剩饭吃，尤二姐没有办法，只能忍气吞声。接着凤姐背地里让人去找曾经和尤二姐定过亲的张华，唆使他去打官司，挑起事端，进一步来败坏尤二姐的名声。不仅如此，凤姐还到东府去找尤氏撒泼，责备呵斥尤氏贾蓉母子，使得他们不得不受凤姐的掌控支使。

在情场上，凤姐是容不得这个女人的。以凤姐的威力，“借刀杀人”很容易。尤二姐势单力薄，孤身入贾府，这无异于羊入虎口。虽然尤二姐为人温和宽厚，但她身边都是贾府的人，在与王熙凤的对抗中，她注定是失败者。其实凤姐和尤二姐之间的战争并非是双向的，只是凤姐一味地在用权示威。身份、地位的不同，使尤二姐始终处于劣势，只能任人摆弄，从而在这场没有硝烟的战争中甘拜下风。

巧言令色，鲜以仁

《红楼梦》第三回和第六十八回都集中描写了王熙凤的外貌，虽是同一人，差别却很大。第三回是这样写的：

这个人打扮与众姑娘不同，彩绣辉煌，恍若神妃仙子：头上戴着金丝八宝攒珠髻，绾着朝阳五凤挂珠钗；项上戴着赤金盘螭璎珞圈；裙边系着豆绿宫绦，双衡比目玫瑰佩；身上穿着缕金百蝶穿花大红洋缎窄裉袄，外罩五彩刻丝石青银鼠褂；下着翡翠撒花洋绉裙。一双丹凤三角眼，两弯柳叶吊梢眉，身量苗条，体格风骚，粉面含春威不露，丹唇未启笑先闻。

第六十八回是这样写的：

只见头上皆是素白银器，身上月白缎袄，青缎披风，白绫素裙。眉弯柳叶，高吊两梢，目横丹凤，神凝三角。俏丽若三春之桃，清洁若九秋之菊。

前者是林黛玉眼中的王熙凤，披金戴银，彩绣辉煌，高调奢华，贵气十足，显示出凤姐在贾府特殊的地位。后者是尤二姐眼中的王熙凤，素衣素装饰，低调内敛，俏丽清洁，这和尤二姐从别人口中得知的王熙凤判若两人。两处描写虽然形（服饰）不同，但神一致，都是吊梢眉，丹凤眼，暗示着凤姐的狡黠阴毒。

王熙凤知道贾琏背着她偷娶尤二姐后，怒火中烧，但怒火没有让她丧失理智。尤二姐毕竟不是什么多姑娘、鲍二家的，贾琏这样的男人娶个三房四妾也正常，王熙凤若明目张胆地闹，只能让人说她不贤惠，留下笑柄。她权衡再三，分析利弊，决定趁贾琏远行之际，用软刀子对付尤二姐。她深谙人际交往之道，明白如果像接待林黛玉那样出场，非吓着尤二姐不可，后面的计划就不好实施了。她很低调，见了尤二姐，又是赔笑又是还礼，还主动携

着尤二姐的手一同入室，做出一副亲如姐妹样。不仅如此，她对尤二姐说的话更为动人：

“皆因奴家妇人之见，一味劝夫慎重，不可在外眠花卧柳，恐惹父母担忧。此皆是你我之痴心，怎奈二爷错会奴意。眠花宿柳之事瞒奴或可；今娶姐姐二房之大事亦人家大礼，亦不曾对奴说。奴亦曾劝二爷早行此礼，以备生育。不想二爷反以奴为那等嫉妒之妇，私自行此大事，并不说知。使奴有冤难诉，惟天地可表。前于十日之先奴已风闻，恐二爷不乐，遂不敢先说。今可巧远行在外，故奴家亲自拜见过，还求姐姐下体奴心，起动大驾，挪至家中……”

凤姐的话尽显“大家风范”，很排场，拿得到桌面上，说到动情处还“呜呜咽咽哭将起来”，哭得尤二姐也滴下泪来。这尤二姐毕竟年轻，涉世未深，王熙凤也的确巧言，演技高超，不到半个时辰，尤二姐“竟把凤姐认为知己”了。于是她乖乖听从王熙凤的安排，进了大观园，跳进一个精心布下的陷阱，走上自己的死亡之路。

人前一把火，人后一把刀。王熙凤对尤二姐，当面一套背后一套。她私下里吩咐众人：“都不许在外走了风声，若老太太、太太知道，我先叫你们死。”凤姐“又变法将他的丫头一概退出，又将自己的一个丫头送他使唤”。尤二姐在贾府已成孤家寡人，和家人也中断了联系。凤姐派来的丫鬟善姐十分不善，她一定是授意于凤姐的，否则给她个胆儿，她也不敢为了头油那样尖刻地训斥尤二姐，也不敢不及时送饭，而且送的还是剩饭。

尤二姐受了委屈，无处可诉，王熙凤隔三岔五来一次，依旧是“和容悦色，满嘴里姐姐不离口”，又说：“倘有下人不到之处，你降不住他们，只管告诉我，我打他们。”又骂丫头媳妇说：“我深知你们，软的欺，硬的怕，背开我的眼，还怕谁。倘或二奶奶告诉我一个不字，我要你们的命。”王熙凤先发制人，弄得尤二姐有苦说不出，只能一味地忍。

“巧言令色，鲜以仁。”说的就是王熙凤这样的人。

第六十九回　弄小巧用借剑杀人　觉大限吞生金自逝

扫码读原著

轻叩红楼　崔思遥

懦弱的温柔

第六十九回，尤二姐在凤姐的圈套中失败了，最后吞金自杀。但是，尤二姐之所以会有这样的结局，和她自身的性格有密切关系。

尤二姐的性格较尤三姐要温顺得多，但她这种温顺更多的是一种懦弱，所以她只能一直被人利用和玩弄。贾琏风流的本性无人不知，尤二姐却贪图他的钱财权势，和他一拍即合。贾琏是个下流好色之徒，总是玩弄感情，尤二姐只是他玩弄的对象之一。尤二姐不会不了解这些，但她还是顺从了他。

一样利用尤二姐这种弱点的人还有秋桐。秋桐是凤姐“借刀杀人”最得力的人物，和尤二姐不同，这个秋桐是认可过的，正因如此，她在贾府就比尤二姐有地位有面子。秋桐是个嘴巴不饶人的主儿，舌头的毒辣毫不输给王熙凤。别人只敢在背后说的话，秋桐就敢当面说到尤二姐的脸上。懦弱的尤二姐遭遇了伶牙俐齿的秋桐，只能打碎牙齿往肚里吞，任凭秋桐对她进行语言上的攻击和侮辱，却不敢反抗。一个愿打，一个愿挨，尤二姐的温顺再一次被利用。

王熙凤是残害尤二姐的幕后导演，掌控全局。她设计得很完美，自己不亲自出场，在暗地里利用其他人来帮助自己，让那些人成为自己的帮凶和傀儡。当着尤二姐的面，她依旧是妹妹长妹妹短，嘘寒问暖，一副善良面孔，让尤二姐觉得她很真诚。凤姐心机深重，尤二姐的懦弱和单纯对她来说不过是小菜一碟。所以，当尤二姐最终醒悟，知道自己不能对抗凤姐时，便选择了吞金自杀。凤姐利用尤二姐的温顺，杀人不见血，达到了自己的卑鄙目的。

性格就是命运，温顺有时也是懦弱的别称。尤二姐的懦弱是她走上绝路的一个重要因素。

解味红楼　李美瑛

天妒红颜薄命女

尤二姐和尤三姐是一对姊妹花，天生丽质，但性格迥异。二姐柔弱如水，三姐刚烈如火。尤二姐的柔弱让她在遇到问题时往往优柔寡断，忍字当先；尤三姐的刚烈让她在遇到问题时，快刀斩乱麻，不拖泥带水。在洞察世事上，尤二姐也不如尤三姐成熟老练。

第六十九回，尤二姐被王熙凤花言巧语骗进大观园后，生活每况愈下。而王熙凤却借此赚得了贤惠的美名，她“借刀杀人”，坐山观虎斗，把秋桐当枪使，纵容她肆意辱骂尤二姐。在饮食起居上，凤姐等对尤二姐极尽苛刻，茶饭都是不堪之物。秋桐和凤姐还时不时在贾母、王夫人等面前“点眼药”，说尤二姐的坏话，使一向慈悲的老祖宗说出“人太生娇俏了，可知心就嫉妒。凤丫头倒好意待他，他倒这样争锋吃醋的。可是个贱骨头”这样的话，并因此不待见尤二姐。尤二姐苦不堪言，要生不能，要死不得，气结于心，一病不起。一夜她梦见尤三姐对她说：

“姐姐，你一生为人心痴意软，终吃了这亏。休信那妒妇花言巧语，外作贤良，内藏奸狡，他发恨定要弄你一死方罢。若妹子在世，断不肯令你进来，即进来时，亦不容他这样。此亦系理数应然，你我生前淫奔不才，使人家丧伦败行，故有此报。你依我将此剑斩了那妒妇，一同归至警幻案下，听其发落。不然，你则白白的丧命，且无人怜惜。”

曹雪芹借尤三姐之口，对造成尤二姐悲剧的原因做了深刻剖析。马善被人骑，人善被犬欺。软弱善良的性格，使尤二姐不能把握自己的命运，总吃哑巴亏。尤二姐单纯而不谙世故，没看出王熙凤含威不露、狠毒狡诈的阴险本色，以至羊入虎口，到头来只能任其宰割。这里，尤三姐有两点认识让人佩服，一是她能正视姐妹俩当初行为的不检点，认可“善有善报、恶有恶报”且“天网恢恢、疏而不漏”的古训，表明要为自己曾经犯下的过错埋单；二是她是非分明，疾恶如仇，对王熙凤的恶行，她主张以牙还牙，与之同归于尽，绝不能忍气吞声白白冤死。面对强权，尤三姐是勇于大胆反抗的。

自古红颜多薄命，无论是温柔的尤二姐，还是刚烈的尤三姐，最后的结局一样凄惨，让人扼腕叹息。

“春恨秋悲皆自惹，花容月貌为谁妍。”“厚地高天，堪叹古今情不尽；痴男怨女，可怜风月债难偿。”重温第五回这些警示之语，让人既感伤那些美好生命的消逝，更感叹作者以如椽大笔为我们留下的这份难得的文学瑰宝。

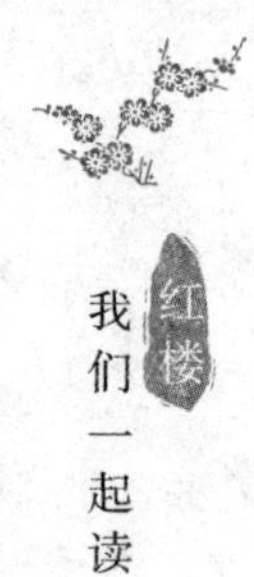

第七十回　林黛玉重建桃花社　史湘云偶填柳絮词

宝黛心相通

第七十回，黛玉把诗社重拾起来，姊妹们在一起作诗、放风筝。在姊妹们共同的玩闹中，宝黛两人的亲密与相互关切读来很温馨。

湘云打发丫鬟找宝玉去看好诗，诗名是《桃花行》，其他人看后都是赞美，唯独宝玉看后落泪了。宝玉一看便知这是黛玉的文笔，他能够理解黛玉内心的真实想法。其他人看到的都只是黛玉的文学才华，宝玉看到的却是黛玉的思想情感。在宝玉眼里，那字里行间所表现的都是黛玉的心，而与黛玉同心者，宝玉也。

贾政快要回京了，到时定会检查宝玉的功课，姊妹们都来帮宝玉临帖，以此应付贾政要看的作业。唯独黛玉和他人不同，“闻得贾政回家，必问宝玉的功课，宝玉肯分心，恐临期吃了亏。因此自己只装作不耐烦，把诗社便不起，也不以外事去勾引他”。黛玉最了解宝玉，知道宝玉不愿意写这些劳什子，但又惧怕贾政，不想让他受责备。她也知道宝玉心上总会惦记着她，为了不让宝玉分心，自己就不给他添麻烦，也不用外物令他分心，自己却偷偷为他忙碌。一日，紫鹃走来，“送了一卷东西与宝玉，拆开看时，却是一色老油竹纸上临的钟、王蝇头小楷，字迹且与自己十分相似”。能把字写得如此仔细并且还能模仿出宝玉字迹，这种用心程度只有黛玉做得到。宝玉对黛玉的关心总会从嘴中说出来，而黛玉对宝玉的关心大都以实际行动来表现。因为你知我知，二人同心，所以无论是何种表现形式，他们彼此都能领会。

姊妹们一起放风筝，黛玉放的风筝越飘越远，众人都说有趣，唯独宝玉看了说："可惜不知落在那里去了。若落在有人烟处，被小孩子得了还好；若落在荒郊野外无人烟处，我替他寂寞。想起来把我这个放去，教他两个作伴儿罢。"在宝玉看来，黛玉在哪里，他的心就在哪里，他爱黛玉的心既是真的，无论天涯海角，都要陪伴她。

宝黛之间的爱只需心领神会，不需太多的言语。心有灵犀，这是爱情至高的境界。

解味红楼 李美瑛

惺惺相惜两心知

真心相爱的人，心是相通的，能感觉到彼此的喜怒哀乐，阴晴冷暖；他们能与对方共享风和日丽，寒潮雨露。第七十回，湘云打发人去叫宝玉。宝玉应邀来到沁芳亭，发现大家正在称赞一首《桃花行》诗。宝玉看了，没有和大家一样叫好，而是悄然泪下。

贾宝玉读懂了这首《桃花行》，体会到了其中的忧愁伤悼，并产生共鸣，因而神伤。宝琴让宝玉猜谁写的，宝玉笑答："自然是潇湘子稿。"宝琴说不是，是她写的，宝玉说不信，宝钗这时也替宝琴说话，但宝玉仍然坚持为黛玉所作，因为这声调口气，那哀伤之音，非黛玉莫属。知黛玉者，宝玉也。

知宝玉者，亦黛玉也。这一回写贾政派人送信来，说即将回府。袭人劝宝玉抓紧补习功课，贾政在外三四年，他只写了五六十篇字，委实太少，根本无法向贾政交差。贾母担心宝玉赶任务累出病，于是探春、宝钗说帮忙写。探春、宝钗每天临一篇楷书给宝玉，宝玉自己也勤奋"加工"。尽管如此，到贾政快回之际，还欠五十余篇。就在这时，紫鹃来了，"送了一卷东西与宝玉"。注意，这里没有具体数字，只说"一卷"，可见数目之大。宝玉打开一看，临的是清一色的钟繇和王羲之的蝇头小楷。黛玉临的钟、王小楷一定比探春、宝钗的楷书难度大，数量更多，这从宝玉喜不自禁的表情可以看出。更可贵的是，黛玉的字迹和宝玉十分相似。如此种种，都说明黛玉在这件事上非常用心，她没有像探春、宝钗那样在贾母面前明说，而是以实际行动暗中相助。

还是这一回，宝玉和大观园的姑娘们一起放风筝，玩到最后，大家要把

自己的风筝放掉，这叫放晦气。文中有一个细节，雪雁率先剪断了黛玉的风筝，就在大家仰面眺望并大呼“有趣”时，宝玉却道：

“可惜不知落在那里去了。若落在有人烟处，被小孩子得了还好；若落在荒郊野外无人烟处，我替他寂寞。想起来把我这个放去，教他两个作伴儿罢。”

别人都在为黛玉的风筝断线后越飞越远欢呼雀跃，唯宝玉在为她的风筝而担忧，心之所念与众不同，他怕黛玉的风筝会像她一样孤寂。这就是爱屋及乌，爱人及物。宝玉剪断了自己的风筝，让它去追随黛玉的风筝，陪伴它去了。此事不大，还带有孩童般的幼稚，但谁也不能否认，在这一细节中展现出的宝玉对黛玉的无限怜惜关爱。

惺惺相惜两心知，得一知音死不辞。宝黛之恋，古今典范。

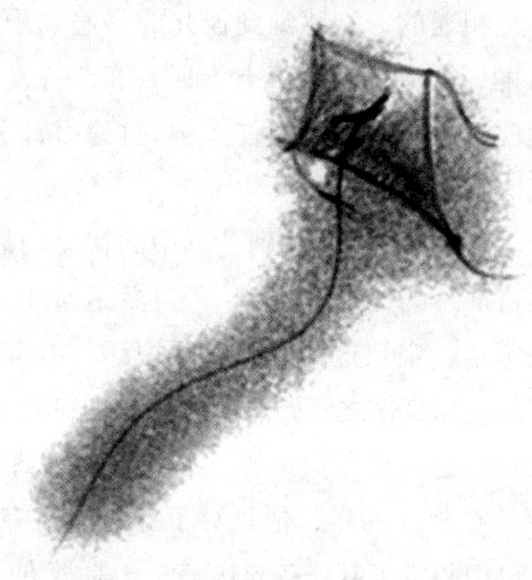

第七十一回　嫌隙人有心生嫌隙　鸳鸯女无意遇鸳鸯

扫码读原著

轻叩红楼　崔思遥

潜伏的危机

第七十一回描写了许多潜伏的危机，这些危机不只是前些回所说的大都是下人之间的矛盾，而是升级到了主子之间。

“嫌隙人有心生嫌隙 鸳鸯女无意遇鸳鸯”，从本回的题目看，就可知道讲了两个危机：互相嫌隙之人制造了危机，一对相爱的鸳鸯也制造了危机。前几回中贾府的奴仆下人之间有很多的冲突，这本就是贾府的一个大隐患，这个圈子已经出现了明显的不稳定。如今，矛盾升级到主仆、主子之间，这就又动摇了一个圈子，也是贾府的核心——邢、王两位夫人以及凤姐。

冲突要从尤氏说起。尤氏饿了，于是从凤姐处至大观园寻吃的。在角门上，她派一个小丫鬟找婆子去传话，结果丫鬟与婆子因为语言不当发生争吵，丫鬟就来找尤氏告状，尤氏因而发怒。后来有个小丫鬟又偷将此事告诉了周瑞家的，周瑞家的为了讨好主子，便去告诉凤姐，凤姐说把那两个婆子直接捆了交给尤氏处置，周瑞家的便让林之孝家的来见尤氏，尤氏只和她闲聊一会儿。出门后，林之孝家的又碰到了赵姨娘，赵姨娘从中挑唆，制造嫌隙。正巧又有两个婆子的女儿找到林之孝家的来求情，林之孝家的便支着儿让她们找人去告诉邢夫人的陪房费大娘。这费大娘也不是省油的灯，听得此事，又因为贾母近日因鸳鸯的事情一直疏远邢夫人，所以更是怨忿，就在邢夫人面前装腔作势，暗骂凤姐和王夫人。邢夫人于是在次日贾母听戏的宴席上指桑骂槐，羞辱了凤姐，凤姐心中当然不快，但也不好发作，只是在屋中赌气。府中主子、仆人之间的矛盾在传话之中变得更加错综复杂，上层、下层两大

圈子都不稳定，矛盾越积越深，主仆串通一气，贾府越来越混乱不堪。

第二个危机源自司棋。鸳鸯到晓翠堂找园中的人聊天，出来后经过一片桂树林，听到山石后面有声音，接着看到两个人影。眼尖的鸳鸯看出了其中一个是迎春的丫鬟司棋。鸳鸯以为司棋是在和别的女孩玩耍，谁知她竟然胆大包天地在和一个小厮幽会。司棋因和鸳鸯关系好，就让鸳鸯为她保密。司棋出现的次数不多，但她的幽会不是第一次；既然不是第一次，就有可能被人抓住破绽。碰到鸳鸯还算她幸运，这种伤风败俗的事要是被别人碰上也许要掀起一场轩然大波。从另一个角度看，司棋敢在园子里和小厮约会，足见贾府的内部管理是多么懈怠不力了。

这些潜伏的危就像潜藏的病毒，它们在慢慢侵蚀着这个外表强大的家族。

解味红楼 李美瑛

树大招风惹嫌怨

仗着贾母的宠爱，王熙凤做事一向招摇，她这种为人处世的态度，让许多人看不顺眼。大家明里都惧怕她，但只要逮着机会，一些人就暗地里报复她。

第七十一回发生一件事，两个婆子因对宁府尤氏的丫鬟出言不逊，惹恼了尤氏。凤姐知道后，命人把这两个不懂礼数的婆子捆起来，准备交给尤氏处置。这两个婆子，有一个是邢夫人的陪房费婆子的亲家，费婆子知道后去找邢夫人，请求放人。费婆子经常狗仗人势，倚老卖老，后因贾母渐渐不待见邢夫人才老实些。她早就看不惯王熙凤以及她手下的人整天吆五喝六的作派，趁着这事，她煽风点火，在邢夫人面前说凤姐坏话——“只哄着老太太喜欢了他好就中作威作福，辖治着琏二爷，调唆二太太，把这边的正经太太倒不放在心上”。

本来邢夫人因为贾母不喜欢自己，还让自己的儿媳妇凤姐越俎代庖掌管贾府就很生气，费婆子这么一挑唆，再次点燃她心中的怒火。多年的媳妇熬成了婆，可她这个婆婆竟输给儿媳妇，处处被压一头，体面尽失。贾母不喜欢自己，自己的女儿也跟着不受欢迎，前几日南安太妃要见姐妹们，贾母叫探春而不叫迎春去……邢夫人越想越生气，费婆子的话像针一样，字字刺痛她的心。

邢夫人终于逮着了教训王熙凤的机会，在族人给贾母过生日的晚宴结束后，当着大家的面，她笑着开口了：

“我听见昨儿晚上二奶奶生气，打发周管家的娘子捆了两个老婆子，可也不知犯了什么罪。论理我不该讨情，我想老太太好日子，发狠的还舍钱舍米，周贫济老，咱们家先倒折磨起人家来了。不看我的脸，权且看老太太，竟放了他们罢。”

邢夫人色厉内荏，拿老太太说事，切入点抓得准。老太太过生日是个大喜日子，为了积善长寿，应做好事，凤姐却捆绑抓人，这不是给老太太添堵，折她老人家的寿吗？邢夫人貌似向凤姐求情，实则在示威，给凤姐下通牒：赶快放人。邢夫人说完，没容凤姐解释，“上车去了”，扔下“又羞又气，一时抓寻不着头脑，憋得脸紫涨”的凤姐站在那里，难堪不已。

威风八面的王熙凤也有如此灰头土脸的时候，“凤姐由不得越想越气越愧，不觉的灰心转悲，滚下泪来。因赌气回房哭泣，又不使人知觉”。王熙凤虽不是吃气的人，但邢夫人这顿气只能受，谁让自己是人家的儿媳妇呢。跟婆婆顶撞，只能让别人说自己没大没小，不懂规矩，给那些排挤她的人留把柄。

第七十二回 王熙凤恃强羞说病 来旺妇倚势霸成亲

轻叩红楼 崔思遥

倚强凌弱势

第七十二回描写了贾府中弱势与强势的对抗。那些弱势之人实力不够，终究是打不过那些强势之人的，最后，弱势只能选择服从。

身份、地位的不同，让贾府的人们自动分为不同的等级。如本回中，凤姐、贾琏、贾政就是强势群体，而司棋、与司棋相好的小厮、彩霞、鸳鸯等则是弱势群体。司棋和小厮的恋情被鸳鸯发现了，虽然鸳鸯是个非常值得信赖的朋友，但是对司棋而言，对封建礼教的畏惧压过了对朋友的信任。小厮逃跑后，司棋整日闷闷不乐，鸳鸯反而觉得过意不去了。司棋其实也是迫不得已，她是一个处于弱势地位的人，无法左右自己的命运。这件事一旦被人发现，她不仅会被凌辱，还将无法立足，被贾府赶出门去。

鸳鸯是贾母身边最有体面的丫鬟，但丫鬟就是丫鬟，她在主子面前也是受到辖制的。贾琏告诉鸳鸯，银子实在不足，就把老太太查不到的金银偷运出一箱子，换成银子用。鸳鸯是个正直的人，所以肯定为难，贾琏虽然嘴上说得讨巧，实则非常强硬。鸳鸯对贾琏的命令无法推辞，也无权反驳，只有照他说的去做。

彩霞同样处于弱势地位。旺儿家的儿子看上了彩霞，旺儿家的就仗着自己平日和凤姐较亲近，心想这点事凤姐一定会答应，于是找她去要人，果然得到允诺。可后来林之孝告诉贾琏，旺儿家的儿子只会吃酒赌钱，无所不为，所以彩霞才不同意跟他的。但是凤姐答应在前，贾琏只得依允。彩霞便去求赵姨娘，赵姨娘又找到贾政，想让他把彩霞留给贾环。而贾政早瞅准了两个姑娘，一个给宝玉，一个给贾环，自己替他们做主了，并不在意彩霞之事。包括彩霞在内的这些姑娘们，在贾府并没有真正的人身自由，她们没有权利选择爱与被爱，只能听从主子的安排，按照他们的摆布去生活。

强势之人给弱势之人制造麻烦的同时，也会给自己带来更多的问题和隐患。倚强凌弱势，害人害己，有时它会产生蝴蝶效应，危害整个家族。

解味红楼　李美瑛

物盛则衰月满亏

“贾不贾，白玉为堂金作马。”贾家辉煌过，如今却渐趋衰落。第七十二回通过接二连三的几件琐事，让读者看到贾府内部的虚空。

这回首先写鸳鸯来探望凤姐，正巧贾琏也回来了。贾琏好言好茶招待鸳鸯后，说他有一事相求：

“这两日因老太太的千秋，所有的几千两银子都使了。几处房租地税通在九月才得，这会子竟接不上。明儿又要送南安府里的礼，又要预备娘娘的重阳节礼，还有几家红白大礼，至少还得三二千两银子用，一时难去支借。俗语说，‘求人不如求己’。说不得，姐姐担个不是，暂且把老太太查不着的金银家伙偷着运出一箱子来，暂押千数两银子支腾过去。”

贾母过生日，虽说用了几千两银子，但接下来几桩需用三二千两银子的事贾琏就无法应付，拿不出来银子了。他出此下策，想里应外合，让鸳鸯悄悄运出一箱贾母的金银家伙。要不是囊中实在羞涩，贾琏也不至于这么不孝，要去偷自己奶奶的东西。

鸳鸯刚走，旺儿媳妇又来了。凤姐在和她的对话中无意说到另一件事：“前儿老太太生日，太太急了两个月，想不出法儿来，还是我提了一句，后楼上现有些没要紧的大铜锡家伙四五箱子，拿去弄了三百银子，才把太太遮羞礼儿搪过去了。我是你们知道的，那一个金自鸣钟卖了五百六十两银子。没有半个月，大事小事倒有十来件，白填在里头。”因为缺钱，王夫人和凤姐也只好变卖东西。在外人看来，以这二人的身份，别说三五百两银子，三五千两也不是事儿，但现在她们也要以物换钱贴补费用。

凤姐这边正向旺儿媳妇诉苦，外面要钱的又找上门来——夏太府打发一

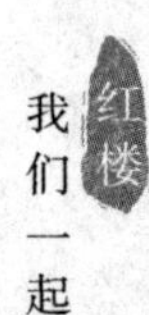

个小太监来借一二百两银子。凤姐让平儿押了自己的两件首饰，才打发掉这个理直气壮借钱的太监。凤姐这样做，一方面有意让太监看看，贾府现在也缺钱，以后别再狮子大开口了；但另一方面也说明贾府的确不能像过去那样挥金如土了，否则为了一二百两银子，哪有必要当物。

而接下来林之孝对贾琏提出的一个建议更是耐人寻味：

“人口太重了。不如拣个空日回明老太太老爷，把这些出过力的老家人用不着的，开恩放几家出去。一则他们各有营运，二则家里一年也省些口粮月钱。再者里头的姑娘也太多。俗语说，‘一时比不得一时’，如今说不得先时的例了，少不得大家委屈些，该使八个的使六个，该使四个的便使两个。若各房算起来，一年也可以省得许多月米月钱。”

看来不仅贾琏、凤姐这些主子，连林之孝这些仆人也看出贾府在资金运转上的艰涩。过去大家族有其规矩，仆人、丫鬟的多少是富贵与否的象征。林之孝的裁人计划直指主子，可见贾府已窘迫到何等程度。

“日中则移，月满则亏。物盛则衰，天地之常数也。”贾府江河日下，到了捉襟见肘的境地，这一切都昭示贾家已经要走下坡路了。

第七十三回　痴丫头误拾绣春囊　懦小姐不问累金凤

扫码读原著

轻叩红楼　崔思遥

软弱遭人欺

迎春是众姊妹中性格最为软弱的一个，第七十三回着重写了这一点。

贾府这样的大家族，人多嘴杂，想要立足必须多个心眼。虽说害人之心不可有，但防人之心不可无，软弱之人往往成为被欺负的对象。迎春虽然是个正经的主子，但是由于她软弱的性格，无人惧怕她，甚至当着她的面也敢作乱。迎春的软弱让人可怜可气，被人欺负只是一方面，更严重的是最终断送了自己。

迎春的乳母被人查到偷钱赌博，而且发现钱的来源正是偷了迎春的累丝金凤。迎春明明知道这些人所做之事，却不吭声，倒是迎春周围的人开始着急。首先是邢夫人斥责迎春不该不管此事，迎春的回应却是：“我说他两次，他不听也无法。况且他是妈妈，只有他说我的，没有我说他的。”迎春看到自己的乳母拿自己的东西去赌博，只是说说，却不敢如何。作为主子，看到下人行事如此也不去阻止，这就是姑息养奸，难怪她的下人胆子越来越大。

第二个替迎春着急的是丫鬟绣桔。绣桔发现迎春不敢责备她的乳母，便和迎春乳母的儿媳发生口角，迎春却只是说：“罢，罢，罢，省些事罢。宁可没有了，又何必生事。”“罢，罢，罢。你不能

拿了金凤来，不必牵三扯四乱嚷。我也不要那凤了。便是太太们问时，我只说丢了，也妨碍不着你什么的，出去歇息歇息倒好。”绣桔帮着迎春出主意，迎春非但不领情，反而只想能省事就省事，只要不用自己出面就行。后来迎春发现劝解不成，干脆自己跑到一边看书去了，任凭她们在那里吵闹。

最后来帮迎春的是探春和平儿。探春见迎春如此懦弱，以她自己直率的性格，是绝对不能容忍下人这样明目张胆地欺负主子的。探春来后，直接就跟与绣桔吵架的媳妇说：“这倒不然。我和姐姐一样，姐姐的事和我的也是一般，他说姐姐就是说我。我那边的人有怨我的，姐姐听见也即同怨姐姐是一理。咱们是主子，自然不理论那些钱财小事，只知想起什么要什么，也是有的事。但不知金累丝凤因何又夹在里头?”探春说话心直口快，而且很善于对不同的人用不同的招。同探春相比，更显迎春的软弱无能。

平儿和迎春一样，是个好脾气的人，但平儿做事有原则，张弛有度，不像迎春爱憎不分明。看到那个媳妇如此放肆，平儿便来斥责她，而且语言犀利：“姑娘这里说话，也有你我混插口的礼！你但凡知礼，只该在外头伺候。不叫你进不来的地方，几曾有外头的媳妇子们无故到姑娘们房里来的例。”平儿虽然脾气好度量大，但并不懦弱，不会像迎春那样，做事无原则，即使自己的利益被威胁，也一忍再忍，没有个主子样，简直就是一个受气包。

解味红楼 李美瑛

懦弱小姐贾迎春

迎春第一次出场是在第三回：“第一个肌肤微丰，合中身材，腮凝新荔，鼻腻鹅脂，温柔沉默，观之可亲。”相由心生，这句话写出了迎春少言寡语、温柔可亲的性格。对于女子，温柔是美好的，但要有度，否则过于温柔，有时遇事会懦弱。迎春就是这样一个典型。

第七十三回，贾母下令查那些头家赌家，结果查得三人，一个是迎春的乳母，另外两个是林之孝家的亲戚和柳家媳妇的妹妹。围绕这件事，可以看出迎春的“好脾气”给自己带来的恶果，这是她为温柔付出的代价。

打狗还要看主人，如果这个聚众赌博的乳母的主子不是迎春，是宝玉、黛玉、宝钗等，老祖宗也许会另当别论。对迎春，贾母一向不是特别喜欢，不如探春。迎春和探春其实一样，都是庶出，关于这一点，邢夫人说得很清楚：

“我想天下的事也难较定，你是大老爷跟前人养的，这里探丫头也是二老爷跟前人养的，出身一样。如今你娘死了，从前看来你两个的娘，只有你娘比如今赵姨娘强十倍的，你该比探丫头强才是。怎么反不及他一半！”

为什么迎春不及探春一半？子因母贵，探春跟着王夫人，而迎春跟着邢夫人，贾母喜欢王夫人而不喜欢邢夫人，所以厚此薄彼；再有也是她们性格决定的，探春外向，迎春内向，在喜欢热闹的老祖宗面前，开朗善谈的探春更容易比沉默寡言的迎春受宠。因此，当黛玉、宝钗等为迎春求情时遭到拒绝，贾母还说自己正想拿一个人作法，迎春的乳母正好撞到了枪口上。

乳母获罪，迎春在贾母处弄得很无趣，心中正不自在，邢夫人随后过来，又把她劈头盖脸骂了一顿：“你这么大了，你那奶妈子行此事，你也不说说他。如今别人都好好的，偏咱们的人做出这事来，什么意思。”本来邢夫人在贾母那里就不受待见，迎春乳母这一惹事，又添口舌，让她跟着丢人现眼。面对邢夫人的教训，迎春嗫嗫嚅嚅，半晌才说自己说过乳母，可她不听。邢夫人一听更生气，一句“胡说”让人仿佛看到她的咄咄逼人。

刚吃过邢夫人的气，迎春乳母的子媳王住儿媳妇又来了，让迎春去给她婆婆求情。迎春不答应，这时丫鬟绣桔说抓紧把被她婆婆偷去当了的迎春的攒珠累丝金凤赎回来。这媳妇一听恼羞成怒，欺负迎春老实，当着她面就大声训绣桔，指桑骂槐，说给迎春听。话里话外的意思是，作为乳母，她婆婆够倒霉的，不仅没跟主子沾光，反而还白添了很多银子在里头。面对此状，绣桔、司棋气不过，和那媳妇理论，而迎春呢，一看“劝止不住，自拿了一本《太上感应篇》来看”，真让人哀其不幸，怒其不争。而随后进来的探春与迎春的作为形成反衬，三下五除二，就灭了那欺软怕硬的媳妇的威风。

性格就是命运，迎春最后被孙绍祖欺凌致死，和她这种懦弱的性格有必然的联系。

第七十四回　惑奸谗抄检大观园　矢孤介杜绝宁国府

扫码读原著

抄检大观园

第七十四回有个经典情节：抄检大观园。这是贾府由盛转衰的一个重要表现。抄检大观园有很多玄妙之处，值得细细研究。

抄检大观园是由一件小事引起。邢夫人从傻大姐那里看到一个绣春囊，要知道园中都是未出阁的小姐，不该出现这样的东西。对贾府这样的贵族之家而言，这是绝对不能容忍的事情。而借着绣春囊，很多矛盾也进一步升级。

邢夫人的奴仆王善保家的找王夫人告密说，晴雯这个丫头不安分，王夫人很生气。邢夫人把绣春囊给了王夫人，王夫人以为是凤姐的，又大怒，王善保家的则在一旁煽风点火。凤姐澄清了自己后，王夫人便决定抄检大观园，让凤姐、各家管事的媳妇和王善保家的来做这件事。

王善保家的本就与园内的许多丫鬟有过节，所以抄检一事她最积极。这次抄检的主要地方是怡红院。王善保家的最看不惯晴雯，她巴不得借此整整晴雯。她既已在王夫人面前告了晴雯的状，引得王夫人很生气，便想通过抄检进一步诋毁晴雯。但面对检查，晴雯的反应却是“挽着头发闯进来，豁一声将箱子掀开，两手提着底子，朝天往地下尽情一倒，将所有之物尽都倒出”。晴雯以此表现对抄检的不满和自己的清白，用实际行动来进行反抗。

和晴雯一样，探春也用实际行动来反抗。探春是大观园中少有的明眼人，对于这种内部钩心斗角、互相毒害的事情，自然气愤。王善保家的不怀好意，探春一眼就看透，所以就帮着自己的丫鬟：“我们的丫头自然都是些贼，我就是头一个窝主。既如此，先来搜我的箱柜，他们所有偷了来的都交给我藏着呢。”“我的东西倒许你们搜阅；要想搜我的丫头，这却不能。……可知这样大族人家，若从外头杀来，一时是杀不死的，这是古人曾说的‘百足之虫，死而不僵’，必须先从家里自杀自灭起来，才能一败涂地!”探春快人快语，对看不惯的事情不会像迎春一样睁一只眼闭一只眼，她直言不讳，敢说敢做。

惜春是特立独行的一个，也在用实际行动反抗，但方法却大不相同。惜春发现自己的丫鬟入画有一些金银锞子和男人的靴袜，虽然入画解释这是贾珍赏给她哥哥，她哥哥又寄存在她这里的，但惜春还是表明坚决不要这个丫鬟。即使入画已伺候她多年，惜春还是让凤姐把入画赶走，无论入画怎样求饶，惜春都没有改变心意。惜春是用这种决绝的方式表达对抄检的不满，她憎恶家庭内部的争斗，但她选择逃避，不愿让这些污秽的东西玷污自己。

在抄检中，最尴尬的当属司棋。司棋是王善保家的亲戚，凤姐搜到潘又安给司棋写的情书，这等于王善保家的搬起石头砸了自己的脚，想挑别人的错却挑到自家头上，让她无地自容。

解味红楼 李美瑛

风波乍起

由于在大观园发现了“春意香袋”，王夫人气愤惊恐。第七十四回，她让凤姐和王善保家的带人突查大观园。抄检中，园中几个女子的表现给人印象深刻。

先说晴雯。宝玉是大观园中唯一常住的男性，王夫人最不放心的是他，所以抄检的第一站就是怡红院。袭人等丫鬟虽然也被这种夜袭搞得莫名其妙，但还是老老实实地把自己的箱子打开，接受检查。唯独晴雯，她没跟大家同步，当问到最后一只未打开的箱子是谁的时，“只见晴雯挽着头发闯进来，豁一声将箱子掀开，两手捉着底子，朝天往地下尽情一倒，将所有之物尽都倒出”。“闯进来”“掀开”“捉着底子”“尽情一倒”，一连串的动作，把疾恶如仇、蔑视权威的晴雯刻画得入木三分。

第二个是探春。抄检针对的是大观园里的丫头们，不是主子。但在探春看来，怀疑她的人有问题就是对自己的侮辱，“我们的丫头自然都是些贼，我就是头一个窝主。既如此，先来搜我的箱柜，他们所有偷了来的都交给我藏

着呢。”探春此举，一方面表达了自己对抄检大观园的不满，另一方面也表现她的自尊和对身边人的保护。凤姐对探春的愤怒无可奈何，只有赔着笑脸。在这次交锋中，写了探春四次冷笑、一次落泪、一次大怒，还有一次喝命，一系列表现，让探春自尊自强、泼辣豪爽、高瞻远瞩的特点更深入人心。

第三个是惜春。面对检查，宝玉、迎春等没言语，探春是极力维护丫鬟，惜春和他们都不一样。在这回之前，小说对惜春的描写很少，这回对她的描写却很多。惜春的丫鬟入画被查出有一大包金银锞子，一副玉带板子并一包男人衣物。这些东西无疑是禁物，入画哭诉它们都是贾珍赏给哥哥，然后寄存在她这里的。入画的解释后来也被尤氏证实，东西来路的确清白，当然私传物件也是贾府不允许的，但罪责要比偷东西、暗藏男人物品轻得多。作为主子，惜春非但不帮入画解释求情，还表现得格外绝情。她先是对凤姐说要打要骂你尽管带走，别让她听见就行。连素以苛刻著称的凤姐都说如果入画所言是实就饶了她，惜春却依旧说不能饶她。惜春果然说到做到，次日，就派人请尤氏来，要求带走入画，她冷酷地对尤氏说：“或打，或杀，或卖，我一概不管。”小小的惜春这样做，令人惊讶。尤氏忍着怒，为入画说情，但惜春就是铁了心，还说“我清清白白的一个人，为什么教你们带累坏了我”这样寒心的话。尤氏一气之下说以后少和你亲近，省了带累了你，惜春竟说“若果然不来，倒也省了口舌是非，大家倒还清净”，简直是六亲不认了。难怪尤氏骂她是“口冷心冷，心狠意狠的人”。这样一个人最后看破红尘、遁入空门似乎也能接受，是个“自了汉”。

第四个是迎春的丫鬟司棋。周瑞家的在司棋的箱子中发现了男人的鞋袜、一个同心如意和一个纸条。男人的东西是抄检的重点，司棋不仅有这些，还有一张写满浓情蜜意的爱的纸条。铁证如山，司棋这回摊上大事了，但她“低头不语，也并无畏惧惭愧之意”，连凤姐也对她的镇静感到惊异，唯恐她出事，忙唤两个婆子把她监守起来。司棋敢作敢当，爱就爱了，她对表哥潘又安一片真心，她因爱才这样无所畏惧。

曹雪芹擅长通过对日常生活的描写塑造人物性格，抄检大观园就是一个很好的例子。晴雯、探春、惜春、司棋，这几个女子在这回中的表现叫人过目难忘。

第七十五回　开夜宴异兆发悲音　赏中秋新词得佳谶

轻叩红楼　崔思遥

同辈不同志

第七十五回，众人中秋赏月，同辈的宝玉、贾兰、贾环在击鼓传花作诗中大显身手。且不说此时贾珍、邢夫人胞弟邢德全、薛蟠在赌博，贾赦、贾政在席上讲粗俗的笑话，只说几个小辈的表现便比长辈强，但他们却同辈不同志。

宝玉、贾兰、贾环作诗很有意思，曹雪芹并未把三人所写的诗呈现出来，而是用省略号来代替。作者巧妙地通过对贾政的描写，让读者从侧面体会他们的所作所想。

第一个作诗的是宝玉，贾政给他限了一个“秋”字，作即景诗一首。贾政还特别提醒宝玉，“只不许用那些冰、玉、晶、银、彩、光、明、素等样堆砌字眼，要另出己见，试试你这几年的情思”。贾政看完宝玉的诗后，点头不语，又因欲贾母喜悦，因此说“难为他。只是不肯念书，到底词句不雅”，然后赏给宝玉自己从海南带回来的扇子。

贾兰看到宝玉得到奖赏，也要作诗。文中描写贾兰作诗的笔墨少，描写贾政对他诗歌的评价也不多，却精练到位。贾政看贾兰的诗“喜不自胜”，而且积极地“遂并讲与贾母听”，可见贾兰写得很好，因此也得到了贾政的奖赏。

最后作诗的是贾环，作者描写贾环作诗的笔墨最多，说贾环“今见宝玉作诗受奖，他便技痒，只当着贾政不敢造次。如今可巧花在手中，便也索纸笔来立挥一绝与贾政”。贾政的反应是“亦觉罕异，只是词句终带着不乐读书

之意”，因此不悦：“可见是弟兄了。发言吐气总属邪派，将来都是不由规矩准绳，一起下流货。妙在古人中有‘二难’，你两个也可以称‘二难’了。只是你两个的‘难’字，却是作难以教训之‘难’字讲才好。哥哥是公然以温飞卿自居，如今兄弟又自为曹唐再世了。”贾赦看后赞赏贾环不拘泥于书生气，有世袭与做官的能力。贾政却说：“不过他胡诌如此，那里就论到后事了。”

不难看出，贾政对宝玉、贾环的态度是一样的，对贾兰则是截然不同。贾政总认为宝玉不成器，因为他不喜读书走仕途，只爱混在女孩子当中。而贾环也半斤八两，只知捣乱，不干正经事。所以贾政对他俩责骂多，一开始不方便在贾母面前批评宝玉，所以借着批评贾环一起斥责宝玉。宝玉、贾环虽都不喜读书，但他们志向不同。宝玉对现实不满在于它的教条和束缚，所以贾政说他的诗风像温飞卿：恃才不羁，又好讥刺权贵，极有叛逆精神。宝玉的志向在于叛逆，而贾环则不同，他对现实不满在于他遭受的不平等待遇。贾环是庶出，地位自然不如宝玉尊贵，即使他是主子，却未得到主子该得到的尊敬，处处遭人白眼，所以他的诗风就像曹唐，喜欢写神仙故事，迷离缥缈，瑰奇多彩，自由有趣。贾环只是为了争取个人利益，不具叛逆之心。贾兰爱读书，贾政最喜欢，看了他写的诗“喜不自胜”，而且主动向贾母夸奖，说明贾兰的诗正合贾政的口味。贾兰的志向在于读书做官走仕途，贾府正需要这样的接班人。

人各有志。对于那个时代，也许我们不能妄加评论，简单地说谁对谁错。

解味红楼　李美瑛

祸起萧墙敌乃已

第七十五回，宝钗对李纨、尤氏、探春等说自己要离开大观园到外面陪母亲住几日，李纨、尤氏听了挽留她，探春却说：“很好。不但姨妈好了还来的，就便好了不来也使得。”探春的话听起来冷漠，不懂人之常情。尤氏说她怎么撵起亲戚来了，探春冷笑道：“正是呢，有叫人撵的，不如我先撵。亲戚们好，也不在必要死住着才好。咱们倒是一家子亲骨肉呢，一个个不像乌眼鸡，恨不得你吃了我，我吃了你！”探春的冷笑和这几句话听起来特别耳熟，让人想起前一回抄检大观园时她怒斥凤姐等人的情形：

“你们别忙，自然连你们抄的日子有呢！你们今日早起不曾议论甄家，自己家里好好的抄家，果然今日真抄了。咱们也渐渐的来了。可知这样大族人家，若从外头杀来，一时是杀不死的，这是古人曾说的‘百足之虫，死而不僵’，必须先从家里自杀自灭起来，才能一败涂地！”

探春说完，“不觉流下泪来”。探春为什么言辞如此激烈且泪流满面？这是探春与大观园其他女孩不同的地方，她的远见卓识甚至可以说超过了贾府的许多男人。探春认为家门最大的不幸还不是像甄家那样被官府抄检，而是这种来自内部的尔虞我诈，自相残杀。

探春这样讲不是危言耸听，贾府的男人们大都不务正业，花天酒地，女人们也是各怀心事，钩心斗角。凡此种种使贾府的管理一天天更加混乱，“春意香袋”出现在不该出现的大观园就是一例。邢夫人作为长房媳妇，没有悄悄解决这个见不得人的事，反而唯恐天下不乱，为了发泄不被重用的怨气，把香袋甩给管事的王夫人，向她兴师问罪。而主张抄检大观园的王善保家的，是邢夫人的陪房，也是其得力助手。“这王善保家正因素日进园去那些丫鬟们不大趋奉他，他心里大不自在，要寻他们的故事又寻不着，恰好生出这事来，以为得了把柄。又听王夫人委托，正撞在心坎上。”由此可见，王善保家的也是出于私心才在王夫人面前极力撺掇，煽风点火，这样不良的初衷自然会导致后面出现的那些恶果。

“礼之用，和为贵。”和衷共济，家和万事兴。探春说得对，贾府这样的大家族，外因是不至于一下子杀死它的，最怕的是家族内部互相较劲，杀来杀去，这才最具杀伤力。于国于家于个人，最大的敌人不是外人，而是祸起萧墙。

第七十六回　凸碧堂品笛感凄清　凹晶馆联诗悲寂寞

轻叩红楼　崔思遥

湘黛之禅道

第七十六回写众人在山上的凸碧堂赏月，独湘云和黛玉偷跑到凹晶馆临池赏月，两人一起联句，所谈之语透着禅意，发人深思。

湘云、黛玉两人谈起凸碧堂、凹晶馆名字的来历，湘云对此发表了自己的看法："这山上赏月虽好，终不及近水赏月更妙。你知道这山坡底下就是池沿，山坳里近水一个所在就是凹晶馆。可知当日盖这园子时就有学问。这山之高处，就叫凸碧；山之低洼近水处，就叫作凹晶。这'凸''凹'二字，历来用的人最少。如今直用作轩馆之名，更觉新鲜，不落窠臼。"湘云的话很有哲理，"凸""凹"是一对反义词，建在高山上的叫"凸碧"，建在低洼处的叫"凹晶"，两者遥相呼应。"一上一下，一明一暗，一高一矮，一山一水"，对仗工整，相辅相成，说明黛玉、湘云深谙世界万物之道，它们相生相克，成就了世界的多姿多彩。因为有丑，才会有美；因为有恶，才会有善；因为有黑，才会有白；因为有是，才会有非……有对比，才更有存在感。

两人来到近水处，湘云说要是边坐船边吃酒赏月会更好，接下来黛玉和湘云的一番对话亦充满禅意。黛玉说：“正是古人常说的好，‘事若求全何所乐’。据我说，这也罢了，偏要坐船起来。”湘云说：“得陇望蜀，人之常情。可知那些老人家说的不错。说贫穷之家自为富贵之家事事趁心，告诉他说竟不能遂心，他们不肯信的；必得亲历其境，他方知觉了。就如咱们两个，虽父母不在，然却也忝在富贵之乡，只你我竟有许多不遂心的事。”黛玉回道：“不但你我不能趁心，就连老太太、太太以至宝玉探丫头等人，无论事大事小，有理无理，其不能各遂其心者，同一理也，何况你我旅居客寄之人哉！”人生在世，不如意事十之八九，即使是在富贵之家，表面看来光鲜亮丽，丰衣足食，其实亦有许多烦恼。贫穷之人羡慕富贵人家物质富足，衣食无忧；富贵之人却也羡慕田园人家自由惬意，无忧无虑。人都有贪婪本性，所谓得陇望蜀，欲壑难填，自己得了好处，却还盯着别人手里的东西。世上难有完美，一个人总是不满足，就会陷入怪圈，更为不遂心。黛玉和湘云虽然不是彻悟，但有慧根，对禅有所了悟。

黛玉和湘云性格不同，但于禅却道合。她们各抒己见，能如此谈禅者，心中必有一片广阔不凡的天地。所以黛玉并不只是心胸狭隘，湘云也并不只是直率单纯，她们的内心都有着无比的智慧与脱俗之处。

孤女冷月葬花魂

三五中秋夕，清游拟上元。
撒天箕斗灿，匝地管弦繁。
几处狂飞盏，谁家不启轩。
……
有兴悲何继，无愁意岂烦。
芳情只自遣，雅趣向谁言。
彻旦休云倦，烹茶更细论。

这首诗出现在小说第七十六回。贾母带着阖家老小在凸碧山赏月，就在众人团坐一起兴致勃勃欣赏中秋夜的美景，聆听笛韵悠悠时，黛玉和湘云却悄悄离开，去了与凸碧山遥遥相对的凹晶馆。

林黛玉素来多愁善感，中秋月圆，阖家团聚，眼前贾府欢度中秋的景象又勾起她内心的无限情愁。湘云懂黛玉，但同样是寄人篱下，湘云比黛玉乐观豁达很多，为了转移黛玉的忧伤，她提议即景联诗。于是，就有了她和黛玉从开头到“寒塘渡鹤影，冷月葬花魂”的诗句。综观全诗，黛玉的语言大都凌厉悲凉，湘云相对要柔和温婉。“冷月葬花魂”是这首诗中最美最出彩也最凄凉的一句，这样的诗句可以与第二十七回中她的《葬花吟》相媲美。

就在二人沉浸在“冷月葬花魂”的凄美中时，作者安排久未露面的妙玉突然出现。妙玉觉得这首诗美虽美，但过于凄凉，于是为它续了一个稍微明亮的尾巴，以“彻旦休云倦，烹茶更细论”收束，给人一种超凡脱俗的高雅情致，一扫先前黛玉和湘云的沉郁阴霾，提升了全诗的境界。黛玉和湘云赞赏不已，直呼“诗仙在此”。

曹雪芹让黛玉、湘云、妙玉在中秋夜联诗，而非他人，是看中了她们有着相似的境遇。“孤女冷月葬花魂”，黛玉是孤女，湘云是，妙玉也是。同是天涯沦落人，相逢更兼又相知！相似的身世，让她们有相似的人生体验。三人珠联璧合，谱就佳作，读来竟若出自一人之手，这充分说明她们的才情、思想是高度一致的。

中秋月圆人团圆，同样是寄居在贾府，薛宝钗却能和母亲、哥哥共度良宵。这样想来，忽然觉得如果读者只看到了这三个女子的才华，而没有发现才华横溢背后是作者对她们遭际的伤感与同情，则会辜负曹公在这里的苦心了。

第七十七回　俏丫鬟抱屈夭风流　美优伶斩情归水月

扫码读原著

轻叩红楼　崔思遥

傲人之骨气

第七十七回，晴雯、司棋、芳官、蕊官、藕官、四儿等丫鬟被赶出大观园。其实，这些人中除了司棋破了规矩外，其他丫鬟都是被冤枉的。

王夫人赶走的丫鬟大部分是宝玉房内的，并不是这些丫鬟犯了什么错，而是因为王夫人受人挑唆，认为宝玉和女孩们都大了，在一处不方便，又怕这些女孩带着宝玉不做好事，所以要赶走几个。赶走她们的理由都很荒唐：赶走四儿是因为她说过“同日生日就是夫妻”；赶走芳官是因为她是唱戏的女孩子，不安分守己，还挑唆着宝玉要柳家的五儿来做丫鬟，所以王夫人索性就把所有唱戏的女孩子都赶走；赶走晴雯的理由更是不可理喻，只因晴雯长得太好看，正如她的判词所说“风流灵巧招人怨”，生得太过妩媚，性格又太张扬火爆，加之小人谗言，王夫人对她很是厌恶，认为她是狐狸精，专门勾引宝玉。

然而，被赶走的这些女孩子很有傲人之骨。《红楼梦》中有很多烈女，本回讲的这些女孩也属于这个行列。司棋因为不能有情人终成眷属，所以选择自杀，以死捍卫自己的爱情。芳官、蕊官、藕官也是非常有志气的女子，作为戏子，本来就容易遭到他人歧视，但她们志行高洁，面对无故被赶出大观园的际遇，她们无力改变，于是就决定当尼姑。她们几个都是小孩子，却不是说说而已。当尼姑需要耐得住寂寞和摒弃世俗诱惑，可是相比受到诬蔑、驱逐和不尊重，这都算不得什么，她们的骨气非同一般。晴雯更是烈女，“心比天高，身为下贱”，她本就是一个心气很高的人，事事要强，尤其不能容忍

自己受到陷害，所以她对宝玉说："只是一件，我死也不甘心的：我虽生的比别人略好些，并没有私情密意勾引你怎样，如何一口死咬定了我是个狐狸精！我太不服。今日既已担了虚名，而且临死，不是我说一句后悔的话，早知如此，我当日也另有个道理。"晴雯说这话的意思很明显，自己拿真心对宝玉，反倒被人冤枉，宁愿用一死来证明清白，也绝不让小人得逞。晴雯傲人的骨气与她倔强的性格有关，她要保持自己清高孤傲的品行，不染污浊之气。

对于封建礼教的摧残，这些女孩子表现出来的骨气令人钦佩，她们以高傲的姿态，展现了女性外柔内刚的一面。

解味红楼 李美瑛

泄密内鬼花袭人

第七十七回，王夫人亲自坐镇怡红院，冷面无情地赶走晴雯、四儿、芳官。理由是：晴雯妖里妖气像个妖精，专勾引宝玉；和宝玉同日生的四儿说过"同日生日就是夫妻"；芳官则是"调唆宝玉要柳家的丫头五儿"。王夫人认为这几个丫头留着都是祸害，会把宝玉带坏的。

王夫人这次也不是白眉赤脸来找茬，她说的有理有据，让人哑口无言。问题是，宝玉平日和丫鬟的玩笑话，怎么住在园外的王夫人知道得一清二楚呢？明眼人都知道一定有内鬼。宝玉怀疑袭人：为什么王夫人不挑你、麝月、秋纹的毛病？"袭人听了这话，心内一动，低头半日，无可回答。"宝玉的话触到了袭人敏感的神经，所以她才心有所动半晌答不出话来。她自己也不否认晴雯她们三个平常和宝玉有一些"孟浪去处"。最后袭人只能自我开脱说："若论我们也有顽笑不留心的孟浪去处，怎么太太竟忘了？想是还有别的事，等完了再发放我们，也未可知。"这话骗得了别人骗不过宝玉，他当下就更明白告密者定是袭人，接下来他的话直指袭人，不留余地：

“你是头一个出了名的至善至贤之人，他两个又是你陶冶教育的，焉得还有孟浪该罚之处！只是芳官尚小，过于伶俐些，未免倚强压倒了人，惹人厌。四儿是我误了他，还是那年我和你拌嘴的那日起，叫上来作些细活，未免夺占了地位，故有今日。只是晴雯也是和你一样，从小儿在老太太屋里过来的，虽然他生得比人强，也没甚妨碍去处。就是他的性情爽利，口角锋芒些，究竟也不曾得罪你们。想是他过于生得好了，反被这好所误。”

这才是晴雯、四儿、芳官被撵走的又一个重要原因——丫鬟们争风吃醋的后果。看似老实巴交的袭人成为告密者并不突然，前面有铺垫。宝玉挨打后，王夫人让找一个宝玉身边的丫鬟来问事，来的就是袭人。这是袭人第一次单独和王夫人见面，她当然不能错过这千载难逢的机会。在很多人都对宝玉被贾政打得半死而难过时，作为唯一一个与宝玉有过肌肤之亲的贴身丫鬟，袭人却对王夫人说，宝玉该打，贾政打得对，早该这样“教训两顿”了，否则不知道会出什么乱子。袭人的话说到了王夫人心坎上，宝玉惹乱子是王夫人最担心的事，那样一来，不仅宝玉难保，自己在贾府的地位也岌岌可危。袭人对王夫人掏心窝子的话，感动得王夫人不仅管她叫了一声“我的儿”，而且还滚下泪来。袭人一看王夫人赞同自己，更为大胆地建议，找个机会让宝玉搬出大观园，以防夜长梦多出事故：“二爷一生的声名品行岂不完了，二则太太也难见老爷。”王夫人听了，更是感激：“难为你成全我娘儿两个声名体面，真真我竟不知道你这样好。罢了，你且去罢，我自有道理。只是还有一句话：你今既说了这样的话，我就把他交给你了，好歹留心，保全了他，就是保全了我。我自然不辜负你。”话到此，王夫人和袭人已经达成默契，并完成了一笔交易，她们各取所需，达到了各自的目的。

从此，“笨手笨脚”的花袭人成为王夫人的眼线。王夫人的确需要一个对宝玉死心塌地又对她忠心耿耿的人作为耳目留在怡红院，以便监视宝玉及其身边人的一举一动，然后及时向她汇报，这样她日夜悬着的心才能放下来。

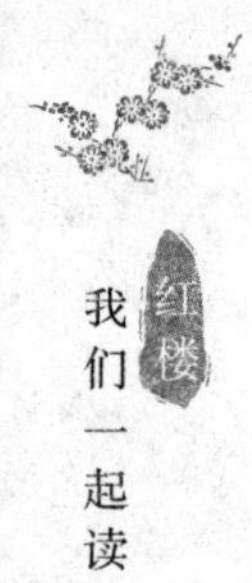

第七十八回　老学士闲征姽婳词 痴公子杜撰芙蓉诔

扫码读原著

才情柔于水

第七十八回中宝玉再次展现了自己的才情。宝玉的才情是公认的，用现在的标准来说，他是高智商加高情商，是个难得的才子。

宝玉的才情在一个方面表现得最突出，那就是写纯净如水的女子。宝玉对女孩的爱是深厚的，把女孩奉为神，认为女儿是水做的，纯洁无比，只能用来疼爱怜惜。他与女孩之间是精神上的爱恋，高贵神圣。他把最好的才情用在了女孩身上，且才情柔于水，皆因出于对女孩的爱慕与崇拜。

本回宝玉将这才情用在了两位女孩身上，一个是贾政所讲故事中的女主角林四娘，一个是冤死的晴雯。宝玉的才情表现得淋漓尽致，因为这些女孩都是他欣赏、赞美的。

贾政给他的幕友们讲了一个妙事：有一位恒王，喜美色，他宠爱的女人中，有一人姿色既冠，而且武艺精湛，大家都管她叫“林四娘”。后有一伙流贼余党来侵占恒王的地盘，恒王因为低估了敌人的实力，遂为众贼所戮。林四娘召集了众女将，杀进敌人营中，这些敌人倒成就了林四娘的忠义之志。贾政根据这个故事起了个题目，让宝玉、贾环、贾兰作诗。贾环作了一首五言律诗，贾兰作了一首七言绝句，唯独宝玉别出心裁，再三斟酌，作了一首洋洋洒洒的长篇歌行。

宝玉的诗写得最精彩、最真切，因为他对女孩最了解、最体贴。林四娘就如同宝玉身边的女孩子一样，有骨气有志气，有自己的个性和追求，这都是为宝玉所欣赏的。正是对女子的思慕和赏识，才使得宝玉能写出如此佳作，并因此博得众人赞不绝口。

至晚，宝玉回到园中，因见池上芙蓉便又想起晴雯。和宝玉志同道合的人很少，丫鬟中就只有晴雯一个，因此是个难得的知己。晴雯含冤而死，宝玉无比愤懑，因此用心写了一篇《芙蓉女儿诔》，因为有一个小丫鬟说晴雯当了掌管芙蓉的花神。宝玉把一个丫鬟奉为神仙，在他眼中，晴雯是个无与伦比的极品女子，脱俗清丽，集天地之精华。宝玉的精神恋爱在晴雯这里体现得十分鲜明，他对晴雯的爱超越世俗之爱。

宝玉的才情因水一般的女子而出众，也独用在女子身上最能大放异彩，直令人神魂颠倒，回味无穷。

举足轻重王夫人

贾母曾对王夫人做过这样的评价：木头人似的。就是这样一个话不多、看似“可怜见的”、每天吃斋念佛的王夫人，其实城府很深，心狠手辣，逼死金钏，抄检大观园，等等，为恶不少。王夫人自作主张，把晴雯等撵了出去，这事是不能瞒的，贾母迟早会知道。何况晴雯跟别人不同，当年是贾母身边的人，贾母就是因为特别喜欢她才给了宝玉的。王夫人赶走晴雯，老祖宗定会追究。于是王夫人恶人先告状，说了晴雯一大堆不是：

“宝玉屋里有个晴雯，那个丫头也大了，而且一年之间，病不离身；我常见他比别人分外淘气，也懒；前日又病倒了十几天，叫大夫瞧，说是女儿痨，所以我就赶着叫他下去了。若养好了也不用叫他进来，就赏他家配人去也罢了。”

王夫人的话说得轻松，实则给晴雯扣了很大的帽子：淘气、懒惰、多病。女儿痨，这是王夫人恶意编造的，她知道淘气、懒惰都不足以让贾母同意赶走晴雯，只有这痨病要命，得了这种病的人非但自己好不了，还会传染身边的人。贾母最心疼宝玉，他的丫鬟得了小病都要搬出怡红院，痊愈了方能进来，何况这种治不好的传染病呢？即使不是王夫人，她也会在第一时间给撵出去的。

从贾母的叙述中可以看出，她非常看中晴雯：“我的意思这些丫头的模样

爽利言谈针线多不及他，将来只他还可以给宝玉使唤得。”贾母说的晴雯这些优点恰是王夫人讨厌晴雯的理由。在宝玉的婚姻上，贾母最初的选择应是妻为黛玉、妾为晴雯，而王夫人中意的却是宝钗和袭人。王夫人在打击晴雯的同时，顺势推出取代晴雯的最佳人选——袭人，只见她慢条斯理地对贾母说：

“老太太挑中的人原不错。只怕他命里没造化，所以得了这个病。俗语又说，‘女大十八变’。况且有本事的人，未免就有些调歪。老太太还有什么不曾经验过的。三年前我也就留心这件事。先只取中了他，我便留心。冷眼看去，他色色虽比人强，只是不大沉重。若说沉重知大礼，莫若袭人第一。”

王夫人说得语重心长，处处为宝玉着想，贾母听完，当然不会反对。贾母说袭人不言不语，像没嘴的葫芦，这跟她说王夫人像木头一样。一个呆木头，一个闷葫芦，王夫人和袭人是一家人进一家门，太像了！

王夫人举足轻重，一句话，就可以让晴雯、袭人的命运发生翻天覆地的改变，不可小觑。

第七十九回　薛文龙悔娶河东狮　贾迎春误嫁中山狼

扫码读原著

轻叩红楼　崔思遥

误娶和误嫁

第七十九回的题目有意思，“薛文龙悔娶河东狮 贾迎春误嫁中山狼”，这里用了两个典故——“河东狮”和“中山狼”，它们形象地道出了这回的误娶和误嫁。

河东狮的故事说的是，宋时有龙邱先生，名陈慥，好佛，好客，爱高谈阔论，然怕其妻柳氏，柳氏一声吼，陈即哑然不敢吱声。苏东坡有诗：“龙邱居士亦可怜，谈空说有夜不眠；忽闻河东狮子吼，拄杖落手心茫然。”狮子吼，佛家喻指威严；河东，是柳姓的祖籍地。河东狮子吼，喻柳氏在丈夫前的威风，后人以此比喻妒悍的妇人。中山狼的故事大家较熟悉，说中山这个地方有只狼，被猎人打伤，遇到东郭先生后求救。东郭先生救了狼，却差一点被它吃掉。后人由此把奸恶之徒比作中山狼。

曹雪芹把夏金桂比作“河东狮”，把孙绍祖比作“中山狼”，再合适不过。夏金桂和孙绍组有很多共同点，都出身名门贵族，看来似乎都光鲜亮丽：一个貌美如花，能诗会赋；一个仪表堂堂，神勇魁梧。无论从哪方面衡量，都分别与薛蟠和迎春门当户对。但人不可貌相，日久见人心，夏金桂娇媚的外表下隐藏着一颗比凤姐更狠更毒的心，而且行为淫浪，不加检点。而孙绍祖俊朗的外表下是一颗可恶变态的心，总是虐待迎春。两个狠心的人，造成两个错误。

薛蟠好色，看到夏金桂姿色好就要娶，而且夏金桂读书识字，也稍通些诗赋，看起来具备大家闺秀的资质。但夏金桂城府极深，她一进门就利用薛

蟠的好色、薛姨妈的大度、香菱的单纯来给自己树立威信。宝钗为人有原则且聪慧，所以总能识破她的伎俩，便选择敬而远之。夏金桂见香菱长相不俗，认为她是自己的隐患，于是就和自己带来的丫鬟宝蟾串通好陷害香菱。因薛蟠好色，夏金桂就让宝蟾去勾引他，她却在二人你侬我侬之时偷偷派小丫鬟找来香菱，故意让她进屋去拿手帕。这样便成了香菱故意捣乱，自然就受到薛蟠讨厌，而夏金桂自己却装作是无事人。

迎春懦弱，这是她本身的性格，况且她还有个又好色又财迷的父亲贾赦，这些都造成了她日后的悲剧。孙绍祖家原来一直依附贾府，后来，孙绍祖在京袭了官职，“现在兵部候缺题升”，一跃成为“暴发户”，家中颇有势力，贾赦因而愿意将迎春嫁给孙绍祖。贾母、贾政、宝玉等人内心都反对，但也不便多管，如此一来，迎春也就误嫁了。孙绍祖本就是习武出身，比较强悍，为人毒辣，迎春和他在一起就是弱女之于悍夫，自然只有被虐待的份儿。贾府失势后，孙绍祖便上门讨债，六亲不认，对迎春变本加厉，致使迎春这朵青春之花过早凋谢了。

解味红楼　李美瑛

迎春的终身大事

第七十九回，写到迎春的婚事。当贾赦把迎春即将许配给孙绍祖一事告诉贾母时，书中写道：“贾母心中却不十分称意，想来拦阻亦恐不听，儿女之事自有天意前因，况且他是亲父主张，何必出头多事，为此只说‘知道了’三字，余不多及。”

贾母心中对这桩婚事不满意，但她没有出面阻拦。这段话已经说出了贾母这样做的理由：婚姻之事天注定，且又是迎春的父亲做主，有父母之命自己不便多管闲事。但这只是理由之一。贾母对迎春这件事不愿多问，还有两个原因，一是贾母对迎春素来不太喜欢；二是知子莫若母，贾赦认准了这件事，很难改变。先前因讨要鸳鸯为妾被拒，贾赦就不舒服，这次再不同意迎春的婚事，母子关系会更紧张。因此，贾母也就隔代不管隔代事了。

这一回没有直接说明贾母为什么不看好迎春的婚事，但从贾政的反应看，这桩婚事的确不合适。贾政为了这件事“劝谏过两次”，理由是“虽是世交，当年不过是彼祖希慕荣宁之势，有不能了结之事才拜在门下的，并非诗礼名族之裔”。贾政觉得孙家并非书香门第，当年的世交情意也不纯粹，乃权势所致，建立在这种关系基础上的般配不牢靠，不是真正的门当户对。

贾母、贾政都不看好的婚事，为什么作为父亲的贾赦偏偏坚持？迎春是他的亲生女儿，从小失去母亲，甚为可怜。作为父亲，在决定女儿幸福的婚姻大事上应慎之又慎，贾赦的行为叫人匪夷所思。贾赦人品不佳，口碑不好。作为长子，他不管正事，且为老不尊，年纪一大把，姬妾丫鬟一大群，仍嫌不够，好色至极。不过虎毒不食子，贾赦对迎春婚事的态度到底为哪般？所有这些疑惑在第八十回有答案。迎春回到贾府，哭哭啼啼向王夫人诉说心中的委屈，她说：“（孙绍祖）一味好色，好赌酗酒，家中所有的媳妇丫头将及淫遍。略劝过两三次，便骂我是‘醋汁子老婆拧出来的’。又说老爷曾收着他五千银子，不该使了他的。如今他来要了两三次不得，他便指着我的脸说道：‘你别和我充夫人娘子，你老子使了我五千银子，把你准折卖给我的。好不好，打一顿撵在下房里睡去。当日有你爷爷在时，希图上我们的富贵，赶着相与的。论理我和你父亲是一辈，如今强压我的头，卖了一辈。又不该作了这门亲，倒没的叫人看着赶势利似的。’”

孙绍祖好色酗酒，品行恶劣，跟贾赦有一拼，属一丘之貉。谈及两家关系，贾政说过孙绍祖的祖上当年有难事求到贾家，而孙绍祖却对迎春说，是你们贾家人攀上孙家的。他认为娶迎春不划算，五千两银子打了水漂，要不回来了，自己还因此降了一辈，本该称兄道弟的贾赦成了岳父。迎春又是个木讷人，不善言语，不会主动讨好人，可以想象孙绍祖不会多喜欢她，甚至连起码的尊重都没有。迎春是贾府的大小姐，沦落到被孙绍祖指着脸又骂又损的地步，十分可怜！如此看来，贾母和贾政的反对是有道理的，孙绍祖的为人他们一定有所耳闻。孙绍祖不是好东西，但更不是东西的还是贾赦。为了五千两银子就把自己的亲闺女卖了，明知孙家是火坑还把迎春往里推。

男怕入错行，女怕嫁错郎。面对迎春的悲剧，心绪难平。

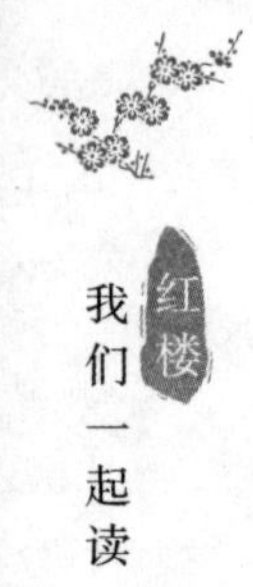

第八十回 美香菱屈受贪夫棒 王道士胡诌妒妇方

轻叩红楼 崔思遥

善妒的金桂

第八十回仍然写夏金桂和孙绍祖的恶毒，但与对孙绍祖的侧面描写不同，对夏金桂这一人物形象的塑造以正面描写为主。通过夏金桂，便可看到世上有种难治之症，那便是——嫉妒。

按理说，香菱也是大家闺秀，她会作诗赋，情趣高雅，性格温良，与夏金桂比起来，可谓是人上人。夏金桂有姿色，但心地狠毒，总爱算计和嫉妒，香菱就是她的眼中钉。

香菱脾气好，也不善斗，所以只能任由夏金桂的摆布。夏金桂认为宝钗给香菱起的名字太俗，就把“香”改成“秋”，叫她秋菱。香菱虽然不愿意，但是也不敢违拗夏金桂，自有顺从。其实，香菱这个名字本身没什么，究其原因是宝钗太优秀，各方面都胜人一筹，夏金桂的嫉妒心又开始作祟，她一来在香菱的面前卖弄才学，二来也是给香菱和宝钗示威看。

夏金桂嫉妒香菱的美貌，她感到个人力量不够，于是就利用宝蟾一起陷害香菱。她兴风作浪，肆意撒泼，搞得全家终日不得安宁。善妒的夏金桂连自己的贴身丫鬟宝蟾也不放过，是她自己同意把宝蟾给了薛蟠，却又嫉妒薛蟠和宝蟾目中无人，腻在一起，因此又开始挑宝蟾的刺，找宝蟾的茬。宝蟾也不是个善茬，不吃硬也不服软，和她拌嘴，在别人面前撒泼，那程度不输给夏金桂，主仆真是“志同道合”。

作者对夏金桂的描写比较全面，除了正面，侧面也有。宝玉到天齐庙去还愿，庙里的王道士和宝玉聊天。宝玉素知他有个诨号叫“王一贴”，据说包治百病，便问他："可有贴女人的妒病方子没有？"王道士让宝玉弄得哭笑不得，给他开了一副吃不死人的"疗妒汤"。这只是一个小插曲，但通过宝玉和王道士的对话，读者进一步读出了夏金桂的善妒。这包治百病的膏药也治不了她的妒病，可见是种难治之症。女人善妒是天性，但也是劣根性，善妒的女人只会丑化自己。文中写道，宝玉心中疑惑夏金桂虽然长得和众姊妹一样好，但品行竟是如此低劣，丑态毕露，算不得好看。

夏金桂的善妒不仅让她越来越丑，而且还会给她带来更多的绊脚石，最终会搬起石头砸自己的脚。

解味红楼 李美瑛

名里暗藏的玄机

《红楼梦》第一回出现过一个三岁的小孩儿——甄英莲。

曹雪芹在小说中使用了很多谜语一样的谐音词，对这些词，不能只看其表面，而要着重审视其背后的寓意。甄英莲，"真应怜"，意即这个孩子命运真可怜。除了这层意思，还有另一层在里边。莲的谐音字"怜"，在古代除了作"可怜、可惜"讲，还作"可爱"的意思。杜牧《睦州四韵》中有"州在钓台边，溪山实可怜"，《孔雀东南飞》中有"东家有好女，自名秦罗敷。可怜体无比，阿母为汝求"，两首诗中的"可怜"都是"可爱"之意。第一回作者这样描写过英莲："士隐见女儿越发生得粉妆玉琢，乖觉可喜。"这里着墨虽不多，但"粉妆玉砌""乖觉"二词带给甄士隐的是"可喜"，带给读者的是"可爱"。如癞头和尚所言，可爱的英莲命不好，属"生于末世运偏消"类。英莲五岁时被人贩子抱走，第四回再出现时已十二三岁，是一则命案中的人物。人贩子把她先卖给冯渊，又卖给薛蟠，然后卷钱而去，

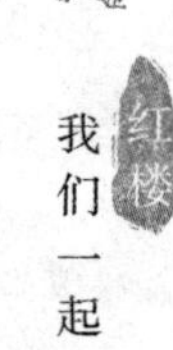

剩下冯、薛二人为了争夺她大打出手。

薛蟠打死冯渊，带着英莲来到贾府，纳其为妾。跟了薛蟠的英莲，不再叫英莲，薛宝钗给她起了一个新名字：香菱。“根并荷花一茎香”，莲花、菱花，长在一起，暗示读者“英莲”“香菱”是一个人。其实菱不同于莲，二者不能相提并论。莲花高洁，是超凡脱俗的花中仙子；菱花普通，充其量是花中丫鬟。在薛蟠娶夏金桂之前，苦命的香菱跟着薛姨妈过了几年快乐的日子。不仅薛姨妈母女喜欢她，园中的小姐丫鬟对她也都不薄。曹雪芹刻意安排香菱学诗这一情节，最后她学诗成功，还加入海棠诗社，从这些可以看出，香菱不像丫鬟，更像小姐。因此，她被称为“香菱”，还蕴含了她这段生活有滋有味、活色生香之意。

然而，好景不长，香菱命途多舛，老天不厚爱她。自从薛蟠娶了河东狮夏金桂，香菱的命运开始走下坡路。夏金桂从小和寡母相依为命，被骄纵宠溺长大，心胸狭隘，为人霸道。婚后，她先是软硬兼施，挟制住了薛蟠，后又想挟制薛姨妈和薛宝钗。没想到薛宝钗不好惹，“久察其不轨之心，每随机应变，暗以言语弹压其志”。夏金桂明着不敢和宝钗冲撞，但暗中仍伺机找茬。一次她问香菱的名字是谁起的，香菱答姑娘起的，夏金桂一听就冷笑，说这个名字根本不通，没听说菱还香，于是赐香菱一字——秋，“香菱”从此成为“秋菱”。

“秋”在古人心中是悲戚伤感的，夏金桂把“香”改为“秋”，意味香菱的人生之秋到了。夏金桂整天吃醋拈酸，容不下人。香菱长得好，在她之前跟了薛蟠，薛姨妈和宝钗又很喜欢她，所以她便视香菱为眼中钉、肉中刺，于是百般寻事，极尽苛责恶毒之能事。

“惯养娇生笑你痴，菱花空对雪澌澌。”“自从两地生孤木，致使香魂返故乡。”作者在前五回已为甄家这个小姐的命运做了安排，英莲、香菱、秋菱，这三个看似平淡无奇的名字，其实包含了曹雪芹的大智慧。

第八十一回　占旺相四美钓游鱼　奉严词两番入家塾

宝玉的心事

从第八十一回开始，就是高鹗的续写了。

宝玉是个心思比女孩还细腻且多愁善感的人，他看起来玩世不恭，也不读书，其实心事颇多。他爱操心，尤其是为女孩子操心。这一回里，他先为迎春的遭遇而内心不舒服，看迎春从孙家回来一直诉苦，哭哭啼啼，知道她受虐待，很是担心。他去找王夫人求情，希望把迎春从婆家接回来。宝玉的想法简单，他认为兄弟姊妹之间就应该互相关心，有福同享，有难同当，他是真心实意地为迎春着想，想让她摆脱痛苦，但他拗不过王夫人。他气恼的，一是有孙绍祖这样的污浊男人，没人性；二是迎春太软弱，不善争辩，遇到不贤之婿，只知哭诉，不知反抗；三是自己想要帮迎春，却无从下手。缘此种种，让宝玉心中甚为郁闷。

为着迎春的事烦恼，宝玉也就波及更广。黛玉是他的知己，他只有在黛玉面前才能真正吐露心事："我想人到了大的时候，为什么要嫁？嫁出去受人家这般苦楚！还记得咱们初结'海棠社'的时候，大家吟诗做东道，那时候何等热闹。如今宝姐姐家去了，连香菱也不能过来，二姐姐又出了门子了，几个知心知意的人都不在一处，弄得这样光景。我原打算去告诉老太太接二姐姐回来，谁知太太不依，倒说我呆、混说，我又不敢言语……"众姊妹耳鬓厮磨的美好时光一去不复返，昔日那些女孩子一个个离去，像迎春这样又遇人不淑，宝玉怎能不心事重重呢。

宝玉还有一个大心事——去家塾上学。他最讨厌八股文，觉得那些所谓

的圣贤之道很虚伪，然而贾政之威严无法抗拒，他只好硬着头皮去。对他而言，家塾就是一座牢笼。他愿和女孩子在一起自由地吟诗作赋，读些所谓的闲书，不愿学那些陈腐的大道理。

宝玉的心事容易猜透，他就是一个心灵纯粹的人，他的心事大都因对女孩子真挚的爱而来。

解味红楼 李美瑛

若合一契的知己

第八十一回有一处细节描写，是关于宝玉的："憋着一肚子闷气无处可泄，走到园中，一径往潇湘馆来。"这里有一个关键词：一径。"一径"就是"直接"，表明做事没有任何犹豫，想都不想，近乎下意识的行为，是施动者听从自己心底召唤的自主选择。

宝玉是贾府的宠儿，身边不乏关心他的人，贾母、王夫人、凤姐、宝钗、探春、袭人等，上上下下，长幼尊卑，关心他的人实在太多。然而，当宝玉"憋了一肚子闷气"后，第一个想到的能让他发泄情绪和得到安慰的地方就是潇湘馆，因为那里有林妹妹。

宝玉因为迎春在孙家受气而闷闷不乐，他向王夫人建议以老太太的名义把迎春接回来，再也不让她回去遭罪。王夫人听了却笑起来，不仅没答应，还说他发呆混说，之后又发表了一大堆"封建社会的婚姻学说"，什么"大凡做了女孩儿，终久是要出门子的，嫁到人家去，娘家那里顾得，也只好看他自己的命运，碰得好就好，碰得不好也就没法儿。你难道没听见人说'嫁鸡随鸡，嫁狗随狗'……"之类的言论。王夫人所言和宝玉心中所想背道而驰，宝玉始终认为，女儿最尊贵，自然她们应该拥有美好幸福的生活，女子也要把握自己的命运，不能听天由命，任人摆布；"嫁鸡随鸡，嫁狗随狗"这种旧思想更为他所不容，是他坚决抵制的。

但王夫人不容宝玉分辩，把他说了一通，最后还严肃地警告他，关于迎春的事不许在老祖宗面前提一个字，否则她知道了是不依的。其实，就算宝玉跟老祖宗提这件事，也没用。老祖宗会像王夫人一样，认为宝玉太孩子气，不会同意他的想法。迎春的婚姻不幸福，这本在老祖宗意料之中。这件事她一开始就抱着婚姻大事由父母做主、自己少管闲事的态度，嫁出去的女儿正如泼出去的水，她不会答应宝玉把迎春接回来，那样的话成何体统？

事已至此，宝玉知道对迎春的事无能为力，只能眼睁睁看着她继续受苦。面对迎春的遭遇，联想到近来大观园中发生的悲欢离合，宝玉非常痛心。这时候，能理解他，抚慰他，让他暂得喘息的只有青梅竹马的林黛玉，所以他离开王夫人后，没有回自己的怡红院，而是“一径”奔向潇湘馆。

“刚进了门，便放声大哭起来。黛玉正在梳洗才毕，见宝玉这个光景，倒吓了一跳，问：‘是怎么了？和谁怄了气了？’连问几声。宝玉低着头，伏在桌子上，呜呜咽咽，哭的说不出话来。”黛玉就是宝玉的红尘知己，若合一契的精神伴侣。虽说男儿有泪不轻弹，但在这里，宝玉的泪水可以尽情地流淌。

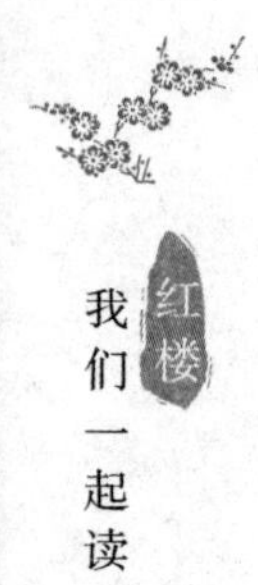

第八十二回　老学究讲义警顽心　病潇湘痴魂惊噩梦

扫码读原著

轻叩红楼　崔思遥

痴潇湘惊梦

第八十二回中，宝钗的婆子来给黛玉送蜜饯荔枝，婆子无意间的几句话为黛玉添了些许惆怅。日有所思，夜有所梦，这就是黛玉惊梦的由来。

宝钗派来的婆子从未见过林黛玉，因为来给她送蜜饯才得以一见，一时惊为天人。婆子的几句话为黛玉添了心病："怨不得我们太太说这林姑娘和你们宝二爷是一对儿，原来真是天仙似的。""这样好模样儿，除了宝玉，什么人擎受的起。"说者无心，听者有意，黛玉本就是个极多心的人，听到这两句话，千愁万绪又涌上心头。想到自己年纪不小了，还是个多病身，虽然宝玉心中似乎只爱她一个人，可又不见贾母和王夫人等有为他俩做媒的意思。黛玉睡前独自纠结郁积着这些事，因而有了接下来的噩梦。

黛玉的梦其实很简单，她梦到贾雨村来接自己回老家，说是她的父亲给她在南方定了亲，王夫人、邢夫人、凤姐以及众姊妹都前来道喜，黛玉央求她们留下自己，然而所有的人都冷笑而去。黛玉又呜咽着找贾母，跪着求她不要赶走自己。平日疼爱她的贾母此时却只冷着脸，说这不干她事。黛玉说只要把她留下来，就是做奴婢、干粗活也愿意，而且不要任何分外的闲钱；贾母却说黛玉把自己闹乏了，让鸳鸯把她带一边歇歇去。黛玉很失望，想到宝玉那里应该还有退路，可是宝玉见到她的第一句话却是"妹妹大喜"。黛玉说他无情无义，宝玉说原来她是许了自己的，黛玉说自己下决心要留在这里，便问宝玉的心意。宝玉为向黛玉表达真心，就拿刀在自己的胸口上划了一道，想把自己的心掏出来给黛玉看，结果摸来摸去，自己的心却找不到了，于是一头栽倒在地。黛玉在一边手足无措，放声大哭。

梦里，几乎所有平日和黛玉亲近的人都背叛了她。黛玉之所以做这个梦，最大原因就是她对宝玉深厚的感情以及对这份感情的不能把握。没有人替他们的爱情做主，黛玉对这份感情缺乏信心，没有安全感。况且优秀的宝钗一直是她的心病，无论如何，宝钗都是她最强有力的竞争对手。黛玉从小寄人篱下，始终觉得自己是个外人，无依无靠，除了宝玉，再不敢向他人吐露心事。虽然她能确定宝玉对她的爱，但她不能确定其他人对他俩感情的认可。黛玉的内心深处对除宝玉之外的其他人都有不信任感。

黛玉是个非常缺乏安全感的人，又因心思比别人更细腻，所以心中多有郁结。园中有众多的姊妹做伴玩耍，但她们最终会各有人家，各有归宿，终是靠不住的；贾母虽宠爱自己，但年事已高，不可能一直护着自己。黛玉的性格和宝玉正相反，宝玉喜聚喜热闹，黛玉是喜散喜清静，所以虽是众人一起玩乐，黛玉和他们始终有距离。别人也知道她的怪脾气，不敢太亲近她，这更增加了她的孤独感。

在梦中，黛玉这样清高的人到处低头求人，体现了她对爱情以及自由的强烈追求和渴望。只有宝玉才能给予黛玉真正的安全感，所以梦中黛玉才会看到宝玉掏心给她看，但梦中宝玉的心不见了，说明黛玉还是未得到她想要的安全感，她对宝玉和自己依旧信心不足。

痴潇湘惊梦，皆因痴于“木石前盟”，用情太深。

解味红楼 李美瑛

林黛玉梦魇惊魂

第八十二回中，当探春、湘云得知黛玉咳得吐血而惊慌失措时，惜春却冷静地说了句耐人琢磨的话：“林姐姐那样一个聪明人，我看他总有些瞧不破，一点半点儿都要认起真来。天下事那里有多少真的呢。”惜春年龄虽小，看问题有时却很理智成熟。黛玉就是因为太较真，看不破，才会烦恼丛生，伤及自己。

只因白天宝钗打发过来送蜜饯荔枝的婆子说了“怨不得我们太太说这林姑娘和你们宝二爷是一对儿，原来真是天仙似的”“这样好模样儿，除了宝

玉，什么人擎受的起”这样的话，黛玉就认真起来，心里又放不下，醒时思来想去，睡时也带进梦中。“一年三百六十日，风刀霜剑严相逼。”当局者也有不迷的，黛玉就很清楚自己的环境。她对和宝玉的感情有自信，但对宝玉背后的家族没把握，虽然那些人也都是她的至亲。贾府，是黛玉身体的栖居之地，也是她心灵的皈依之所，是无父无母无家的她在尘世唯一的港湾，她不能也不愿离开这里。对黛玉而言，离开贾府，离开宝玉，她就是无根之萍、无水之鱼。黛玉的梦就是这种情绪长期压抑在心底的反映。

在梦里，老家来人要接黛玉回去，父亲娶了后妈，她也要给人做续弦。除了黛玉，大家对这件事都很开心，邢夫人、王夫人、凤姐等几乎所有人都前来道喜送别。独黛玉不信，邢夫人和王夫人便与众人冷笑而去，没人管她伤心。她去求平时最疼她的老祖宗，可老祖宗却冷冷的，很不耐烦，最后竟让鸳鸯把她弄了出去。

走投无路时，贾宝玉出现了。出乎意料的是，宝玉对她的离去，不仅不难过，反而还笑嘻嘻地也给她道喜。当黛玉又气又恼哭着对宝玉说“好哥哥，你叫我跟了谁去”，宝玉才说让她留下。宝玉拍着胸脯向黛玉发誓，说到激动处，竟用刀划开胸口，声称要拿出自己的心让黛玉看，可找了半天，也没找到，他大呼“不好了，我的心没有了，活不得了”，遂倒身于地。

失去宝玉的爱，黛玉也将失去活下去的动力。噩梦醒来，敏感的黛玉依旧惊魂未定，一时无法从梦中走出来。急火攻心，她的病又加重了。

梦非梦，黛玉这个噩梦预示着她真正的人生梦魇即将到来。

第八十三回　省宫闱贾元妃染恙　闹闺阃薛宝钗吞声

轻叩红楼　崔思遥

富贵人之病

第八十三回中写了两个人——贾元春、林黛玉的“富贵病”。这两个人都是贵族的大小姐，从小娇生惯养，所以容易得“富贵病”。

贾元春是贾府的长孙女，也是家中唯一选进宫的女孩，做了皇帝的妃子。她本就是千金大小姐，选秀成功后更是成为家族明星。贾元春虽是晚辈，但地位在荣、宁二府最高，连贾母、贾政夫妇也要对她毕恭毕敬。这回贾元春染病，荣、宁二府兴师动众到宫中去探望。文中对此描写很细致，体现出元妃尊贵的身份：“次日黎明，各间屋子丫头们将灯火俱已点齐，太太们各梳洗毕，爷们亦各整顿好了。……凤姐先扶老太太出来，众人围随，各带使女一人，缓缓前行。又命李贵等二人先骑马去外宫门接应，自己家眷随后。文字辈至草字辈各自登车骑马，跟着众家人，一齐去了。”元春是皇帝的妃子，贾府的至高荣耀，地位自与他人大不同，富贵之人得了“富贵病”，这探视也是贵气冲天。

同贾元春一样得了“富贵病”的还有黛玉。虽然二人都是贵族大小姐，待遇却很不相同。黛玉这次生病比较严重，探春回给贾母，贾母却自是心烦，说黛玉“那孩子太是个心细”，又告诉鸳鸯：“你告诉他们，明儿大夫来瞧了宝玉，就叫他到林姑娘那屋里去。”由此可见，贾母对黛玉一直病怏怏的甚是烦恼，只让来给宝玉看病的大夫顺便去给黛玉瞧一瞧，也不多加过问。从大夫给黛玉开的方子来看，黛玉的病可以说是不治之症，但除了平日亲近的姊妹们来问候，其他的人来得却不多，一则因为黛玉在贾府的地位不够，二则

因为黛玉平素是个多心之人，很多人不敢靠近她，怕给自己带来不必要的麻烦。

两个人都得了“富贵病”，但本质不是很相同。一个主要是身体上的疾病，另一个主要是心病。富贵人的病，也是贵族的通病。富贵病，皆因富贵而起。贾元春和林黛玉的病是富贵人家衰败的象征，由个人的富贵病可以透视到整个家族的富贵病，结果就如府外人所言：“宁国府，荣国府，金银财宝如粪土。吃不穷，穿不穷，算来总是一场空。”富贵只是一时，富贵病却是一直，病入膏肓，亡人亡家亡国也就在所难免。

解味红楼 李美瑛

只恨嫁入帝王家

元春嫁入皇宫，使贾家成为名正言顺的皇亲国戚。世袭着祖上的功德，加之元春带来的荣耀，贾家风光无限。

元春给自己的家族带来荣光的同时，自己快乐吗？她在小说中正面出场的次数不多，每次亮相少有欢喜的表情，尤其和家人见面，基本都是浸泡在泪水中。第八十三回，元春病了，宫中传令贾府的人去探视。如果是寻常百姓家，出嫁的女儿病了，父母亲人大可以随便前去。但元春不同，谁让她嫁给帝王成为贵妃呢？从元春进宫的那天起，她就已经成为皇帝的私有财产，归属于皇帝，她及贾家的荣衰生死都一并掌握在这个人手里。

“前日这里贵妃娘娘有些欠安。昨日奉过旨意，宣召亲丁四人进里头探问。许各带丫头一人，馀皆不用。亲丁男人只许在宫门外递个职名，请安听信，不得擅入。准于明日辰巳时进去，申酉时出来。”今天看来，这样的诏书太不近人情，但在那个时代却没什么不正常，侯门都深似海，何况这是皇帝的门？皇帝的女人，其他男人是不能轻易见的，即便是父亲弟兄，所以，亲丁男人一个不许进宫，亲丁女性也不能跟赶大集似的，只能进四个。

“走至元妃寝宫，只见奎壁辉煌，琉璃照耀。”再金碧辉煌的地方，如果缺少爱和温暖，也只能是安身之所，不是家。亲人相见，要按宫中的规矩，元妃虽是小字辈，但因贵为妃子，所以皇家的身份不能失。话语的主动权也都在元妃一边，元妃问一句，别人答一句，答话时别说母亲王夫人要毕恭毕敬地站起来，就连年事已高的贾母也得“颤颤巍巍站起来”才行。父亲贾政以及其他族人就更可怜了，根本没有见面的机会，只能递个折子让元妃看看上面的“职名”。

“元妃看时，就是贾赦贾政等若干人。那元妃看了职名，眼圈儿一红，止不住流下泪来。”元妃的眼泪让人心痛，虽富贵已极，又能怎样？一介布衣可以随时享受的天伦之乐对于她而言，却是千难万难，可望而不可即。“父女弟兄，反不如小家子得以常常亲近。”元妃含泪说出的话，让人深深感受到她的痛苦无奈。

“凡鸟变成金凤凰，只为当年一念差。本是俗世一女子，只恨嫁入帝王家。”如果有来生，如果能对自己的人生做主，贾元春也许不会再做出今生这样的抉择。

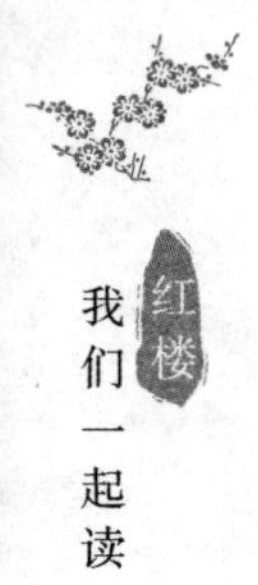

第八十四回 试文字宝玉始提亲 探惊风贾环重结怨

扫码读原著

轻叩红楼 崔思遥

宝玉始提亲

第八十四回，贾府的长辈们开始给宝玉提亲。宝玉是贾府最受宠爱的孙子，在长辈眼中，宝玉英俊多才，高贵温和，所以要给宝玉提亲的对象必得是门当户对的人家，对女孩儿的要求格外高。

《红楼梦》中有“金玉良缘”，也有“木石前盟”。宝玉有美玉，宝钗有金锁，这就是人们普遍认可的天赐良缘，本回为宝玉提亲再次证明了“金玉良缘”的必然性，“木石前盟”是不可能胜利的。

贾母向贾政说起为宝玉提亲的事，让贾政多留意。正巧一日贾政和他的门客们聊起宝玉最近的学习情况，一门客便向贾政推荐了一户人家。这户人家正好是邢夫人的旧亲，是张大老爷家。后来王夫人问邢夫人，邢夫人说这女孩子“十分娇养，也识得几个字，见不得大阵仗儿，常在房中不出来的。张大老爷又说，只有这一个女孩儿，不肯嫁出去，怕人家公婆严，姑娘受不得委屈，必要女婿过门赘在他家，给他料理些家事”。贾母不等她说完便道：“这断使不得。我们宝玉别人服侍他还不够呢，倒给人家当家去。”贾母要为宝玉找一个“贤内助”——知书达理，聪慧能干，美丽大方的。这个女孩显然不符合要求，直接被排除掉。

这段描写不是无用，它是用来反衬的。薛姨妈来贾府与贾母、王夫人等人闲聊，说起夏金桂总是找香菱的事儿，实是找宝钗的事儿，贾母这时又大加夸赞宝钗：“我看宝丫头性格儿温厚和平，虽然年轻，比大人还强几倍。前日那小丫头子回来说，我们这边还都赞叹了他一会子。都像宝丫头那样心胸儿脾气儿，真是百里挑一的。不是我说句冒失话，那给人家作了媳妇儿，怎么叫公婆不疼，家里上上下下的不宾服呢。”贾母对宝钗评价如此之高，她这番话，意图甚是明显，宝钗就是她心目中“贤内助”的不二人选，论长相、性格、为人、做事、谈吐都极优秀，最配得上她最宠爱的孙子宝玉。这样的女孩子，应该肥水不流外人田，做自己家的媳妇。贾母嘴上虽不明说，其实为宝玉提亲她心中早有答案，而且她对宝钗的偏爱体现在她每次在众人面前都毫不吝啬对她的赞美，“金玉良缘”早就是不可动摇的。

薛姨妈问到黛玉的病，贾母的反应不是说黛玉的病，而是顺势接着夸宝钗：“林丫头那孩子倒罢了，只是心重些，所以身子就不大很结实了。要赌灵性儿，也和宝丫头不差什么；要赌宽厚待人里头，却不济他宝姐姐有耽待、有尽让了。”这表明，在黛玉和宝钗之间，贾母更喜欢宝钗。凤姐也趁机向贾母说：“不是我当着老祖宗太太们跟前说句大胆的话，现放着天配的姻缘，何用别处去找。”这话正合贾母的心意，于是她们一拍即合，“金玉良缘”取得阶段性胜利。

依她们之见，宝玉是贾府未来的接班人，他的妻子必须是一个可以协助他管理整个家族的人，宝钗就是最好的人选。虽说本回是宝玉始提亲，其实关于宝玉的婚事早就在暗中进行着——长辈对于宝钗、黛玉甚至宝琴都在考察，而在平日的考察中，长辈们也早就选定了宝钗。宝钗是聪慧人，心中早明白，只有“木石前盟”这对痴情男女还蒙在鼓里，而其余的人都把这戏隐藏颇深，偷偷地为“金玉良缘”做着策划，力求天衣无缝。看来高贵的“金玉良缘”必然要打败平凡的“木石前盟”。

解味红楼　李美瑛

身陷危机的黛玉

第八十四回，贾母、贾政母子闲聊，贾母第一次提及宝玉的婚事：“如今他也大了，你们也该留神看一个好孩子给他定下。这也是他终身的大事。也别论远近亲戚，什么穷啊富的，只要深知那姑娘的脾性儿好模样儿周正的就好。”对于宝玉的择偶标准，贾母强调的是——两家关系远近、穷点富点无所谓，重要的是脾气好、长得漂亮。第一感觉应该是黛玉，稍一品又不对，黛

玉的坏脾气在贾府可是出了名的。最符合这条件的，是宝钗。贾母之后对薛姨妈说的一段话也印证了这一点。

薛姨妈进园子看望贾母，聊起被儿媳夏金桂弄得鸡犬不宁的家事，自然提到宝钗，贾母这时又当着众人夸奖她："我看宝丫头性格儿温厚和平，虽然年轻，比大人还强几倍。前日那小丫头子回来说，我们这边还都赞叹了他一会子。都像宝丫头那样心胸儿脾气儿，真是百里挑一的。不是我说句冒失话，那给人家做了媳妇儿，怎么叫公婆不疼，家里上上下下的不宾服呢。""温厚平和"，这不正是贾母对贾政说的"脾性儿好"吗？在贾母眼里，年纪轻轻的宝钗做人行事比那些成熟稳重的大人都要强，"百里挑一"，是难得的好姑娘。

在亲戚的女孩中，能和黛玉抗衡争夺宝玉的首属宝钗。如果说贾母上面的话是人之常情，是当着薛姨妈的面的缘故，但接下来她拿宝钗和黛玉比较，这可不是信口开河，黛玉毕竟是她的亲外孙女，宝钗还远些，如果不是她觉得宝钗确实比黛玉好的话，没必要褒宝钗的同时抑黛玉："林丫头那孩子倒罢了，只是心重些，所以身子就不大很结实了。要赌灵性儿，也和宝丫头不差什么；要赌宽厚待人里头，却不济他宝姐姐有耽待、有尽让了。"贾母的态度很明确，黛玉聪明机灵不输宝钗，但她的身体、心胸不如宝钗。贾母把钗、黛分了高低上下，在这二人之间给宝玉选媳妇，答案显而易见。

对宝玉婚事能起重大作用的，除了贾母，还有贾政、王夫人，当然也不能小觑凤姐的威力。从文中描写看，贾政对黛玉、宝钗似乎没太放在心上，原因有二，一是贾母提到该给宝玉留意婚事并说出那几个条件时，贾政并没有一下子想到宝钗和黛玉，只说别让宝玉耽误了人家好姑娘；二是当门客提出张家有一好女想给宝玉提亲时，他满口答应下来，还让王夫人去回贾母，并向邢夫人了解这个跟邢家有点亲戚关系的张姑娘的情况。由此可见，黛玉和宝钗当时都没在贾政的考虑范围之内，否则有人提亲，他可以回绝的。

王夫人和薛姨妈是姐妹，宝钗是其外甥女，且王夫人不止一次表扬宝钗性格好，在宝钗和黛玉之间，王夫人当然首选宝钗。王夫人、薛姨妈是王熙凤的亲姑姑，凤姐同宝钗是表姐妹，当然比和黛玉的关系近得多。何况见风使舵的凤姐看出贾母喜欢宝钗，更是投其所好，所以在这一回中凤姐首次向贾母提出"金玉良缘"，还说这是"天配的姻缘"。

仅这一回，从贾母、王夫人、凤姐的态度上就可发现，黛玉要想成为宝玉的妻子困难重重，支持她的人实在太少。黛玉已身陷危机之中，虽然表面风平浪静，但她已经身不由己地被置于宝玉婚姻的旋涡中。

第八十五回　贾存周报升郎中任　薛文起复惹放流刑

扫码读原著

轻叩红楼　崔思遥

"虚伪"的宝玉

第八十五回写了一个"虚伪"的宝玉。宝玉一向真性情，对喜欢的人就真心实意地付出，对不喜欢的人也会直接表现出来。可本回中的他却对自己以往讨厌的仕途、八股等表现出欣赏。

这个版本的《红楼梦》的后四十回是高鹗写的。高鹗爱慕仕途，他是朝廷坚定的拥护者和支持者，所以很好理解八十回之后的宝玉为什么对读书突然有了兴趣，而且总是乖乖上家塾。但这是不符合曹雪芹原意的，热爱功名的宝玉是"虚伪"的宝玉。

贾政带着宝玉等人去拜见北静王，北静王和宝玉素来关系很好，所以他专门请宝玉进来说话。以宝玉的性格，他是不会主动谈论读书作文的。而这次和北静王聊天，宝玉却主动说自己读书作文的事，这不像他的一贯风格。

贾芸让丫鬟锄药给宝玉送个帖，宝玉看后很不耐烦，但是未说帖上写的是什么。麝月就和袭人因为这个斗嘴，宝玉听到就和她们说："咱们睡觉罢，别闹了。明日我还起早念书呢。"前几回中，宝玉也曾说过几次类似的话，说自己一早起来还要读书。宝玉原先只要一读书就装病或找其他借口，一般不会主动读书作文章，而高鹗笔下的宝玉时刻把读书放在心上，张口闭口经常说的就是读书，这也不是曹雪芹心目中的宝玉的作风。

贾政升了郎中，按照宝玉的个性，虽说不会表面上表现出什么来，心中也会十分不屑甚至鄙夷，但宝玉如今的表现是"心中自是甚喜"。接着文中写宝玉去找贾母等长辈，对他的描写是："此时喜的无话可说，忙给贾母道了

喜，又给邢王二夫人道喜，一一见了众姐妹。”这就更不合情理了。宝玉在贾政面前一般都是毕恭毕敬，很少表露形色于脸上；这次宝玉则是完全表现出来，还“喜的无话可说”。这样的宝玉，让人看着多少有点儿陌生。

从这几回看，宝玉对读书产生很大兴趣，主动要求上家塾，嘴里经常说起读书，有时还和贾政讨论读书的见解；贾政为宝玉批改文章，他也听得很认真，还都同意贾政修改的大道理，等等。这些描写，较之前八十回是个很大改变。在曹雪芹笔下，从来不对八股感兴趣的宝玉，在高鹗的笔下对八股则如同中了蛊一样痴迷和服从，这实在“虚伪”。可见在贾宝玉的形象塑造上，高鹗更多是按照自己的心意去创造，没有完全遵循曹雪芹的想法。高鹗这样写，我们也不能武断地否定，姑且看之。

解味红楼 李美瑛

暗流涌动的贾府

宝玉爱的是黛玉，大家都知道，所以给宝玉定亲宝钗的事，暂时只能暗中操作。宝钗不是宝玉的意中人，虽然她爱宝玉。第八十五回写到薛蟠出命案，王夫人派人打听情况时，文中说“宝钗虽心知自己是贾府的人了”。看来，宝钗此时已知自己即将许配给宝玉。

按古时规矩，没过门的媳妇不能随便与未来夫君及婆家人见面，因此宝钗就不再到贾府这边来。对于贾政升迁这件事，所有人都前来道贺。宝玉从家塾回来，走进贾母房中，看到黛玉、湘云、探春、惜春等一干姐妹都在，只不见宝钗、宝琴、迎春三人。迎春已出嫁，宝琴待嫁，这二人没来正常；宝钗没出现，在尚不知情的宝玉看来就不正常。

作者不仅通过宝玉写出了宝钗的微妙变化，还通过黛玉写了她的改变。黛玉生日这天来了很多人，包括薛姨妈，但黛玉留神一看，独不见宝钗，于是问：“宝姐姐可好么？为什么不过来？”薛姨妈说无人看家，所以没来。薛姨妈的回答显然是敷衍。黛玉接着问家里那么多人，又添了大嫂子，怎么宝姐姐却看起家来。原来贾府这边只要有事，宝钗母女必是同时过来。现在她家里多了个媳妇，宝钗反倒要看家不能来，真是匪夷所思。黛玉说自己挺想宝钗的，薛姨妈虚伪地说宝钗也想她们，改天叫宝钗过来叙叙。至于改到哪一天，却不得而知，薛姨妈是在搪塞黛玉。

贾母、王夫人、邢夫人、薛姨妈、凤姐等心知肚明，只宝玉和黛玉被蒙在鼓里，像两个傻瓜，闹着笑话。宝玉煞有介事地跟贾母讲前夜睡觉时自己戴的通灵玉竟大放红光，“邢王二夫人抿着嘴笑”。这二人为什么笑？是因为她们认为这是好兆头，宝玉有喜事，正应了定亲之事。心直口快的凤姐一语点破：“这是喜信发动了。”宝玉不懂，问凤姐：“什么喜信？”凤姐笑而不答。贾母说宝玉不懂，打发他回去歇着。

直到看了贾芸送的贺信，宝玉才第一次隐约知道定亲的事。小说没有明写贾芸在信里说了什么，但从宝玉看信后的一系列反应不难推测，因为第二天贾政升了郎中，宝玉碰上贾芸，贾芸说：“叔叔乐不乐？叔叔的亲事要再成了，不用说是两层喜了。”由此可见，贾芸派人送的信跟宝玉的亲事相关。

听到定亲风声的不只是贾芸，袭人也听说了，但她不敢问宝玉，以免“招出他多少呆话来，所以故作不知，自己心上却也是头一件关切的事”。袭人最清楚宝玉的心事：宝玉第一次对黛玉表露心迹，火辣辣的情话说完后，眼前站着的不是黛玉，而是袭人。在宝玉的婚事上，袭人和贾母等人的观点是一致的，她希望宝玉的妻子是易相处的宝钗，而不是难相处的黛玉。宝玉的亲事关系袭人的命运，于是第二天她到潇湘馆探听动静，但一无所获。

面对贾芸的信，宝玉“皱一回眉，又笑一笑儿，又摇摇头儿，后来光景竟大不耐烦起来”。贾芸在信中提到宝玉定亲这件事，但一定没说是定亲何人。宝玉之所以又喜又悲，是因为一方面他希望定亲，那么他和黛玉就有希望了；另一方面又怕定亲，怕定的对象不是黛玉而是别人。

但宝玉似乎还是自信的，贾母、王夫人等那么疼他，也疼黛玉，怎么可能不促成他们？在给贾政升官道喜时，凤姐面对宝玉和黛玉你来我往客客气气问候时，就笑着说：“你两个那里像天天在一处的，倒像是客一般，有这些套话，可是人说的‘相敬如宾’了。”“相敬如宾”是用于夫妻之间的，因此黛玉听了先自脸红，凤姐也立即意识到自己失言。这个词对宝玉和黛玉如今不合适，她想岔开这个话题却没来得及，宝玉就冒出一句：“林妹妹，你瞧芸儿这种冒失鬼。”黛玉听不懂，其他人也不懂，但宝玉懂：贾芸没胡说，凤姐开我和林妹妹的玩笑，不就是认为我们俩是一对吗？既如此，定亲的对象一定是林妹妹。

宝玉和黛玉，痴痴地沉浸在美好的憧憬中，以为好事将近。殊不知，他们的爱情已经在劫难逃。

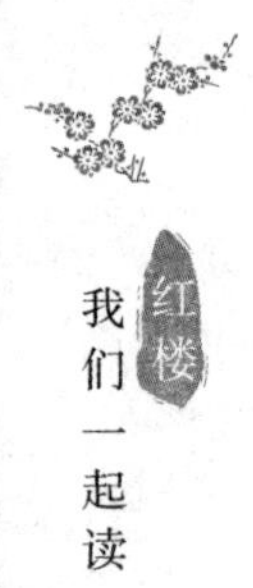

第八十六回 受私贿老官翻案牍 寄闲情淑女解琴书

轻叩红楼 崔思遥

黛玉谈琴韵

第八十六回，黛玉对宝玉谈琴韵。黛玉在以前从未表现出自己会弹琴和懂琴韵，这是她第一次告诉宝玉。黛玉谈琴韵时恬静渊博的样子让宝玉深深折服，赞叹不已。

宝玉去找黛玉聊天，看到黛玉在看“天书”，弄得他一头雾水。其实黛玉在看琴谱，由此，她给宝玉讲起了琴韵：“琴者，禁也。古人制下，原以治身，涵养性情，抑其淫荡，去其奢侈。若要抚琴，必择静室高斋，或在层楼的上头，在林石的里面，或是山巅上，或是水涯上。再遇着那天地清和的时候，风清月朗，焚香静坐，心不外想，气血和平，才能与神合灵，与道合妙。所以古人说‘知音难遇’……”

黛玉谈琴韵，谈得内行全面。首先，她从最基本的琴理讲起，教给宝玉那本“天书”上面各种奇怪之字（其实就是古式音节）如何认，还教给宝玉弹琴的指法和手法。其次，黛玉深谙弹琴之道，她懂得弹琴就是修心养性。琴韵不仅仅是旋律，更是人的内心所能宁静致远的道行。能在琴韵之中修养自我，升华自我，谱出自己心灵的琴韵，并在这韵律中达到忘我的状态，这才是弹琴者的最高境界。再者，黛玉还说知晓、欣赏琴韵需要有知音，这样才能更加表现琴韵之美感。古语说“高山流水遇知音”，琴韵不仅需要弹奏的人技巧高超、精通琴理，更需要有一个博古通今、志趣高洁的同道知音——你指尖所流出的韵律，就是他口中、心中所描绘的韵律，方是琴韵之精髓所在。

创造琴韵，不仅需要内心的宁静，也需要外部环境的宁静。演奏琴韵，同样需要极为雅致的环境，或于深山，或于密林，或于高峰，或于水畔，要是“静室”方可。最好是惠风和畅，天朗气清，或是万籁俱寂，月光倾泻，焚一炷香，屏气凝神，独自冥想，内心平和，如此便会集天地之精粹，充满灵性，这样所弹奏出的琴韵就是灵动的。还有极为重要的一点，就是弹奏时要衣冠齐整，举止大方，只有做到心身俱正，物我合一，并且怀着对自然的敬畏和对自己的尊重，弹奏时才能准确把握快慢疾徐、云卷云舒，从而奏出最为和谐的乐章。

黛玉对琴韵独到的见解和深入的讲解，让宝玉犹如醍醐灌顶，茅塞顿开。黛玉对琴韵的精通也着实令人拍案叫绝，这个别致清雅的女子，内心有着一片隐秘的菩提净土，这真是：

琴韵如菩提境界，心境如达观天地。

解味红楼　李美瑛

琴说花语黛玉心

第八十六回，宝玉到潇湘馆看黛玉，正巧黛玉在看琴书，宝玉不懂，就让黛玉讲给他。黛玉讲到古人学琴说：“孔圣人尚学琴于师襄，一操便知其为文王；高山流水，得遇知音。”说到这儿，黛玉突然停了下来，文中写了她的一个细节：“眼皮儿微微一动，慢慢的低下头去。”“眼皮儿微微一动”，这是黛玉内心受到震动的外在体现，本是说琴，但“高山流水遇知音”一经说出，敏感的她立即想到自己，想到眼前的宝玉，想到了她和宝玉的关系。“慢慢的低下头去”，既表现了黛玉少女的羞涩，也包含她对和宝玉的未来不能把握的忧郁。

忧郁是黛玉气质的核心，她的愁绪总是骤然而至，即便前一刻还开心着。说琴刚结束，秋纹带着小丫头来送一小盆兰花。“黛玉看时，却有几枝双朵儿的，心中忽然一动，也不知是喜是悲，便呆呆的呆看。”目之所及，勾起心之所念，看到成双成对的兰花，黛玉一定又联系到自己，花且并蒂，自己却形单影只。她期待能和宝玉比翼齐飞，永结连理，但她知道这件事她不能做主，宝玉也不能，他们的命运掌握在别人手里。命运无常，前途未卜，所以她既

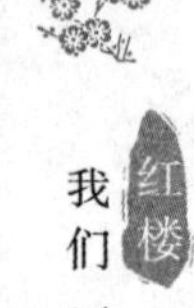

悲又喜，悲喜交集，不知说什么好，只能呆呆的。

宝玉不解黛玉，因为他的心思还停留在琴上。他说有了兰花，妹妹就可以奏《猗兰操》曲了。黛玉听了，心里却开始不舒服。宝玉走后，黛玉思前想后，暗自落泪。一旁的紫鹃见此光景，也想不明白："方才宝玉在这里那么高兴，如今好好的看花，怎么又伤起心来。"

《猗兰操》又名《幽兰操》，是擅长琴技的孔子用来抒发生不逢时的情怀的，乃感伤之作。宝玉说时无心，黛玉听时却有意。孔子以其大智慧，最终也没有实现自己的人生理想，《猗兰操》无疑引发了多愁善感的林黛玉对自己未来的无限感伤。

"草木当春，花鲜叶茂，想我年纪尚小，便像三秋蒲柳。若是果能随愿，或者渐渐的好来，不然，只恐似那花柳残春，怎禁得风催雨送。"面对柔弱的兰花，黛玉想到自己：小小年纪，疾病缠身，不堪风雨。而不解风情的宝玉还让她奏《猗兰操》，这让愁思萦怀的黛玉情何以堪呢？

第八十七回　感秋深抚琴悲往事　坐禅寂走火入邪魔

扫码读原著

妙玉之俗心

第八十七回妙玉十分难得地出现了。《红楼梦》中细致描写妙玉的回目很少，她是金陵十二钗中比较特别而又神秘的一个。由于对她的描写不多，读者在阅读的时候就需要多加思考和品味。

妙玉住在栊翠庵，并且自称是个“槛外人”，性格孤傲清高，一般人很难与她合得来。妙玉是个出家人，按理说，她对于情欲是需要摒除的。可是正值花样年华的妙玉，还是抵不住情的诱惑，爱上了那个气度不凡的公子——贾宝玉，并不止一次表露出自己对宝玉的倾慕之情。她身在世外，心还留在红尘，有一颗世俗的心。

宝玉去找黛玉解闷，碰上黛玉午休，便去找惜春，正巧偷偷看到惜春和妙玉在下棋。于是自己悄悄进屋，站在她俩旁边观棋，那二人正下得专注，竟没有发现宝玉。直到宝玉在旁情不自禁地笑出声，两人才发现他。宝玉就对妙玉施礼，并笑问：“妙公轻易不出禅关，今日何缘下凡一走?”妙玉的反应则是“忽然把脸一红，也不答言，低了头自看那棋”。宝玉觉得自己说话造次了，唐突了妙玉，于是就接着说：“倒是出家人比不得我们在家的俗人，头一件心是静的。静则灵，灵则慧。”妙玉这次是“微微的把眼一抬，看了宝玉一眼，复又低下头去，那脸上的颜色渐渐的红晕起来”。宝玉坐下后，妙玉便起身理理衣裳，重新坐下，痴痴地问宝玉：“你从何处来?”宝玉认为这话是机锋，正不知如何回答，惜春帮他说了：“从来处来。”妙玉“听了这话，想起自家，心上一动，脸上一热，必然也是红的，倒觉不好意思起来”。妙玉说

自己要回去，还说道："久已不来这里，弯弯曲曲的，回去的路头都要迷住了。"宝玉回："这倒要我来指引指引何如？"妙玉顺水推舟，委婉答应了。

这一回专门描写宝玉和妙玉对话的就只有这么多，但里面却是大有文章。宝玉和妙玉说话都是小心翼翼的，因为在他眼中妙玉不是俗人，说话要非常小心，最好能和她风格一致，所说之话要带有一些禅宗味道，这样方能符合妙玉的脾气性格。宝玉开始说了两句话，妙玉都不理他，而是自己脸红，她这一脸红彻底出卖了她自己的内心情感。她的内心很矛盾，一面知道自己喜欢宝玉，一面又因为喜欢宝玉而有负罪感。听到自己喜欢的人对自己"静则灵，灵则慧"的夸赞，认为自己不是俗人，了解自己的脾性，妙玉自然觉得很开心，也会有少女的羞涩，但是一想宝玉终究是把自己当作一个出家人，自动划清了界线，她又感到很惆怅失落。而且因为喜欢宝玉，她又觉得自己配不上他的夸赞，毕竟自己有颗俗心。少女怀春，难掩心中对于倾慕之人的喜爱。在宝玉面前，妙玉就像邻家的一个小姑娘，也会十分在意自己的外表，也会想要和自己爱慕的人有交流，所以妙玉会是"痴痴的"。妙玉亦是一个有心人，她和惜春关系好，常和惜春来往，却说自己不知道回去的路，这显然不合理。妙玉大概是想和宝玉有一段独处的时光吧，好享受一番和喜欢的人共处的悸动情怀，善解人意的宝玉正好迎合了她。

当天晚上，妙玉参禅过后，听到屋外有响声，就出去查看，发现没有什么异样，便又回来。可是，她的心开始不宁静，想到"日间宝玉之言，不觉一阵心跳耳热"，便忙收回心神，坐回禅床，"怎奈神不守舍，一时如万马奔驰，觉得禅床便恍荡起来，身子已不在庵中。便有许多王孙公子要求娶他，又有些媒婆扯扯拽拽扶他上车，自己不肯去。一回儿又有盗贼劫他，持刀执棍的逼勒"。这妙玉竟然着了魔。道婆们请大夫来，说是打坐打得太久，走火入魔。其实妙玉着魔根本不是因为打坐，而是因为自己内心的情欲。她对爱情的渴望和憧憬，以及她对宝玉火热的爱恋，这些才是她走火入魔的真正原因。妙玉出家实属无奈，并非本愿，她也是一个情种，只是自身的处境让她不得不一直压抑着内心最真实的想法。这是很痛苦的，时间一长，非爆发不可。

妙玉是个特别的女子，谜一样的人。她那颗俗心，并非真的世俗，是高洁的、神圣的，因为那是一个青春少女对纯真美好的爱的虔诚。

解语何妨话片时

宝钗虽已知道自己即将许配给宝玉，但也高兴不起来，个中原因很多：母亲年岁渐老；哥哥薛蟠胸无大志，常惹是非；嫂子夏金桂不孝顺，常无理取闹。更重要的是，饱读诗书的她也清楚强扭的瓜不甜，她知道宝玉真正爱的是黛玉，不是自己，自己即便成为他的妻子，得到他的人却得不到他的心，而且她还会因此失去黛玉的姐妹情。

第八十七回，宝钗派人给黛玉送去一封信，信中所叙自身遭际堪比黛玉。文末，她触景生情的仿古四章，引起黛玉的心灵共鸣，令其“不胜感伤”。

黛玉正为宝钗的诗感慨，探春等人的到来打断了她的思绪。但宝钗的诗对黛玉内心的触动很大，探春走后，黛玉再次看了两遍，依旧感慨啧啧：“境遇不同，伤心则一。”黛玉是典型的诗人气质，性情中人，为了答谢宝钗的知遇之恩，“便叫雪雁将外边桌上笔砚拿来，濡墨挥毫，赋成四叠。又将琴谱翻出，借他《猗兰》《思贤》两操，合成音韵”。

高鹗在这里并没有直接写出黛玉的“四叠”诗，这是他巧用笔墨之所在，能激起读者的好奇心——黛玉的才气不比宝钗弱，她的诗应更精彩。带着这样的心理，读者自然急于读下去。

黛玉的诗是酬谢宝钗的，但她情思的真正寄托人却是宝玉。所以，作者在下文就让宝玉的出现带出这首诗。遗憾的是，宝玉没有听懂黛玉的琴声，倒是跟宝玉偶遇的妙玉听懂了黛玉的弦外之音。

风萧萧兮秋气深，美人千里兮独沉吟。望故乡兮何处，倚栏杆兮涕沾襟。

山迢迢兮水长，照轩窗兮明月光。耿耿不寐兮银河渺茫，罗衫怯怯兮风露凉。

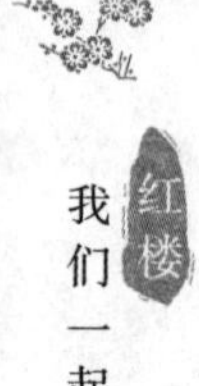

子之遭兮不自由，予之遇兮多烦忧。之子与我兮心焉相投，思古人兮俾无尤。

人生斯世兮如轻尘，天上人间兮感夙因。感夙因兮不可惙，素心如何天上月。

妙玉听到第三节，言黛玉“何忧思之深也”！听到最后一节，妙玉竟“呀然失色”，说“音韵可裂金石矣，只是太过”。宝玉不解妙玉之语，问过又如何。妙玉答曰：“恐不能持久。”果如妙玉所言，就在他们议论间，黛玉的琴弦突然发出断裂声。妙玉被这不吉的情形惊住了，站起来就走，留下一头雾水的宝玉在那里。

妙玉回到栊翠庵，当晚出现异常，坐卧不安，胡言乱语，大夫说她可能是因打坐走火入魔，其实更重要的是黛玉的琴曲刺激了妙玉，作为一个正值青春年华的妙龄女子，她不甘心就这样在青灯古佛前消耗自己的人生。白天她在惜春处看到宝玉，几度羞涩脸红；晚上看到猫儿闹春，她想到“日间宝玉之言”，心跳耳热，魂不守舍的……这一切说明她和黛玉、宝钗一样是凡俗人，她虽身在佛门，却尘缘未了。妙玉的现实处境和内心追求是相悖的，她挣扎而痛苦，纠结而无奈，越是极力隐藏真实的自己，那个真实的“我”反而愈加鲜明。她做不到“一念不生，万缘俱寂”，心病难除，走火入魔并不意外。

“莫言举世无谈者，解语何妨话片时?”感时伤怀，古今一也。宝钗、妙玉、黛玉，还有大观园中的许多女子，都是迟放的秋菊，凌风傲霜，美丽着，忧伤着……

第八十八回　博庭欢宝玉赞孤儿 正家法贾珍鞭悍仆

扫码读原著

轻叩红楼　崔思遥

投合的情意

第八十八回有两个特别的人物又登场了，即贾芸和小红。这两个人出现的次数非常少，但他们却是两个不可忽略的人物。贾芸和小红最开始出现是在第二十五到第二十七回，贾芸捡到小红丢了的手帕，偷偷把自己的手帕换给她，二人因此一见钟情。一直到本回，这两个人才再一次一同出现，中间偶有回目描写他们，却都是花开两朵各表一枝。

贾芸和小红情投意合，但由于二人是主仆关系，又没有媒妁之言，所以他俩的恋情不能公开。贾芸和小红可以说是整本书中唯一一对两相情愿而且真诚爱慕的主仆恋人。《红楼梦》中有很多主仆之间感情的描写：贾琏和秋桐、薛蟠和香菱、薛蟠和宝蟾、贾赦和鸳鸯……但这些主仆之间的感情大都是污浊的，贾琏、薛蟠、贾赦都是十足的好色之徒，秋桐跟了贾琏是因为他的地位，宝蟾跟了薛蟠因其风流本性，香菱、鸳鸯都是因为对方强迫性的一厢情愿。这些主仆间的情都不纯洁，玷污了男女之间的真正爱情，不像贾芸和小红，他们更多的是真正倾慕于对方，这一点让他们“脱颖而出”。

贾芸和小红两情相悦，不仅仅是因为外表的相互吸引，还有更为深层的原因。不得不说，小红当时对贾芸动心有一部分是因为贾芸也是“本家爷们儿”，是个有些地位的主子。晴雯说小红“好攀高枝”也不为过。小红进怡红院就是因为贾宝玉的地位高，她想傍上这棵大树，借此崭露头角，但很快她就发现，贾宝玉周围地位比她高、权力比她大、长得比她漂亮的丫鬟太多了，自己很难在怡红院站稳脚。正巧无意中认识了贾芸，又知道了他的地位，她

就打算改攀这个"高枝"。小红爱上贾芸可以说是包含很强的功利心在里面。而小红是凤姐得用的人，这对于贾芸来说也是非常有帮助的，贾芸想要讨事做，就必须要找凤姐，如果他和小红的关系好，她自然也能助自己一臂之力。

这两个人的投合还源于他们相像的性格。贾芸和小红都不是什么有才华的人，但是他们却都非常精明干练，可以说是"世事达练，人情洞明"，会做事有眼色，看人下菜碟，知道怎样去讨上级的欢心。在这一点上他们是明智的，尤其在贾府这样的大家族中，顺从、讨好主子自然是最好的选择，比那种跟主子对着干的要聪明百倍。晴雯、十二个戏子总和主子唱反调，结果就统统被驱逐了；而小红懂得如何迎合主子，所以她自然受到宠爱。凤姐在山坡上一招手，小红就能扔下众人跑过去，听从吩咐，干事利索爽快。同样，因为贾宝玉一句话，贾芸就愿意称比自己小的宝玉为"干爹"，有时还想着给他送花草或者一些新鲜玩意儿。为了得到一点好差事，贾芸更是托外面的朋友买来一些实用的东西来讨好凤姐，虽然贾芸有些油嘴滑舌，见风使舵，但是他会说好听的话，也就颇得凤姐的喜欢。贾芸和小红在这一点上，属于一类人，物以类聚，他们走在一起也不难理解，顺理成章。

贾芸和小红这对恋人之间虽然有些复杂的关系，不过，他们真正是有爱慕对方的心的。在书中，他们不是不成体统的一对恋人，还是有一股特别之风的。

解味红楼 李美瑛

不祥之兆费思量

第八十八回，作者一如既往平静地叙述着，但这回写到的几件事，却有不祥之兆。

第一件是周瑞和鲍二吵架。"奴才在这里经管地租庄子，银钱出入每年也有三五十万来往，老爷太太奶奶们从没有说过话的，何况这些零星东西。若照鲍二说起来，爷们家里的田地房产都被奴才们弄完了。"从周瑞这段话可以看出，鲍二怀疑周瑞作为管家，暗做手脚，为自己捞了很多油水。常言道"无风不起浪"，鲍二的话自有其道理。贾府家大业大，主子们疏于管理，只顾个人享乐，这就给周瑞等下人以营私舞弊的机会，像这回说的庄头送果子的事，贾珍既不细看，也不清点账单，只是交给周瑞处理，自己得清闲。当鲍二和周瑞大打出手闹得翻江倒海时，贾珍也不是问个青红皂白再做处理，而是简单粗暴地把打架双方叫来，一顿棍棒了事。这样解决问题，势必留下后患。

第二件事发生在水月庵。“四五天了，前儿夜里因那些小沙弥小道士里头有几个女孩子睡觉没有吹灯，他说了几次不听。那一夜看见他们三更以后灯还点着呢，他便叫他们吹灯，个个都睡着了，没有人答应，只得自己亲自起来给他们吹灭了。回到炕上，只见有两个人，一男一女，坐在炕上。他赶着问是谁，那里把一根绳子往他脖子上一套，他便叫起人来。众人听见，点上灯火一齐赶来，已经躺在地下，满口吐白沫子，幸亏救醒了。”这里的“他”指水月庵的师父，她因为这场惊吓而一病不起。水月庵又叫馒头庵，是一座尼姑庵，由贾府供养着，里面住的都是女性。这里本是一个清净之地，却发生了不该发生的事。显然是庵里的尼姑不守清规戒律，和外面的男子有染，事情败露了，想要杀人灭口。

第三件是贾府“闹鬼”。凤姐的丫鬟晚上撞到鬼了：“我才刚到后边去叫打杂儿的添煤，只听得三间空屋子里哗喇哗喇的响，我还道是猫儿耗子，又听得嗳的一声，像个人出气儿的似的。我害怕，就跑回来了。”凤姐不相信鬼话，听丫鬟说完，气得大骂。她明白，那空屋子里闹腾的一定不是鬼，也不是什么猫儿耗子，应是贾府那些丫鬟小厮，趁人不备谈情说爱呢。在自己的眼皮底下，有人竟敢做出如此“大逆不道”的事情，凤姐听了，自然会急。想当初，王夫人因为一个香囊，找到凤姐兴师问罪，抄检大观园，最后赶走晴雯等几个丫头，这件“闹鬼”的事若被她知道，那还了得！

“将近三更，凤姐似睡不睡，觉得身上寒毛一乍，自己惊醒了，越躺着越发起渗来，因叫平儿秋桐过来作伴。”这是第四件事。凤姐怎么会平白无故吓得睡不着觉呢？应是睡前丫鬟的“鬼话”刺激了她，她担心会闹出乱子来。凤姐折腾半天，等到再睡着时，“只听得远远的鸡叫了”。第二天早上起床，“凤姐因夜中之事，心神恍惚不宁”。凤姐的忧心不是多余，一些人胆大妄为，家规不顾，礼教不顾，这样从内里先乱起来，贾府倾覆之日还会遥远吗？

第八十九回 人亡物在公子填词 蛇影杯弓颦卿绝粒

扫码读原著

轻叩红楼 崔思遥

对爱的追逐

第八十九回里，宝玉和黛玉都在追逐爱，但是追逐的是不同的爱。宝玉追逐的是对晴雯的亲如手足的爱，黛玉追逐的是对宝玉的精神之爱。两个人都是情种，而且都是精神恋爱的支持者和践行者。

宝玉到家塾去上学，正值天气比较冷，丫鬟们就为宝玉带了几件厚衣服，让焙茗给拿着。焙茗怕宝玉冷，便在宝玉读书的时候为他拿出一件衣服来，那正是晴雯生病时为宝玉补的雀金裘，宝玉睹物思人，于是情绪急转而下，开始闷闷不乐。晴雯是丫鬟中和宝玉关系最好的，他们在精神上志同道合，这是袭人等比不过的。因为心情低落，宝玉便从家塾告了假，回去后，也一直无精打采。第二天，他让丫鬟们收拾出一个空屋子，自己在屋中焚香静心，悄悄为晴雯写了一首词，作完文章后，他才出来。

这边宝玉用情于晴雯，那边黛玉用情于宝玉。宝玉出来后，去找黛玉。他和黛玉随便闲扯，聊黛玉抄心经、新挂的画以及是否弹琴，因而两人又说到对知音的见解。这一次，他们因为探讨这个话题而略显尴尬了，于是宝玉假说到探春那里有事，便走了。黛玉心中疑惑，宝玉近来和她说话总是“半吐半吞，忽冷忽热，也不知他是什么意思”。就在这时，黛玉偷听到雪雁和紫鹃在屋外的谈话，说长辈们给宝玉定了亲，是外府的。加之前面自己心中的疑虑，黛玉认为如果宝玉不能属于她，那么她的存在就是无意义的，于是开始糟蹋自己的身体。宝玉和黛玉志同道合，在精神层面上更是高度默契，他们两人的恋爱非世俗之情爱，而是更加纯粹的精神恋爱。因为他们有“木石前盟”，有前世的因缘际会，所以黛玉是从骨子里专情于宝玉的。

这一回，宝玉和黛玉都在追逐爱，而且都是十分纯洁的爱。宝玉对于晴雯，是把她当作为数不多的真正能了解自己的贴心人，所以宝玉才会两度为她写文，表达自己的思慕、怀念之情。这对主仆之间有着纯洁的爱，不存在等级差别，完全平等。黛玉对宝玉亦是如此，宝玉是唯一能在精神上与她契合的人，也是唯一能够真正走进她内心世界的人。宝玉的爱就是她的全部，她能给宝玉的也是她全部的爱。宝玉定亲，就是宣告黛玉失去了这个世界上唯一的知己，所以她才会有那些自我毁灭的表现。黛玉对爱的追求很坚定，追逐的脚步从未停下。黛玉和宝玉之间的爱是三生石畔的约定，黛玉来到凡间，也是为宝玉而来的。

黛玉和宝玉对爱的追逐，皆因为他们都是有情有义的人，并且这种追逐也正是他们叛逆于那个时代的表现。

解味红楼 李美瑛

一样伤心两不知

第八十九回说十月中旬的一天，宝玉在家塾上课，因突然刮起大风，焙茗便拿出带来的一件衣服让宝玉穿上，“宝玉不看则已，看了时神已痴了”。眼前这件衣服不同一般，它是当日晴雯在病中为他补过的雀金裘。人亡物在，睹物思人，宝玉一时神情恍惚，“呆呆的对着书坐着”，灵魂似乎已被晴雯带走。晚间放学时，他跟贾代儒告假，第二天不来上学。

回到怡红院，宝玉闷闷不乐，饭也没吃，就躺下了，但翻来覆去，折腾了一夜，也没睡好。第二天，他把自己关在晴雯生前住的房子里，燃香设祭，给晴雯写了一首词，然后焚化了，以寄哀思。

府中先后离去的女孩不止晴雯一个，但让宝玉如此怀念的不多。因为一件衣服，宝玉就这般，可见晴雯在他心中的分量之重。宝玉难忘晴雯，不是

仅因晴雯漂亮，更重要的是在她身上具有难得的率真个性和反抗精神。了解这一点，才能理解宝玉面对雀金裘如此伤感的缘由。宝玉喜欢和女孩在一起，但不是完全以貌取人，晴雯是个例子，黛玉也是。黛玉和宝钗相比，客观地说，宝钗是健康之美，黛玉是病态之美。宝玉之所以爱黛玉不爱宝钗，就是因为在他看来，黛玉虽疾病缠身但精神健康，宝钗虽身体健康但精神病态。

袭人、麝月对宝玉的这些行为并不理解，只觉得好笑，尽管宝玉那么伤心。她们不是宝玉的知己，对宝玉的关心更多地停留在衣食住行上，只是生活上的保姆而已。晴雯死后，在怡红院，养尊处优的宝玉，其灵魂常是孤独的。宝玉视黛玉为知己，所以，郁闷的他来到潇湘馆。黛玉最近身体不佳，又兼前几日噩梦惊扰，心也惶惶。两个各怀忧思的人果然话不投机，当宝玉向黛玉请教前几天听到的琴韵时，黛玉答曰："这是人心自然之音，做到那里就到那里，原没有一定的。"黛玉就琴论琴，宝玉接道："原来如此。可惜我不知音，枉听了一会子。"黛玉的答话仍在说琴："古来知音人能有几个?"话怕反复讲，一来二去，他们越说越让人心寒。宝玉和黛玉两小无猜，彼此的心思都清楚，现在却都向对方说世间没有知音……他们自己也马上意识到这一点，可又不知该如何化解。于是宝玉"讪讪的站起来"，走了，剩下黛玉，"闷闷的坐着"，心中对宝玉的忽冷忽热、吞吞吐吐更为疑惑起来。

黛玉的疑惑更在偷听到紫鹃和雪雁的对话后得到验证：宝玉定亲了。黛玉找到了答案，而这对她的打击无疑是致命的。"如同将身撂在大海里一般"，黛玉登时陷入深深的绝望。一时间，"千愁万恨，堆上心来"，黛玉被击垮了，生活没了动力。她开始拼命糟蹋自己，不吃不喝，不添衣盖被，只求速死。而这些，宝玉并不知道。

一样伤心两不知。人世间最痛苦的是什么？不是两个人痛苦地爱着，而是爱的痛苦把本是相爱的两个人越推越远。

第九十回 失绵衣贫女耐嗷嘈 送果品小郎惊叵测

轻叩红楼 崔思遥

岫烟的涵养

第九十回中有一个耐人寻味的人物——邢岫烟。邢岫烟是书中的点缀人物，在美女和才女如云的大观园中，实在不出众，那些主角的光芒让她只能做个小小的配角。很少有人能够多注意一下这个小家碧玉的女孩，但她实则却具有很多大家闺秀不具备的优秀涵养，这是她胜过书中许多女孩子的地方。

岫烟是邢夫人的亲戚，但她并不富裕。岫烟的第一次出场是在第四十九回，是和宝琴、李纹、李绮、薛蝌等人一起进京的。作者对她的形容用了一个词：清贫。贾府是豪门大户，这里的女孩子都锦衣玉食，岫烟在这群人里，无疑是最寒酸的。冬天下雪，园中的女孩子穿的都是或高贵或淡雅的暖服，由内而外散发着贵族气质，而岫烟的穿戴只是普通的荆钗裙布。岫烟的名字很有意思，和别人有明显的不同。书中女子的名字大多比较华贵，像“钗”“玉”“春”“湘”等，而岫烟的名字读来给人朴实无华之感。“岫”是山峰之意，“岫烟”便是从层峦叠嶂中升起的袅袅青烟，给人一种高山隐士的感觉，不慕名利，也不随波逐流。岫烟平日最与妙玉交好，妙玉是个孤傲挑剔的人，与她相好甚难，由此可见岫烟虽不是个文人，却也是一个雅客，虽清贫，但有她自己的清高。

岫烟的涵养不同于宝钗的贤淑识大体，岫烟的温柔也不同于迎春的懦弱，岫烟的清高更不同于惜春不食人间烟火的淡漠，岫烟的特别之处在于她有自己的骄傲、自己的准则，朴实真诚，平易近人。这些说起来简单，做到却很难。岫烟却做得很好，她的涵养不输给任何一个大家闺秀，甚至强于她们。

本回写到一件事，岫烟的丫鬟与一个看守花果的婆子拌了嘴，丫鬟怀疑婆子偷了岫烟的红小袄，婆子自然不依。凤姐在园中巡查时看到便过来管，要赶走那个婆子，岫烟不但不帮自己的丫鬟说话，反帮婆子，为婆子求情，说都是自己的丫鬟不好，凤姐这才放过那婆子。

岫烟很会做人做事，很有涵养。她知道自己在贾府是个外人，所以做事特别小心谨慎。她不帮着自己的丫鬟是为了不得罪园中的人，哪怕是一个下人。她知道凤姐的厉害，对这类人她懂得应敬而远之，说话要有分寸，尽量不有求于她，这样既不给他人添麻烦，也不给自己添麻烦。她和惜春不一样，惜春不帮着自己的丫鬟是觉得丫鬟会连累自己，而岫烟不帮自己的丫鬟是为了不给他人添麻烦。凤姐派人来给她送衣服，她就等于收了别人的礼，欠了别人的情，内心自然过意不去，所以不肯收。岫烟很节俭，衣服大多是半新不旧的，但她从不会和其他的姑娘争芳斗艳，相形之下能够安于清贫。长辈送给她的东西，她只是规矩地摆放好，收拾得干净整齐。从这些小细节上，可以看出岫烟的涵养之深。与人交往，她能够随时保持合适的距离，既不太亲昵，也不太疏远，远近适中，冷热适宜，不温不火，不急不躁。

岫烟的涵养多体现在细微处，她不是那种令人一眼就能记住的惊艳女子，但和她在一起，会让人感觉很舒服。她是那种相处起来很轻松淡然的女子，她的美需要慢慢去发现和品味。岫烟的涵养更像是一杯香茗，越品越有味道，越品越让人心醉着迷。岫烟朴素的外表和内心，散发着淡雅的魅力，这让她在众多花枝招展的女子中卓尔不群，展现出独特的自我。好人好运，薛蝌这样的青年才俊最终选择了她，岫烟找到了如意的人生归宿。

话说姜是老的辣

黛玉自打从雪雁和紫鹃那里偷听到宝玉要定亲后，便一心求死。就在黛玉自绝米粒气息奄奄之际，她无意间又偷听到雪雁和侍书的对话，得知原先宝玉定亲只是一说，议而未成，并且侍书还说她听说宝玉的婚事，“老太太的主意亲上作亲，又是园中住着的”。黛玉听了，似乎在茫茫大海中又看到了灯塔：这些条件，说的不就是自己吗？“心病终须心药治，解铃还是系铃人。”

侍书的话一扫黛玉的绝望，把她从死亡边缘拉了回来。

第九十回，面对黛玉突然病重又突然好转的情状，大家都不明白黛玉因何死去活来的。但走过的桥比黛玉走过的路还多的贾母明白，虽然宝玉和黛玉经常吵吵闹闹，被她称为冤家，但他们之间的感情已超出表兄妹之情，黛玉深陷其中，难以自拔，而宝玉一旦知道定亲宝钗，也会闹得天翻地覆。为了让宝玉的婚事沿着既定的轨道顺利进行，贾母第一时间在王夫人、邢夫人、凤姐面前把黛玉和宝玉的事挑明："我正要告诉你们，宝玉和林丫头是从小儿在一处的，我只说小孩子们，怕什么？以后时常听得林丫头忽然病，忽然好，都为有了些知觉了。所以我想他们若尽着搁在一块儿，毕竟不成体统。你们怎么说?"

紧接着，贾母表明了她的取舍："林丫头的乖僻，虽也是他的好处，我的心里不把林丫头配他，也是为这点子。况且林丫头这样虚弱，恐不是有寿的。只有宝丫头最妥。"贾母说得十分清楚，黛玉性格偏僻不随和，身体差、不能长寿，宝钗性格脾气、身体都好。虽然黛玉是贾母的亲外孙女，但在她心里，亲孙子宝玉是她的命根子，更重要。当王夫人提议先给黛玉找个人家，省了她的存在坏了宝玉和宝钗的事，贾母断然否定："自然先给宝玉娶了亲，然后给林丫头说人家，再没有先是外人后是自己的。况且林丫头年纪到底比宝玉小两岁。依你们这样说，倒是宝玉定亲的话不许叫他知道倒罢了。"

当宝玉和黛玉的利益发生冲突时，贾母要牺牲掉的首先是黛玉。"再没有先是外人后是自己的"，原来在贾母心中，宝玉是自己人，黛玉是外人，因为她姓林不姓贾。为了更加稳妥，贾母说宝玉定亲的事绝不能让黛玉知道。

自此，以贾母为中心，由王夫人、邢夫人、凤姐还有薛姨妈组成的"宝玉婚事指挥小组"达成一致：宝玉定亲，对宝玉和黛玉都要守口如瓶。林黛玉刚从死亡线上回来，重新燃起了生的希望。她以为贾母说做主宝玉的婚事就一定是她呢，她以为她是贾母的亲外孙女贾母就和疼宝玉一样疼她呢，她以为符合"亲上加亲""在园子里住"这个条件的只有她一个呢……一梦成谶，第八十二回中黛玉的噩梦俨然成为现实。

第九十一回　纵淫心宝蟾工设计　布疑阵宝玉妄谈禅

扫码读原著

轻叩红楼　崔思遥

只取一瓢饮

第九十一回，贾宝玉再次向林黛玉表明自己的心意，并且说了一句有名而且经典的情话，这句话可以作为宝玉对黛玉爱的誓言：任凭弱水三千，我只取一瓢饮。

如此缠绵温柔的情话，怕是哪个青春年少的女子都无法抵挡，尤其它又来自自己的心上人，林黛玉也是如此。黛玉常用一些旁敲侧击的方法来检验宝玉是不是真的爱她，宝玉证明过很多次，不论语言还是行动。黛玉虽然都清楚，但还是不放心。恋爱中的女孩子，总会不厌其烦地一遍一遍向心上人求证他对自己的爱，虽然她心里有答案，然而依旧喜欢听到心上人对自己说动听的情话。

宝玉晚上上学回来，见过长辈之后，就立即到潇湘馆来找黛玉，宝玉把自己的疑惑讲给黛玉。他说在上屋见到了薛姨妈，不知为什么对他不像以前那样亲热，也不提黛玉；问起宝钗的病，薛姨妈也只是一笑掠过，并不答言。宝玉和黛玉探讨一番过后，得出的结论是：一定是因为宝玉未去问候宝钗，所以宝钗不开心，薛姨妈自然也就冷淡他。于是宝玉发出“我想这个人生他做什么！天地间没有了我，倒也干净”的怨气，黛玉听后，就说了几句禅语，宝玉方才豁然开朗。黛玉趁此机会问了宝玉一个问题：“宝姐姐和你好你怎么样？宝姐姐不和你好你怎么样？宝姐姐前儿和你好，如今不和你好你怎么样？今儿和你好，后来不和你好你怎么样？你和他好他偏不和你好你怎么样？你不和他好他偏要和你好你怎么样？”用现在的话说，黛玉的这些问是经典的琼瑶式爱情之间。这说明在黛玉心中，宝钗是一个强大的竞争对手，所以她才会特意问宝玉这些问题。而宝玉的回答显然令人非常满意："任凭弱水三千，我只取一瓢饮。"——我贾宝玉只爱你林黛玉一个人。黛玉仍穷追不舍："瓢之漂水奈何?"宝玉道："非瓢漂水，水自流，瓢自漂耳!"黛玉道："水止珠沉，奈何?"宝玉道："禅心已作沾泥絮，莫向春风舞鹧鸪。"黛玉和宝玉这段对话的意思已经十分明白，黛玉说如果他俩好不成或者自己离开他怎么办，宝玉便答自己的心非常坚定，只属于黛玉一个人。

宝黛的这一番倾吐非常浪漫，用"水"与"瓢"的关系做比，以此来证明自己绝对真诚的心。在宝玉的眼中，宝钗即使再出众，也只不过是那三千弱水中微不足道的部分，而林黛玉就算再不完美，也是宝玉最为钟爱的那一瓢。宝玉把自己对黛玉的爱全部浓缩在这句精练的答语中，不过是区区几个字，却是神来之笔，力透纸背，它有力而坚定地告诉黛玉——我的心里眼里只有你。

解味红楼 李美瑛

宝黛谈禅显真心

第九十一回，第一次正面写王夫人和贾政商量宝玉和宝钗的婚事。贾政对王夫人说："今冬且放了定，明春再过礼，过了老太太的生日，就定日子娶。你把这番话先告诉薛姨太太。"父母之命，三言两语，宝玉的婚姻大事就被安排完了，而他自己却毫不知情。

宝钗是知情的，唯有宝玉和黛玉被蒙在鼓里。不过宝玉对最近发生的一些事开始疑惑。比如，宝钗病了，荣、宁二府很多人去探望，宝玉却不知道，后来知道了，但"老太太不叫我去，太太也不叫我去，老爷又不叫我去"。在从前，这是绝对不会有的；而且，原来梨香院和贾府这边有一道小门通着，现在也被莫名其妙地堵上了。更让宝玉困惑的是，薛姨妈现在见了他不太答言，不像先前那么亲热了。

黛玉从侍书、雪雁那里偷听到宝玉要定亲的事，只是她只知其一不知其二，自以为"亲上加亲"，一定是她，所以反倒踏实下来，不仅病好了，而且也不再疑神疑鬼。宝玉对薛姨妈的变化很敏感，黛玉则不。当宝玉对她说出

自己的不解时，黛玉反而宽慰他，劝他不要多心等。黛玉的单纯让人心疼。王夫人在前一回对贾母说：“林姑娘是个有心计儿的。至于宝玉，呆头呆恼，不避嫌疑是有的，看起外面，却还都是个小孩儿形像。”无论对黛玉还是宝玉，王夫人的评价都不够客观。黛玉没那么有心计，尤其和宝钗比；宝玉也不是那么“呆头呆恼”，像个小孩儿。黛玉不是一个工于心计的人，在洞察世事方面，她有时还赶不上宝玉。

“宝姐姐和你好你怎么样？……”黛玉看似一大堆的提问，实则很简单，她就是在委婉地问宝玉到底在乎谁。宝玉这次没有被问倒，且不“呆头呆恼”，他忽然明白，没有必要为薛姨妈和宝钗的忽冷忽热纠结，“任凭弱水三千，我只取一瓢饮”。自己只爱黛玉，宝钗跟他有什么关系呢？纵有三千弱水又怎样？对于自己，一瓢足够。大观园的女孩再多又怎样？对于自己，一个林妹妹足矣。黛玉问得明白，宝玉答得明确：你是我最爱的那个人，我对你坚贞不渝。

面对宝玉的回答，“黛玉低头不语”，这是她想要的答案。宝玉的誓言让黛玉的心更为踏实，以至檐外的老鸹“呱呱”地叫了几声也不以为意。古人对老鸹的叫声其实是忌讳的，认为是不祥之兆，作者在这里写它也不是闲笔，宝玉对此便脱口而出：“不知主何吉凶。”黛玉却平静地说：“人有吉凶事，不在鸟声中。”一向敏感的黛玉，此时完全沉浸在宝玉的誓言中，直把老鸹当喜鹊了。

第九十二回　评女传巧姐慕贤良　玩母珠贾政参聚散

扫码读原著

无耻的特权

第九十二回中，宝玉再次变得“虚伪”。这一回中，高鹗对曹雪芹创造的宝玉形象的曲解甚是明显和暴露，宝玉成了一个十足的大男子主义者，由此展现了那时一些有权势的男人的无耻特权。

宝玉一向非常鄙夷功名利禄以及封建礼教，而且厌恶污浊的男人，喜爱水一般纯净的女子。但在高鹗的笔下，他成了一个大肆宣扬大男子主义的人，这完全不是前八十回的宝玉的风格。本回说宝玉到贾母处来开消寒会，只有他和凤姐的孩子巧姐先到了，于是便和巧姐聊起读书的事。巧姐说自己念过了《女孝经》《列女传》，这两本书讲的是一些充当封建礼教牺牲品的烈女故事。《红楼梦》中烈女很多，像晴雯、鸳鸯、尤二姐、尤三姐……宝玉对她们的遭遇都是比较同情的，而且非常痛恨那些生事者。可是这次，宝玉主动提出要给巧姐讲讲这两本书，而且他的语言中多是对这些女子的赞美：“那文王后妃是不必说了，想来是知道的。那姜后脱簪待罪，齐国的无盐虽丑，能安邦定国，是后妃里头的贤能的。若说有才的，是曹大姑、班婕妤、蔡文姬、谢道韫诸人……”

宝玉所举之人皆是历史上有名的烈女，这些女人都是深受大男子主义的欺压，成为被男人驯服的奴隶，更甚者如曹氏“引刀割鼻”来表贞洁。这和曹雪芹写红楼的原意是背离的。曹雪芹笔下的宝玉是一个尊重女性且强调女性高贵地位的女权主义者，他对这些有权有势的男人一贯是鄙视的，尤其是凭借自己的地位和势力就可以用各种各样的手段来玩弄迫害女人的男人。宝

玉对这些男人本是极其憎恶的，但是本回的宝玉却是大谈特谈《女孝经》《列女传》，而且还津津乐道，他向来维护女子权益的形象在这里被丑化了。

我为司棋点个赞

《红楼梦》中描写了很多性格不同的女子，她们对待生活的态度不尽相同，结局却大同小异：万艳同悲。

薛宝钗得到了自己梦寐以求的婚姻，但遗憾的是贾宝玉心有所属，结果同床异梦，她成了门当户对的封建婚姻的牺牲品；元春嫁入宫中，成为皇妃，但这样的婚姻在给她的家族带来荣耀和权势的同时，并没有给她个人带来更多的快乐和幸福，“皇宫是一个见不得人的去处”，这句话道出元春的辛酸苦痛；迎春的丈夫孙绍祖，是一个忘恩负义的中山狼，嫁给他，莫说幸福，迎春连命都没保住，婚姻变成埋葬她的坟墓；探春远嫁他乡，“把骨肉家园齐来抛散”，用自己的青春年华替家族完成了一项政治使命；惜春看破红尘，最后遁入空门，她的生命里甚至没有盛开过爱情的花朵；李纨是个苦命人，她对婚姻爱情的所有憧憬都随着贾珠的早逝而消失；王熙凤权倾贾府，但也不得不忍受贾琏一而再再而三地寻花问柳；秦可卿，贾府第一美女，却成为贾珍、贾蓉父子二人的玩物，红颜命薄；妙玉带发修行，注定了爱情只能是深夜无声的叹息，长期的压抑使其终“走火入魔”；尤二姐被贾琏诱惑，自以为找到了人生的归宿，却被王熙凤借刀杀人，最终吞金而死；其余如史湘云、薛宝琴、邢岫烟等，她们的爱情也无从谈起，不过是遵照父母之命，按部就班走完各自一生而已。

小说中有反抗精神、敢于大胆追求爱情的女子有几个，像林黛玉、尤三姐、鸳鸯、司棋等，她们是作者讴歌的对象。但细考究，她们也有不同。黛玉追求至纯至美的爱情，重精神轻物质，她的爱情几乎不食人间烟火，属于柏拉图式的。这样超凡脱俗的爱情自然不属于尘世，所以她倾尽一生的眼泪，也没有和她的宝哥哥走进婚姻的殿堂。尤三姐在爱情的追求与表达上最直接热烈，但她很不幸，爱上了一个并不真正了解自己的人，柳湘莲没有珍惜她的一片痴情，说她“水性杨花”，致使尤三姐拔剑自刎。鸳鸯面对贾赦的淫威，立誓宁可削发为尼，虽然摆脱了贾赦这个恶魔，但她最终也没有找到自己的真爱。司棋和她们都不一样，她和表哥潘又安两情相悦，自由恋爱，他们冲破封建礼教，在大观园里偷偷约会，私传信物和情书，享受过爱情的美好和甜蜜。抄检大观园时，司棋的信物和情书被当场发现，但她一人做事一人当，没有丝毫惧怕，倒是那个潘又安吓得逃走了，没有男子汉气魄。

“司棋说道：‘一个女人配一个男人。我一时失脚上了他的当，我就是他的人了，决不肯再失身给别人的。我恨他为什么这样胆小，一身作事一身当，为什么要逃。就是他一辈子不来了，我也一辈子不嫁人的。妈要给我配人，我原拼着一死的。今儿他来了，妈问他怎么样。若是他不改心，我在妈跟前磕了头，只当是我死了，他到那里，我跟到那里，就是讨饭吃也是愿意的。’他妈气得了不得，便哭着骂着说：‘你是我的女儿，我偏不给他，你敢怎么着。’那知道那司棋这东西糊涂，便一头撞在墙上，把脑袋撞破，鲜血直流，竟死了。”

这是第九十二回的一个片段，是司棋在书中最后一次出现，但不是正面出场，而是通过第三者的转述，属侧面描写。司棋被赶出贾府后，痴心不改，她“终日啼哭”，不是因为失去了贾府的工作，而是因为潘又安扔下她独自离去。潘又安回来后，司棋态度很明确，只要他没变心，就愿意跟他走，天涯海角，心甘情愿。当她母亲坚决反对他们在一起时，性情刚烈的司棋义无反顾地选择了宁为玉碎不为瓦全的决绝。

司棋殉情，可悲可泣。也许，黄泉之下的她亦可感到欣慰，她爱的人没有辜负她的深情，潘又安安排好她的后事后，也殉情而去。天堂里，他们终于能够在一起。

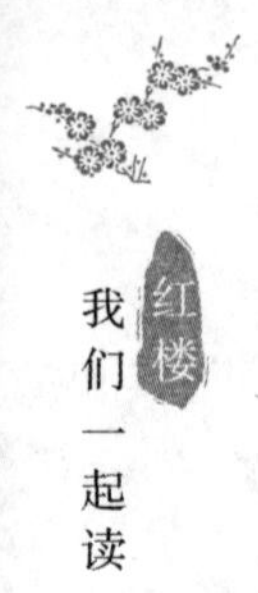

第九十三回 甄家仆投靠贾家门 水月庵掀翻风月案

扫码读原著

轻叩红楼 崔思遥

甄贾一条线

第九十三回又出现了甄家。《红楼梦》重点描写的对象是贾府，作者设计甄家别有用意。曹雪芹把甄家当作贾府的一面镜子，甄家的兴衰就是贾府的兴衰，所以甄、贾其实是一条线。

甄家因为家中一些人的丑行暴露，所以家财全部被抄，导致家族走向衰败。甄家老爷派家仆包勇来投靠贾府。第九十二回中，冯紫英给贾政带来一些稀奇古怪的西洋货物，闲聊之间说起甄家，贾政说甄家自从抄家后杳无音信，冯紫英说："人世的荣枯，仕途的得失，终属难定。"这不仅适用于甄家，也同样适用于贾府。可笑的是，贾赦却道："咱们家是最没有事的。"冯紫英道："果然，尊府是不怕的。一则里头有贵妃照应，二则故旧好亲戚多，三则你家自老太太起至于少爷们，没有一个刁钻刻薄的。"

贾赦是贾府生事的源头。作为长子，他毫无领头者的风范，反而带着晚辈做尽淫乱放浪之事，这从他强要鸳鸯一事就能看出。贾赦为人很放纵，和自己府里的很多女人都有理不清的关系。上梁不正下梁歪，贾珍、贾琏、贾蓉这些小辈和他有得一拼，多沉迷女色，胡作非为。贾赦还常带着这些人跟外面认识的狐朋狗友聚众赌博、喝酒，生活非常奢靡。贾府在这些男人的主导下一片混乱。贾府本就人多口杂，人与人之间常起事端，前面多有章节专门描述贾府这种矛盾和冲突，这些都是不稳定的因子。况且贾府的奇怪之处在于掌管家中事务的人主要是女人，如凤姐、探春、李纨，男人大多不管事。贾府男人之中的首领是贾政，但贾政是个官迷，很少管自己家中的事务，把心思都放在做官上。贾政的谐音就是“假正”，他做官也做得并不清廉。前几回说到贾政升了官，家中就有很多人跟着发了财，这意思很明显。

本回贾府又发生了一件让人羞于启齿的事，有人在贾府的大门上贴上了一个帖子：“西贝草斤年纪轻，水月庵里管尼僧。一个男人多少女，窝娼聚赌是陶情。不肖子弟来办事，荣国府内出新闻。”贾政看后非常生气，就派赖大去水月庵查看，果然发现贾芹，他借发放月例银子在那里带着女尼女道士们行令喝酒，被赖大逮了个正着。接着，又查知贾芹和一个小沙弥还有一个女道士早就眉来眼去，勾搭上了。贾政让赖大把贾芹和女尼女道士们都带到贾府中，要处置他们。但是贾政有事要做，只有交给贾琏；贾琏和贾芹素日交好，再者贾琏也图个省事，于是和赖大商量着庇护贾芹。一桩丑事就这样被压下去了。而实际上贾府中隐藏起来的丑事数不胜数，上至主子，下至仆人，只要和家中的事务有关的，难说清白。就如平儿对凤姐说起水月庵这件事，不小心说成了馒头庵，凤姐就很不安，因为她用自己的权力给馒头庵办过一件丑事（详见第十五回），从中获利不小，所以自己做贼心虚。

甄家就是因为家中有很多乱用权力、从中生事的人，所以家族才败落了。荣、宁二府亦是如此，家族中难寻一个干实事的顶梁柱，反倒尽是暗中造谣生事的小人。甄家就是贾府的一面镜子，甄家的衰败暗示着贾府衰败的必然走势。甄府、贾府，真真假假，假假真真，互相映射，甄贾一条线。

解味红楼 李美瑛

贾府的不肖子弟

“冰冻三尺非一日之寒。”罗马不是一天建成的，贾府也不是一天衰败的。第九十三回，高鹗写了贾府的几件混乱无序的事情，它们就像蠹虫一样，时刻啮噬着贾府。

两个管屯里租子的家人来见贾政，贾政却只问了句是哪个庄的了事，也不问他们来有什么事情，甚至不等他们汇报，就转头和贾赦说话去了。贾赦、贾政本应担起管理贾府的重任，可这二位谁也不管，自顾清闲。有这样的不肖子孙，长此以往，贾府能不衰败吗？其实那家人来是有大事禀告的，他们收租子的车被抢走了。贾琏一听倒急了，下令快叫大管家周瑞，周瑞却不在

家，又叫旺儿，结果旺儿中午出去了也没回来。显然，这些人在工作时间都擅离职守，干私事去了。正因为平时缺乏严格的管理，所以才会出现用人时找不到人的情况。贾琏找不到人，气得大骂，但他也没有因为找不到人自己另想办法或亲自去官府解决问题，只是说“快给我找去”，然后自己回屋睡觉去了。

车子被抢，钱物俱失，如果说还不是大事，那么对于名门，声誉可是大事。一日，有人在贾府的大门上贴帖子，帖子上的内容照应了第八十八回水月庵师父被打一事。水月庵是尼姑庵，竟出现一个男人和众多女子在一起窝娼聚赌的事，这不仅是新闻，更是丑闻。这个伤风败俗的“不肖子弟”是谁呢？帖子第一句已经告诉大家，他是年纪轻轻的“西贝草斤”。“西贝草斤”是个字谜，用的是拆字法，合起来就是派去管理水月庵的贾芹。

贾芹做出这等丢人现眼、伤天害理的事，按家法应严厉处罚。然而，负责处置此事的贾琏却一怕贾政生气会殃及自己，二怕这种事闹出去不好听，三怕闹大了让贴帖子的人遂了心愿长了志气，于是他大事化小、小事化了，竟教贾芹撒谎：“就是老爷打着问你，你一口咬定没有才好。”不仅如此，他还和赖大联手，共同包庇贾芹。为了蒙混过关，他也教赖大说谎：“只说是芹哥儿在家里找来的。你带了他去，只说没有见我。”这样的主子，能带出好奴才吗？他又怎能继承祖业、兴复家族？

这一回写了甄家仆人因甄家被抄前来投奔贾府一事，也非无用之笔，这告诉读者，甄家大势已去，暗示贾府的败落也为时不远了。

第九十四回 宴海棠贾母赏花妖 失宝玉通灵知奇祸

宝玉丢通灵

第九十四回，贾宝玉丢了通灵玉，贾府上下因此大乱。宝玉的通灵玉一直被视为宝玉的命根子，因为宝玉出生时口中是含着这块玉的，而且刻有“通灵宝玉”四个字，所以大家都认为这玉不寻常，把它当作通灵玉。这玉一丢，贾府上下乱作一团。

事实上，这块玉的确不平凡，全书第一回就交代这是女娲补天剩下的一块石头，它被丢弃在青埂峰下，渐渐有了些灵性，对人间的荣华富贵产生了兴趣，于是就想去游历一番。恰巧遇到经过此地的茫茫大士、渺渺真人这一僧一道，这顽石便央求两位把自己带入凡尘，最后它心想事成，以含在贾宝玉口中的美玉而出场。这块玉意义非凡，宝玉的际遇和它息息相关，这玉一丢，就代表宝玉的大麻烦要来了，贾府的大麻烦也要来了。

本回写了一件不寻常的事情，这件事和宝玉丢玉联系紧密。海棠花都是开在春季，结果在这年入冬时节，海棠的枯枝竟然开花了，贾母等人觉得奇异，便带众人来赏花，还令宝玉、贾环、贾兰各赋诗一首。海棠花不合时宜地开放，影射着宝玉丢玉一事，接踵而来的就是贾府遇到各种各样的麻烦，进而走向衰败。

而当时，对于海棠花反季开放，府中人有不同的见解，大致可以分为两派：贾母、王夫人、林黛玉赞这花开得好，而邢夫人、探春、贾赦、贾政、凤姐都觉得开得怪。贾母自然不用多说，作为一个年纪大了的人，看到这花开，自然图个吉利，并且说：“这花儿应在三月里开的，如今虽是十一月，因

节气迟，还算十月，应着小阳春的天气，这花开因为和暖是有的。”王夫人一向附和贾母，站在同一战线也不为奇。奇就奇在林黛玉，照以往，以林黛玉多愁善感且敏感的个性，看这花开得不是时候，必然就会心下起疑，进而开始惆怅忧虑，可这回黛玉竟然赞起这花：“当初田家有荆树一棵，三个弟兄因分了家，那荆树便枯了。后来感动了他弟兄们仍旧归在一处，那荆树也就荣了。可知草木也随人的。如今二哥哥认真念书，舅舅喜欢，那棵树也就发了。”黛玉和宝玉都是很鄙弃功名利禄且具有叛逆精神的人，宝玉对黛玉情有独钟，很大一个原因就是黛玉从来不会督促他去读那些八股文章，和他志同道合，真正在精神上合拍。黛玉说出这样奇怪的话，不像她的风格，但也能理解，她希望开花是好事，宝玉有喜，甚至以为是他们两个的好事临近了。

探春虽然年纪小，但内心却成熟老练，她觉得“此花必非好兆。大凡顺者昌，逆者亡。草木知运，不时而发，必是妖孽”。探春可说是一语道破天机——“顺者昌，逆者亡”，这是个定律，无论用于国、家还是个人，都是如此。贾府有权有势，虽然兴盛富贵，但是当中猫腻很多，许多事情做得也不清白，相悖而行，必然走向衰落。邢夫人和贾政看这花开得怪，嘴上未多说，心中却都很明白，贾赦倒是说出来：“据我的主意，把他砍去，必是花妖作怪。”凤姐虽未过来，却让平儿给袭人送了两匹红绸子。平儿私下对袭人说：“奶奶说，这花开得奇怪，叫你铰块红绸子挂挂，便应在喜事上去了。以后也不必只管当作奇事混说。”有心计的凤姐自然对这很敏感。

宝玉丢了通灵玉是紧接着海棠开花这件事的，所以说这海棠开得奇怪。海棠开花是一个警示，宝玉丢玉是其开端。宝玉是这个家族的核心，通灵玉是宝玉的核心，通灵玉丢了，宝玉就要遭难，这个繁荣的大家族也要面临危难。这块玉来凡尘的目的就是要享尽荣华富贵，由此来看，通灵玉的消失也标志着贾府即将崩溃瓦解。

解味红楼　李美瑛

赏海棠众说纷纭

寒冬时节，怡红院的海棠竟开花了。面对这一反常现象，众说纷纭。阅读第九十四回这段描写，不难看出，高鹗抓住了每个人物的身份地位和性格特点，恰如其分地运用语言和心理描写，再次彰显了众多人物的个性特征。

面对海棠花，第一个开口的自然是贾母。贾母年纪大了，性格开朗乐观，爱热闹，她最大的心愿就是贾府昌盛，儿孙幸福，因此凡事爱往好处想："这花儿应在三月里开的，如今虽是十一月，因节气迟，还算十月，应着小阳春的天气，这花开因为和暖是有的。"老祖宗当然知道海棠正常开放的时节，所以她先说海棠三月开，但为什么现在开了呢？她解释是遇上小阳春的缘故，为大家扫除疑虑。贾母为海棠开花的古怪事定下了调子：正常。

接着发言的是王夫人。王夫人虽然是贾母的二儿媳，但由于她是贾政的妻、宝玉的母，贾母喜欢她，所以她能在不受待见的大儿媳邢夫人之前发言："老太太见的多，说得是。也不为奇。"王夫人一则逢迎了贾母，让老太太开心，二则海棠跟他的宝贝儿子有关，她当然希望这是正常的事。

王夫人抢了先，又拍了马屁，邢夫人未必舒服，但也没办法，谁让自己的老公不争气？谁让自己没有背景，不是出身四大家族？谁让自己没生个元春、宝玉那样有出息的儿女？邢夫人心里不痛快，却不敢莽撞，然而她也不会像王夫人那样顺着贾母说，她绵里藏针来了句不阴不阳的话："我听见这花已经萎了一年，怎么这回不应时候儿开了，必有个原故。"邢夫人没有明说海棠开花不好，但大家明白她的潜台词是什么，而这正是贾母、王夫人最忌讳的。

见此情景，李纨反应比较快："老太太与太太说得都是。据我的糊涂想头，必是宝玉有喜事来了，此花先来报信。"李纨是个老好人，谁也不得罪，只好先说她们说的都有道理。但李纨毕竟跟贾母、王夫人更近，所以她不会按邢夫人的思路走，既接了话茬，就要作答。她很谦虚，称自己的想法是"糊涂想头"，"宝玉有喜"这个解释，正中贾母、王夫人下怀。

探春是个理智聪明的人："此花必非好兆。大凡顺者昌，逆者亡。草木知运，不时而发，必是妖孽。"她认为这不是件好事，但无论从哪方面想，她都不会说出让大家扫兴甚至惊恐的话，她希望宝玉无事，贾府无事。作者在这里通过心理描写来表现探春的思想活动，非常值得称道。

而黛玉呢，她是人逢喜事精神爽，自以为她和宝玉的好事将近，被幸福冲昏了头脑，所以她大发感慨，还引经据典，证明自己的观点。她不好意思说宝玉的婚事是喜事，而是找了个她先前不会用的理由——"二哥哥认真念书，舅舅喜欢"。她的话博得了贾母、王夫人的喜欢："林姑娘比方得有理，很有意思。"

贾赦是长子，说话直截了当，无所顾忌：“据我的主意，把他砍去，必是花妖作怪。”贾政处事谨慎，委婉中庸：“见怪不怪，其怪自败。不用砍他，随他去就是了。”兄弟俩都不认为海棠开花是好事，但处理方式不同。贾母显然不爱听，生气道：“谁在这里混说！人家有喜事好处，什么怪不怪的。若有好事，你们享去；若是不好，我一个人当去。你们不许混说。”老祖宗就是老祖宗，说话大气有担当。话说到这份儿上，谁还敢再发表悖谬之论？因此，“贾政听了，不敢言语，讪讪的同贾赦等走了出来”。

生病的凤姐没来赏花，但贾府发生这种大事自是少不了她。她自己不能亲临，便委托平儿来了。平儿当着大家的面，送上两匹红绫作为贺礼，喜得贾母直夸凤姐“又体面，又新鲜，很有趣儿”。私下里，平儿却叮嘱袭人：“奶奶说，这花开得奇怪，叫你铰块红绸子挂挂，便应在喜事上去了。以后也不必只管当作奇事混说。”凤姐对这件事的处理最圆滑周到，既有李纨善解人意的情商，也有探春洞察世事的理智。

最后，还有一个重要人物，那就是宝玉。他对海棠开花悲喜交集。宝玉“看见贾母喜欢，更是兴头”，但转念又想起“晴雯死的那年海棠死的，今日海棠复荣，我们院内这些人自然都好。但是晴雯不能像花的死而复生了”，瞬间“转喜为悲”；“忽又想起前日巧姐提凤姐要把五儿补入，或此花为他而开，也未可知”，想到这儿，“又转悲为喜”。悲悲喜喜，情绪反复不定，宝玉接下来又开始疯癫也就不足为怪了。

第九十五回 因讹成实元妃薨逝 以假混真宝玉疯癫

扫码读原著

轻叩红楼 崔思遥

通灵玉去处

第九十五回的内容主要还是众人找玉。关于通灵玉的去处，曹雪芹和高鹗的版本完全不同，所以我们不妨来看看两者对于通灵玉去处的说明。

高鹗设计的情节是通过邢岫烟找妙玉“扶乩”来说明通灵玉的去处，这个设计可以说本来就是有问题的。妙玉是个格外清高孤傲的人，扶乩这种占卜术在妙玉的眼中应属于歪门邪道，她是不屑一顾的。但高鹗却让妙玉成为一个“巫女”，这着实玷污了妙玉洁身自好的形象。不过，高鹗这一情节的设计也并非毫无可取之处，妙玉扶乩的乩书还是有看点的：“噫！来无迹，去无踪，青埂峰下倚古松。欲追寻，山万重，入我门来一笑逢。”高鹗这样写，应该是有向原著靠拢的意图，这块玉本就来自青埂峰下，自然还是应该回到青埂峰下的。这块玉不平凡，出现时是在宝玉口中，来无迹，又无故消失，这便是去无踪，很是神秘。后面的一句，则是高鹗为宝玉设计的结局，“入我门来”的“门”指的就是宝玉见到茫茫大士、渺渺真人这二位仙人后，二人把玉又交给了宝玉，宝玉于是跟着他们遁入空门。高鹗所要表达的是，若是有意去寻这个玉，会很难找，而如果入了“门”，那玉便不请自来了。这样理解，他这个情节的设计还是有合理之处的，通灵玉和宝玉一同来到凡尘，当然通灵玉的去处就是宝玉的归处。

曹雪芹的设计则完全不同。根据脂砚斋的批语，后来是有人从宝玉的枕头下“误窃”了玉，而非自动失踪。而玉再次出现是缘于凤姐在怡红院“扫雪拾玉”，但是不知道是否是通灵玉。脂砚斋的批语还表明，宝玉的通灵玉可

能是甄宝玉送来的。

总之，曹雪芹和高鹗关于找到玉这件事最大的不同在于，前者更基于艺术的合理性，后者则更带有艺术的神秘性。这两种设计包含了作者各自的想法，并非曹雪芹写的就一味地好，高鹗写的就一味地不好。对于通灵玉的去处，我倒觉得高鹗写的略胜一筹，《红楼梦》本就是一本奇书，有离奇的情节不为过。通灵玉是小说中最不同寻常的东西，它的去处自然应该充满神秘感。扫雪拾玉以及甄宝玉来送玉相形之下有些俗套，而通灵玉毫无踪迹地消失反而符合这块玉神奇地出现的特点。高鹗将它和青埂峰联系起来，合理且自然，他将通灵玉和宝玉合二为一，这一笔还是非常精彩的。从行文的整体连贯性上来说，高鹗对通灵玉去处这个情节的设计符合了"红楼"之奇，同时也照应了全书开篇，我是非常赞同的。

解味红楼　李美瑛

失通灵宝玉丢魂

"因讹成实元妃薨逝 以假混真宝玉疯颠"，第九十五回的标题告诉读者，前一回写到的海棠逆时开放不是什么好事，乃不祥之兆：元妃暴死，宝玉发疯。这姐弟二人，都是贾府的骄傲和顶梁柱，元春关系着贾府当下的命运，宝玉则是贾府未来的接班人。他们一死一疯，对于贾府，可以说是灭顶之灾。

贾宝玉因赏海棠莫名其妙丢失了通灵宝玉。通灵宝玉是贾宝玉的命根子，丢了它，宝玉一开始"只是怔怔的，不言不语，没心没绪的"，后来就"懒怠走动，说话也糊涂了"，"有人叫他去请安，便去；没人叫他，他也不动……每天茶饭，端到面前便吃，不来也不要"，整日失魂落魄，"煎药吃了好几剂，只有添病的，没有减病的。及至问他那里不舒服，宝玉也不说出来"。等贾母等人忙完了元春的丧事，宝玉已经病入膏肓。贾母问他话，"袭人教一句，他说一句，大不似往常，直是一个傻子似的"。贾母惊讶地说他"神魂失散"了。

没有了通灵宝玉，贾宝玉也没有了精气神儿，行尸走肉一般，剩下了一副空皮囊。通灵宝玉是什么？它是无材补天、被女娲扔到青埂峰下的顽石，它跟随神瑛侍者降临人间，是贾宝玉的灵魂所在。贾母等单知道通灵宝玉是宝玉的命根子，但并不懂得它的真正意义所在，就连黛玉对通灵宝玉的认识也不到位。宝玉丢了玉，平素恨他的人如赵姨娘、贾环等暗自高兴，关心他的那些人如贾母、王夫人、凤姐、袭人等着急难过。黛玉是个特例，她是爱宝玉的人中唯一感到高兴的。玉丢了，了却了她长久以来的一块心病："和尚道士的话真个信不得。果真金玉有缘，宝玉如何能把这玉丢了呢。或者因我之事，拆散他们的金玉，也未可知。"金玉良缘一直是堵在她心底的一块巨石，如今玉没了，金玉良缘自然瓦解。黛玉这样想，"更觉安心，把这一天的劳乏竟不理会，重新倒看起书来"。虽然后来黛玉也在海棠开花和宝玉丢玉这两件事上犹豫不定，但对爱情的热切渴盼很快让她归结到"此花又似应开，此玉又似应失"上。

林黛玉不知道，失去通灵宝玉的贾宝玉，也会丧失追求男女平等和自由爱情的叛逆精神，而失去叛逆精神的贾宝玉只能成为任人操纵的玩偶。贾宝玉一旦连自己的命运都不能主宰，又如何保护林黛玉并捍卫他们的爱情呢？

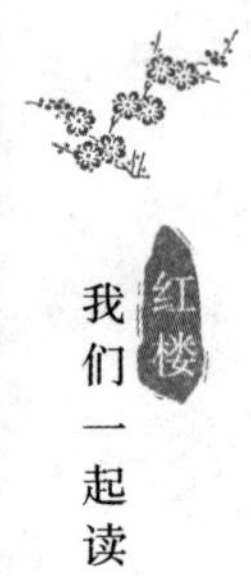

第九十六回　瞒消息凤姐设奇谋　泄机关颦儿迷本性

轻叩红楼　崔思遥

可耻的阴谋

第九十六回，贾母等人暗中定下了宝玉的亲事，但这是贾母、凤姐等人策划的可耻阴谋，它坑害了三个年轻的生命：贾宝玉、林黛玉、薛宝钗。

贾宝玉是贾府里最受宠爱的孙子、未来的接班人，他的亲事自然应该办得最为隆重。但由于各种原因，尤其是丢玉，宝玉变得疯疯癫癫，林黛玉病入膏肓，危在旦夕，所以宝玉的亲事准备只能偷偷地进行。

薛宝钗很可怜，贾宝玉因为丢玉而痴傻，大家都认为她的金锁可为宝玉冲喜，于是便决定安排两人尽早成婚。当袭人把宝玉和黛玉互相倾心之事细讲与王夫人后，大家更觉为难。精明的凤姐心生一计，让宝钗假扮黛玉，成为黛玉的替身，结婚仪式上让黛玉的贴身丫鬟来服侍，以此来蒙混宝玉。

不得不说，凤姐的这个计谋可耻可恶，她不仅害了宝黛这对有情人，还让无辜的宝钗蒙受委屈。凤姐想到这个计谋后，与贾母、王夫人商量定下，还严厉地警告其他人不许走漏风声。傻大姐就是傻，不小心把这件事告诉了黛玉。黛玉知道宝玉要和宝钗成亲后，“心里竟是油儿酱儿糖儿醋儿倒在一处的一般，甜苦酸咸，竟说不上什么味儿来了”，“那身子竟有千百斤重的，两只脚却像踩着棉花一般，早已软了。只得一步一步慢慢的走将来。走了半天，还没到沁芳桥畔，原来脚下软了。走的慢，且又迷迷痴痴，信着脚从那边绕过来，更添了两箭地的路”。她“颜色雪白，身子恍恍荡荡的，眼睛也直直的，在那里东转西转”。黛玉到了贾母的房中也不去请安，直接就去找宝玉，她“看见宝玉在那里坐着，也不起来让坐，只瞅着嘻嘻的傻笑。黛玉自己坐下，却也瞅着宝玉笑。两个人也不问好，也不说话，也无推让，只管对着脸傻笑起来”。黛玉说道：“宝玉，你为什么病了？”宝玉笑道：“我为林姑娘病了。”这些描写都在告诉读者，黛玉得知自己的心上人宝玉即将和别人成亲后，便也开始痴傻，心中已经开始绝望；相反，宝玉虽然一直痴傻，倒是见到自己心上人黛玉后反而清楚些。可见，宝黛二人的心始终装着对方。

凤姐的计谋害死了黛玉，伤透了宝玉，委屈了宝钗。宝玉是黛玉唯一的精神寄托，是她最信赖的人，她的心情悲喜都只为宝玉一人，眼泪也只为他流，既然不能和宝玉厮守在一起，那么她自己也就没有生存的意义了。而宝玉的心中也只有“木石前盟”，并且多次在众人的面前表明自己的心迹。为了黛玉，他摔玉；他把袭人误当作黛玉，倾诉衷情；他将紫鹃的玩笑话当真，闹出大病……这一切，无不证明他对黛玉的一片痴心。

调包计害死了黛玉，也就等于害死了宝玉，他的心随黛玉而去了。连他身边最亲近的人都要拒绝他最爱的黛玉，这伤透了宝玉的心，他自然也就无所牵挂了。宝钗也是这个计谋的牺牲品，她嫁给了一个自己喜欢却不喜欢自己的人。她很清楚自己不会幸福，但是迫于家族的压力、规矩的束缚，她只能选择服从。聪明如宝钗，她当然知道宝玉心中只有黛玉一人，无人能替代。自己假扮黛玉嫁给宝玉，宝钗很委屈——以她这样一个大家闺秀，条件如此优越，却也要不得已因为家族的利益而嫁给一个不爱自己的人，还要以这样屈辱的方式嫁出去。宝钗隐忍的性格，让她把所有的委屈憋在自己的心里。宝玉、黛玉、宝钗三人被凤姐等人的计谋推进了无底深渊，他们都是被封建礼教的受害者、牺牲品。

闻噩耗黛玉丧魄

关于宝玉的婚事，若是站在贾母、王夫人等人的角度，最初选宝钗不选黛玉，可以理解；后来宝玉丢玉后疯疯癫癫病得重，贾母找人算命，“说要娶了金命的人帮扶他，必要冲冲喜才好，不然只怕保不住”，因此决定立即把宝钗娶过门冲喜，也可以理解。因为这些都有个前提，就是贾母等虽已知黛玉一次次闹病是因为宝玉，但她们还不十分清楚宝玉的病也跟黛玉密切相关。

让人不能理解的是，第九十六回当袭人第一次向王夫人等说明真相后她们的表现。袭人最清楚宝黛之间的感情，当她听到贾母等商量宝玉和宝钗的婚事，便开始担心。作为宝玉内定的妾，袭人其实更喜欢宝钗，但她也深知宝玉娶宝钗的后果——会害了三个人。袭人把自己的担忧对王夫人说了，王夫人又转告了贾母和凤姐，然而即便这样，贾母也没有为之所动。为了娶亲那天让宝玉不闹事，一切能按照计划进行，凤姐想出歹毒的调包计，这一计立即得到贾母、王夫人的肯定。不知者本不为过，但贾母等已经知道宝黛的心事还要拆散他们，就不能不让人深深遗憾了。

当黛玉无意间从傻大姐那里听到宝玉要娶宝钗时，“如同一个疾雷，心头乱跳”。黛玉呆了，她从没想过贾母说的“亲上加亲”指的是宝钗而不是自己，“心里竟是油儿酱儿糖儿醋儿倒在一处的一般，甜苦酸咸，竟说不上什么味儿来了”。傻大姐的话如晴天霹雳，把黛玉完全击垮，“那身子竟有千百斤重的，两只脚却像踩着棉花一般，早已软了”。作者又通过紫鹃的眼睛对黛玉进行了侧面描写：“紫鹃取了绢子来，却不见黛玉。正在那里看时，只见黛玉颜色雪白，身子恍恍荡荡的，眼睛也直直的，在那里东转西转。”这几句话传神入微，动人心魄。说一个人“颜色雪白”，很是新鲜，乃惊人之笔，它形象地表达了黛玉得知这一噩耗后，如同跌进冰窟里，从里到外凉透了，彻底绝望！“恍恍荡荡”“直直的”“东转西转”，三个词生动准确地再现了黛玉失魂丧魄的悲惨形象。

黛玉来到宝玉的住处，若在以往，受了委屈的她定会闹脾气，眼泪自不会少。然而这次她没有流泪（或许到此时，绛珠仙草的眼泪已经流尽了），只是笑。她笑着问袭人，笑着看宝玉。黛玉的眼泪被笑取代，说明她已经走向更深的绝望。“我要用一生的眼泪报答他。”绛珠仙草（黛玉）把一生的忧伤、牵挂和爱恋用泪水和心血包裹，凝成一个水晶球送给了神瑛侍者（宝玉）。这个爱情的水晶球，晶莹剔透，美丽炫目，遗憾的是它没有诞生在一片适合它的土壤上。

林黛玉生而为爱，她铭记着三生石畔曾许下的誓言，执着地爱着贾宝玉，无所保留。他是她今生的最爱和归宿，失去他，林黛玉也失去了灵魂的依托和活着的勇气。当爱即将成为往事，在残酷的现实面前，林黛玉沉默了，她不再流泪，也没有哀求，她要给自己留住最后的尊严。

第九十七回 林黛玉焚稿断痴情 薛宝钗出闺成大礼

扫码读原著

焚稿断痴情

第九十七回中，黛玉的焚稿断痴情是非常著名的桥段，这是她最后对自己和宝玉爱情的告别。

在贾府众人的隐瞒下，宝玉和宝钗成亲了。为了不让黛玉知道，他们特地把新房选在距潇湘馆比较远的地方，但黛玉无意中还是从傻大姐那里得知了。可想而知，黛玉必然心碎，继而心死。黛玉生而为宝玉来，既然不能和宝玉得成眷属，那么只有以死相待，并且还要亲手毁掉自己最珍爱的东西。

黛玉亲手毁了两样宝贵的东西：诗稿和自己题过三首诗的宝玉送她的旧帕子。这两样东西是黛玉一生的珍爱。黛玉在贾府，大部分时光都是在独处中度过，她最大的爱好就是写诗。诗是黛玉无声的朋友，可以让她尽情地倾吐，无所顾忌地诉说，是她最忠实的听众。宝玉送给她的旧帕子更不用说，那是宝玉给她的信物。旧帕子是黛玉和宝玉爱的见证，既然爱已成为往事，无法挽回，那么这个帕子也就没有存在的必要了。一个是自己最爱的文字，一个是自己爱情的信物，虽最珍贵，但黛玉不希望把这些东西留给别人看到，那是对它们的玷污，所以就有了“焚稿断痴情”，用一把火把自己的情思做个了断。

黛玉“焚稿断痴情”并不是一时的头昏脑热，而是一种决绝，一种骨气，一种叛逆。黛玉骨子里是个孤傲的人，寄人篱下已让她很不自由，大家族的规矩又甚多，她无法主宰自己的命运。既然选择不了自己的爱情，一切都要被他人掌控，她宁可用极端的方式来维护自己爱情的纯洁。

一样悲哀宝黛钗

第九十七回“林黛玉焚稿断痴情薛宝钗出闺成大礼”，看似一悲一喜两件事，但对于林黛玉、薛宝钗还有贾宝玉来说，其实都是悲事。

林黛玉的悲伤不言而喻，她没有成为宝玉的新娘。一个郎才，一个女貌，实乃天作之合，然而这对有情人就是不能成为眷属。黛玉明白，这样的结局无法改变，“惟求速死”。她没有眼泪也没有伤心，因为泪已干心已死。她用生命的最后一点力量，亲手烧掉了写给宝玉的所有情诗，那上面的每一个字都凝聚了她最饱满丰盈的爱。帕子和诗稿烧掉了，黛玉的心也跟着焚为死灰。

贾宝玉的情感在这一回中起伏很大，形象十分丰满。开始他以为自己娶的是林黛玉，所以心花怒放。他天真地以为，自己摊上了“从古至今天上人间第一件畅心满意的事了”，“那身子顿觉健旺起来”，乐得手舞足蹈，与病时光景大相径庭。到了成婚这天，他更是喜不自禁，催促袭人赶快给他装扮一新。他嫌时间过得慢，抱怨：“林妹妹打园子里来，为什么这么费事，还不来?”花轿到了后，他爱屋及乌，看到伴娘雪雁“竟如见了黛玉的一般欢喜”。他走到盖着盖头的新娘身边，傻傻而又关切地问：“妹妹身上好了?”他急着揭盖头，又怕莽撞了爱生气的林妹妹，因此不敢造次。宝玉的心情是复杂的，但主旋律却是欢喜。

作者采用的是以乐写悲的手法，越是极力描写贾宝玉的喜悦，就愈加反衬了他后面发现真相后的悲哀。宝玉的喜悦源自他始终认为新娘是黛玉。当他“又歇了一歇，仍是按捺不住，只得上前揭了”盖头时，眼前的情景霎时带走他先前所有的欢喜。一瞬间，他从幸福的峰顶一下子跌进悲伤的谷底：“宝玉睁眼一看，好像宝钗，心里不信，自己一手持灯，一手擦眼，一看，可不是宝钗么！……宝玉发了一回怔，又见莺儿立在旁边，不见了雪雁。宝玉此时心无主意，自己反以为是梦中了，呆呆的只管站着。众人接过灯去，扶了宝玉仍旧坐下，两眼直视，半语全无。”这段文字尤为形象逼真，写出宝玉发现新娘不是黛玉而是宝钗后的难以置信和灰心绝望。他无法相信眼前的事实，身边正围绕着一群爱他的亲人，而正是这些他最爱也最信任的亲人，联手给他打造了这样一场结婚的“盛宴”。大梦醒来，贾宝玉“旧病复发，更加昏愦，连饮食也不能进了”。

这一回，相对于宝玉和黛玉的详细描写，作者对宝钗采取了略写，文字少得不能再少。对宝钗的描写有一个地方让人印象很深——当薛姨妈把成婚一事告诉她时，文中写道：“宝钗始则低头不语，后来便自垂泪。”十四个字，前半句写出了宝钗对母亲之命的顺从，后半句写出了她的满腹委屈。元妃刚去世，自己和宝玉此时举行婚礼不合礼仪，也不吉利；尽管自己是明媒正娶，却不能正大光明地进行。再者，宝玉病成这样，匆忙成亲是为了满足贾母等给他冲喜的愿望。还有，她知道宝玉爱的是黛玉，他的病跟黛玉有关，自己大婚之时要偷梁换柱，冒充黛玉，而盖头一旦揭开，真相随之大白，她将如何面对黛玉，又如何去面对未来的丈夫宝玉？前途未卜，宝钗如何不泪垂？

作为婚礼上的主角，作者只借宝玉之眼描写了宝钗的外貌，再无其他。虽如此，读者完全可以想象，新娘宝钗面对这场阴谋的婚礼，面对揭开盖头后宝玉顿时痴呆疯癫的情形，定是伤心欲绝。作者不直接描写宝钗的悲，恰是给读者留下更多想象的空间。这样一个被人们交口称赞的大家闺秀，却做了这样一个落魄的新娘，这不是天大的讽刺吗？

读这一回，无限同情贾宝玉、林黛玉、薛宝钗三个年轻人的命运，他们都是那个时代的受害者，他们的人生遭际都是对那个时代的强烈控诉。

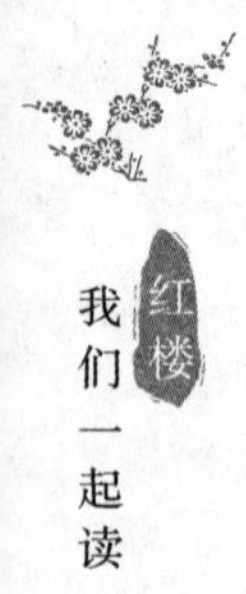

第九十八回 苦绛珠魂归离恨天 病神瑛泪洒相思地

扫码读原著

轻叩红楼 崔思遥

假意叹潇湘

第九十七回，黛玉已经香消玉殒。“香魂一缕随风散，愁绪三更入梦遥。”黛玉可谓含恨而去，尤其她的那句“宝玉，宝玉，你好……”给人留下无限的猜想，她的内心定是苦涩怨愤的，且她离去时竟无人问津，这些人纵是后来来了，也是虚情假意。

除了宝玉和紫鹃是真心，其他人大多只是装个样子，让人读来心寒。李纨和探春在众人都去忙碌宝玉亲事的时候，还能来陪伴黛玉一下，她们是看着黛玉可怜。而其他人都去为宝玉和宝钗的婚事忙碌，根本无人顾及病重的黛玉，反而还要小心防着被她知道，不能不说狠心至极。可以说，在这种情形下，黛玉几乎遭到了所有人的抛弃。这些人中最先知道黛玉死讯的是凤姐，但凤姐是怎样说的呢：“还倒是你们两个可怜他些。这么着，我还得那边去招呼那个冤家呢。但是这件事好累坠，若是今日不回，使不得；若回了，恐怕老太太搁不住。”这话说得不冷不热，好像黛玉是个无关痛痒的人，意思是有李纨和探春关心她就行了，且凤姐对这件事用了这样一个词：累坠。这分明是不把黛玉当自己人，好像此事反而耽误她办其他事了。凤姐对黛玉是比较狠心的，虽然表面上并未有什么问题，但是在宝玉和宝钗婚姻一事上，凤姐完全支持“金玉良缘”，而且瞒着黛玉的计谋也是她最先想出来的。黛玉的死，凤姐负有责任。凤姐听到黛玉死了，没有丝毫愧疚，只是把它当作自己要办的事情之一而已，她到潇湘馆也只是走个形式罢了。

贾母对于此事的评价更是令人咋舌，她对王夫人说：“你替我告诉他的阴灵：‘并不是我忍心不来送你，只为有个亲疏。你是我的外孙女儿，是亲的了，若与宝玉比起来，可是宝玉比你更亲些。倘宝玉有些不好，我怎么见他父亲呢。’”这话说得真绝情，寒气逼人，把亲疏分得格外清楚。为了宝玉成亲能够顺利完成，贾母便把黛玉弃之不顾，只是感叹她“忒傻气”——黛玉对于宝玉的真心在贾母的眼中只算得上是傻气，太令人寒心了。

贾母和凤姐这两个平日对黛玉还不错的人尚且是这种表现，其他人更可想而知。黛玉是孤独的，真正关心她的人已经不属于她，其他人的假意于她也无所谓了。她是那株独自傲立的绛珠仙草，向神瑛侍者还完眼泪就独自离去了。

解味红楼 李美瑛

香魂一缕随风散

第九十八回，林黛玉在生命的最后一刻直声叫道：“宝玉，宝玉，你好……”文中“直声”一词写出林黛玉已拼尽了全部的力气。人之将死，弥留之际留下的最后一句话，自然是心中最重要的牵挂。作者没有让林黛玉把这句话说完整，“你好……”省略号中的内容，留给了读者，让人浮想联翩。黛玉也许能理解宝玉娶宝钗的无奈和无辜，但她对命运、对宝玉是有怨言的。

“香魂一缕随风散，愁绪三更入梦遥。”这边林黛玉在冷冷清清的潇湘馆带着无尽幽怨香消玉殒，魂归离恨天；那边贾宝玉一无所知，正喜滋滋地迎娶“林黛玉”。大悲与大喜，作者用这样鲜明对比的方式撕碎了贾宝玉和林黛玉的爱情，撕得鲜血淋漓，不忍目睹。高鹗续写的后四十回，这一回是最令人称道的！

“花谢花飞飞满天，红消香断有谁怜？游丝软系飘春榭，落絮轻沾扑绣帘……尔今死去侬收葬，未卜侬身何日丧？侬今葬花人笑痴，他年葬侬知是谁？试看春残花渐落，便是红颜老死时。一朝春尽红颜老，花落人亡两不知！”

林黛玉应该没有想到，当年一曲《葬花吟》，竟是提前唱给自己的挽歌。

新娘不是林黛玉而是薛宝钗，这已把贾宝玉打击得更加疯癫，几近崩溃，所以薛宝钗再告诉寻死觅活的贾宝玉林黛玉已经亡故的消息，对他更是雪上加霜，致命的一击。文中对此描写很简略，只写“放声大哭，倒在床上”，之后写了贾宝玉做的一个梦。梦醒后有句描写：“正在踌躇，忽听那边有人唤他。回首看时，不是别人，正是贾母、王夫人、宝钗、袭人等围绕哭泣叫着。”这段话透露出很多内容。本来房内是没有贾母和王夫人的，如今这些重要人物都在宝玉身边，而且都还哭喊着，可见贾宝玉听到林黛玉的死讯后昏死过去了。

有些读者对这之后贾宝玉的一些表现不甚理解，如他身体很快好起来，人也不再那么糊涂，对宝钗渐渐接纳等。其实作者在贾宝玉的梦里已经做了交代，这些交代能够解释他的改变：

“汝寻黛玉，是无故自陷也。且黛玉已归太虚幻境，汝若有心寻访，潜心修养，自然有时相见。如不安生，即以自行夭折之罪囚禁阴司，除父母外，欲图一见黛玉，终不能矣。”

话说得非常明白，如果贾宝玉一味任性地想追随林黛玉而去，是犯了“自行夭折”罪，会被打入地狱，而林黛玉“生不同人，死不同鬼，无魂无魄”，她不会在地狱里。质本洁来还洁去，林黛玉的归宿是太虚幻境。梦中人警告贾宝玉，想见林黛玉可以，安生活着，潜心修养，否则，永无见面之期。贾宝玉一梦醒来，换了个人似的，应该是他知道今生已失去林黛玉，他不能因为自己现世的“不安生”，在来世再次失去林黛玉。

“亲戚或余悲，他人亦已歌。死去何所道，托体同山阿。”如果有来生，贾宝玉和林黛玉在西方灵河的三生石畔再度重逢，不知那将是怎样的情景……

说到辛酸处，荒唐愈可悲。由来同一梦，休笑宝黛痴。

第九十九回　守官箴恶奴同破例　阅邸报老舅自担惊

扫码读原著

贾政假正经

贾政谐音“假正”，他可以说是除宝玉之外在书中出现频率最高的男性，这足以说明他在小说中是一个非常重要的角色。第九十九回着重刻画了贾政这一人物，再次揭示了他的“假正经”。

贾政表面上端方正直，谦恭厚道，做官看起来也很清廉，实则是假正经。不仅是本回，很多回都描写了这一点。首先是贾政的朋友圈，贾政结交的朋友大多是不正经之人，例如詹光谐音“沾光”，单聘仁谐音“善骗人”，贾雨村谐音“假语村言”，等等。这些人和贾政走得近多有不正经的理由，或是贪图贾府的富贵，或是依附贾政的权势。物以类聚，人以群分，贾政整日和这些人在一起，就算本来不是这种人，久而久之也会受到他们污浊之气的熏染，进而成为这种人。

其次，贾政本身就不是很正经的人，他一直竭心尽力奉行着迂腐的封建思想和礼教，墨守成规，循规蹈矩，忠实拥护着封建制度，是一个不折不扣的卫道士。他总是斥责宝玉不爱读书，不学习书中所说的道理，但是他自己并未真正践行书中多少主张。第八十八回有这样一句话：“却说贾政自从在工部掌印，家人中尽有发财的。”别看这句话很简短，却有力揭露了贾政做官虚伪的一面。贾政做官并不清廉，他凭借自己的官职让一些人走后门、发大财，这难道不是昏官、贪官吗？

本回说贾政出任江西粮道，规定了一套不准受贿贪赃的戒律，并要求下属遵守。但下属大都仍贪污受贿，一不如意，便纷纷背弃贾政。贾政十分不

解，他的手下李十儿等用言语撺掇他，告诉他要保官就不能太清廉，要多为自己的官职着想。贾政听过他们的话，好像变成一个没有主见的人了，就乖乖地按照他们所说的做了。贾政根本不傻，智商也不低，他如此轻易就能动摇自己的立场，只能再次说明他本就不是一个正经人，只是在做表面文章而已。

贾府的衰败和贾政的“假正经”有很大关系，长兄贾赦不管事，他就是贾府的领头人，但其实他同样没尽到责任。他和贾赦、贾敬、贾珍、贾琏等人一样，都是贾府的不肖子孙。

歪风邪气心不古

在贾府的男人中，贾政不算最坏，他没有贾赦、贾珍等人贪财好色、欺男霸女之恶行，他是封建社会一个忠实的卫道士，爱板着面孔，不苟言笑。不过，他对贾母十分孝顺，对王夫人比较尊重，对宝玉管教严格、寄予厚望。第九十九回，写到贾政离京外任，“只有一心做好官”，从这句话可以看出，他工作态度也不错。

“只有一心做好官”，抱着这样的信念，贾政一上任“便与幕宾商议出示严禁”，致力革除贪污受贿、敲诈勒索之弊。“那些家人跟了这位老爷在都中一无出息，好容易盼到主人放了外任，便在京指着在外发财的名头向人借贷，做衣裳装体面，心里想着，到了任，银钱是容易的了。不想这位老爷呆性发作，认真要查办起来，州县馈送一概不受。”这段描写耐人寻味，通过家人之口不难看出，贾政在京城是比较清廉的，手下人没有捞到什么油水，便盼着贾政离京后，山高皇帝远，可以肆意妄为，牟取私利。

因为这样的心态，贾政的新政遭到身边随从的反对。先是那些花钱买门路的人不干了，“来了一个多月，连半个钱也没见过。想来跟这个主儿是不能捞本儿的了”。这些人为了得到这份差事而投入的银两赚不回来，于是他们集体告假离开。留下的那些家人，心里也开始不平衡，他们原以为这次跟着贾政出来要发大财，没想到贾政新官上任，政策严明，以至他们在京里添置行头的高利贷也将无法偿还。这群人聚在一起，商议如何齐心协力把贾政拉下水，让他成为他们为非作歹的靠山。

“只是要你们齐心，打伙儿弄几个钱回家受用，若不随我，我也不管了，横竖拼得过你们。”乱世出英雄，李十儿在这种情况下“脱颖而出”，成为这群乌合之众的领头人。李十儿与家人们沆瀣一气，狐假虎威，在前来办事的粮房书办面前指手画脚，大发淫威。他暗中指挥大家怠工，使贾政无法进行正常工作。他怂恿贾政给节度使送礼，拿所谓的民间话蛊惑贾政。手下有李十儿这样的人，实乃倒霉。

李十儿固然可恶，可恨的是，贾政面对他的言行，不仅没有识破其险恶用心，反而没了主见，说了句“我是要保性命的，你们闹出来不与我相干”，撒手不管，随李十儿等人胡作非为了。“李十儿便自己做起威福，钩连内外一气的哄着贾政办事，反觉得事事周到，件件随心。所以贾政不但不疑，反多相信。”这样的官，这样的随从，他们勾结在一起，官场怎能不混乱。更可笑的是，当这些人违法乱纪的行径被揭发上报后，“上司见贾政古朴忠厚，也不查察”。古朴忠厚竟成了作恶者的通行证，上司的姑息养奸、不作为进一步反映了当时官场的黑暗，官官相卫，心照不宣，你好我好大家好，最后不好的是国家。

贾政外任这一回的描写，掀开了当时整个社会腐败黑暗的冰山一角，这样的社会终难长久，因为啃噬它的大小蠹虫实在是太多了。

第一〇〇回　破好事香菱结深恨　悲远嫁宝玉感离情

轻叩红楼　崔思遥

异曲同工妙

本回讲了两个经历有着异曲同工之妙的人——香菱和探春。她们都是大家闺秀，一个从遥远的故乡被贩卖而来，做人之妾；一个要嫁到遥远的他乡，为人之妻。她们性格迥异，香菱温柔似水，探春刚烈如火，身在名门却都身不由己，有着异曲同工的苦衷。

香菱因为生得很有姿色，被呆霸王薛蟠抢来，纳作小妾。然而，薛蟠只是看上了香菱的美貌，彼时为了得到她还打死了公子冯渊，但得到后就不珍惜了，自己整天出去吃喝玩乐、花天酒地，根本不把香菱放在眼中。后来薛蟠娶了泼妇夏金桂，夏金桂不是省油的灯，虽然也是一个大小姐，有点小貌却无德。夏金桂来到薛家后，惹是生非，撒泼不断，做了很多丢人的事。夏金桂善妒，对于她来说，香菱是个劲敌，薛蟠虽然对她不上心，但还是痴迷她的美貌，香菱成了夏金桂的“眼中钉”。同时，夏金桂也不专情，不仅霸占着薛蟠，还不断勾引薛蝌，而薛蝌和香菱的关系比较近，自己想要接近薛蝌也非易事，香菱又成了夏金桂的“肉中刺”。薛蟠娶了夏金桂后鬼迷心窍，为了博她一笑，便打骂无辜的香菱，把过错都算到香菱头上；而夏金桂在勾引薛蝌时被香菱无意撞见，丑事败露，本就讨厌香菱的她“把香菱恨入骨髓”。香菱在薛家处于十分尴尬的地位——薛蟠对她过了新鲜劲儿，薛姨妈也不好总护着她，宝钗嫁到了贾府，夏金桂和宝蟾合起伙来敌视她，薛蝌是个多一事不如少一事的老好人，所以香菱没有任何靠山，加之又是一个妾的身份，很是孤苦可怜。

探春也是名门闺秀，性格直率，做事果敢，与香菱的个性截然不同。香菱是“人善被人欺”，探春这个“带刺的玫瑰”可不好惹，但她最后的遭遇却和香菱殊途同归。香菱受人摆布，因为她是丫鬟；探春也受人摆布，但她可是个主子。由此我们可以看到，纵然探春个性要强，有自己的主见，但面对家族为她选择的婚姻，她也无话可说，只有无条件遵从的份儿。远嫁他乡，不是探春心甘情愿的，但父母之命、媒妁之言，让她别无选择。从这个角度来说，探春和香菱的际遇差不多，都是被迫背井离乡，骨肉分离，所有的苦衷只能藏在心底，悲苦一生。

封建时代的女人，无论出身贵贱，地位高低，终究都是没有自由的，香菱和探春就是典型的例子。无论怎样的性格，柔也罢，刚也罢，只要身为女人，终归都会被那束缚人性的规矩给磨平，失去棱角。

解味红楼 李美瑛

心理扭曲的赵姨娘

第一〇〇回，贾政为了不得罪上司，同时也为了巴结上司，答应了镇海总制的提亲。他派人回京，向贾母禀告。

探春即将远嫁，贾母听到这个消息掉下泪来。王夫人好言相劝，并以迎春为例，阐述嫁得远近不重要，重要的是“孩子们有造化就好”。与贾母不同，王夫人对探春一事表现得较理性，没有伤感，一则她不是探春的亲娘，二则她是站在贾政的立场上，要积极促成此事。果然，在王夫人的“苦口婆心”下，贾母点头应允。

贾母、王夫人讨论这件事时，宝钗也在一旁，但她没有发言权，“只是心里叫苦”。宝钗对探春的遭遇充满同情，回到房中，把这事对袭人说了，“袭人也很不受用”。宝玉对探春的远嫁反应最强烈：“宝玉听了，啊呀的一声，哭倒在炕上。”当宝钗问他时，他哭得竟说不出话来。其实，在探春这件事上，无论是王夫人的冷静，还是其他人的难过，都好理解。最匪夷所思的是探春的亲娘——赵姨娘，她的表现叫人大跌眼镜：

却说赵姨娘听见探春这事，反欢喜起来，心里说道：“我这个丫头在

家忒瞧不起我，我何从还是个娘，比他的丫头还不济。况且洑上水护着别人。他挡在头里，连环儿也不得出头。如今老爷接了去，我倒干净。想要他孝敬我，不能够了。只愿意他像迎丫头似的，我也称称愿。”

探春远走他乡，不是什么好事，赵姨娘听说后，“反欢喜起来”，这是亲娘吗？别人尚且为之伤心难过，她却这样！后面的心理描写让人恍然大悟，原来赵姨娘在幸灾乐祸——探春对自己爱答不理，还常胳膊肘往外拐，向着别人，挤对自己。她嫁得远远的，自己眼不见心不烦，也不用再受她的气了。这样还不够，赵姨娘甚至诅咒探春结婚后也像迎春一样，那她才更称心呢。贾府谁不知道迎春出嫁后的悲惨可怜？也是这一回，作者在前面已埋伏笔，王夫人劝贾母时提到迎春的处境：“偏是时常听见他被女婿打闹，甚至不给饭吃。就是我们送了东西去，他也摸不着。近来听见益发不好了，也不放他回来。……老婆子们必要进去，看见我们姑娘这样冷天还穿着几件旧衣裳。他一包眼泪的告诉婆子们说：‘回去别说我这么苦，这也是命里所招，也不用送什么衣服东西来，不但摸不着，反要添一顿打。说是我告诉的。’”金闺花柳质，却过着连贾府丫头都不如的日子，而赵姨娘竟恶狠狠地诅咒自己的亲闺女将来也落得这个下场。

更有甚者，赵姨娘明知探春对这桩婚事一定不满意，面对无法更改的现实，作为母亲的她非但不去宽慰女儿，相反，她兴冲冲地跑去给探春道喜，看自己女儿的笑话：“姑娘，你是要高飞的人了，到了姑爷那边自然比家里还好。想来你也是愿意的。便是养了你一场，并没有借你的光儿。就是我有七分不好，也有三分的好，总不要一去了把我搁在脑杓子后头。”一字一句，像刀子一样直戳探春的心，话里话外无不传达着阴暗的心理：你也有今天，遭报应了吧？

看这一回，憎恶赵姨娘的同时也在想，是什么造成了她们母女反目，造成了赵姨娘的冷酷？探春固然是个悲剧，赵姨娘难道就不是吗？

第一〇一回 大观园月夜感幽魂 散花寺神签惊异兆

轻叩红楼 崔思遥

风姐的危机

第一〇一回的主角是王熙凤。在本回中，王熙凤一改往日雷厉风行的女强人作风，变成了一个心事重重，而且有些疑神疑鬼的女人，因为她遇到了空前的危机。

凤姐是个特别精明的人，贾府一开始走下坡路，她心里便很清楚。作为掌权者、管理者，贾府的真实情况她比谁都明白，她比任何人都有危机感。凤姐再次深深意识到危机的到来，是源于本回几件事情。一是探春将要远嫁，凤姐想帮她整理妆奁，顺便去园中看看她。在去秋爽斋的路上，突然来了一阵大风，树叶沙沙作响，寒鸦宿鸟也都被惊飞，凤姐有些怕意，这时一个黑影又在她面前闪过，竟是秦可卿。秦可卿对凤姐说："婶娘只管享荣华受富贵的心盛，把我那年说的立万年永远之基都付于东洋大海了。"秦可卿早就托梦于王熙凤，告诉她贾府衰败的结局，这次出现，对凤姐来说又是一次警醒，预示着危机临近。秦可卿这句话不只是说给凤姐，而是说给整个贾府，只顾贪享荣华富贵，而不给自己留条后路——立万年永远之基，结果必然是败落。

凤姐的第二层危机感来源于巧姐。巧姐半夜睡觉哭了，看着她的婆子打了她几下，由此引出凤姐的一篇话："你瞧瞧，这会子不是我十旺八旺的呢！明儿我要是死了，剩下这小孽障，还不知怎么样呢！"凤姐说这话并非无缘无故，而是她的危机感更强了。她知道贾府离衰败已经不远，这个家族的富与贵都将付诸东流。同时她也检讨了自己，物质上该享受的都未落下，亏心事藏了很多，自己做的伤天害理的事情也不少，但是没有享不尽的荣华，自己

心机太深，积德太少，这些终究是要有报应的。巧姐尚小，今后还没有着落，这构成凤姐的又一大危机。

凤姐的第三层危机感来自她的哥哥王仁。王仁看似正经仁义，实则是个贪财之徒，常用不正当的手段捞取银子，再拿来肆意挥霍。他六亲不认，唯财是亲，“王仁”即“亡仁”的意思。王家出现这样一个棘手的人物，是在加速这个家族的衰落。贾府正在走向灭亡，王家也不消停，频出乱子，薛家一直处在鸡犬不宁之中，这些都是贵族将要走向衰败的征兆。贾、王、史、薛四大家族是紧密相关的，一荣俱荣，一损俱损，凤姐的危机感愈加深重。

凤姐的第四层危机感源于求签。凤姐在散花寺求了一个上上签，“家中人人都说好的”，唯独凤姐未有此感。签上说：“去国离乡二十年，于今衣锦返家园。蜂采百花成蜜后，为谁辛苦为谁甜！行人至，音信迟，讼宜和，婚再议。”看字面，就不像上上签，它在说贾府中出现了一些不合时宜的事情，还说凤姐辛辛苦苦一辈子，也只是为他人做嫁衣，到头来竹篮打水一场空。

从这些来看，凤姐明显预感到身边危机四伏，精明的她深感无力，心事重重，“聪明反被聪明误”，她把自己送上了末路。

解味红楼　李美瑛

王熙凤遇鬼求签

第一〇一回，王熙凤准备到秋爽斋去看望即将远嫁的探春。她本带着丫头丰儿和小红，中途因事，二人被她打发去。凤姐一个人继续往前走。眼前的大观园，没了昔日的热闹，树影重重，阴森凄冷。正走着，突然一只瞪着灯光般眼睛的大狗把她吓了一大跳。心跳神移，凤姐惊魂尚未定，就在快到秋爽斋门口的时候，恍恍惚惚中听到身后有人说话，她竟遇见了早已死去的秦可卿。秦氏对她说：“婶娘只管享荣华受富贵的心盛，把我那年说的立万年永远之基都付于东洋大海了。”

人之将死，其言也善。秦可卿当日遗言不仅直指贾府隐患，而且为防不测，她还指明一条保全之策。遗憾的是，王熙凤并没有把她的话放在心上，贾府表面的繁华蒙蔽了她的眼睛。当然，被蒙蔽的不只是王熙凤，整个贾府几乎都被蒙蔽了。王熙凤等不是不知道，贾府问题丛生，今非昔比，但“百足之虫，死而不僵”的想法占据了他们的思想，他们做梦也没有想到，贾府正面临着土崩瓦解的危机。秦可卿想到了，她在梦中给王熙凤最后的忠告：“三春去后诸芳尽，各自须寻各自门。”这两句暗含禅机，王熙凤不懂，秦可卿也不解释，因为天机不可泄露。

同样的天机在这一回中又出现了。王熙凤在大观园遇上秦可卿而受惊吓后，本不信鬼神的她为了安神，就到散花寺求签。散花寺的姑子说王熙凤求了个“上上签”，大吉大利。回到家中，贾母、王夫人等问起签来，也都欢喜。半信半疑的凤姐见大家都说好，也就信了。但薛宝钗不信，她说：“家中人人都说好的。据我看，这‘衣锦还乡’四字里头还有原故，后来再瞧罢了。”宝玉跟她争辩：“你又多疑了，妄解圣意。‘衣锦还乡’四字从古至今都知道是好的，今儿你又偏生看出缘故来了。”

到底是怎样一副签呢？原来那签上写着“王熙凤衣锦还乡”。下面还有几行字，写的是：“去国离乡二十年，于今衣锦返家园。蜂采百花成蜜后，为谁辛苦为谁甜！行人至，音信迟，讼宜和，婚再议。”

“三春去后诸芳尽”，秦可卿说的“三春”，指的是元春、迎春、探春。第一〇一回，元春已死，迎春在婆家备受折磨，探春正要远嫁，王熙凤签中的“婚再议”，应指探春；如果探春再远嫁，那三春归去就不远了。如此，就好理解“衣锦还乡”的意思。“一从二令三人木，哭向金陵事更哀。”这是王熙凤在第五回中的判词，签中“衣锦还乡”应是反语，“哭向金陵”才是真相。

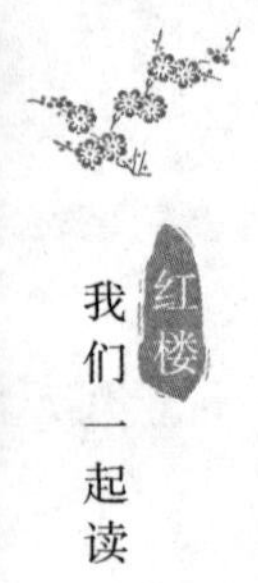

第一〇二回　宁国府骨肉病灾祲　大观园符水驱妖孽

扫码读原著

心中有鬼怪

第一〇二回有些荒唐，妖魔鬼怪充斥其中。作者把很多情节写得十分神秘奇异，充满悬疑恐怖之感。

探春远嫁应该是个重要情节，可本回只用了寥寥几句来描写，作者把焦点都放在了搬弄鬼神之上。大观园中自从少有人住，便变得异常荒凉和寂寥。那日尤氏过来送完探春，因为天色较晚，就从园内一个便门直接回到宁府。结果，她回去后，当天就开始身上发热，紧接着又发高烧，口中谵语连连，吃药也不见好转。贾蓉见如此，就从外面找了一个毛半仙来占卦，说是有些鬼神冲犯，而且声称接下来贾珍、贾蓉也都会生病。按照毛半仙的说法，家人便为尤氏作法。很快，尤氏病愈，但不多时，贾珍又开始生病，贾蓉也相继患病，折腾了许久。

唯独贾赦不信这些鬼话，于是他亲自带人去巡查大观园。他找了一个风清日暖的日子，带着一些家人手持器械，察看园内动静。一个较为年轻的下人本就有些胆怯，正巧听到呼的一声，“只见五色灿烂的一件东西跳过去了”，便说道：“亲眼看见一个黄脸红须绿衣青裳一个妖怪走到树林子后头山窟窿里去了。”其实就是一只大野鸡，但是贾赦听见随从如此说，加之另外几个人顺水推舟一起响应，他心中也有些怕，“只得请来道士到园作法事驱邪逐妖”。如此大张旗鼓地在园中铺张开来，这才觉得清净了些。

这一回写的这些鬼神主要是围绕着宁府的几个人：尤氏、贾珍、贾蓉。贾赦是荣府的代表。作者设计这样的情节看似荒唐，实际上有其道理。尤氏、贾珍、贾蓉、贾赦这几个主子在生活当中都不是很厚道、检点的人，男的拈花惹草，贪婪无耻，女的视而不见，淡漠亲情。这些人做了一些亏心事，很多秘密难以启齿，所以心中肯定有鬼。那些所谓的鬼神并不来自大观园，而是来自他们自己的心里，心中有鬼，自然会病魔缠身。正因为不做正经事，所以稍有异样的动静，他们就会非常警惕，心生各种疑虑。可见，作者这样设计情节有其深意。

解味红楼 李美瑛

妖言四起心惶惶

大观园本是元春的省亲别墅，她一死，大观园也就失去其政治意义和荣耀。先前住在园子里的人，黛玉死了，迎春和探春出嫁了，宝玉、宝钗成亲后也搬了出去，宝琴回家住了，湘云待嫁也不来了……走的走，亡的亡，园子里少了人气，异常清冷。

贾宝玉好一天歹一天，不像个正常人，凤姐也三日好两日不好的。荣国府这边不安生，宁国府那边也不宁静。第一〇二回中，有一天尤氏因过来送探春“起身”，回去时抄近路，穿园而过，没想到晚上就开始发烧，继而病倒，还胡言乱语起来。过了些日子，贾珍也病了；后贾珍方好，贾蓉等也跟着接二连三患病。加上这期间住在大观园门口的晴雯嫂子因吃错药横死炕上，荣、宁二府以及外面的人便议论纷纷，说园子里闹鬼，弄得人心惶惶，不可终日。贾母唯恐妖怪作祟，派好些人把宝玉的房子围住，不间断巡逻打更，生怕她的宝贝孙子像传说中那样也被鬼吸了精去。

在一片乱哄哄中，有两个人还算有把持，一个是宝钗，宝玉因谣言天天害怕，宝钗则不，她听见“丫头们混说，便唬吓着要打”；另一个是贾赦，道：“好好园子，那里有什么鬼怪！”为了消除谣言，他亲自去大观园走一遭。没想到，人们先前的恐惧非但没有因为贾赦这一遭有所减轻，反而加重了。起因是，一个跟他同去的家人“亲眼看见一个黄脸红须绿衣青裳一个妖怪走到树林子后头山窟窿里去了”。那人当场吓得魂飞魄散，贾赦为此向其他人求证时，大家都说看到了，只是硬撑着没敢说。众口一词，贾赦无话可说。这之后越传越邪乎，贾府笼罩在邪风怪气中，人人自危。贾赦无法，只好请人

作法事，以驱除妖怪。

佛家讲究心诚则灵，既然作法事，理应严肃对待。贾赦倒是恭恭敬敬，但“贾蓉等小弟兄背地都笑个不住”，他们非但不像贾赦那样虔诚，相反是来看热闹的，说什么“这样的大排场，我打量拿着妖怪给我们瞧瞧到底是些什么东西，那里知道是这样收罗，究竟妖怪拿去了没有”。作为主子，贾蓉等这样，与贾赦的初衷背道而驰，难怪贾赦听了气得大骂。

而面对法事，“笑个不住”的不仅是贾蓉等，还有贾府的下人们。“头里那些响动我也不知道，就是跟着大老爷进园这一日，明明是个大公野鸡飞过去了，拴儿吓离了眼，说得活像。我们都替他圆了个谎，大老爷就认真起来。倒瞧了个很热闹的坛场。”这段话把弥漫在贾府的谣言一扫而光，哪里有什么妖怪，那日在园子里看到的“黄脸红须绿衣青裳”的怪物就是一只羽毛鲜艳的大野鸡。而且，此人还说，那天贾赦问大家是否看到妖怪，大家都说看到了，不过是替那个胆小的拴儿圆了个谎罢了。

“那些看园的没有了想头，个个要离此处，每每造言生事，便将花妖树怪编派起来，各要搬出，将园门封固，再无人敢到园中。”

“外面的人因那媳妇子不妥当，便都说妖怪爬过墙吸了精去死的。”

“岂知那些家人无事还要生事，今见贾赦怕了，不但不瞒着，反添些穿凿，说得人人吐舌。”

回头重读零星散布在文中的这些描写，若有所悟，所谓的妖怪，都是一些别有用心的人造出来的。

祸不单行，这回结束时，又交代了一件事。贾政手下的人“重征粮米，苛虐百姓”，被节度大人参了一本，贾政犯了“失察罪”，被朝廷连降三级。

第一〇三回　施毒计金桂自焚身　昧真禅雨村空遇旧

害人终害己

第一〇三回，夏金桂本想害香菱，结果把自己害死了。害人终害己，夏金桂费尽心机，机关算尽，最终作茧自缚，要了自己的小命，真真是个不聪明的人，徒留骂名。

夏金桂是书中最典型的泼妇，从她一开始出场就是这个形象，令人生厌。她虽然是名门闺秀，却缺少应有的素质，除了长相尚可外，与书中其他女子相差甚远：论才华，远比不上林黛玉；论贤惠，远比不上薛宝钗；论稳重，远比不上邢岫烟；论灵气，远比不上薛宝琴；论才能，远比不上贾探春……与名门闺秀沾边的气质，她几乎全不具备。《红楼梦》塑造人物的一大特点就是，书中有形形色色的美女和才女，才貌双全者也比比皆是，夏金桂无疑是这些女子中较为特殊的，既无才也无德，虽然也算貌美如花，却是蛇蝎心肠、风流淫荡之种。夏金桂不是书中的主角，但她在后四十回中出现的次数比较多，甚至多过岫烟、宝琴、妙玉等。即便如此，金陵十二钗的正册、副册以及又副册她都未能入选，因为她没有资格。

夏金桂对香菱一直充满怨愤，因为身边有个她，夏金桂便觉得事事都不顺心如意，所以一心想除之而后快。为了达到自己见不得人的目的，她一计不成，又生一计，把香菱要来在自己房内同起居，而且忽然对待香菱特别好，甚至亲手给她做汤喝。香菱不小心把汤洒了，夏金桂就自己拿扫帚打扫，也不责怪，单纯的香菱当然不知道这是夏金桂设的局。一日，宝蟾做了两碗汤给她俩，有一碗故意做得很咸，想整香菱；而那夏金桂呢，就更恶毒了，她

竟然在一碗里下了砒霜。结果阴差阳错，她自己喝了有毒的那碗，毒死了自己。而后夏家的人还在薛家强词夺理，其实他们也心虚，根据宝蟾所招，砒霜是从跟夏金桂有奸情的弟弟夏三处得来的，这两个人合伙要害香菱。夏金桂还把自己在薛家的首饰暗中拿回家，金桂母亲甚至对她说："别受委屈，闹得他们家破人亡，那时将东西卷包儿一走，再配一个好姑爷。"有其母必有其女，夏金桂背地里作恶多端，总想害别人，落得这样的结果，完全是咎由自取。

"机关算尽太聪明，反算了卿卿性命。"这话说王熙凤对，用在夏金桂身上，也对。害人终害己，夏金桂的坏心最终把自己送上了黄泉路。

解味红楼 李美瑛

多行不义必自毙

小说第五回香菱的判词有一句：自从两地生孤木，致使香魂返故乡。言即香菱的命运和夏金桂息息相关。也许正因为如此，曹雪芹在第七十九回是借香菱之口让夏金桂第一次亮相的。说的是，宝玉在园子里偶遇香菱，便邀她去怡红院喝茶，香菱说不能，她找王熙凤有要事，因为薛蟠要定亲了："这门亲原是老亲，且又和我们是同在户部挂名行商，也是数一数二的大门户。前日说起来，你们两府都也知道的。合长安城中，上至王侯，下至买卖人，都称他家是'桂花夏家'。"

夏金桂在书中是以反面典型存在的。同样出身商贾之家，同样年少丧父，同样是独女，夏金桂没有受到宝钗那样良好的家庭教育，由于母亲过于溺爱，她养成了唯我独尊、骄横跋扈的性格，而宝钗比她温柔恬静得多，不可同日而语。

《红楼梦》中像夏金桂这样"颇有姿色""具花柳之姿"的女子很多，"亦颇识得几个字"的女子也不少，但读者看不到夏金桂什么时候像黛玉、宝钗、探春、迎春、湘云等那样吟诗作赋，看到的大都是她搬弄口舌，把薛家闹得不得安宁。

作者在第七十九回介绍夏金桂时还说："若论心中的邱壑经纬，颇步熙凤之后尘。"夏金桂哪点可与王熙凤相提并论？王熙凤治家有方，有目共睹，

"十个男人不及她"，不仅荣国府离不开她，宁国府缺人手时第一个想到的也是她；相对贾府，薛家家小业小，薛蟠不成器，夏金桂作为大奶奶，她并没有像凤姐那样撑起一片天。王熙凤尊敬贾母、公婆等长辈，关爱宝玉、黛玉、探春等小字辈；而夏金桂呢？眼里没有婆婆薛姨妈，一结婚想到的是"自为要作当家的奶奶，比不得作女儿时腼腆温柔，须要拿出这威风来，才钤压得住人"，对小姑子宝钗也没有一个好脸子。对待丈夫，王熙凤对贾琏时有温柔的一面，与贾琏的妾平儿、秋桐也能相处得不错；夏金桂一过门见薛蟠气质刚硬，举止骄奢，就下定决心——"若不趁热灶一气炮制熟烂，将来必不能自竖旗帜矣"，她就没想好好过日子，对薛蟠的妾，无论是香菱还是宝蟾，都容不下。

但作者说夏金桂"颇步熙凤之后尘"，也非无中生有，有一点这两人是相似的，就是她们的善妒淫邪。为了对付丈夫身边的女人，她们都很有心机，手段也都残忍。王熙凤借秋桐对付尤二姐，夏金桂借宝蟾对付香菱。夏金桂不守妇道，百般勾引薛蝌；王熙凤虽然对有淫心的贾瑞进行严惩，但她和贾蓉的打情骂俏、眉来眼去在书中也不止一次出现过。王熙凤可以说是善与恶的结合体，所以，读者对其人并非深恶痛绝；而夏金桂绝对是恶的典型，没人喜欢她，除了唾弃还是唾弃。多行不义必自毙，夏金桂害香菱不成，反毒死自己，这是她自取灭亡。虽然高鹗在这一点上违背了曹雪芹的本意（香菱被害死），但这样写没什么不好，更没有因此减弱香菱这一人物的悲剧性，因为香菱已经被夏金桂折磨得不能下床了。

话说回来，即便夏金桂在这一回没有毒死自己，她的结局也不会好，曹雪芹在七十九回已经含蓄地为她安排了后事："因他家多桂花，他小名就唤做金桂。他在家时不许人口中带出金桂二字来，凡有不留心误道一字者，他便定要苦打重罚才罢。他因想桂花二字是禁止不住的，须另换一名，因想桂花曾有广寒嫦娥之说，便将桂花改为嫦娥花，又寓自己身分如此。"夏金桂出阁时把自己的桂花改成了"嫦娥花"，大家想想，广寒宫中的嫦娥过的是什么日子？所以，就是曹雪芹亲自写后四十回，夏金桂的命运也一定很凄惨。

夏金桂，"瞎金贵"，徒具花柳姿，是女儿中的败类。

第一〇四回 醉金刚小鳅生大浪 痴公子馀痛触前情

扫码读原著

轻叩红楼 崔思遥

痴公子之变

第一〇四回，痴公子贾宝玉又犯痴病，但这次痴病犯得好像和往日有所不同，这里的描写虽然不多，不过从中还是能琢磨到一些东西。

贾政回京，来到家中和众族人见面。他与王夫人、宝玉见面时，提及了很多人，其中自然问到了黛玉，这一下又勾起了宝玉的心病。当天晚上，宝玉思来想去，睡不着，便和袭人说起心里话。这段对话中有些内容，耐人寻味。宝玉知道紫鹃心中一直对他有怨气，这无可厚非，不过有一个细节却奇怪，宝玉向来称黛玉都是“林妹妹”，可这次与袭人聊天中用的都是“林姑娘”。“林妹妹”和“林姑娘”这两个称呼其实是有差别的，亲疏显而易见。叫“林妹妹”，表明两人关系非同一般，十分亲近；“林姑娘”一词，给人感觉关系较远，有些生疏。宝玉和黛玉的关系是比众姐妹更近一层、更深一层的，有三生石畔“木石前盟”的约定，一向痴情的宝玉对黛玉用“林姑娘”的称呼，让人感到不解。

当初宝玉为晴雯写祭文，可见宝玉对晴雯感情之深厚。宝玉为黛玉和晴雯这样志同道合的红颜知己做事，几乎不会征求他人的意见，率性而起，为她们赴汤蹈火，在所不辞，但是这次他竟向袭人试探起来：“晴雯到底是个丫头，也没有什么大好处，他死了，我老实告诉你罢，我还做个祭文去祭他。那时林姑娘还亲眼见的。如今林姑娘死了，莫非倒不如晴雯么，死了连祭都不能祭一祭。林姑娘死了还有知的，他想起来不要更怨我么！”痴公子这段话也很假，他对晴雯向来很尊重，也不把她当作丫鬟看待，这话中却说晴雯不过是个丫头，口中带着轻蔑；而祭奠林黛玉这番话也不真诚，怕黛玉怨他似乎超过他对黛玉的痴情，如果他真的爱黛玉，早就拿出实际行动了。

宝玉和黛玉向来是“心有灵犀一点通”，十分了解对方的心思，可宝玉却说：“既是他这么念我，为什么临死都把诗稿烧了，不留给我作个纪念？又听见说天上有音乐响，必是他成了神或是登了仙去。我虽见过了棺材，倒底不知道棺材里有他没有。”黛玉烧掉诗稿，宝玉应该容易理解她的意图，但他后面说的话让人感觉好像宝玉不甚了解黛玉，只是在瞎猜黛玉的心事而已。

宝玉是个痴公子，一向用情专一，这回他的转变有些大，让人一时不愿接受。

解味红楼 李美瑛

贾氏宗族是非多

第一〇四回开始就写了贾雨村的一件事。贾雨村外出办事，路上遇到喝醉的倪二。一个酒鬼，喝多了躺在街心，正常人若看其可怜把其扶起送回家可以，若拂袖而去也说得过去。贾雨村都不是，面对此情他和倪二理论，嫌他“知道本府经过，喝了酒不知退避，还敢撒赖”。贾雨村时时不忘自己大老爷的身份，要排场，即便是对一个醉鬼也不放松。倪二趁着酒劲和他辩白：“我喝酒是自己的钱，醉了躺的是皇上的地，便是大人老爷也管不得。”一般人，对倪二的醉话一笑了之就算了，但贾雨村不依，在他看来，倪二的话冒犯了他大老爷的尊严，他要让一个酒鬼讲“法纪”。

其实倪二也没违法乱纪，就是自己不嫌脏不嫌凉以地为席而已。就这么点事儿，贾雨村命令手下人把倪二打了一顿。倪二被打后清醒了，跪地求饶，贾雨村还不解气，叫人把他带回衙门，关进大牢。读到这些，让人不能不气愤。贾雨村当官不为民做主，反而欺压百姓，这不就是一个昏官吗？而他之所以敢这样无法无天，仗的不就是贾府的势力吗？

败坏贾府的不仅是贾雨村，还有很多。倪二被贾雨村抓走后，有人建议他的妻女找贾芸求情。贾芸一口应承，且口出狂言：“这算不得什么，我到西府里说一声就放了。那贾大人全仗我家的西府里才得做了这么大官，只要打发个人去一说就完了。”小小的贾芸也狗仗人势，狂到这等地步，可以想象贾

府那些子侄们该是何等猖狂。难怪这回贾政被参回京后，同僚们安慰他时说："二老爷的人品行事我们都佩服的。就是令兄大老爷，也是个好人。只要在令侄辈身上严紧些就是了。"可见小字辈们的恶行劣迹已是"名声在外"。

说"名声在外"并不为过，倪二被放出后，听妻女说贾芸没有帮忙，就恨恨地说："若说贾二这小子他忘恩负义，我便和几个朋友说他家怎样倚势欺人，怎样盘剥小民，怎样强娶有男妇女，叫他们吵嚷出来，有了风声到了都老爷耳朵里，这一闹起来，叫你们才认得倪二金刚呢！"贾府子侄的丑事不是什么秘密，早成为别人茶余饭后的谈资了。

"我在监里的时候，倒认得了好几个有义气的朋友，听见他们说起来，不独是城内姓贾的多，外省姓贾的也不少。前儿监里收下了好几个贾家的家人。"倪二说的这件事和后面贾政所说吻合。就在贾珍被参的同时，云南原任太师贾化因私带神枪、浙江湖州籍的现任府尹贾范因纵使家奴强占良民妻女均被缉拿，虽然云南的贾化跟贾府没什么关系，但这贾范却是贾家的远族。天下姓贾的惹事太多，导致皇上对贾氏没了好印象，贾政自己也说："事到不奇，倒是都姓贾的不好。"

种种迹象都在表明，贾府大势将去，危在旦夕间。

第一〇五回　锦衣军查抄宁国府　骢马使弹劾平安州

扫码读原著

轻叩红楼　崔思遥

贾府被抄检

第一〇五回，锦衣府的堂官赵老爷带人来抄检贾府。这次抄检和前面说过的抄检大观园性质完全不同，这次是外抄，上次是内抄。内抄只是涉及府内一些皮毛之事，外抄远比内抄可怕得多，掀的是贾府的老底儿，把它的许多丑事都揭开了，公之于众。

问题依旧出在贾府这些不肖子孙的身上。以贾赦为首，贾珍、贾蓉、贾琏等一干人骄奢淫逸、暴殄天物，他们贪婪放浪，贪赃枉法，欺男霸女，无恶不作。他们自以为能一手遮天，自以为能瞒天过海，自以为他们所做的这些事没人知道，但是天网恢恢，疏而不漏，贾赦等被参“交通外官，依势凌弱”，而且那御史恐怕不准，还将鲍二拿去，又拉出一个姓张的来。不仅刚做的坏事被查出来，还被翻出了旧账，新账、旧账一块算。

在抄查中，还发现了一个惊天大问题：王熙凤贪污盘剥钱数达到七八万金。这件事非同小可，王熙凤相当于大贪官。在其他章节中，作者写到过一些她以权谋私的事情，写她通过不正当手段牟取不义之财，因为这次突检，凤姐贪污的事败露了。

但根据脂砚斋的评语，曹雪芹所描写的抄检贾府更为严重，不仅没收了数不尽的钱财与珍宝，而且很多人还因此被打入大牢，例如凤姐、宝玉等，甚至到了“雪夜围破毡”的地步，荣、宁二府也以“落了片白茫茫大地真干净”而告终。高鹗所写有所不同，先有西平王暗中帮助，后有北静王来降旨，皇上对于贾赦等人从宽处理，仅是没收其家产，然后把这些人流放到偏远地

方，其他人并没有受到太多牵连，贾府也没有落到一贫如洗的败落之境。

尽管如此，贾府真正的败落就是从这次抄检开始的，府中这些做过许多坏事的人原形毕露，他们是贾氏家族这座大厦倾倒的始作俑者。

李美瑛

锦衣军查抄二府

第五回，秦可卿的判词这样写道：“情天情海幻情身，情既相逢必主淫。漫言不肖皆荣出，造衅开端实在宁。”整部小说，主要人物及其生活环境大都在荣国府，那么，对判词中提到的“造衅开端实在宁”该如何理解呢？这不过是作者取材详略、侧重的问题。贾府走向衰败，固然是荣、宁二府合力所致，但作者认为始作俑者是宁国府。第七回中，焦大醉骂贾珍等人：“我要往祠堂里哭太爷去。那里承望到如今生下这些畜牲来！”焦大是二十多年前跟老太爷出生入死过的人，贾家的基业是如何拼出来的，他是参与者，也是见证人。现如今，贾家的后代是如何败坏祖宗基业的，他还是目睹者。焦大酒醉心不醉，借着酒胆，吐的都是真言。贾珍和儿媳秦可卿乱伦，贾蓉也跟老子学，偷鸡摸狗，宁国府被他们弄得乱哄哄，成为藏污纳垢之地。

焦大再次出现，是在第一〇五回。这回锦衣军查抄贾府，文中正面描写的是荣国府，好像宁国府那边也没事一样。实际上，宁国府那边也不安宁。作者叙事有主有次，有详有略，宁国府被抄的情形是通过焦大的讲述侧面展现的。书中写到荣国府这边贾赦、贾琏被带走后，贾政正心惊肉跳候旨时，听到外面的守军高声乱嚷，出来一看，是焦大跑来了。原来焦大以为荣国府无事，所以才对抄检宁国府的锦衣军说自己是西府的人，才得以跑到这边来。

“珍大爷蓉哥儿都叫什么王爷拿了去了，里头女主儿们都被什么府里衙役抢得披头散发撂在一处空房里，那些不成材料的狗男女却像猪狗似的拦起来了。所有的都抄出来搁着，木器钉得破烂，磁器打得粉碎……”

从焦大这段描述可见，宁国府比荣国府更惨，贾珍、贾蓉被带走，女主子被押在空房子里，其他人也暂时没了自由，屋内的东西全部被抢、被砸。而荣国府这边，针对的主要是贾赦，其他人并无大碍。这一点，从打探消息的薛蝌那里再次得到印证，他告诉贾政：“那边东府的事我已听见说，完了。”

原来贾珍不仅引诱世家子弟赌博，还强占良民妻女为妾，人家不从，竟凌逼致死，而且，这样的事不是一例。

贾府有些人平日做事太张扬霸道，明里暗里得罪很多人。墙倒众人推，贾家被抄后，那些刚刚还在一起宴饮的亲友，急忙离开，撇清关系，远远地站到一边等消息；更可恨的是，有的本家还说出“祖宗撂下的功业，弄出事来了，不知道飞到那个头上，大家也好施威”的话来；至于昔日那些同朝官僚，大都躲藏不迭，唯恐被牵扯进去，看笑话的有，冷眼旁观的有，火上浇油的也有。贾赦就在这时又被李御史参奏一本，说他助平安州包揽词讼，虐害百姓……

“忽喇喇似大厦倾”，就在猝不及防的一瞬间。锦衣军的突然到来，使贾府乱作一团：贾母涕泪交流，王熙凤昏死地上，邢夫人、尤氏等如丧家之犬……贾政除了顿足、叹气，“扑簌簌”落泪，此时也无回天之力。

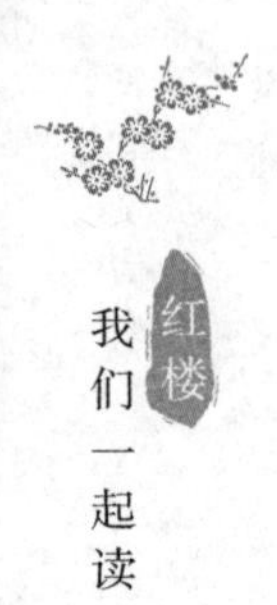

第一〇六回　王熙凤致祸抱羞惭　贾太君祷天消祸患

扫码读原著

轻叩红楼　崔思遥

无权的贾母

第一〇六回仍写抄检贾府一事，其中有个人值得一提，那就是贾母。

贾母是贾府的最高权威，按理说家中大小事情都应该经过她的同意，但是真正掌握着家中实权的人却是贾琏和凤姐这两口子，很多事情都是经过他俩之手而裁定，贾母大部分并不知情。贾琏和凤姐都是贪财之人，为此他们明里暗里进行了很多次不正当的敛财，他们放高利贷，重利盘剥，为自己赚得大笔钱财，中饱私囊。让这样两个爱财的人来管家，必然会产生很多的问题和漏洞，他们一直瞒着贾母，把贾母哄得团团转。

贾母的两个儿子贾赦和贾政，前者经常带着晚辈做坏事，花天酒地；后者只顾做官，很少管家。这两个人都有世袭的官衔在身，但这官却做得不够清廉负责，而且很是招摇高调。树大招风，居高必跌重，贾府遭到抄检不足为奇。贾母的这些儿孙背着她做了很多有损家族名声的事情，她年事已高，被晚辈们蒙在鼓里，成了睁眼的瞎子，直到这次被抄检，她才知道府中这些丑事。

贾母缺少实权还表现在宝玉和黛玉的婚事上。按照曹雪芹先前所写，不难看出，贾母还是比较支持“木石前盟”的，可在高鹗的笔下，贾母成了“金玉良缘”的忠实拥护者，而且极力促成宝玉和宝钗的婚姻，其实这不完全是贾母的想法。贾母一直亲黛远钗，但据高鹗所写，贾母竟对黛玉十分疏远冷淡。王夫人一直中意薛宝钗，所以她和贾母其实在暗中较劲，这个“木头人似的”王夫人一直想方设法阻挠宝黛之恋。她明知道贾母特别喜欢晴雯，却定要给晴雯安上罪名，然后把她赶走，接着就提拔袭人。晴雯和黛玉的性格非常相似，袭人和宝钗的性格更为接近，王夫人这是对贾母的一种挑衅，并且还是公开的。对宝玉而言，贾母毕竟是隔了一辈，宝玉有其亲生父母，贾母有自知之明，不能过分干涉宝玉的婚姻。薛姨妈和王夫人是亲姐妹，理所当然站在同一战线上。贾元春很明显与她母亲一样，更喜欢宝钗，赏赐礼物时只宝玉和宝钗是一样的，不同于其他姐妹。王熙凤自不用说，她当然要和自己的亲姑姑王夫人、薛姨妈保持一致。王夫人的帮手实在太多，贾母完全不是她的对手，她虽然是林黛玉的靠山，却帮不了她，这权力实不在贾母手中。

贾母虽是一家之长，实则徒有虚名，真正的权力都被她的儿孙们瓜分了。群龙无首，这样的家族如何能繁荣昌盛下去呢？

解味红楼　李美瑛

落难之中见人心

在同一事件中展现不同人物的性格特征，这是《红楼梦》塑造人物形象常用的手法。第一〇六回，围绕贾府被抄这件事，作者让许多人再次显露本性。

正当亲友们得知贾府被抄，前来安慰贾政时，门上来报孙姑爷那边打发人来了，但不是来问候的，而是来要银子的。这孙姑爷就是迎春的丈夫孙绍祖。“子系中山狼”，说孙绍祖是无情无义的中山狼不为过。贾赦是孙绍祖的老丈人，老人家家产被抄，人也被打进大牢，作为姑爷，在危难之时不仅没有亲自过来帮忙照应，还冷血地说贾赦欠他的钱要贾政来还这样没人性的话，于情于理他都不是个东西，难怪众人听了骂他“混账”。

冷漠的不只是孙绍祖，还有贾琏。王熙凤管家漏洞百出，而且暗中参与一些伤天害理的事。贾府被抄，她有脱不了的干系，她又惧又怕又愧，一病不起。当平儿哭着哀求贾琏请个大夫给凤姐看病时，贾琏毫不顾及凤姐的感受，当着她的面啐道：“我的性命还不保，我还管他么！”人说“一日夫妻百

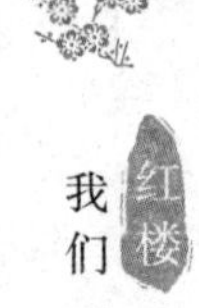

日恩”，贾琏的绝情令人心寒。

同样是妾，面对王熙凤，秋桐跟贾琏一样，对王熙凤非但没有安慰照顾，反而抱怨不已，很不厚道；只有忠心耿耿的平儿，不停地劝慰开导凤姐，守在她身边。看着病危中的凤姐，平儿多次流泪，姐妹深情让人动容。

特别让人感动并敬佩的是贾母。耄耋之年，贾母看到贾府被抄，老泪纵横，悲恸欲绝。但见过大风浪的贾母临危不乱，挺起自己暮年的脊梁，拼命支撑着摇摇欲坠的贾府。她心疼凤姐，叫鸳鸯把自己的体己东西拿些过去给她，还拿些银两给平儿，让她好好服侍她的主子；她担心丈夫、儿子都被抓走，家财一无所有的邢夫人，嘱咐王夫人去照顾她；她可怜宁府的尤氏婆媳，派人把她们接过来，给她们房子居住，还给她派去婆子丫头，饮食起居开销月例跟荣府这边的人并无二致。感人至深的是，一日傍晚贾母挣扎坐起，拄着拐到院中焚香拜佛，跪在地上，“磕了好些头”，含泪向苍天祈祷：

“……我贾门数世以来，不敢行凶霸道。我帮夫助子，虽不能为善，亦不敢作恶。必是后辈儿孙骄侈暴佚，暴殄天物，以致合府抄检。现在儿孙监禁，自然凶多吉少，皆由我一人罪孽，不教儿孙，所以至此。我今即求皇天保佑：在监逢凶化吉，有病的早早安身。总有合家罪孽，情愿一人承当，只求饶恕儿孙。若皇天见怜，念我虔诚，早早赐我一死，宽免儿孙之罪。”

贾母深明大义，她没有回避导致贾府衰败的自身问题，作为一家之长，她敢于承担责任，并愿意用自己的生命去交换儿孙的安康幸福。

“默默说到此，不禁伤心，呜呜咽咽的哭泣起来。”八旬老母伤心泪，不知能不能换回贾赦、贾珍、贾蓉、贾琏等浪子的心？

第一〇七回　散馀资贾母明大义　复世职政老沐天恩

扫码读原著

开明的皇上

第一〇七回中贾府的抄检基本定性了，各项事件也都有了结果，而这其中最让人难以捉摸的是皇上。

《红楼梦》中的皇上很神秘，神龙见首不见尾，从未露过面，人物塑造大都是用侧面描写来完成。在前八十回中，皇上出现一般都是因为元妃，对于这个人物，曹雪芹是通过书中其他人物之口表现对他的看法和态度。例如在第六十八回，借王熙凤之口——“拼着一身剐，敢把皇帝拉下马”，间接表示了作者对皇上蔑视鄙夷的态度。《红楼梦》本就是一本带有浓厚反封建色彩的大书，曹雪芹在书中塑造了一批具有叛逆精神的人物：宝玉、黛玉、晴雯等。他们都是曹雪芹叛逆思想的代言人，书中提及皇上之处，曹雪芹或是借人之口来说，或是不做任何评价，从不直接流露对皇上的态度。

看高鹗笔下所写的皇上，完全不同，那是一个十分开明的皇上。对于抄检贾府的最后处理，皇上非但没有严厉处置他们，反而处处为他们开脱。贾赦、贾珍等人在外作恶，凤姐重利盘剥，且都有命案在身，但他们并未得到与之相应的严惩，或是发配边疆，或是仅仅没收钱财。皇上为了安抚贾家，还让北静王、西平王两个王爷亲自去传旨，贾府两个祖上世袭的官职不但没丢，反让贾政袭了贾赦丢掉的世职，贾政还“着加恩仍在工部员外上行走。所封家产，惟将贾赦的入官，余俱还给。并传旨令尽心供职”。如此看来，这个皇上竟极其开明。

高鹗是个当官人，自然是“拥皇派”，所以他在书中表现的大都是对圣上

隆恩的赞美与感激不尽。

知人论世，立场不同、身份不同、价值取向不同等，都会导致作品中人物的不同。

解味红楼 李美瑛

对比之下的精彩

“我常见他在两府来往，前儿御史虽参了，主子还叫府尹查明实迹再办。你道他怎么样？他本沾过两府的好处，怕人说他回护一家，他便狠狠的踢了一脚，所以两府里才到底抄了。你道如今的世情还了得吗！”这是第一〇七回两个路人说的一段话。贾府被抄，跟李御史参了一本有关，大家都知道；不知道的是，贾家落难时，贾雨村为了保全自己，居然落井下石，用“狠狠的踢了一脚”的方式向朝廷表明自己的立场。

同样是蒙受贾家恩惠，门下包勇得到的好处比贾雨村少多了。贾雨村得到的是仕途的飞黄腾达，而包勇在甄家被抄后，贾府只是收留了他，依旧做仆人。作者在这里没有让别人，而是让包勇听到了路人对贾雨村的议论，让重情重义的包勇和忘恩负义的贾雨村形成对比。

关于包勇的重情义在这一回已有铺垫：“府内家人几个有钱的，怕贾琏缠扰，都装穷躲事，甚至告假不来，各自另寻门路。独有一个包勇，虽是新投到此，恰遇荣府坏事，他倒有些真心办事，见那些人欺瞒主子，便时常不忿。”作者在这里还是运用了对比手法，让读者看到新来乍到的包勇比那些有奶便是娘受了贾府多年照顾的下人们强百倍。也正因此，当包勇听到上面路人的对话后特别气愤：“天下有这样负恩的人！但不知是我老爷的什么人。我若见了他，便打他一个死，闹出事来我承当去。”知恩图报，敢作敢为，作者给他起名“包勇”，就暗含了“保管勇敢”的赞誉之意。

在很多人因贾府落难而避之唯恐不及之际，包勇看到贾雨村的轿子过来后，却勇敢地迎上去，破口大骂：“没良心的男女！怎么忘了我们贾家的恩了。”姑且不论贾府被抄的确事出有因，包勇对贾雨村这等小人的唾弃和鄙视还是令人敬佩的。

文中有一个细节，面对包勇的辱骂，轿内的贾雨村“听得一个‘贾’字，便留神观看，见是一个醉汉，便不理会过去了”。这不能不让人想起另外一个类似的情形，在一〇四回，贾雨村也是坐轿子外出，也是在路上遇到了一个醉汉——倪二，那倪二当时只是醉倒在地，并没有张口骂他，只因为挡了他的路，他就命令手下打人，倪二不服，贾雨村便施展威风，把他关进大牢。而这回，面对包勇的破口大骂，他竟不吭声，甘吃哑巴亏，很有风度似的。只是隔了两回，贾雨村怎么突然就变了呢？

贾雨村前后判若两人，是因为他所处的环境和心境发生了变化。贾雨村对贾府不感恩戴德，关键时候还在背后狠狠地捅了一刀，使昔日的恩人遭此大难，干了亏心事，他心里能无愧吗？所以，贾雨村听到“贾”这个字格外敏感，他不是“不理会”，而是不敢理会，怕越抹越黑，让更多的人戳他的脊梁骨。

作者娓娓道来，通过层层对比，让细心的读者品味到更多的精彩。

第一〇八回　强欢笑蘅芜庆生辰　死缠绵潇湘闻鬼哭

扫码读原著

轻叩红楼　崔思遥

贾母评子孙

第一〇八回中，贾母和史湘云为宝钗办生日，聊天之中提起家中这些孙子，从贾母的言语中，可以看到她对他们的喜恶。一般情况下，书中表现贾母对孙子的亲疏通过她身边的座次就可以了，而这次作者是以正面的语言描写来表达她的评价。

贾母和史湘云一起聊天，湘云便问探春的事，贾母说："自从嫁了去，二老爷回来说，你三姐姐在海疆甚好。只是没有书信，我也日夜惦记，为着我们家连连的出些不好事，所以我也顾不来。如今四丫头也没有给他提亲。环儿呢，谁有功夫提起他来。如今我们家的日子比你从前在这里的时候更苦些。只可怜你宝姐姐，自过了门，没过一天安逸日子。你二哥哥还是这样疯疯颠颠，这怎么处呢!"

这段话中，贾母提及五个人：探春、惜春、贾环、宝钗、宝玉。这几个人在贾母的眼中非常有可比性，显然这番话中贾母最喜爱的是宝钗、探春和宝玉，对惜春、贾环较为冷淡。探春是庶出，惜春是嫡出，显然惜春的地位要尊贵得多，但贾母对探春却时时挂念，对惜春则就是一句话——没给她提亲。按理说，惜春的年龄也到了提亲之时，应该张罗这件事，但是贾母这句话却轻描淡写，好像惜春不是她的孙女，自已不把她放在心上。探春性格直爽真率，能力很强，自然很讨贾母喜欢，而惜春是宁府的，加之她的性格乖僻，喜静喜独处，喜欢热闹的贾母自然不喜欢她这种性格。探春和贾环都是庶出，待遇却有天壤之别。贾环经常生事，让人生厌；而且"厌屋及乌"，因为赵姨娘讨人厌，所以贾母也就厌烦他；作为男孩子，贾环书也念得不怎么样，宝玉虽然也淘气，却在各方各面都胜过他，贾母当然讨厌贾环——“谁有功夫提起他来”。而对宝玉，贾母爱之极，所以忧之也深。对宝钗，贾母一直就喜爱有加。如今更是爱屋及乌，宝钗成为宝玉的媳妇，且宝平又经常“疯疯颠颠”，让宝钗受了很大委屈，因此贾母言语中对她更是心疼得很了。

解味红楼 李美瑛

人去楼空情难消

“可怜宝丫头做了一年新媳妇，家里接二连三的有事，总没有给他做过生日。今日我给他做个生日，请姨太太、太太们来大家说说话儿。”第一〇八回这句话告诉读者，时光荏苒，宝玉、宝钗结婚已经一年。当然，这也意味着林黛玉已经去世一年了。

一年，三百六十五天，不算太长也不能说太短。但对贾宝玉而言，这一年应该很漫长。一年后他的疯病虽见好，和宝钗看起来也是相敬如宾，举案齐眉，但占据他情感最深处的，仍然是林黛玉。斯人已去，黛玉的灵魂却如影随形，空气般在宝玉的生活里四处弥漫，无孔不入。

这一回贾母为宝钗过生日，席间为了活跃气氛，她让鸳鸯拿来令盘骰子，大家掷个曲牌名赌酒。轮到李纨时，她掷了个“十二金钗”，别人听了都没什么，唯有宝玉敏感的神经一下被触动，“忽然想起十二钗的梦来”，想到十二金钗，便又想到“这十二钗说是金陵的，怎么家里这些人如今七大八小的就剩了这几个”。贾宝玉看看眼前，史湘云在，薛宝钗在，大家说笑喝着，“只是不见了黛玉，一时按捺不住，眼泪便要下来”。昔日玩伴大都在，偏偏少了生命中最重要的那一个，情何以堪？贾宝玉情难自禁，又怕被人看见，于是找了个借口，说身上“躁的很”，离席而去。

贾宝玉当然不会真的回家换什么衣服，触景生情，他又回到从前，满脑子都是回忆，点点滴滴都是黛玉。他直奔早已荒芜的大观园，终点只有一个：潇湘馆。

翠竹青葱，佳人何在？一年来，精神始终处于压抑状态的贾宝玉，再次被往事旧情紧紧缠绕。他神思恍惚，呆呆站立，“似有所见，如有所闻”。“我

明明听见有人在内啼哭，怎么没有人!”如果不是伤心愧疚、用情至深，他不会出现这样的幻觉。

“二爷快回去罢。天已晚了，别处我们还敢走走，只是这里路又隐僻，又听得人说这里林姑娘死后常听见有哭声，所以人都不敢走的。”婆子们的话正中贾宝玉下怀，他的幻觉似乎得到了证明，潸然泪下：“林妹妹，林妹妹，好好儿的是我害了你了！你别怨我，只是父母作主，并不是我负心。”他知道林黛玉因何而死，其实林黛玉也知道他并不是有意负她，是父母之命难违。贾宝玉“愈说愈痛，便大哭起来”，男儿有泪，弹在伤心时。

读第一〇八回，心情格外沉重。为爱执着却又无力把握爱的贾宝玉，人前人后承受着难言的哀伤。就像这次，面对贾母数落袭人带他去大观园，刚刚还痛哭流涕的宝玉担心袭人受委屈，连忙装作无所谓的样子说“青天白日怕什么。我因为好些时没到园里逛逛，今儿趁着酒兴走走。那里就撞着什么了呢”，为袭人开脱。而转身回到房中的他，又开始“嗳声叹气”，再次暗自神伤。

物是人非事事休，最痛莫过丧知音。

第一〇九回　候芳魂五儿承错爱　还孽债迎女返真元

扫码读原著

树倒猢狲散

第一〇九回，贾母仍是一个需要注意的人物，她为薛宝钗办生日，结果吃得过多，身体便有些不受用，胸口饱闷。贾母是贾府的老祖宗，是贾府的精神支柱。常言道："树倒猢狲散。"一棵树倒掉了，树上的猴子就会跑散了。贾母如同一棵大树，她生病是一个伏笔，是说快到了那些贾府内外一切有关的人一哄而散的时候了。

一些向来和贾府关系要好的人看到贾府被抄检后，不仅不来帮忙，而且还从中钻空子，获取一些利益；更有人落井下石，看热闹，在背后诽谤贾府。贾府光辉不在，那些平日趋炎附势的人也就一哄而散了。

这回写贾母的病情用了一个循序渐进的方法，最开始是说"两日不进饮食，胸口仍是结闷，觉得头晕目眩，咳嗽"，然后是"一连三日，不见稍减"，接着是"那知贾母这病日重一日，延医调治不效，以后又添腹泻"，后又是"贾母病势日增，只想这些好女儿"，最后是"老太太的脉气不好，防着些"。贾母的病愈来愈厉害，日薄西山，危在旦夕。

贾母生病时，家中其他人也不安稳如意，接连发生了几件大事。第一件是迎春受虐致死，第二件是湘云的姑爷得了暴病，第三件是凤姐也得了重病。迎春长期受到丈夫孙绍祖的家暴，这个在贾府至少也是个娇宠惯了的千金小姐，因为误嫁，变得一文不值。贾府是她的靠山，贾府失势后，夫家又恰巧得势，迎春的被虐自然会变本加厉。湘云是贾府的常客，和贾母有亲戚关系，很多事情仰仗着贾家，贾府败落自然也影响到史家；湘云的姑爷虽不错，却

因病而逝。贾母向来偏爱凤姐，但凤姐机关算尽，身心透支，因做的愧对家族的事情暴露，权势和威风急转直下。

贾母这棵大树一倒，很多祸患随之而来。第一一一回中，原来依靠贾府的人甚至来贾府偷东西；第一一二回中，妙玉被抢走，巧姐还差点被卖……贾府是四大家族之首，贾府一垮台，散的不仅是自家的“猢狲”，和四大家族相关的很多“猢狲”也将一哄而散。

解味红楼 李美瑛

御夫有术薛宝钗

婚前婚后，薛宝钗始终明白，在贾宝玉心里，林黛玉的地位无可替代。同样是对待丈夫心里有另外一个她，王熙凤和夏金桂的处理如出一辙——一哭二闹耍阴招，落得泼妇、妒妇、悍妇的恶名，最后也都死得悲惨。薛宝钗比她俩聪明。第一〇九回，贾宝玉因为去了潇湘馆，又勾起往事，开始思念林妹妹。对此，薛宝钗心里跟明镜似的，她处乱不惊，以四两拨千斤的深厚功力，从容镇定，化险为夷，把贾宝玉这匹一心想要脱缰的野马给驯服了。而这一过程，薛宝钗仅用了三天。

第一天，旁敲侧击，难得糊涂。薛宝钗看到贾宝玉心情黯然，悲戚于色，并没有直接问他为什么，而是悄问袭人。当得知贾宝玉是因为去了潇湘馆而悲伤后，她没有大发醋意，但也没理会、安慰贾宝玉，只是“与袭人假作闲谈”。注意，这里作者说是“假作”，她醉翁之意不在酒：“人生在世，有意有情，到了死后各自干各自的去了，并不是生前那样个人死后还是这样。活人虽有痴心，死的竟不知道。况且林姑娘既说仙去，他看凡人是个不堪的浊物，那里还肯混在世上。只是人自己疑心，所以招些邪魔外祟来缠扰了。”薛宝钗表面说给袭人，实则是说给宝玉听的。她以毒攻毒，一出手就下猛药，借用林黛玉活着时说过的话来告诫贾宝玉：人死了和活着是不一样的，再好的感情也抵抗不了死亡的磨蚀；活着的人再痴情也没用，死的人不会知道；林黛玉不是凡人，当然不会再和贾宝玉这等凡夫俗子同流；贾宝玉那些幻听、幻觉是自己胡思乱想出来的，荒诞得很。除此之外，薛宝钗也在暗示贾宝玉：你那点儿心思我都清楚，不跟你一般见识罢了。

当晚上贾宝玉提出要和薛宝钗分开，自己去外间睡时，薛宝钗明白，这时的贾宝玉就是一头不撞南墙不回头的倔驴，你越反对他就越叛逆。她没有阻止贾宝玉的行为，却委婉地警告他："你不要胡思乱想。你不瞧瞧，太太因你园里去了急得话都说不出来。若是知道还不保养身子，倘或老太太知道了，又说我们不用心。"贾宝玉最听王夫人和贾母的话，最怕她俩为自己担忧，薛宝钗懂，所以才搬出这两人说事儿。她嘴上说你愿意到外面睡就去吧，心里却放不下，"宝钗故意装睡，也是一夜不宁"。

第二天，欲擒故纵，忍痛割爱。贾宝玉原想自己单独在外间睡，无人打扰，就能梦见林黛玉，没想到一夜无梦。早上醒来，独自感叹"悠悠生死别经年，魂魄不曾来入梦"。薛宝钗一夜没睡着，听了贾宝玉的感慨肚子里一定有火，但她没发作，不过也没装聋作哑，而是继续用林黛玉做利剑，刺向贾宝玉："这句又说莽撞了，如若林妹妹在时，又该生气了。"贾宝玉越怕什么，她就越给他什么，弄得贾宝玉"反不好意思，只得起来搭讪着往里间走来"。这天晚上，贾宝玉不死心，依旧提出睡在外面，薛宝钗依旧保持理智，"想来他那个呆性是不能劝的，倒好叫他睡两夜，索性自己死了心也罢了"，只是再次警告贾宝玉："但只不要胡思乱想，招出些邪魔外祟来。"当袭人阻拦时，薛宝钗给她使眼色：让他闹去，依着他。薛宝钗明白，对于宝玉，不可将自己手中那条无形的绳子牵得太紧。

第三天，转攻为守，见好就收。早晨醒来，一见面，薛宝钗主动出击，单刀直入问贾宝玉："二爷昨夜可真遇见仙了么?"薛宝钗用这句话挖苦贾宝玉，说得宝玉面露愧色。在薛宝钗这个聪明的女人面前，贾宝玉就像一张白纸，一览无余。到了晚上，不等贾宝玉开口，薛宝钗主动问他是不是还要到外间睡。她清楚贾宝玉的病从痴情起，所以还要从痴情医，不能回避。果然，薛宝钗的大度，让贾宝玉更加羞赧愧疚，说了句"里间外间都是一样的"，不好意思再闹了。

"什么'担了虚名'，又什么'没打正经主意'。"薛宝钗一点儿不傻，五儿这句话更让她明白，见好就要收，如果一味把贾宝玉往外推，后果不堪设想。林黛玉死了，晴雯死了，但还有五儿、麝月等呢，自己如果总是冷淡他，难保不生事端。因此，当袭人命令丫头把贾宝玉的铺盖抱回里间时，薛宝钗"也不作声"，默许了。不仅如此，薛宝钗不计前嫌，主动示好，"假以词色，使得稍觉亲近，以为移花接木之计"。一个是心中愧悔，一个是欲拢人心，贾宝玉、薛宝钗夫妇俩"自过门至今日，方才如鱼得水，恩爱缠绵，所谓二五之精妙合而凝的了"。

自此，一场危机解除，贾宝玉这匹几乎脱缰的野马乖乖回到薛宝钗身边。

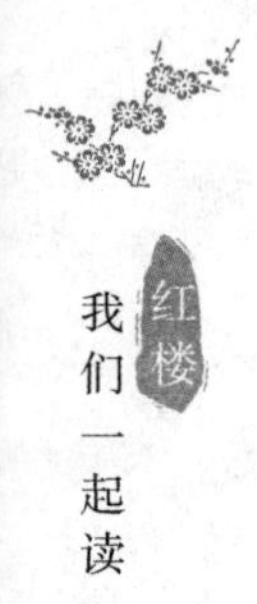

第一一〇回 史太君寿终归地府 王凤姐力诎失人心

扫码读原著

轻叩红楼 崔思遥

幽室有美兰

第一一〇回的凤姐做事已力不从心，毫无魄力和威慑力了，府中一些人开始不听她的指挥，甚至唱反调。只有一个人不指责她，而且非常体谅她，在金陵十二钗中，她是一个不太起眼的人，是一株静静的美兰——李纨。

李纨生性沉静，不喜抛头露面。同样是贾府的媳妇，她与王熙凤却是完全不同的性格。王熙凤泼辣干练，李纨稳重贤惠；王熙凤争强好胜，爱出风头，李纨则与世无争，独处幽居。她是一株散发着淡淡清香的兰花，不争不抢，不浮不躁，在自己的角落里看外面的世态炎凉。

李纨的性格偏向保守内敛，要想管好贾府这样一个大家族，需要有能力有手腕，个性需强硬些，这些她都不具备，所以李纨虽是大嫂，但持家的却不是她。但李纨也有她自身的优势，她的平和与温柔使她更具亲和力，无论是园中的小姐、公子，还是家中的下人，都愿与她亲近。

李纨属于典型的封建女子，受封建思想毒害很深。年轻守寡，她别无旁念，独自带着年幼的儿子贾兰，把全部的人生希望都寄托在他身上。好在贾兰很争气，不像贾宝玉，不走“正道”，他愿意读那些八股文章，一心想着走仕途。本回写他对李纨说：“我这几天总没有摸摸书本儿，今儿爷爷叫我家里睡，我喜欢的很，要理个一两本书才好。”因为贾兰的苦读，母以子贵，李纨最终如愿当了“诰命夫人”。

李纨是幽室中的一株兰花美人，她毫不炫耀和张扬，沉静淡雅，努力把自己分内的事情做好。面对凤姐做事力不从心，几乎人人都抱怨她的情形，李纨没有，并对她表示深深的理解，这完全符合她大度包容的性格，正如文中所言：“俗话说的，‘牡丹虽好，全仗绿叶扶持’，太太们不亏了凤丫头，那些人还帮着吗！”李纨对凤姐不仅谅解，而且为凤姐做合理的解说，还吩咐自己手下的人要听从凤姐的指挥，很有大家闺秀的贤淑风范。李纨很少出来参与家事，但是她都看得一清二楚，她不贪图大小利益，清心寡欲，与人交往不亲近也不疏远，但有人情味儿，所以李纨的人缘比凤姐好得多。

幽室有美兰，李纨不仅身体居幽静之处，心灵也是如此。

解味红楼 李美瑛

写遗言前呼后应

第一一〇回开篇写贾母的临终遗言，她提到的几个人在这一回的后面都陆续有交代，且交代的内容和遗言相照应。

贾母生前最疼爱的人是贾宝玉，所以第一个想到他。“我的儿，你要争气才好！”贾母一直把宝玉当作贾府的继承人，可宝玉的表现，诸如读书仕途、与人交往、夫妻感情、身体健康等，都还不尽如人意。贾母让其争气，言指他目前还不够优秀。就在这回，贾母去世后，史湘云来吊唁，宝玉却发现“他淡妆素服，不敷脂粉，更比未出嫁的时候犹胜几分”。这个想法一出现，贾宝玉又去观察宝琴、宝钗，果然这些人素服之下都别有风韵，由此他更是展开联想：“所以千红万紫终让梅花为魁，殊不知并非为梅花开的早，竟是‘洁白清香’四字是不可及的了。但只这时候若有林妹妹也是这样打扮，又不知怎样的丰韵了！”贾母大丧，贾宝玉却开小差，暗自欣赏美人装束，想到林黛玉更是辛酸，于是借题发挥，“趁着贾母的事，不妨放声大哭”。看似贾宝玉痴情黛玉，但站在贾母一面，他又显得何其薄情，辜负了贾母活着时对他的偏爱。

贾母第二个想见的是重孙子贾兰。她嘱咐贾兰：“你母亲是要孝顺的，将来你成了人，也叫你母亲风光风光。”作者先前很少描写贾兰，这一回后半部

分却用一大段文字着力描写他的懂事、孝顺和爱读书，照应了贾母的遗言。“妈妈睡罢，一天到晚人来客去的也乏了，歇歇罢。我这几天总没有摸摸书本儿，今儿爷爷叫我家里睡，我喜欢的很，要理个一两本书才好。别等脱了孝再都忘了。”小小年纪，能够体谅母亲的辛苦，实为难得；服丧期间，还想着读书，温习旧知，亦属罕见。当李纨说让他先歇歇，等出了殡再看，贾兰便顺从母意，说：“妈妈要睡，我也就睡在被窝里头想想也罢了。”在古人看来，顺就是孝，而在孝的同时，贾兰还惦记着在被窝里“想想”书，爱学习到这地步，将来能不以此让母亲风光吗？

贾母对凤姐的遗言直截了当：“我的儿，你是太聪明了，将来修修福罢。”聪明本是优点，但若过了头，也会成为负担和罪过，凤姐一辈子就吃了这个亏。贾母所言不假，凤姐还没来得及修福，就遭到了报应。贾母死后，虽然有邢夫人、王夫人在，但由于凤姐素日冒惯了头，所以里头的事又落到她名下。凤姐主持丧事也不是第一次，想当年秦可卿去世，宁国府缺人手，不就把她请去了吗？那次凤姐着实风光了一把。然而如今贾府被抄，大势已去，贾母一归西，凤姐也失去了给她撑腰的人。贾赦不在家，邢夫人是长房长媳，自然大权在握，她把银子攥得紧紧的，尤其防着凤姐、贾琏两口子。没有钱，人们推三阻四，不愿再听凤姐的调遣。可怜的凤姐，求了这个求那个，事情还是办不好。鸳鸯找她闹，邢夫人很不满，王夫人只自保，贾琏也不和她一条心。凤姐满肚子委屈无处说，办起事来别别扭扭，瞻了前就不能顾后。即便这样，邢夫人还说风凉话给她听，气得她“一口气撞上来，往下一咽，眼泪直流，只觉得眼前一黑，嗓子里一甜，便喷出鲜红的血来，身子站不住，就蹲倒在地。幸亏平儿急忙过来扶住。只见凤姐的血吐个不住”。这不就印证了贾母对王熙凤的忧虑吗？

贾母最后提到的三个人都不在眼前：贾赦、贾珍、史湘云。前两人负罪在身，发配在边疆不能回来，老祖宗正话反说，说他俩“在外头乐了”，其实她清楚这两人负罪在身，背井离乡，在外面一定吃了不少苦头。而对史湘云，这个唯一的娘家人，不明就里的贾母骂她“最可恶”“没良心”。作者通过下文史湘云吊唁时的心理活动给予了交代：“想起贾母素日疼他；又想到自己命苦，刚配了一个才貌双全的男人，性情又好，偏偏的得了冤孽症候，不过捱日子罢了。”读到这里，自然能理解史湘云的苦衷。

《红楼梦》人物繁多，事件错杂，作者采用这种前后勾连、相互照应的记叙方法，使故事更加清晰晓畅，耐人咀嚼。

第一一一回 鸳鸯女殉主登太虚 狗彘奴欺天招伙盗

扫码读原著

轻叩红楼 崔思遥

忠心的包勇

第一一一回中有个另类人物——包勇。包勇看起来与书中其他人格格不入，他原是甄府的仆人，与贾府许多好吃懒做、不做好事的下人相比，他有正义感，心直口快，但也正因为他这样的性格，所以他在贾府有时并不讨人喜欢。

小说中很多男性家仆都偏于反面形象，如鲍二、何三、焦大……而包勇与他们恰恰相反，他是一个十分忠于主子、刚正不阿的家仆。在整本书中，忠诚清白的男性家仆不多，包勇便是其中一个。包勇有种“众人皆醉我独醒”的气魄，或许高鹗想通过这个形象来反衬贾府中的那些不忠不义不才不孝的男人，告诉读者贾府败落的原因之一就是缺少和包勇一样品质的人。

包勇在书中出现的次数并不多，正式出场只有三次。每一次他的出场都是正面的，甄家把他推荐给贾府时，描写他是“身长五尺有零，肩宽背肥，浓眉爆眼，磕额长髯气色粗黑”，一看就是个正直忠厚的人。他听说贾府败落后，贾雨村竟对贾府落井下石，特别气愤，在街上碰到贾雨村的轿子时，不管三七二十一，直接对着他破口大骂，全然不想自己是何地位，全然不顾自己这样做会带来怎样的结果，他眼里就是容不下贾雨村这样的败类。

包勇改不了刀子嘴，但他的心始终是真诚的，他为贾府出了大力：赶盗贼。趁着家中绝大多数人尤其是男人都去了铁槛寺，与周瑞的干儿子何三在一起勾结的人便起了贼心，他们趁火打劫，夜深人静时去偷贾府的东西。眼尖的包勇发现了，他大声喊道：“不要跑了他们一个！你们都跟我来。”接下

来，文中详细描写了包勇斗贼的过程。“包勇便向地下一扑，耸身上房追赶那贼。”“包勇用力一棍打去，将贼打下房来。”“这些毛贼！敢来和我斗斗！”“包勇闻声即打，那伙贼便抡起器械，四五个人围住包勇乱打起来。外头上夜的人也都仗着胆子，只顾赶了来。众贼见斗他不过，只得跑了。”文中这些语言和动作描写都充分刻画了包勇的勇猛，当然，更有他的忠诚。他为了维护府中的安全，不让妙玉等进园，还和她们发生口角，这些都源于他的忠诚。

《红楼梦》的男性人物中，许多人都或多或少有虚伪的一面，而包勇完全是真性情。他的一言一行都与他的内心高度一致，不掺任何虚假、欺骗。他是贾府忠诚的维护者，在贾府这个污浊的洞中，包勇可谓一盏明灯。遗憾的是，贾府太黑暗，包勇这一盏灯所发的光实在是太微弱了。

解味红楼 李美瑛

无出路鸳鸯殉主

鸳鸯是贾母身边的大红人，贾母生前，所有事情几乎都离不开她。如果说凤姐是贾母选定的贾府大管家，那么鸳鸯就是贾母自选的贴身小管家。

仆以主贵。鸳鸯因为贾母的缘故，无论是主子还是下人都对她不得不高看一眼。书中多次提及，很多和贾母有关的事，凤姐都要先和鸳鸯商量一下，以保稳妥。虽不能说鸳鸯“一人（贾母）之下，众人之上”，但在贾府所有的丫鬟中，她的地位应该是最高的。她的靠山，就是贾母。贾赦自以为自己是荣国府的长子，可以肆意妄为，他看中鸳鸯想让她做妾，在他看来应该不是什么难事。可鸳鸯就敢反抗，而且还反抗成功，原因还在于她的反抗有贾母为其撑腰。

“自己跟着老太太一辈子，身子也没有着落。如今大老爷虽不在家，大太太的这样行为我也瞧不上。老爷是不管事的人，以后便乱世为王起来了，我们这些人不是要叫他们掇弄了么。谁收在屋子里，谁配小子，我是受不得这样折磨的，倒不如死了干净。”贾母死了，鸳鸯失去在贾府的依靠。贾母生前对鸳鸯的出路并没有做好安排，虽然她给鸳鸯留下了一些钱财，但银子不能保证鸳鸯一辈子的幸福。更何况，贾母撒手而去，那些银子鸳鸯未必说了算。

鸳鸯的愁苦并非杞人忧天，连最老实的李纨也对人这样说：“如今老太太死了，没有了仗腰子的了，我看他倒有些气质不大好了。我先前替他愁，这会子幸喜大老爷不在家才躲过去了，不然他有什么法儿。”贾母死了，鸳鸯今后的处境她自己明白，别人也清楚。大老爷贾赦外放了，大太太邢夫人暂时成了老大。邢夫人对鸳鸯有宿怨，当年就是因为她，贾赦逼着邢夫人到贾母跟前讨要，结果不仅遭到鸳鸯的坚决抵抗，还被贾母好一顿训斥。心胸本就狭窄的邢夫人对鸳鸯能不嫉恨在心吗？二老爷贾政和二太太王夫人不可能成为她的保护伞。贾母死后，鸳鸯从王熙凤身上更是看到了自己凄惨的未来。凤姐是红得发紫的主子，可贾母一死，她也没了靠山，贾母前脚一走，凤姐办起事来就处处遇阻，要人没人，要钱没钱，捉襟见肘，举步维艰。邢夫人开始处处刁难她，王夫人也装傻不帮她。鸳鸯不过是丫鬟一个，谁会再买她的账？

“他算得了死所，我们究竟是一件浊物，还是老太太的儿孙，谁能赶得上他。”贾宝玉这样感叹鸳鸯的死，人们也都认为鸳鸯此举是对老祖宗大恩的报答，是忠于主子的烈女。其实，鸳鸯之死，更重要的是缘于贾母离去后，她失去了生存的依赖，又找不到新的出路，是对生活彻底绝望后的无奈选择。

“倒不如死了干净”，也许鸳鸯说得对，一了百了，一根汗巾结束了她对现实和未来的忧恐。“他是殉葬的人，不可作丫头论。你们小一辈都该行个礼。”贾政的话似乎也印证了贾宝玉的话——“他算得了死所”。

第一一二回　活冤孽妙尼遭大劫　死雠仇赵妾赴冥曹

扫码读原著

轻叩红楼　崔思遥

妙玉的结局

第一一二回里，妙玉的结局再次成为一个谜。在妙玉这个神秘的人物身上，一直有很多解不开的谜，众说纷纭，始终未有一个统一的谜底。

关于妙玉的结局，猜想有很多种，但大多是根据妙玉的判词和曲子。妙玉的判词是："欲洁何曾洁？云空未必空。可怜金玉质，终陷淖泥中。"妙玉作为一个出家人，是不能有七情六欲的，但是判词说得很明显，虽然都说妙玉高洁孤傲，而且还有洁癖，但她没有真正远离尘世的污浊。妙玉是个尼姑，理应离群索居，住在幽静的寺院中，避开人间的烟火气，但是，妙玉的住所却是在极有世俗味道的富贵乡中。她的心是洁的，然而所处之地却不洁。妙玉很个性，她"带发修行"，说明她的俗心并未泯灭，没有真正进入"空"的境界。同时，妙玉一直有俗人的一些欲望，最典型的就是她对宝玉的倾慕之心。对于宝玉这样一个风流倜傥、才华横溢、多情温柔的男子，妙玉和其他女孩一样，也是非常欣赏爱慕，或是赠他红梅，或是在他的生日时专门为他送帖子，或是用上等的好杯好茶招待他……总之，妙玉不仅有七情六欲，而且还是个感情极为丰富细腻的女子。

曲子《世难容》中有"好一似，无瑕白玉遭泥陷；又何须，王孙公子叹无缘"之语，再一次印证了前面妙玉的判词。从这两个地方可以清晰地看到妙玉的最终结局：遭人玷污。判词虽未明说是如何玷污的，只说妙玉"陷淖泥"，但由此推断并不难。从这点来看，高鹗在这回写妙玉遭到贼人劫色还是比较符合曹雪芹的原意的。

妙玉虽有一颗纯洁心，但她居住在世俗之地，被那些贼人盯上很正常。贾府人多口杂，妙玉常在这里出入，带发修行，又长得绝色，很容易引起别人的注意。妙玉的遭遇传达出来的信息是：在那个时代，出家也找不到一片净土。

解味红楼 李美瑛

惜春苦楚为哪般

大观园女子，有三个比较特殊：林黛玉、薛宝钗、惜春。确切地说，荣国府都不是她们的家，她们都是寄人篱下。不过，同样是寄人篱下，三人的处境又不尽相同。黛玉远离家乡，孤苦伶仃；宝钗有母亲和兄长在身边，温暖最多；惜春是宁国府的，家在眼前却形同虚设，读者看不到惜春对宁国府的依恋，也看不到宁国府对惜春的关爱。

“父母早死，嫂子嫌我，头里有老太太，到底还疼我些，如今也死了，留下我孤苦伶仃，如何了局！”第一一二回写到惜春满腹的苦楚。父亲贾敬跑到庙里炼丹，不问家事，哥哥贾珍不务正业，坏事干绝，嫂子尤氏又不喜欢她。所以，惜春虽贵为小姐，若在宁国府，物质倒不匮乏，但情感一定缺失。贾母当年应是觉得惜春可怜，才把她接到荣国府，和自家的女孩元春、探春、迎春等一起生活，而不仅是书中所说贾母喜欢热闹，喜欢孙辈绕膝享天伦之乐这一个缘故。

小说没有详细交代尤氏为什么不喜欢惜春，读者看到的就是尤氏不止一次对惜春的刻薄。贾母出殡，惜春于情于理都该去，可尤氏硬是撺掇着不让她去，嘴上说是让她留在家里陪生病的王熙凤，其实就是不愿让她参与。更过分的是，荣国府遭窃，惜春深感失职，自责不已，觉得有负贾政等的重托。闻讯从外面赶回来的贾政、王夫人都没说什么，独有尤氏说：“姑娘，你操心了，倒照应了好几天！”话里夹枪带棒，根本不顾及惜春的感受，故意让她在众人面前丢脸，弄得惜春“紫涨了脸”，其难堪可以想象。

亲嫂子这样，而眼下，哥哥贾珍获罪在外，一直疼着她的贾母也走了。不仅如此，昔日姐妹中，元春、迎春、黛玉死了，探春远嫁他乡，湘云、宝钗有了自己的家……惜春就像汪洋中的一叶扁舟，在风雨中独自飘摇。祸不

单行，包勇到处嚷嚷贾府遭窃事件的那伙盗贼就是当晚找惜春的妙玉引进来的，把惜春推到了风口浪尖上。本来失窃事件已让惜春内疚万分，哭了很多次，自觉无法见人，现在包勇又把责任推到她身上，这让她更加难以接受和承担了。

妙玉是惜春唯一的知己，苦闷中的惜春想到了她。惜春渴望自己能像妙玉一样，闲云野鹤般，自由自在。就在惜春担心“妙玉清早去后不知听见我们姓包的话了没有，只怕又得罪了他，以后总不肯来”，并想绞去一半头发出家时，道婆突然带来妙玉被强盗抢走的噩耗。

知己没了，惜春更加绝望，被丫鬟“再三以礼相劝”，勉强笼起一半青丝。这只是暂时的，惜春心里“死定下一个出家的念头”，去意已决，她的心拉不回来了。

和其他章节一样，这一回作者依旧是以如椽大笔，信手拈来。文字表面风轻云淡，暗地里却把惜春、妙玉、贾府诸多人等的遭遇描写得惊心动魄，荡气回肠。

第一一三回 忏宿冤凤姐托村妪 释旧憾情婢感痴郎

轻叩红楼 崔思遥

赵姨娘之死

第一一三回，赵姨娘这个让人生厌的小人中邪而死。书中写道，她中邪时不停说着自己曾犯下的罪恶。对于她的中邪，众人都觉得奇怪，其实也不足为奇，因为她着实作恶太多。

赵姨娘这个人固然可恶，但若仔细分析一下原因，她如此作恶也有其无可奈何。赵姨娘也不可能就想做一个遭人唾弃的小人，她是为了维护自己在贾府的地位，争取自己的权利，只是她选择的方式不可取。在贾府这样的家族中，主子、仆人之间明争暗斗常有，想要为自己争得一席之地，无论是主子还是仆人都有迫不得已之处，赵姨娘就是这样。赵姨娘是个妾，地位不高，比丫鬟强点儿。贾母、邢夫人、王夫人、王熙凤等有身份、有地位的人都不喜欢她，而且经常排挤、打压、诋毁她。赵姨娘的儿子贾环也不争气，不务正业，经常使坏，他赶不上宝玉的相貌和才华，也不如贾兰那样勤奋好学，在贾府自然就不讨长辈们喜欢。赵姨娘和贾环只要有一个做坏事的，便会被一起讨厌，因此，连亲生女儿探春都一直鄙视她，赵姨娘的确很可悲。

赵姨娘在中邪过程中说了很多自己做过的坏事，例如她是如何陷害凤姐和宝玉的。赵姨娘中邪似乎是罪有应得，但实际上，贾府中做坏事的人很多，其中主子也不少，只是因为这些人身份地位的尊贵，他们就不会像赵姨娘这样遭人厌恶鄙夷。王夫人害死金钏、晴雯，贾政贪污，贾赦、贾珍放荡好色，凤姐设计毒害贾瑞、尤二姐……这些人做的事其实都比赵姨娘更严重，更应让人讨厌才是。然而，在书中，贾政是皇上眼中的清官和忠臣，王夫人是敦

厚朴实的诰命夫人，王熙凤是干练精明的大管家……赵姨娘没有任何好名声，她想有立足之地，想被人尊重地活着，可是这些强势的人总在挤对她。做出那些卑鄙无耻的事，赵姨娘的确有其苦衷。

儿子不争气，女儿虽优秀却看不起自己，不愿认她这个母亲，赵姨娘活得很窝囊。作者通过塑造这个人物，表现了那个时代像赵姨娘这样的女人的悲惨处境和失败的人生。

解味红楼 李美瑛

痴公子情陷孤岛

第一一三回，听说妙玉被抢，贾宝玉神情又开始恍惚，整日长吁短叹。薛宝钗看在眼里，急在心上，她想把贾宝玉引到“正道”上，于是夸奖刻苦读书的贾兰：“他是老太太的重孙，老太太素来望你成人，老爷为你日夜焦心，你为闲情痴意糟蹋自己，我们守着你如何是个结果!”宝钗指责宝玉辜负了老祖宗和老爷的厚望，连晚辈都不如，跟着他都为未来忧虑。

话不投机半句多。贾宝玉辩白“我那管人家的闲事，只可叹咱们家的运气衰颓”，立即招来薛宝钗的又一顿教训：“可又来，老爷太太原为是要你成人，接续祖宗遗绪。你只是执迷不悟，如何是好。”宝玉这回被抢白得不说话，一边靠着桌子打盹去了。

薛宝钗很聪明，却始终没有真正弄明白贾宝玉为什么对林黛玉念念不忘。她最大的错误在于总把自己当作救世主，试图改变贾宝玉。贾宝玉人在薛宝钗身边，心却常游离。生活中很多人、事、物、景，都易让他想起与之志趣相投的林黛玉，这次也不例外。悲伤中的贾宝玉没有从薛宝钗那里得到理解与安慰，于是，林黛玉再次出现在他的脑海里。贾宝玉有个心结，这个心结致使他经常出现疯癫症状。黛玉因他而死，死在他大婚时，贾宝玉连跟她解释的机会都没有。黛玉死了，贾宝玉的情感世界渐渐苍白，无论宝钗还是袭人，都不是他心灵的陪伴者和引导者。

苦闷中的贾宝玉想到了一个人，黛玉的贴身丫鬟紫鹃。看到紫鹃，他就像看到黛玉一般。紫鹃也许比袭人更了解宝玉与黛玉的感情，但自从黛玉走后，她对宝玉一直很冷淡，她和黛玉一样，在怨恨宝玉。贾宝玉带着求和的真诚连夜去找紫鹃，希望能消除与紫鹃之间的隔阂。没想到屋内的紫鹃听到他来了，即便他强调只想和她说一句心里话，紫鹃还是说：“二爷有什么话，天晚了，请回罢，明日再说罢。”一副拒人千里之外的口气，让门外的贾宝玉顿时“寒了半截”。

“是走了，还是傻站着呢？有什么又不说，尽着在这里怄人。已经怄死了一个，难道还要怄死一个么！这是何苦来呢！”

“二爷就是这个话呀，还有什么？若就是这个话呢，我们姑娘在时我也跟着听俗了！若是我们有什么不好处呢，我是太太派来的，二爷倒是回太太去，左右我们丫头们更算不得什么了。”

屋内的紫鹃边哭边数落宝玉，屋外的宝玉急得直跺脚，也跟着呜咽起来，就在他想为自己解释时，麝月来了：“你叫谁替你说呢？谁是谁的什么？自己得罪了人自己央及呀，人家赏脸不赏在人家，何苦来拿我们这些没要紧的垫喘儿呢。”麝月一番话让宝玉脸上没趣，不好继续留下去，更别说再跟紫鹃解释什么，只好跟着麝月回去了。

“罢了，罢了！我今生今世也难剖白这个心了！惟有老天知道罢了！”伴随这句话而出的滔滔泪水道出了贾宝玉深隐内心的悲苦。紫鹃能理解他，但就是不愿原谅他；回到屋后，薛宝钗装睡不理他；袭人倒是理他，却也和麝月一样，数落他黑灯瞎火自找没趣瞎胡闹。此时的贾宝玉，再次陷入感情的孤岛。

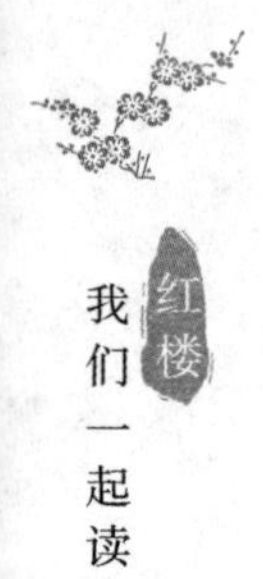

第一一四回 王熙凤历幻返金陵 甄应嘉蒙恩还玉阙

轻叩红楼 崔思遥

聪明反被误

第一一四回，王熙凤因病魔缠身而死，这个一向聪明的人最终败给了自己的小聪明，正如曲子《聪明累》中所言："机关算尽太聪明，反算了卿卿性命。"

即便放在今天，王熙凤也是一个标准的女强人，她精明、干练、泼辣，曾把贾府管理得井井有条，对贾府的繁盛贡献很大。凤姐的优点是聪明，缺点是太聪明，她的聪明成就了她的地位和辉煌，但她的过于聪明毁灭了自己。第一一〇回中，贾母曾说过这样的话："我的儿，你是太聪明了，将来修修福罢。我也没有修什么，不过心实吃亏。"贾母此话说得不错，吃亏是福。但凤姐则不同，她太过精明，凡事都不能让自己吃亏，只有别人吃亏的份儿。她做事，一定要在心中先盘算，是否对自己最有利，对他人有益与否不重要。王熙凤做事圆滑，有心计，对人刻薄，坏事干尽，把自己本来的福气全给赶走了。贾母的话是对王熙凤的警告，贾母知道她的过于聪明不是好事，终会害了她自己。

王熙凤病魔缠身时，满口胡言，失魂落魄，如同被施了魔法。"聪明反被聪明误"，这句话送给王熙凤最合适。人应该学聪明，王熙凤很优秀，可是她最大的不足就是没有把本可以引以为傲的聪明用在正道上。她设局借他人之手杀害尤二姐，自己则在一边装模作样地做好人；她给别人帮忙，还要从中捞取利润，赚得大把钱财；贾瑞对她起歹意，她就设下相思局，让贾瑞吃苦头丢面子不算，最后还搭上了小命；在宝玉的亲事上，她想出了神奇的调包计，让薛宝钗假扮成林黛玉……王熙凤在这些方面的聪明可以说无人能敌，在金陵十二钗中，她能拔得头筹。

王熙凤利用自己的聪明害了很多人，但她的聪明终是害了她自己。毋庸置疑，贾府的衰败也与她的作为有很大关系。“熙凤”谐音“西风”，王熙凤正是吹去贾府繁荣的一股强劲西风。

解味红楼 李美瑛

凡鸟末世遭炎凉

王熙凤是个亦正亦邪的人物，她集真善美、假恶丑于一身，有可爱、可亲的一面，也有可恶、可恨的一面。正因此，从她身上体现出的世态炎凉格外分明。王熙凤和平儿亲如姐妹，她们之间主仆的痕迹相对要淡些。王熙凤素日待平儿不薄，所以她生病其间，平儿寸步不离，悉心伺候。第一一四回，王熙凤死后，贾琏为了办丧事四处筹钱，着急上火，还是平儿主动拿出自己积攒的一些值钱东西，给贾琏解困。当贾琏说等有了银子就还给她时，平儿说：“我的也是奶奶给的，什么还不还，只要这件事办的好看些就是了。”平儿重情重义、不吝钱财，着实让人敬佩。

相对于平儿的情深义重，贾琏对王熙凤的所作所为却让人寒心。一日夫妻百日恩，王熙凤即便有千般不是，没有功劳还有苦劳。本该是男人顶起的大梁，王熙凤一个女人却替他们支撑着。王熙凤病重时，作为丈夫，贾琏并未尽心尽力，“竟像不与他相干的”，“回来也没有一句贴心的话”，形同陌路，十分冷漠。而“邢王二夫人回家几日，只打发人来问问，并不亲身来看”，婆婆邢夫人、姑妈王夫人在王熙凤病重时的表现，也很冷酷。这两人都是贾母的儿媳妇，贾府若需要女人管事，首先应该是她们，可她俩躲在后面享清福；王熙凤吃苦在前，最后却落得如此下场。如果说邢夫人是因怨恨王熙凤不心疼她，那么王夫人则不该把和自己始终站在一起的亲侄女抛之脑后。

王家不仁义的除了王夫人，还有王熙凤的哥哥王仁。王仁者，亡仁也。在王家，“已闹的六亲不和”的王仁，来到贾府为妹妹奔丧，不说为妹妹的死难过，来了就挑三拣四，怨东怨西。更可气的是，王仁在年龄尚小的外甥女巧姐面前搬弄是非，公开挑拨人家的父女关系。当巧姐没有按照他说的把老

太太赏的东西拿出来时，王仁气愤不已，觉得凤姐一定攒了不少值钱东西，虽说抄了家，银子不会少。“必是怕我来缠他们，所以也帮着这么说，这小东西儿也是不中用的。”当舅舅的这样想，不仅辜负了巧姐，更辜负了王熙凤生前对他的好，连巧姐都知道：“我妈妈在时舅舅不知拿了多少东西去，如今说得这样干净。”

王熙凤临终前，给她温暖的除了平儿，还有刘姥姥。刘姥姥两进大观园，王熙凤对她不错，不过为了讨好贾母和众姐妹，她也把刘姥姥当猴耍过。刘姥姥只念凤姐当初对她的周济，看到她病了，真心实意着急难过。她说屯子里的什么菩萨灵，什么庙有感应，凤姐给她一只金镯子让她替自己回去祷告祷告，刘姥姥坚决不要，说不用那个，太贵重，祷个告花上几百钱就够。知恩图报，为人厚道，刘姥姥的淳朴善良让王熙凤感受到人世间最后一缕温暖的阳光。

凡鸟偏从末世来，人情冷暖遭炎凉。

第一一五回 惑偏私惜春矢素志 证同类宝玉失相知

矛盾体宝玉

第一一五回中贾宝玉和久闻大名、仰慕多年的甄宝玉会面了，他们都把对方当作自己的人生知己，渴望交谈并了解，当然更希望成为志趣相投的朋友。但在交流中贾宝玉发现，他和甄宝玉的想法极为不同，这个甄宝玉竟然是个“禄蠹”，是自己一贯鄙夷的那种人。

贾宝玉刚开始和甄宝玉说话时，发现甄宝玉尽说一些禄蠹之类的套话，认为他是客气，接着发现他竟开始大谈特谈起来：“世兄高论，固是真切。但弟少时也曾深恶那些旧套陈言，只是一年长似一年，家君致仕在家，懒于酬应，委弟接待。后来见过那些大人先生尽都是显亲扬名的人，便是著书立说，无非言忠言孝，自有一番立德立言的事业，方不枉生在圣明之时，也不致负了父亲师长养育教诲之恩，所以把少时那一派迂想痴情渐渐的淘汰了些。”甄宝玉喜欢功名利禄，两人显然貌同神不同，志不同道不合。

其实我们可以把甄宝玉当作贾宝玉的另一面来看。贾宝玉虽然具有叛逆精神而且厌恶仕途，但他也有世俗的一面，就像这个甄宝玉。贾宝玉并没有超凡脱俗，他是个矛盾体，他想摆脱封建思想和礼教的束缚，他很讨厌那些八股文章，但是他生活在那个时代，那样的家族，很多事情做不了主，他必须得去学堂读他所唾弃的东西，也要常和他不喜欢的人交往。所以，甄宝玉也是贾宝玉，是另一面的宝玉。

贾宝玉很叛逆，但他的实际行动不多，常是语言上的巨人，行动上的矮子，所以他自认为是个“禄蠹”。对于那样的社会，甄宝玉选择了屈服，融合

进去，贾宝玉发现自己没有能力去改变它，但也不愿屈服，于是他只能选择消极避世。甄宝玉的想法实际也是贾宝玉内心想法的折射，作者通过甄贾宝玉的对照，让他们互为镜子，从而使真正的男一号贾宝玉的形象更加立体、更加丰满。

解味红楼 李美瑛

冰炭不投失同类

《红楼梦》里真真假假，虚虚实实，作者故意虚构甄府和贾府、甄宝玉和贾宝玉，一明一暗两条线索，既遥相呼应，又互为补充，使故事情节如梦如幻，让读者看得如醉如痴。

贾宝玉从小就知道南边甄府有个甄宝玉，且这个甄宝玉不仅长相、性格脾气和自己相似，想法观点特别是他的女儿观、读书观都与自己一致，贾宝玉早把这个未曾谋面的甄宝玉当作了知己。

第一一五回，贾宝玉和甄宝玉初次相见的情景让人立即联想到宝黛初次相见。两次描写，前者是曹雪芹，后者是高鹗，作者不同，但高鹗深谙曹雪芹本意，按照他的思路和设计完成，尽管他们在文字表达上不尽相同，却是异曲同工，主旨一致。

“黛玉一见，便吃一大惊，心下想道：‘好生奇怪，倒像在那里见过一般，何等眼熟到如此！’”“宝玉看罢，因笑道：‘这个妹妹我曾见过的。’贾母笑道：‘可又是胡说，你又何曾见过他？’宝玉笑道：‘虽然未曾见过他，然我看着面善，心里就算是旧相识，今日只作远别重逢，亦未为不可。’”这是第三回中曹雪芹对宝玉和黛玉初次相见时给对方留下的第一印象的描写，黛玉觉得宝玉眼熟，像见过一样；宝玉也觉得黛玉亲切，似旧友重逢。

这一回，甄宝玉和贾宝玉相见时，高鹗是这样写的：“宝玉听命，穿了素服，带了兄弟侄儿出来，见了甄宝玉，竟是旧相识一般。那甄宝玉也像那里见过的，两人行了礼，然后贾环贾兰相见。”他们从未见过，但贾宝玉觉得甄宝玉像旧相识，甄宝玉也觉得贾宝玉像见过一样。

如果说，贾宝玉把林黛玉看作红尘中的异性知音，他则把甄宝玉当作了红尘中的同性知己。书中写到贾宝玉看到甄宝玉异常兴奋，“以为得了知己”。

失去林黛玉后，贾宝玉一直很孤独，无人再能理解他的“行为偏僻性乖张”，他希望突然而至的甄宝玉能像黛玉一样，成为自己的知音。可让贾宝玉大失所望的是，眼前的甄宝玉不是他心中原有的样子，谈起话满口都是自己厌恶的文章经济和为忠为孝，和自己的人生追求大相径庭。如今，他们二人只是形似，神早已相距十万八千里，甄宝玉变得和其他男人一样，也成了急功近利的禄蠹之辈。

了解这些，才能更好地理解为什么好好的贾宝玉见了甄宝玉后，又开始犯病发呆，且症状一天比一天厉害，渐渐“神魂失所”，后来“更糊涂了，甚至于饭食不进”，再后来，竟“人事不醒”，大夫也“不肯下药”，“只好预备后事”。这样的情形，贾宝玉前面出现过，那是他失去林黛玉的时候。现在，又一个被他视为知己的人——甄宝玉也“死”了，他受不了这样的打击，所以旧病复发，再度陷入人生的绝境。

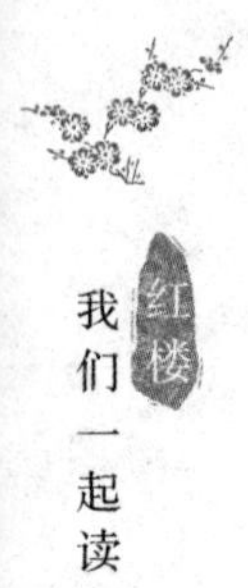

第一一六回 得通灵幻境悟仙缘 送慈柩故乡全孝道

扫码读原著

再游太虚幻境

第一一六回，贾宝玉在送玉和尚的带领下再一次来到了太虚幻境，但与第五回游太虚幻境不一样的是，这次他是在经历了人世间的悲欢离合后重新游历，不像第一次时那么懵懂无知。

贾宝玉在和尚的指引下，来到了太虚幻境。在这里，他遇到了许多昔日大观园中的姊妹：鸳鸯、晴雯、王熙凤、秦可卿、林黛玉、贾元春、贾迎春……但她们对他不像生活中那样热情，或嗤之以鼻，或见他来了驱逐他，这让他十分不解。这次贾宝玉有了一个大收获，他详细看了金陵十二钗的正册，记住了上面的诗句和图画。贾宝玉是个天资聪颖的人，有慧根，加之在尘世的经历，如今他能够轻松解读这些诗和画的含义。

高鹗写贾宝玉再一次到太虚幻境，除了与第五回在整部小说的结构上相照应，更重要的是为后面写贾宝玉的出家做铺垫。贾宝玉向来喜欢和姊妹们在一起，现在这些女子都已经离他而去，他的心、他的灵魂也被她们带走了。正是这些女子的故事让贾宝玉看清了封建社会中那么多的不平等，那么多对人的束缚和毒害。女儿是无瑕的，男子是污浊的，自己同样是浊物一个。他觉得在人世再无所恋，再无所用，所以决定遁入空门，让自己远离污垢泥淖，并得以净化修炼。

太虚幻境是一个非常神秘的世界，作者设计这个地方围绕的是一个“情”字。贾宝玉首次游历太虚幻境是因为他是一个“情种”，开始懂“情”，而这一次游历太虚幻境则是为了终结“情”，从而结束红尘烦恼。太虚幻境是贾宝玉“情”的真实天空，他真正的“情”是在太虚幻境里产生，又将在太虚幻境中找到归宿。

送玉和尚是个引路人，他为迷茫中的贾宝玉指点迷津，指明了他前行的方向。重游太虚幻境，让贾宝玉悟到了人生真谛，找到了心灵最后的安居之所。

重游幻境悟玄机

第一一六回是《红楼梦》倒数第五回，这回标题中的“得通灵幻境悟仙缘”和第五回标题中的“游幻境指迷十二钗”无论在形式还是内容上都做到了前呼后应。说这是纯属巧合不太可信，应该是高鹗在创作时的刻意所为。

曹雪芹在第五回通过贾宝玉梦游太虚幻境设置了很多悬念，到第一一六回故事已接近大结局，这些悬念也到了解开的时候。高鹗让灵魂出窍的贾宝玉重游幻境，通过他把第五回谜语式的玄机含蓄地做了解释，给人恍然大悟之感。

第五回，贾宝玉在梦中来到一个先有牌楼后有宫门的地方，第一一六回也是。虽然牌楼和宫门上的对联不一样，但地方应该还是那个地方，文字上的变化反映了贾宝玉在人间经历悲欢离合后认识上的改变。在第一一六回的

“真如福地”，贾宝玉见到了大观园里离他而去的尤三姐、鸳鸯、晴雯、林黛玉、王熙凤、秦可卿、贾迎春等。写林黛玉，关于绛珠仙草的描写令人印象较深。绛珠仙草是林黛玉的前生，第一回对其外形介绍很少，只说是西方灵河畔的一株仙草，具体是何模样并未详写，只重点写了它的精神特质——“后来既受天地精华，复得雨露滋养，遂得脱却草胎木质，得换人形，仅修成个女体，终日游于离恨天外，饥则食蜜青果为膳，渴则饮灌愁海水为汤。只因尚未酬报灌溉之德，故其五内便郁结着一段缠绵不尽之意”——多愁善感。这一回，对第一回中没有交代的绛珠仙草的外形做了补充，满足了读者先前的好奇心。“绛”是“赤红”的意思，文中说这棵极为“矜贵”的仙草“叶头上略有红色”，印证了“绛珠仙草”这个名字；而“微风动处，那青草已摇摆不休，虽说是一枝小草，又无花朵，其妩媚之态，不禁心动神怡，魂消魄丧”的描写，暗合贾宝玉第一次见到林黛玉时“闲静时如姣花照水，行动处似弱柳扶风”的印象。

第五回时的贾宝玉由于年龄尚小，没有看懂金陵十二钗正册、副册、又副册等。这回不同，他懂得了“玉带林中挂，金簪雪里埋”是说林黛玉和薛宝钗；懂得了“可叹停机德，堪怜咏絮才”中“‘怜’字‘叹’字不好”；知道了“相逢大梦归”写的是元春；后来当惜春对他说起佛门时，他立即和正册中“青灯古佛旁”的判词对上了号；看到又副册中“堪羡优伶有福，谁知公子无缘”和那上面“花席的影子”时，他“大惊痛哭起来”，知道今生与花袭人无缘，因此当他醒来后见到袭人，“不觉又流下泪来”。重游幻境，贾宝玉终于明白“过去未来，莫谓智贤能打破；前因后果，须知亲近不相逢”的道理，人生的走向都有其前因后果，人事往往不能为人力左右，个人的命运在前生已注定，今生无法更改。

幻境中看透了儿女情长，看透了生死，悟得了这些玄机的贾宝玉虽然死而复生，但家人发现，复生后看起来神清气爽的贾宝玉“竟换了一种”，“不但厌弃功名仕进，竟把那儿女情缘也看淡了好些”。作者在这一回结束时写到紫鹃的抱怨：“宝玉无情，见他林妹妹的灵柩回去并不伤心落泪，见我这样痛哭也不来劝慰，反瞅着我笑。这样负心的人，从前都是花言巧语来哄着我们!”还写到五儿的抱怨：“头里听着宝二爷女孩子跟前是最好的，我母亲再三的把我弄进来。岂知我进来了，尽心竭力的服侍了几次病，如今病好了，连一句好话也没有剩出来，如今索性连眼儿也都不瞧了。”这些都是作者精心安排的，就是为了照应“竟换了一种”的贾宝玉。

第一一七回 阻超凡佳人双护玉 欣聚党恶子独承家

扫码读原著

轻叩红楼 崔思遥

贾府之衰落

第一一七回用两件事来说明贾府势必败落。它们再次表明，贾府不仅败絮其外，而且也是败絮其中，它的结局只能是衰落。

第一件是说贾宝玉要把玉还给和尚，袭人、紫鹃不同意，李纨、宝钗、王夫人等也不解其意。她们都不明白贾宝玉为什么要把自己的命根子给人，这就是贾宝玉和这些人的精神隔膜所在。其实，他真正要还的并不只是那块他曾经天天佩戴的通灵宝玉，而是他自己，他的心，他的灵魂。贾宝玉是贾府未来最大的希望，贾府想要繁盛，就要有人挑起大梁，读书进士，走仕途经济。但是，贾宝玉已经看透了封建社会中那一张张丑恶的嘴脸，不愿再为这样的君主服务，不愿再为这样的家族奔波，他深深厌恶这一切，但又无力改变这一切，所以离开是他最终的选择。

第二件是说贾政、贾琏都不在府中，所以就让贾蔷、贾芸管事。贾蔷、贾芸本来就不是正经之人，没有什么能力，并且不善于管理。探春远嫁，凤姐死了，贾府中像她俩这样能独当一面的女人几乎没有了，因此，贾蔷、贾芸等更加肆无忌惮，他们和一帮狐朋狗友每日赌博喝酒，纵情享乐，府中大把的银钱哗哗流走。他们还擅自做决定，不向王夫人等请示。贾蔷、贾芸、贾环等甚至串通一气，要卖掉巧姐，只因这样可以得到一大笔钱，有人还可以借此解恨。人心不古，世风日下，府中的人干着这样伤天害理的勾当，前景能好吗？

贾府衰落，更多的原因不是来自外部，而是来自家族内部。内部的问题

不解决，而且愈演愈烈，结局只能有一个。“墙倒众人推”，贾府一衰败，那些居心叵测的人就更有用武之地了，府内、府外的小人们趁势勾结在一起，蝇营狗苟，捞取私利，填满自己欲望的沟壑。内讧是贾府衰落的真正毒药，贾家是自掘坟墓，自己埋葬了自己。

贾宝玉茅塞顿开

通灵宝玉是贾宝玉的护身符，命根子。玉在，康且健；玉失，疯且癫。因为这块玉，贾宝玉不止一次死去活来，他人生的大悲大喜大都和它相关。

第一一六回，生命垂危的贾宝玉因为癞头和尚及时送来了玉得以死而复生。第一一七回，当这个和尚再次来到贾府索要一万两银子时，在幻境中已被点化的贾宝玉知道是师父来了，而且知道他真正的目的不是要银子，是来为自己指点迷津的。当贾宝玉从床边取了玉准备给和尚送去时，袭人不解，死命抱住他不撒手。在袭人看来，没了玉，宝玉又要犯病，又要没命了。“上回丢了玉，几乎没有把我的命要了！刚刚儿的有了，你拿了去，你也活不成，我也活不成了！你要还他，除非是叫我死了！”袭人为了保护玉，以死相要挟。要在从前，别说死，袭人为了让贾宝玉听话，随便说个要回家或出园子嫁人什么的，他就会束手就擒，放弃胡闹。而这次，面对坐在地上哭喊的袭人，贾宝玉非但不为所动，还说出“你死也要还，你不死也要还”这样绝情的话，且边说边“狠命的把袭人一推，抽身要走”。贾宝玉的言行举止，与先前判若两人，这到底为何？

其实，答案贾宝玉已经对袭人说了：“如今不再病的了，我已经有了心了，要那玉何用！”从幻境回来的他，悟得很多玄机，他的心不再迷茫纠结。取玉前他与和尚的对话，更让他对幻境的经历确信无疑，他所有的人生疑惑和痛苦都到了即将了断的时候，他漂泊的灵魂将结束漂泊，心灵找到了归宿，那块玉对他已经没有任何意义，就是一块石头而已。

贾宝玉对袭人的薄情也缘于幻境中他先知先觉了袭人最终不会属于自己，她自有她的人生归宿，命运早为她做好了安排，无须他再自作多情，为她挂念怜惜。

由于王夫人和薛宝钗的出现，贾宝玉放弃了把玉给和尚的想法，但他说还是要与和尚见见才好。接下来的描写十分精彩，文中没有正面描写宝玉与和尚见面的情景，而是采取侧面描写的手法，通过外面小斯和丫头的传话把二人见面的内容点到为止，给人神龙见首不见尾之感。

贾宝玉与和尚言谈甚欢，和尚讲明了玉的来历以及贾宝玉的前世今生，他终于弄清自己从何处来，又该向何处去了。文中说贾宝玉“闲来倒与惜春闲讲”，而且“两个人讲得上了”，因为如今他们有了一致的去处：出家。

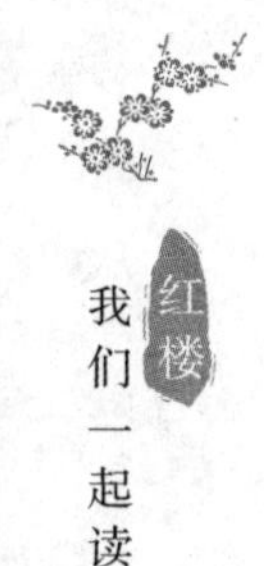

第一一八回 记微嫌舅兄欺弱女 惊谜语妻妾谏痴人

轻叩红楼 崔思遥

惜春的选择

第一一八回，惜春做出一个选择：遁入空门。惜春是大观园这些女子中最不起眼的一个，年龄偏小，话又不多，性格孤僻，喜欢清净。物以类聚，人以群分，除了妙玉，一般女孩都很难真正走进她的生活，难与之交心。

惜春很有个性，这一点从她对朋友的选择上就能明白。大观园这些女孩子和她几乎做不成朋友，独有出家人妙玉让她欣赏。妙玉是个高洁孤傲的人，惜春是个超然物外的人，她们有很多共同语言，所以经常在一起下棋、谈禅。惜春和妙玉有着相同的情趣和精神追求，妙玉可以在一个静室中清心寡欲，吃斋念佛，而惜春想要的生活也是这样。之所以会如此，一是由她的性格决定，二是她的思想使然。惜春是一个很有洞察力的人，她话虽不多，但她很清楚自己的处境以及现实的黑暗。从惜春发表过的一些古怪言论就能知道，她是一个特别有想法的人，看问题也比较冷静透彻。她和贾宝玉不同，贾宝玉更多地把对社会的不满直接表达出来，惜春则更多地选择隐忍于心，表现为一个“避”字。她尽量不和世俗之人过多地交往，躲在自己的小世界里，做自己的事情；她不去干涉别人，当然也不愿意让别人来干涉自己。

从惜春遁入空门的选择来看，她和宝玉在精神追求上有相似之处。惜春也是叛逆之人，她敢在长辈面前直接拒绝他们给自己制定的规矩和人生规划，发誓出家。其他人都不能理解，唯有宝玉能接受，他念了惜春的判词：“勘破三春景不长，缁衣顿改昔年妆。可怜绣户侯门女，独卧青灯古佛旁！”惜春同样有慧根，元春、迎春、探春的结局她心中很明白，出家也不失为一种明智的选择。

惜春有想法，总以一种犀利的目光看待贾府，她卓然不群，所以对贾府的兴衰比较清醒。浑浊的社会让她厌恶反感，遁入空门是为了给自己的心灵找到一方净土，从而不再蒙受尘世的污浊。惜春是聪明的，她与宝玉都是智慧的。惜春是他人眼中的怪人、糊涂人，但实际上她才是大观园女子中最清醒的那一个。

解味红楼 李美瑛

一语惊醒梦中人

贾宝玉素来厌恶文章经济，这种厌恶从小说开篇一直延续到第一一七回。阅读第一一八回，发现贾宝玉开始对此“热衷”起来。

在这回，贾宝玉破天荒让麝月、秋纹、莺儿等把自己平时爱不释手的一些道家书，像《庄子》《参同契》《元命苞》《五灯会元》之类，都搁在一边。不仅如此，他还让她们给他收拾一间静室，“把那些语录名稿及应制诗之类都找出来搁在静室中，自己却当真静静的用起功来”。在第一一五回，甄宝玉来到贾府，交谈中贾兰说起文章经济，贾宝玉听了十分反感。而在这回，当贾兰拿着贾政的信送给贾宝玉，说信中让他俩好生念书时，贾宝玉竟笑着说：“我也要作几篇熟一熟手，好去诓这个功名。”接下来，叔侄二人兴致勃勃地谈了一回文，十分融洽。

贾宝玉的变化令身边人兴奋不已，薛宝钗觉得宝玉终于“醒悟过来了”，虽然她对宝玉如此迅速的转变也心存疑虑，但看到他此后每天的确是在认真用功，心便放了下来。袭人更是欣喜，她是看着宝玉长大的，宝玉的表现，她“真是闻所未闻，见所未见”。“王夫人听见他这番光景，那一种欣慰之情，更不待言了。”望子成龙是所有父母的期待，为了贾宝玉这个“孽根祸胎”“混世魔王”，贾政、王夫人操碎了心，现在他终于走上“正道”，怎不叫人喜悦欣慰。“太太说了，二爷这一用功，明儿进场中了出来，明年再中了进士，作了官，老爷太太可就不枉了盼二爷了。”丫鬟莺儿转述王夫人的话，从侧面再次表明贾宝玉的改变给王夫人带来的欣慰和憧憬。而“真要二爷中了，那可是我们姑奶奶的造化了”这句话，是莺儿的祈盼，更是薛宝钗和袭人等

多年的祈盼。

贾宝玉天翻地覆的改变，表面看来是因为宝钗的劝告，袭人对此佩服不已，她恭维宝钗："到底奶奶说话透彻，只一路讲究，就把二爷劝明白了。"婚前婚后，薛宝钗多次苦口婆心劝过贾宝玉，没有一次奏效，那么，这次到底是什么打动了冥顽不化的宝玉？宝玉真的是因为宝钗就"痛改前非"，立志要像甄宝玉那样从此做个国家的"栋梁之材"？先看薛宝钗劝贾宝玉的这段话："当此圣世，咱们世受国恩，祖父锦衣玉食；况你自有生以来，自去世的老太太以及老爷太太视如珍宝。你方才所说，自己想一想是与不是。"见宝玉"不答言"，宝钗又劝道："你既理屈词穷，我劝你从此把心收一收，好好的用用功。但能博得一第，便是从此而止，也不枉天恩祖德了。"宝钗打的是感情牌，让宝玉好好读书，考取功名，以报答浩荡皇恩和祖辈父辈的恩情。

面对宝钗的老生常谈，已萌生去意的贾宝玉没有了先前的反感，他知道很多事情都是命中注定要经历的，自己之所以还不能斩断尘缘，就是因为尚有未了的心愿。如宝钗所言，今生他享受了太多富贵与宠爱，都没有回报。而报答的方式，就是完成这些人对他的期待：考取功名，光宗耀祖。如果这件事完成了，他就可以放下尘世的一切，做自己想做的事情去了。

"一第呢，其实也不是什么难事，倒是你这个'从此而止，不枉天恩祖德'却还不离其宗。"宝钗对宝玉说的这话不甚理解，不明白到底是什么意思。宝钗不知道，正是她这句"从此而止，也不枉天恩祖德"点醒了正在入世和出世间徘徊的贾宝玉，让他明白只有先报恩偿还感情债，才可以心无挂碍脱离这个让他痛苦的红尘。他说的"宗"，不是三纲五常，不是儿女情长，而是他遵循心底的声音所追求的人生宗旨。

第一一九回　中乡魁宝玉却尘缘　沐皇恩贾家延世泽

扫码读原著

轻叩红楼　崔思遥

巧姐之巧幸

第一一九回，巧姐的狠舅奸兄竟要把她偷偷卖掉，从而赚得一笔钱财。巧姐不从，但她和平儿也想不出其他办法，正巧刘姥姥来，她老人家想出了一个计策，使巧姐得以脱身，没落入虎口。

巧姐虽小，但她是一个值得注意的人，也在金陵十二钗正册之中。小说中，巧姐的戏份并不多。巧姐一样有大家闺秀范儿，喜欢读那些所谓的“正经书”，比较乖巧。曹雪芹善于用谐音起名字，巧姐也如此。她这个名字是刘姥姥起的，因为巧姐的生日恰巧是“乞巧节”，刘姥姥起这个名字有吉祥之意。读到这一回，忽然发现这个名字中还暗含着巧姐的人生遭遇，要不是刘姥姥恰巧在巧姐即将被卖的危急时刻来了，她很可能被狠心的舅舅卖掉；“巧”遇刘姥姥，是巧姐不幸中的大幸。

当然了，刘姥姥之所以帮她，也是有道理的。巧姐的判词中有一句“偶因济刘氏，巧得遇恩人”，这句话里含有巧姐的名字，同时也暗示了巧姐的结局。刘姥姥前两次来贾府，每次都受到不错的招待，并获得很大的接济。贾府的人都把她当作乐子，她也乐在其中，很真诚，且善于自嘲，牺牲自己，快乐别人。正因贾家尤其是王熙凤曾对她不错，所以巧姐需要帮助时她才会

积极想办法。巧姐遇到刘姥姥是巧幸，刘姥姥把她带到农村是正确的选择，在那里，她觅得了自己的好姻缘，这也是个巧幸。

《红楼梦》中的女子大都结局不好，巧姐应该算是比较好的一个。巧姐之巧幸，是作者的精彩之笔。

解味红楼 李美瑛

把悲伤留给亲人

第一一九回写了很多让人高兴的事：贾宝玉、贾兰同去参加科举，双双金榜题名，宝玉“中了第七名举人”，贾兰小小年纪“中了一百三十名”；皇上“圣明仁德”，怜惜贾氏功勋，下旨“大老爷的罪名免了，珍大爷不但免了罪，仍袭了宁国三等世职。荣国世职仍是老爷袭了，俟丁忧服满，仍升工部郎中。所抄家产，全行赏还”；贾琏探望生病的贾赦回来了，家中大小事有了主心骨；远嫁的探春随夫进京，即将与家人团聚；巧姐和平儿结束了在乡下避难的生活，被接回贾府；一度把贾府闹得乱糟糟的贾环、贾芸、贾蔷、王仁、邢大舅等老实了，不再瞎折腾；邢夫人在巧姐这件事上自觉理亏，收敛很多，和王夫人彼此相安相容……

好事连连，所有这一切，似乎尽扫贾家被抄检、贾母去世后的阴霾，众人感慨贾家又要兴旺起来，回到从前。但阅读这一回，在这些欢喜的文字背后，一种难以掩饰的悲伤却在暗中流淌。

这种悲伤在本回开篇就铺垫得很充分。

参加科举，本是一件大喜事，但贾宝玉离家赴考却成了一场生离死别：“只见宝玉一声不哼，待王夫人说完了，走过来给王夫人跪下，满眼流泪，磕了三个头，说道：‘母亲生我一世，我也无可答报，只有这一入场用心作了文章，好好的中个举人出来。那时太太喜欢喜欢，便是儿子一辈的事也完了，一辈子的不好也都遮过去了。’”声泪俱下，这是贾宝玉留给母亲王夫人的别言。

“老太太见与不见，总是知道的，喜欢的，既能知道了，喜欢了，便不见也和见了的一样。只不过隔了形质，并非隔了神气啊。”这是贾宝玉给过世祖母贾母的别言。

“嫂子放心。我们爷儿两个都是必中的。日后兰哥还有大出息，大嫂子还要带凤冠穿霞帔呢。”这是贾宝玉留给嫂子李纨的别言。

“只要有了个好儿子能够接续祖基，就是大哥哥不能见，也算他的后事完了。”这是贾宝玉给已故兄长贾珠的别言。

“姐姐，我要走了，你好生跟着太太听我的喜信儿罢。”这是贾宝玉留给妻子薛宝钗的别言。

“四妹妹和紫鹃姐姐跟前替我说一句罢，横竖是再见就完了。”这是贾宝玉留给惜春和紫鹃的别言。

“走了，走了！不用胡闹了，完了事了！”这是贾宝玉留给众人的别言，也是他告别尘世的宣言。

“走求名利无双地，打出樊笼第一关。”此时贾宝玉内心主意已定，他人生最大的愿望即将实现，漂泊的灵魂即将回到久别的家园。面对宝玉一会儿哭一会儿笑疯疯癫癫的告别，大家觉得好笑，但王夫人、宝钗、李纨等听出了其中的不祥，她们被宝玉惊得目瞪口呆，却又深感无力扭转。

贾宝玉中举后果然绝尘而去，从此远离苦海。他是彻底解脱了，却把悲伤留给了至爱的亲人。

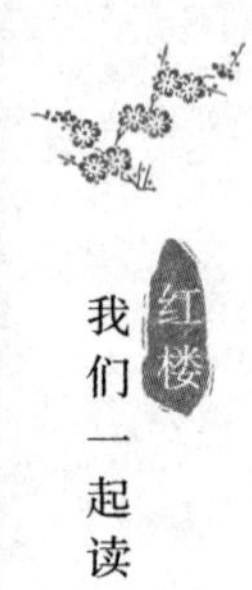

第一二〇回 甄士隐详说太虚情 贾雨村归结红楼梦

扫码读原著

轻叩红楼 崔思遥

莫道言荒唐

第一二〇回是小说的终结篇。第一回曹雪芹曾说过《红楼梦》是“满纸荒唐言”，看完整个故事，对它的评价则是“莫道言荒唐”。作者所言蕴蓄深刻，有些看似荒唐，实则值得品味。

这回送玉和尚的出现，是来指引贾宝玉回到青埂峰去的。通灵宝玉本来就是一块顽石，它是渺渺真人、茫茫大士从青埂峰下携到尘世的，并且赋予了它灵性，让它游历凡尘，经历兴衰荣辱，品尝世态炎凉。从来处来，到去处去，因果轮回，那一僧一道最终会找时机带它回到青埂峰下，贾宝玉注定不属于凡尘，要跟着他们遁入空门。《红楼梦》讲述的就是这块顽石的故事，它和贾宝玉是一体的，不过一个是灵魂，一个是肉身而已。

本回有两首诗特别耐人回味。一首是：“我所居兮，青埂之峰；我所游兮，鸿蒙太空。谁与我游兮，吾谁与从。渺渺茫茫兮，归彼大荒。”《红楼梦》就是以贾宝玉的故事为主线展开的，贾宝玉与众不同，他不是俗物，他只是红尘的匆匆过客，他的归宿是空门。另一首是：“说到辛酸处，荒唐愈可悲。由来同一梦，休笑世人痴！”曹雪芹说《红楼梦》是“满纸荒唐言”，假说自己的文字是荒唐的，其实是想说那个时代是荒唐的，并非他的文字。《红楼梦》的故事给人一种很缥缈的感觉，尤其是贾宝玉的痴傻、呆性，这正是作者的用意所在，以这样一个格格不入的人物来阐述这个看似虚无缥缈的故事，有很强的艺术性和吸引力，小说的神奇魔力也在于此。

最后一回是总结性的一回，小说第一回的人物主要是甄士隐、贾雨村，这一回也由他们二人来归结。甄士隐的作用与那一僧一道是一路的，或者说他就是一僧一道在凡尘的代言人。贾雨村是这个故事的发言人，他虽然未过多地参与这个故事本身，不是主角，但他对整个故事非常了解。甄士隐一番禅语的点拨，更让他的认识加深，以“假语村言”代言《红楼梦》，他是不二人选。

读完最后一回，更发现作者的匠心独具，文字的荒唐只是假象，细品则字字珠玑。这部百科全书式的著作值得字字句句反复咀嚼，它们常读常新，余味隽永。

李美瑛

真真假假梦一场

现在流行的《红楼梦》120回本，由曹雪芹原创的前80回和高鹗续写的后40回构成，虽然后人对高鹗的续写颇多异议，但不能否认，在所有续本中，高鹗的最佳。仁者见仁，智者见智，文学作品本就不是1加1只能等于2这么绝对，它有多样性、丰富性、创造性。硬要在鸡蛋里挑骨头，那也没办法。

我喜欢高鹗的续写，与喜欢曹雪芹的原创一样。高鹗在最大程度上遵循了曹雪芹的创作本意和文学风格，读最后一回，更是深有感触。

“甄士隐详说太虚情 贾雨村归结红楼梦”，看最后一回的题目，让人仿佛又回到第一回——“甄士隐梦幻识通灵 贾雨村风尘怀闺秀”。高鹗在小说的构思上，无论内容还是形式，都努力做到和前80回前呼后应。曹雪芹以甄士隐、贾雨村、一僧一道、青埂峰下的顽石开篇，高鹗也是以它们来收尾。此外，像第一回提到的绛珠仙草和神瑛侍者之间的纠葛、甄英莲（香菱）的人生际遇以及曹雪芹写作这部奇书的缘起也都做了进一步的补充说明，其中让我印象最深的是关于写作缘起。

曹雪芹在第一回首句曾言：“作者自云：因曾历过一番梦幻之后，故将真事隐去，而借‘通灵’之说，撰此《石头记》一书也。”曹公在这里说得很明确，《红楼梦》是他经历了“梦幻”般的悲欢离合、大起大落后，假借所谓“通灵宝玉”的神话故事，从而把真实的社会和人生呈现于笔端。他还指

出创作过程中的异常艰辛："于悼红轩中披阅十载，增删五次"。这是曹雪芹的心声，实写。

最后一回，再次提到《红楼梦》的创作缘起，高鹗采取了虚写手法。文中说，顽石（通灵宝玉）历经世事沧桑后又回到青埂峰下，当空空道人再次经过这里，细读石头上的文字，不禁感叹："我从前见石兄这段奇文，原说可以闻世传奇，所以曾经抄录，但未见返本还原。不知何时复有此一佳话，方知石兄下凡一次，磨出光明，修成圆觉，也可谓无复遗憾了。只怕年深日久，字迹模糊，反有舛错，不如我再抄录一番，寻个世上清闲无事的人，托他传遍，知道奇而不奇，俗而不俗，真而不真，假而不假。……"于是，空空道人又重新抄录一遍，后来他找到草庵中昏睡的贾雨村，希望他能把《石头记》传诸世人。这个建议遭到贾雨村的拒绝，不过，贾雨村给他推荐了另一个人——某年某月某日某时悼红轩中的曹雪芹先生。

又过了几世几劫，空空道人终于等来了悼红轩中的曹雪芹，当他把贾雨村的话讲过，并把《石头记》给他看时，有这样一段描述——

> 那雪芹先生笑道："果然是'贾雨村言'了！"空空道人便问："先生何以认得此人，便肯替他传述？"曹雪芹先生笑道："说你空，原来你肚里果然空空。既是假语村言，但无鲁鱼亥豕以及背谬矛盾之处，乐得与二三同志，酒余饭饱，雨夕灯窗之下，同消寂寞，又不必大人先生品题传世，似你这样寻根究底，便是刻舟求剑，胶柱鼓瑟了。"那空空道人听了，仰天大笑，掷下抄本，飘然而去。一面走着，口中说道："果然是敷衍荒唐！不但作者不知，抄者不知，并阅者也不知。不过游戏笔墨，陶情适性而已！"

高鹗为曹雪芹代言，再次郑重声明，《红楼梦》来自虚无缥缈的神话故事，来自"假语村言"，不过是文字游戏，最多陶情适性罢了，大可不必寻根究底，非要揣摩创作之深意。人生本就一场梦，姑且看之，把它当作酒余饭后打发无聊时光的谈资即可。

"满纸荒唐言，一把辛酸泪！都云作者痴，谁解其中味？"这是第一回曹雪芹写给自己的无奈；"说到辛酸处，荒唐愈可悲。由来同一梦，休笑世人痴！"这是最后一回高鹗写给曹雪芹的理解。无论在文学创作还是在为人处世上，高鹗也许都可以成为曹雪芹的人生知己。

笔者不才，斗胆模仿曹雪芹、高鹗两位文学巨擘的诗句，亦题四言：

痴语荒唐言，红烛不解味。
楼阁辛酸苦，梦里人未归。

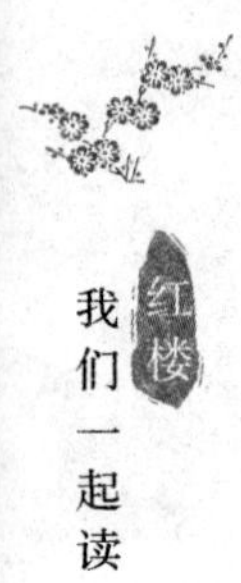

后记（一）

这本书的出现似乎是自然而然的事，因为《红楼梦》一直是我和母亲的最爱，没有之一；共赏《红楼梦》的点子也并非一时兴起，而是多次阅读这本书后的一种水到渠成。

据母亲讲，《红楼梦》是她上大学后买的第一部经典。在20世纪80年代，这样一套书（三本）共计12元3角钱，这对于那时的母亲是一笔巨款，相当于她半个月的生活费。28年过去了，如今这套书仍摆放在我家的书橱里，成为我们最珍爱的“古董”。它的纸张已泛黄，纸页也因经常翻阅而多有零散，这也算是我们钟爱《红楼梦》的一种明证吧。

我爱阅读，喜欢广泛涉猎各类书籍，却不喜欢重复阅读同一本书，但《红楼梦》是个例外，它是目前唯一一本让我认认真真读了两遍原著的书。上小学前，我跟着父母看《红楼梦》电视剧，虽不太明白，却莫名地喜欢。小学五年级，我第一次接触了青少年版的《红楼梦》，一读便痴迷得不可收拾，我还因此买来多本红学专家的论著，通过它们来解答心中的疑惑。

初一暑假，我第一次阅读《红楼梦》原著。意外的是，通篇的文言对我的阅读并没有产生太大的麻烦，不止一个同学问过我：那生僻的文言文读起来不晦涩无趣吗？我的回答总是：“不仅不无趣，反而越读越有趣。”阅读之初，母亲告诉我，如有不懂的地方可以随时问她，我们一起讨论解决。记得读前五回时，我经常“骚扰”母亲，请她为我解惑答疑，但第五回后我便渐入佳境，一路畅通。那段时间我家悄然兴起了“红楼体”，我和母亲说话爱用书中人物的语言形式，像“真真是个机灵人!”“这个小可人儿!”……玩着这样的文字游戏，我和母亲乐此不疲。

2014年1月，大一寒假时，我和母亲决定重读《红楼梦》，并计划读一回写一回感悟。用文字的方式交流心得体会，与口头谈论是非常不同的，文字能更全面、更深刻地表达自己的情感、思想。每写一回，我们先分别发到自己的博客上，然后互相看，互相评，总能从对方那里获益很多。在这种

“互惠互利”的氛围下，240篇随笔，像一场修身养性的旅行般轻松愉快地完成了。看着近30万字的文稿，我和母亲都很有成就感。

读书，于我、于母亲都是人生一大乐事，书是我们共同的朋友。每天无论多忙多累，睡前阅读是我们多年不变的习惯。读上几页书，汲取其精华，沾染其清香，然后安然入梦。每次买书，我俩都像购物狂一样，恨不得把所有喜欢的书统统据为己有，最后均以互劝对方花钱要理智而告终。因为读书，我总觉得时间不够用；因为读书，我有了更多的途径去感知世界，认识世界；因为读书，我学会以全新的视角审视自己，并更有力量去感染身边的人……读书是人类的特权，是上天赐予我们的珍贵礼物，我们有什么理由不收下呢？唯有读书，可以让我们既能活在现在，又能活在过去和未来。

阅读和写作是一对孪生姊妹，许多人爱阅读，但对写作望而生畏。其实写作很简单，就是把自己的所见所闻所思所想写出来，当然要以一定的逻辑有条理地写。写作需要自由，英文中有个词叫“free - writing”，即自由写作，写作初期尤其应提倡这种方式。刚上小学一年级，父母就开始培养我的“自由写作”，只要有空，他们就会带我到大自然中去，一边游山玩水，一边让我细心观察，把有趣的见闻记下来。每次回来，母亲大多会和我一起写游记，写完了就互相欣赏。有时读到一本好书，我俩就比赛写读后感，写完后除了互评，偶尔也会朗诵给对方听。小学阶段，几乎每次这样的练笔我都会得到母亲的夸奖，有时是针对全篇，有时是一个段落，有时是一句话，有时可能只是一个词语。母亲的表扬总是很具体，不会泛泛地敷衍。渐渐地，我爱上了写作，并且像阅读一样，它也成为我的一种习惯。无论旅游还是读书，抑或生活中偶然涌上心头的一点小感想，我都喜欢用写作的方式记下它们。单是游记，我已经积累了十几万字，每每重新翻看，依旧那么美好！

古人说“书中自有黄金屋”，站在书外的人很难发现，只有钻进书中的人才能找到它。一本好书，它的表面往往简朴素淡，一旦用心阅读，就会慢慢发现它低调的奢华。在这个快节奏的数字时代，我们更需要用书籍来抚慰身心，净化灵魂，从而给自己建立起一座丰盈的精神后花园。唯其如此，我们才能不辜负今世的生命之旅。

崔思遥

2015年4月12日于青岛大学

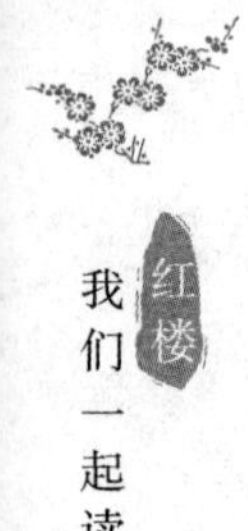

后记（二）

《红楼梦》是我购买的第一部经典，那是在1988年，我刚上大二。当我满怀喜悦打开这部被誉为中国古典小说的巅峰之作后，失望取代了之前的热盼，它没有我想象中那么有趣，那么有吸引力。因此，第一次阅读《红楼梦》，我是断断续续完成的。

后来，随着时间的流逝和生活阅历的不断丰富，我对《红楼梦》的理解也渐渐加深。因为理解，所以喜爱。《红楼梦》是唯一一部让我从大学一直读到现在的经典，而且仍会继续下去。

2014年1月，为了鼓励我的学生在寒假阅读名著并提高其写作能力，我对学生承诺，将和他们共同完成这项作业，我每天读一回《红楼梦》，写一篇随笔，而且开学后还会继续，直到把120回读完、写完。

我希望同样喜欢《红楼梦》的女儿能和我一起做这件事，但说实话，我担心她会拒绝这项庞大的工程。那时女儿已是大一的学生，专业是英语。想让女儿参与这件事，用高压政策断不可取。于是，在女儿放假回来的第一天，我故意轻描淡写地对她说出了我的读书计划，末了我还以貌似无所谓的姿态问她："同行否?"没想到，女儿"中计"了，欣然允诺。

其实，对女儿而言，重读《红楼梦》并不是很难的事，难的是这次要读写并行。但女儿说到也做到了，且不说她的专业不是中文，单就当下她这个年龄的孩子读纸质书的耐心越来越少，几乎都成为电脑控、手机控这样的大环境而言，她能抵制住这些干扰和诱惑，就着实让我佩服!

整整一个寒假，我和女儿并驾齐驱，奔跑的速度是一致的。因为这样一种阅读，那个假期我们过得格外充实愉快。每天看一回，写一回，不过无论读还是写，我们之间没有太多交流，只有在写完一回各自发到自己的博客后，才会或书面或口头，给对方一个简单的评价。在这个过程中，我始终没有也不想对女儿写的东西指手画脚，因为这本身只是一种阅读方式，不是硬性规定的学习任务，也没有什么功利目的，就是因为喜欢"红楼"，喜欢阅读，喜欢写作而已。

前四个月，我和女儿的阅读、写作速度基本接近，但后来，我渐渐慢了下去，再后来，她跑得越来越快，2014年9月她率先完成120回时，我才写到第90回。国庆节后，由于工作繁忙等原因，我的读和写只能分开进行，今天读一回，明天或后天才能完成写的内容。最初，我和女儿对时间有过约定，截止日期是2014年年底。为了这个约定，即便在最忙碌的时候，我也没想过放弃。女儿就是我的榜样，她时时鼓励着我，鞭策着我，作为母亲，我不能成为她眼中不守信用、半途而废的人。终于，在距离2014年结束还有半个月时，我也跑到了终点，和等我已久的女儿胜利会师。

一字一句，240篇随笔，近30万字，重读经典，这次的收获的确很大，就好像一次把《红楼梦》读了两遍。尤其是女儿，透过她的文字，我能明显看到她在这样的阅读中所取得的可喜进步，从一开始作文的艰涩粗浅到后来的流畅新颖，整个过程中她收获的不仅仅是最后呈现出来的11万字的文稿，那些阅读、写作的深度体验和能力的提升，那在执着地做一件事情时对意志品质的考验与磨炼等，都将对她自身的完善起到潜移默化的作用，并成为她一生的宝贵财富。

青出于蓝，一定胜于蓝。20岁时的我无法和20岁的女儿相比，虽然那时我正接受地道的汉语言文学教育，虽然那时我也认真通读了《红楼梦》原著，虽然那时我也天天写日记笔耕不辍，但那时，即便有人引导，甚至命令，我也做不到对120回的《红楼梦》逐回点评。在这里，我要感谢我亲爱的女儿思遥：谢谢你让我走进你的生命里，和你一起阅读，一起写作，一起成长！

记得女儿上小学五年级时，特别喜欢那首《隐形的翅膀》，由于她经常唱，我记住了几句：

不去想 他们拥有美丽的太阳
我看见 每天的夕阳也会有变化
我知道 我一直有双隐形的翅膀
带我飞 给我希望……

我想，是阅读和写作给女儿插上了一对隐形的翅膀。我从未苛求女儿成名成家，只深深祈望她能凭借这对隐形的翅膀，继续在她的世界里自由快乐地飞翔！

李美瑛

2015年4月13日于济南